Unicorn

独角兽书系

THE CONSTANT PRINCESS

[英] 菲利帕·格里高利 —— 著
程景飒 —— 译

P H I L I P P A
G R E G O R Y

永恒的王妃

重庆出版集团 重庆出版社

·金雀花与都铎系列·

版贸核渝字（2017）第279号

图书在版编目（CIP）数据

永恒的王妃 /（英）菲利帕·格里高利著；程景飒译 .—重庆：重庆出版社，2021.1
书名原文：The Constant Princess
ISBN 978-7-229-14351-0

Ⅰ .①永… Ⅱ .①菲… ②程… Ⅲ .①长篇小说—英国—现代 Ⅳ .① I561.45

中国版本图书馆 CIP 数据核字（2019）第 177888 号

永恒的王妃
YONGHENG DE WANGFEI
[英]菲利帕·格里高利 著 程景飒 译
责任编辑：邹 禾 肖化化 方 媛
装帧设计：徐 图
责任校对：何建云

重庆出版集团 重庆出版社 出版
重庆市南岸区南滨路162号1幢 邮政编码：400061 http://www.cqph.com
重庆出版社艺术设计有限公司 制版
重庆豪森印务有限公司 印刷
重庆出版集团图书发行有限责任公司 发行
E-mail:fxchu@cqph.com 邮购电话：023-61520646
全国新华书店经销

开本：890mm×1230mm 1/32 印张：14 字数：320千
2021年1月第1版 2021年1月第1次印刷
ISBN：978-7-229-14351-0
定价：88.80元

菲利帕·格里高利

Philippa Gregory

英国畅销作家，资深记者，媒体制片人。1954年出生于肯尼亚，后随家人移居英格兰，在获得萨塞克斯大学历史学学士、爱丁堡大学18世纪文学博士学位后，她出版了第一部小说《威德克尔庄园》，此书的畅销令她成为一名全职作家。此后她笔耕不辍，以严肃的历史背景为依托，融入女性写作者特有的细腻情感，创作了多部系列小说，其中“金雀花与都铎”系列作为她的代表作被多次改编为影视作品，收获广泛关注，也为她带来“英国王室历史小说女王”的美誉。

“金雀花与都铎”围绕14~16世纪的英国宫廷女性写作。许多女性在历史上并未留下浓墨重彩的痕迹，菲利帕结合想象与考据，丰满了史书间女人们的名字。这是一个相当庞大的系列，且仍在持续更新中。

在小说之外，她还写过童书、短篇集，并与大卫·巴德文及麦克·琼斯合著非虚构类作品《玫瑰战争中的女性》。同时，她还是英国广播公司第四频道《英国问答》的常客，都铎王朝时代频道的专家。

目前她和家人一起住在英格兰北部。她喜爱骑马、散步、滑雪和园艺，另外在冈比亚建立了一所园艺学习慈善机构。

金雀花与都铎 系列

另一个波琳家的女孩

女王的弄臣

处女的情人

永恒的王妃

波琳家的遗产

另一个女王

白王后

红女王

河流之女

拥王者的女儿

白公主

国王的诅咒

驯后记

三姐妹三王后

最后的都铎

献给安东尼

永恒的王妃 人物关系简表

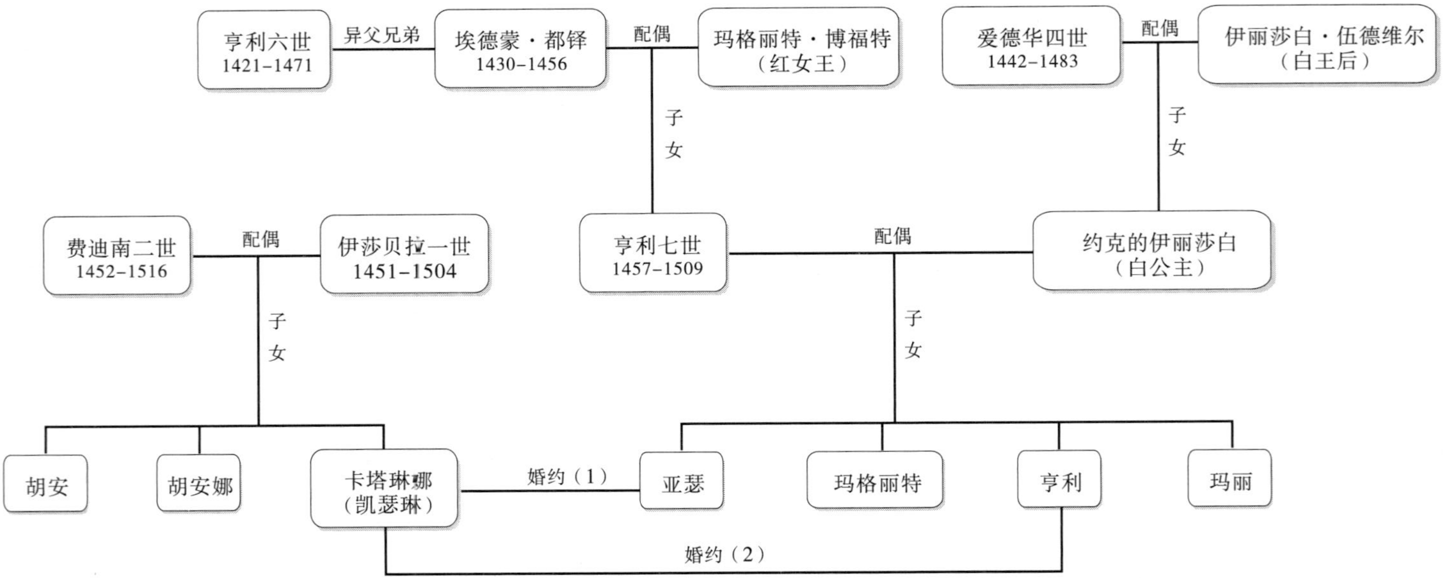

黄金时代的浊世燃情

译序

她是历史上的著名弃妇，她的丈夫是欧洲史上最风流成性的国王，在人们的心里、在史书里，她是端庄的王后、虔诚的信徒、近乎完美无瑕的圣人。她是阿拉贡的凯瑟琳，本书的女主人公，从六岁到四十四岁，她经历了公主、王妃、寡妃、王妃、王后的身份变化，身处宫廷的权力中心，在爱情与欲望，抱负与野心的变迁里，忠贞的心最终背叛了誓言，谎言和欺骗并没有为她带来终生的荣耀。

1485年，亨利·都铎取得了博斯沃斯战役的胜利，加冕为英格兰国王亨利七世，建立了都铎王朝。其父亲埃德蒙·都铎是亨利六世同母异父的兄弟，也是里士满第一伯爵；他的母亲玛格丽特·博福特是约翰·博福特的后代，约翰·博福特的父亲是冈特的约翰，第一代兰开斯特公爵，爱德华三世第三子。冈特的约翰的长子亨利四世、孙子亨利五世、曾孙亨利六世先后登上英格兰王位，而约翰·博福特只是他的私生子之一。亨利七世的父亲并没有王位继承权，他的继承权来自母亲。此后他成为玫瑰战争后期兰开斯特家族的领导人物。在当时的英格兰，私生子本没有继承权，作为兰开斯特家族仅存的男性继承人，他的继承权问题一直受到质疑，因此他登基后对其他王位继承人一直采取屠杀政策，其子亨利八世也继承了这一点。

此时的英格兰经历了英法百年战争和国内约克家族与兰开斯特家族三十余年的玫瑰战争，国力衰退，强敌环伺。登基的次年，为了稳固王位，亨利七世迎娶了约克王朝爱德华四世的女儿约克的伊丽莎白，宣布约克和兰开斯特两大家族合并，结束了玫瑰战争。同年，长子威尔士亲王亚瑟出生。

1485年12月16日，本书主人公，阿拉贡与卡斯蒂利亚王国的卡塔琳娜公主殿下出生于西班牙马德里省埃纳雷斯堡拉雷多宫，虽然是在征战期间，但并非如书中所言出生在营帐里。此时历时七百多年的西班牙收复失地运动到了最后关头，合适而强有力的盟友无疑能左右当时的局势，于是1488年，年幼的卡塔琳娜公主和同样年幼的英格兰王储威尔士亲王亚瑟王子订婚，得到了威尔士王妃的头衔，这头衔几乎伴她一生，成为她心底最挥之不去的执著烙印。作为虔诚的天主教徒，主、母亲、王位、天命所归的命运仿佛就是她的全部信仰。

在有关都铎王朝的各类作品里，我们看到的都是人到中年的凯瑟琳，她年华已逝，沉默威严，作为王后她近乎完美，与当时浮华喧嚣的亨利八世的宫廷格格不入，仿佛一个卫道士般的存在。人们似乎都忘了，一开始她也是西班牙王室的宠儿，美丽骄傲的卡塔琳娜公主。起先她对权势的渴望只是为了自己的使命，身为威尔士王妃的责任，既非安妮·波琳、玛丽·波琳、凯瑟琳·霍华德这样为了家族利益和自身荣华奋不顾身，也绝不是自己的女儿玛丽·都铎，或者伊丽莎白·都铎那样甚至可以称得上惨烈的为了生存而战。在起程离开西班牙，去到自己注定的终老之地之时，卡塔琳娜并不懵懂，但也并非完全理解这场婚姻的意义。在她心目中，这不是一场世俗婚姻，它是主的意志的体现，是神圣的代表着信仰的宗教婚姻。她甚至是怀着献祭般的心情登上英格兰的土地的，生下继承人、捍卫主在英格兰的绝对权威、抵御异教徒的入侵就是她来到这里的意义。夫妻和睦不过是陪衬，个人的幸福远不及信仰的纯正来得重要。

在历史上她是被同情爱戴的王后，甚至在玛丽一世和简·格雷争位时影响了英格兰民众的选择。在子民面前，她美丽端庄，勤于政事，睿智爱民，和早期的亨利八世形成鲜明对比，亨利八世日后也对她颇为忌惮；在人后，她从一开始骄傲美丽的西班牙公主，到真正母仪天下的王后，其中的挣扎爱恨只有她自己才清楚。作为著名的历史小说家，作者善于还原真实的历史人物，让历史不是作为事件的组合，而是成为人物命运的传承，把历史聚焦到某个特定的人物，让历史成为他们命运的转折点，让他们影响到历史的进程。作者的第一人称视角更是细腻地描绘出他们的心理变化，因此她笔下的人物有血有肉，不是一成不变的画像，不再苍白地躲在历史的尘埃里。正如本书女主人公，从一开始她就不是许多历史小说里描述的悲情王后，她有自己的信仰，自己的感情，自己的抱负，尽管她的人生也有污点，可她无愧于自己王后的地位，无愧于英格兰人民的热爱，不是命运选择了她，是她把握了能把握住的命运。本书着重描写的是她性格形成和经历坎坷的青少年时期：天真烂漫的女童，情窦初开的少女，开始成熟起来的妇人，这一切都随着作者的笔触娓娓道来。

那是在1491年，在遥远的伊比利亚半岛，在格拉纳达……

译者：程景飒

2012年10月

他们除了谎言并未告知我其他，他们认为可以让我屈服，但是我相信自己的抉择。我不发一语。我并不似外表看起来那般单纯天真。

阿拉贡的凯瑟琳

我的陛下、我亲爱的夫君，我有话要嘱托您。我的死期将至。我心中所怀的对你的深情，迫使我要向您说几句话：您千万要铭记守护自己灵魂的安宁，您应将此事置于所有凡尘俗事之前，置于肉体呵护享受之前。正是为了守护您灵魂的安宁，您曾让我遭受众多磨难，也为自己带来许多烦忧。

而我本人，我原谅您所做的一切，是的，我衷心期望、虔诚地祈求上帝，祈求他宽恕您。

……

最后，我发誓：我的双目渴望你，胜过一切。再会。

阿拉贡的凯瑟琳，给亨利八世的最后一封信

威尔士王妃

1491年夏

格拉纳达

一声惨叫打破了夜晚的静谧，火焰呼啸着卷过柔滑的帷幔，大声的呼喊让恐慌四下蔓延。四散的人群冲出帐篷，越过一座座旗杆，颤抖着声音无济于事地试图安抚惊慌的马匹。终于大火点燃了整个平原，浓烟弥漫，到处人仰马翻。

小女孩尖叫着，用西班牙语向母亲哭喊着："摩尔人来了？摩尔人杀我们来了？"

"亲爱的上帝，救救我们吧，那群野蛮人在放火，"嬷嬷喘息着，"他们会强奸我，用他们的刀锋划开您的喉咙。"

"妈妈！"孩子哭叫着要爬出床，"妈妈在哪里？"

她衣冠不整地冲出燃烧的帐篷，面前是一片火海。数以千计的帐篷都在燃烧，火焰像喷泉一样喷向夜空，风长火势，营地变成了彻底的地狱。

"妈妈！"

两匹巨大的黑色战马映衬着火光，像神话里的怪兽一样冲出火场，这是梦幻般的场景，仿佛他们就是传说中的救世主。战马停在孩子面前，她的母亲弯下腰，命令她瑟瑟发抖、还没有马背高的女儿："听话，乖女儿，跟着嬷嬷去。"她毫不畏惧眼前的一切："你父亲和我要出去给他们点颜色瞧瞧。"

"不，我要跟着您！妈妈！我会被烧死的。让我去吧！摩尔人会抓住我！”小女孩向她母亲张开双臂。

火光在母亲的铠甲上描绘出怪诞的阴影，她弯下腰，腿部的肌肉异常地突起，仿佛她是个钢铁般的女战士，一个抛弃了女性柔美天性的顽强女战士。“如果我不出现，士兵就会逃亡，”她严厉地说，“你也不想那样吧。”

“谁在乎！”孩子号叫起来，“我只要您！拉我上去！”

“军队马上就来了，”女人在马背上调整好姿势，“我得先冲出去，把他们打个落花流水。”

她掉转马头越过惊慌失措的孩子：“我会回来接你。”

“别乱跑，走啦。”

孩子无助地看着父母离开。“妈妈！”

“妈妈！求您了，别丢下我！”她呜咽着呼喊，可是她的母亲没有回头。

“我们会被活活烧死！”马迪拉——她的嬷嬷——催促着，“快，快！快躲起来！”

“你给我安静点！”孩子怒叱道。

“既然我自己，威尔士的王妃，都能被遗弃在这个营地自生自灭，你，一个摩里斯科的贱民，有什么不能忍受，有什么好抱怨的？”

她看到那两匹马在起火的营地里穿梭，所到之处，哀号声停息了，终于恢复了点秩序。士兵们镇定下来，从水渠那边排队把水桶传过来灭火。将军举着剑拼命把刚刚逃跑的士兵聚集起来在平原上列阵防卫，以防黑暗里的摩尔人趁乱偷袭，占领营地。所幸那晚没有摩尔人出现：他们龟缩在城堡的高墙里，迷惑于这群疯狂的基督徒在黑暗里搞出的新鲜玩意，安拉保佑，谁也不敢冲进那火的地狱，那一定是他们布下的陷阱。

五岁的孩子看见了她母亲灭火的决心。她女王的气场熄灭了恐慌，她必胜的信念战胜了眼前的灾祸。小女孩坐在细软箱上，用睡衣下摆裹住赤裸的双脚，等待着营地安定下来。

当她的母亲回转过来，看到的是一个冷静的不再哭泣的孩子。

“卡塔琳娜，你还好吧？”西班牙的伊莎贝拉下马走向她最小最珍爱的女儿，忍住把她紧紧抱在膝头、好好疼爱的欲望。温柔并不能让这孩子长成主需要的勇士，作为一个公主，她不能软弱。

这孩子和她母亲一样有着钢铁般的意志。

“我很好。”

“怕吗？”

“一点也不。”

“很好。”她赞许地点点头，“这才是我期待的西班牙的公主。”

“也是威尔士的王妃。”她的女儿补充说。

这就是我，那个坐在珠宝箱上的五岁小女孩。我的脸比大理石还苍白，蓝眼睛里满是恐惧，紧咬嘴唇让自己不再颤抖、不再哭泣。这就是我，相爱相杀的父母把我孕育在战场上的营地，让我出生在战争间隙里洪水滔天的冬天，被一个穿着铠甲的强壮女战士抚养成人。整个童年我都在战争里度过。命中注定我将为我的身份、信仰及诺言而战，战斗是我出生的意义。我是卡塔琳娜，西班牙的公主，有史以来两位最伟大的君主——卡斯蒂利亚的伊莎贝拉和阿拉贡的费迪南之女。从开罗到巴格达，从君士坦丁堡到印度，在所有摩尔人的国家，无论是土耳其人、印度人还是中国人，无论是我们的对手、追随者还是敌人，所有人都对他们敬畏有加，至死方休。他们捍卫信仰，对抗伊斯兰教的威名被教皇赞颂；他们是和西班牙第一任国王一样伟大的十字军战士。而我是他们最小的女儿，卡塔琳娜，威尔士的王妃，有一天，我将成为英格兰的王后。

三岁那年，我和英格兰亨利国王的儿子亚瑟缔结了婚约，等到十五岁，我就将乘坐一条桅杆上飘着我的旗帜的华丽船只穿过海峡，成为他的妻子，他的王后。他的国家美丽而富饶，那里泉水叮咚，鸟语花香；而那也将是我要守护的国家。这些几乎从我出生就开始筹划，我明白这就是我的命运。虽然不得不背井离乡，但是身为一位公主，命定的王后，我更加清楚我不可推卸的责任，为了自己的祖国，为了捍卫主的权威，这场婚约从一开始就是神圣的。

我是个信仰坚定的孩子，知道主的旨意，母亲的安排会让我成为英格兰的王后，在我的世界里，主和母亲有着一致的想法，而他们的意愿总是会实现。

清晨的格拉纳达阴冷杂乱，到处都是烧毁的帷幔，残破的帐篷，冒烟的草料堆，而这一切的罪魁祸首不过是一根随手放置的蜡烛。目前除了撤退别无选择。为了荣誉，西班牙军队已经围困了摩尔人最后的领地，可是现在军中被烧得狼狈不堪，必须撤回休整以备后战。

“不，我们不能撤退。”西班牙的伊莎贝拉坚持。

将领们在烧毁的帐篷里召开了临时会议，头顶上飞舞着灰烬。

“陛下，这场仗我们已经输了。”一个将领温和地说，“现在不是意气用事的时候。没有粮草没有补给，我们输给了运气。当务之急应该是回去休整队伍，再图后事。您丈夫……”他向一旁在黑暗里挺立倾听的英武男人致意，“他明白，我们大家都明白，总有一天，我们会一雪前耻，他们再也不能打败我们。一个优秀的将军总该知道什么时候该撤退。”

人人都赞同他的意见。除了让格拉纳达的摩尔人突围解困外别无他法。

战争已经持续了七个世纪，还会继续下去。每一代基督教国王领土的扩张都是以摩尔人的牺牲为代价。每一场战争都会把阿拉伯安达鲁斯王国古老的异教信条驱逐到更远的南方。再来一年也没什么不一样。

小女孩穿过弥漫着潮湿呛鼻烟尘的营地，看着她母亲一如既往的平静面庞：她知道的，怎么应对面前的困境，怎么让这些战士屈从于自己的意志。

“这事关荣誉，”她纠正了他，“我们的敌人把荣耀看得比什么都重要。如果我们裹着烧焦的衣服，扛着冒烟的帐篷灰溜溜地跑了，他们一定会向他们的真主神祇嘲笑我们，这我可不允许！最重要的是：是主指引我们和异教徒的战斗，是主指引我们向前进发。主可没指引我们退缩。”

孩子的父亲嘲弄地偏过头，但是并没有提出异议，只是在将领们看向他的时候，轻轻摆了摆手。

“王后说的没错，”他说，“她向来英明。”

“但是我们没有帐篷，没有营地。”

他把问题抛给她：“您认为?”

“重建一个营地。”她决定。

“陛下，火灾的废弃物绵延好几里。我想我们连为威尔士王妃缝条束腰外衣的材料都没有。没有布料，没有帆布。这里没有水源，田地里也没有庄稼。什么物资供给都没有。我们截断了河流，收割了庄稼，但是现在它们都成了一堆垃圾。是我们自己搞砸了。”

“我们要用石头来建，石头总有吧?”

国王笑了，他清清喉咙：“我们周围是一片贫瘠石原，亲爱的。我们唯一不缺的就是石料。”

“这个要利用起来，我们修建的不只是一个营地，它将是一座城，石头建造的城市。”

“不可能!”

“不，我们必须完成。”她望着她的丈夫，“这是主的旨意，也是我的。”

“好吧。”他点点头，宠溺地笑了，“遵从主的旨意是我的义务，而为你效劳则是我的荣幸。”

被火焰重创的军队又开始了和土石以及流水的战斗。烈日下，深夜里，他们像奴隶一样操劳。田地里，他们像农夫一样在原以为能胜利前行的地方耕作。每个人——骑兵、军官、将领，甚至他们伟大的君主和王后都冒着酷暑劳动，夜晚就躺在坚硬潮湿的地上休憩。从山上的红堡里俯视格拉纳达的摩尔人不得不承认基督徒的勇气。没人敢说他们的信仰不够坚定，但是，摩尔人还是觉得他们注定失败。格拉纳达的红堡是坚不可摧的，两百年来未曾有失。它高高在上，注视着这巨大的盆地平原。一场突袭如何能动摇它？红堡的峭壁高耸入云，层层叠叠的红色城墙望不到边。没有云梯能搭上墙顶，没有人能爬上垂直的墙面。

也许它只能被叛徒出卖，但是到哪里去找那么一个傻瓜愿意放弃眼前的稳定？摩尔人的世界里，宗教祥和的力量给了他们无与伦比的信心，谁会愿意加入那些疯狂的基督教的战士？他们的君主仅仅拥有欧洲几个细小的山脉，内部还四分五裂。谁会绝望得会被策反，谁会想离开阿拉伯，这梦想中的天堂？那里的繁华不逊于西班牙甚至欧洲最华丽的宫殿，谁会放弃它而选择卡斯蒂利亚和阿拉贡混乱不堪的堡垒要塞呢？

摩尔人的援军就要从非洲来了，从摩洛哥到塞内加尔遍布着他们的家族和盟军。从巴格达，从君士坦丁堡，异教徒的支持者正源源不断地赶来。在费迪南和伊莎贝拉的征途里，格拉纳达不过是小小的一角，但是在它背后是世上最庞大的帝国，以穆罕默德先知命名的帝国。

但是日子一天天，一星期一星期地过去，基督徒渐渐战胜了春日的炎热和夜晚的寒冷，完成了不可能的任务。

开始只是一个像清真寺一样的圆形礼拜堂，是本地工匠最先完成的；然后是一个阿拉伯庭院里的平顶小房子，这是建给国王费迪南、王后伊莎贝拉和王室子女的——他们最珍爱的儿子和继承人胡安，三个年长的女孩伊莎贝尔、玛利亚、胡安娜，还有年幼的卡塔琳娜。王后只指定了屋顶和墙壁的样式，征战多年，她并不喜好奢华。然后伟大的君主勉强接受了一打石头小屋作为庇护。王后是位严厉的女战士，所以需要有养马的马槽、储存火药和炸药的仓库，为了这些，王后甚至不惜典当了自己珍贵的威尼斯珠宝。不久之后，兵营和伙房、仓库和礼堂陆续建成，就在营地的原址，一个小的石头城镇成型了。没人预想到这座城镇会真的建起来，哇唬！这是个奇迹！一座叫做圣达菲的城的奇迹，伊莎贝拉又一次战胜了逆境的奇迹。围攻格拉纳达的意愿如此坚定，摩尔人眼中愚蠢的基督教国王又来啦，这一次，他们志在必得。

卡塔琳娜，威尔士的王妃，在国王和近臣的宴会上出现了。

“您在做什么，堂·赫南多?”她有着与年龄不符的早熟气质，这得益于母亲言传身教的养育，还有幼时几乎被父亲遗弃的经历。

“没什么，公主殿下。”赫南多·佩雷斯·德·普尔加尔笑着敷衍，暗示她可以再问一次。

“骗人。”

“这是个秘密。”

“我不会乱讲的。”

“哦！公主殿下！你会的。这是一个非比寻常的秘密！对一个小女孩而言太重大啦。”

“我不说！绝对不说！绝对绝对不说！”她思考了下，“我以威尔士之名起誓。”

“以威尔士之名！你的封国?”

“以英格兰之名?”

“以英格兰之名？你的夫国？”

她点点头。“以威尔士之名，以英格兰之名，甚至以我的西班牙之名。”

“那好吧，既然你都这样保证了。不过你要发誓绝对不能告诉你母亲。”

她应承了，睁大了眼睛。

“我们要攻进阿尔罕布拉宫啦。我知道有个门，一个小后门，没有什么防守，我们可以偷偷溜进去。我们要进去啦，猜猜会怎么样？”

她活泼地摇摇头，小脸上满是向往，红褐色的发辫在面纱后面像小狗的尾巴一样甩来甩去。

“我们就能在他们的清真寺里做弥撒啦。我要用短剑在地板上刻上万福玛利亚，你认为咋样？”

她还太年幼，认识不到也许他们就是在去送死，也不知道摩尔人守门的哨兵有多么残暴。现在她只是觉得这是一场充满了英雄主义浪漫色彩的冒险，只是兴奋地睁大眼睛：“你会吗？”

“好主意吧？”

“什么时候去？”

“今晚！就在今晚！”

“我会等你回来的。”

“你应该为我祈祷，然后上床睡觉去，我会自己回来，公主殿下。早上就去给你和王后请安。”

但是那天早上他没有回来，也许马厩里再也不会出现他的战马，石头城里再也不会出现他，和他的同伴。第一次，在小女孩的生命里，她意识到了他面临的是怎样的危险——为了追求所谓的荣耀人们就这样丢掉性命。

“他去哪儿了？赫南多去哪儿了？”

女仆马迪拉的沉默警醒了她的疑惑。“他会回来的，他还会回来的，是吧？”

慢慢地，我明白了，也许他再也不会回来，生活不是童谣，不是所有白日梦都会实现，英俊的骑士也不会总是百战百胜。但是既然他会战败而死，那我的父亲呢？我的母亲呢？我呢？小卡塔琳娜，西班牙的公主，威尔士的王妃。

跪在新建成的神坛前，我没有祈祷。这突然展现在我面前的陌生世界让人迷失，这也许并不是我所认识的那个世界。如果我们是正义的——我确信，如果这些年轻的俊杰是正义的——我也毫不怀疑，——如果我们和我们的正义之举都得到了主的庇佑，那我们怎么可能会战败呢？

但是我似乎误解了什么，有些事情并非如此，我们都只是一介凡人，所以我们总会失败。即使是英俊的赫南多·佩雷斯·德·普尔加尔和他快乐的同伴们，即使是我的父母，他们都会打败仗。既然赫南多会死，那我的父母也会。既然如此，这个世界还有安宁的地方吗？如果妈妈死了，就像我曾经见过的普通士兵、运货的骡子一样死去，那这个世界该怎么继续？主呢？主怎么能容许这样的事情发生？

在她母亲的沙龙时间，赫南多突然出现了。穿着最挺括的套装，胡子精心修理过，眼睛闪闪发光，他讲述了一个惊心动魄的冒险故事：黑暗中他们是怎样穿上阿拉伯服饰伪装成市民，是怎样顺利地混进后门，是怎样潜进清真寺，是怎样在神坛前跪着祷告，最后把万福玛利亚的祷文刻在了神坛之上，然后他们惊动了卫兵，刀光剑影里杀出一条血路。月光下，他们退回了狭窄的街道，及时冲出了来时的后门，在警报响起之前消失在茫茫夜色里，全身而退。他们的壮举给了格拉纳达的摩尔人一记响亮的耳光。这是一场伟大的胜利。

摩尔人被狠狠地嘲弄了。世上还有什么比在他们神圣的寺庙里刻上基督教的祷文更可笑？这是侮辱他们最好的办法。王后喜笑颜开，国王也是。

王妃和她的姐妹注视着她们的守护者，仿佛他是罗曼史里浪漫的英雄，是亚瑟王宫殿里英勇的圆桌骑士。卡塔琳娜欢欣鼓舞地拍着手，缠着他把这历险故事讲了一遍又一遍。但是在她心灵深处，深深地埋藏着难忘的恐惧——想到他不会回来时感到的那种冰冷的战栗。

他们等着摩尔人的反击。毫无疑问，他们的敌人会认为这场冒险的行动是赤裸裸的挑衅——必然会有所响应。他们并没有等太久，报复总在意想不到的时刻。

王后带着孩子们去了格拉纳达附近的苏维亚，让她们能够亲眼看到红堡坚不可摧的城墙。她们只带了少量的护卫，直到侍卫长脸色惨白地冲进村子的小广场，咆哮着宣称红堡的城门开了，摩尔人倾巢而动，全副武装地开始出击。已经来不及回营地了，王后和三位公主不可能跑得过摩尔人的阿拉伯骑兵。他们无处可藏，无处可去。

危急时刻，伊莎贝拉王后推着小王妃爬上了附近屋子的屋顶，她的姐姐们跟着跑了上来。

“我得看看！我得看看！”王后大声说。

“妈妈！你弄疼我了！”

“安静点，宝贝。我们得看清楚他们想干吗。”

“是来抓我们的吗？”孩子捂着嘴，小声抽泣。

“也许是。我得看看。”

这是一场单方面的掠夺盛宴。他们的头目是一个比焦炭还黝黑的巨人，头盔下的笑容闪闪发光。他骑着一匹巨大的黑色战马，像暗夜之神一样所向披靡。坐骑像狗一样龇牙咧嘴，大声狂哮。

“妈妈，那是谁？”威尔士王妃目不转睛地从屋顶的小洞望着他。

“是个叫亚尔夫的摩尔人，恐怕他们在找你亲爱的赫南多。”

“他的马真可怕，好像会咬人。”

“他切掉了马的嘴唇想吓唬我们。但是我们才不怕咧，我们是吓不倒的孩子。”

“为什么不跑?”还是有孩子被吓到了。

她的母亲观察着摩尔军队，甚至没有听到她的哭泣。

“你不会让他们伤害赫南多的，是吧，妈妈?”

“赫南多发出了挑战，亚尔夫响应了。我们要打仗啦。”她平静地说，“亚尔夫是个视荣誉为生命的骑士。他不会忍受这种挑衅。”

“一个异教徒，一个摩尔人怎么会有荣誉呢?”

“他们是值得尊敬的，卡塔琳娜，即使他们不相信主。亚尔夫是个英雄。”

“怎么办呢？我们该怎么救自己？这人比巨人还可怕。”

“我会祈祷。”伊莎贝拉说，“我的骑士加拉斯科·德拉·维加会应付他的。”

仿佛在自家花园里一样镇定自若，伊莎贝拉示意女儿们和她一起跪在屋顶上。卡塔琳娜的姐姐胡安娜愠怒地跪下了，她的另外两个姐姐，伊莎贝尔和玛利亚公主紧随其后。跪着祈祷的时候，透过合十的手掌，卡塔琳娜看见玛利亚害怕得瑟瑟发抖，伊莎贝尔也是，在她的寡妇袍下双手苍白得吓人。这样的生死关头，谁能不怕呢？或许伊莎贝拉本人也不例外。

“圣父啊，祈求您保佑我们的安危，让正义得以伸张，让军队战无不胜。”伊莎贝拉女王仰望着蔚蓝的天空，“请您在此时佑护您的骑士，加拉斯科·德拉·维加胜利吧。”

“阿门。”女儿们紧跟着说，望向母亲凝望的方向，那里，西班牙士兵们警惕缄默地列队守卫着她们。

“如果主会保佑他……”卡塔琳娜开口说。

“安静。”她母亲制止了她。“让他去，让主来决定，我们只需祈祷。”

她闭上眼，继续祷告。

卡塔琳娜抓住伊莎贝尔的袖子：“伊莎贝尔，如果主会保护他，又怎么会让他身处险境呢？”

伊莎贝尔怜悯地看着她的小妹妹，“主不会让他所爱的人一帆风顺，”她极小声地耳语。“他会让他们经过重重考验，越为他所爱面对的磨难就会越艰险。我知晓这些，是因为我已经失去了我唯一的爱人。而你，卡塔琳娜，想想你的使命吧。”

“那我们怎么才能战胜这一切呢？”小女孩向她求助，“既然主是爱妈妈的，他会让她处在最危险的环境吗？那我们怎样才能赢呢？”

“肃静。”她们的母亲说，“看着吧，为他们祈祷。”

势单力薄的护卫队和摩尔人的骑兵营对峙着，快开战了。亚尔夫骑着他高大的黑色战马冲出来，一个白色的东西系在蓬松的马尾上在地上颠簸。前排士兵愤怒地喘着粗气，天啦，那是什么？

那是赫南多刻在清真寺地板上的万福玛利亚。摩尔人故意把它系在马尾上，在基督徒面前来回跑动，嘲笑他们愤怒的咆哮。

“异教徒！”伊莎贝拉女王喃喃自语，“下地狱去吧。主会惩罚你，决不饶恕你的罪孽。”

女王的骑士，德拉·维加掉头冲向皇家护卫队环绕的院子，越过橄榄树苗，穿过门道，停在橄榄树边，摘下面甲，凝视着屋顶上他的女王和公主们。他的黑发蓬松卷曲，热汗淋漓，他的黑眼睛闪耀着愤怒的光芒，战意蓬勃，甚至有了视死如归的气势。

“夫人，请允许我回应他的挑衅。”

“去吧，”女王毫不退缩地说，“主与你同在，加拉斯科·德拉·维加。”

“那个大个子会杀了他的，”卡塔琳娜哀求地抓住母亲长长的袖子，“别让他去。亚尔夫强壮多了，他会蹂躏死德拉·维加的。”

“这是主的旨意。”伊莎贝拉坚持说，再次闭上了眼睛。

“母亲！陛下！他是个巨人，会杀了我们的骑士的！”

母亲睁开那双睿智坚定的蓝眼睛，看着泫然欲泣的小女儿因为悲痛而通红的小脸蛋，“一切都应该遵从主的旨意。”她冷静地重申，“你必须学会坚信你在满足主的意愿。有时候你会不明白，有时候你会心存疑虑，但是既然你在遵从主的旨意，你就永远不会迷失方向。记住，卡塔琳娜。胜负对我们而言没有什么差别。我们都是基督的战士，你也是。我们个人的生死存亡并没有意义。我们会怀着对主的景仰死去，这就是结果。这场战争是主的战争，他迟早会赐予我们胜利。不管今天是谁赢谁输，我们都不该怀疑主才是赢家，而我们最终会战胜所有对手。”

“但是德拉·维加……”卡塔琳娜哆嗦着下唇弱弱地反驳。

“也许上帝今天就会唤回他心爱的子民。”母亲依然很平静，“我们应该祝福他。”

胡安娜朝小妹妹扮了个鬼脸，但是当母亲再次跪下的时候她们还是老老实实地跪下了。旁边是伊莎贝尔，再过去是玛利亚。她们眼也不眨地紧盯着战场，德拉·维加骑着咆哮的战马冲出己方锋线，摩尔人的高头黑马则在撒拉逊人那边趾高气扬地叫嚣。这注定是一场生死之搏，更是一场荣誉之战。

女王终于结束了祷告，她甚至没有听见两位战士已经放下面甲，握紧了长矛，怒吼着开战了。

卡塔琳娜焦急地跳着脚希望能看清矮墙那边她的骑士。他骑着马旋风般地冲向对手，对方的黑马也轰轰地冲了过来。两人冲撞在一起，数度交锋，跌下了马鞍，屋顶上都能听见长矛突刺在铠甲上，胸甲变形的声音。这是一场无与伦比的战斗，野蛮，暴力，生命在这里不值一提。

“他跌下来啦！他死啦！”卡塔琳娜放声哭喊。

“只是晕过去了。”母亲安慰她，“瞧，他爬起来了。”

西班牙骑士挣扎着站起来，像喝醉了一样喘着粗气。亚尔夫的头盔和重甲都毁了，挥舞着手中巨大的重剑，狠狠地向他砍去。德拉·维加只能堪堪招架。刀光剑影里两人厮打在一起，想要置对方于死地。他们翻滚着，在铠甲和刀剑的震荡下挣扎；但是毫无疑问，摩尔人占了上风。德拉·维加被压制了，他想从缠斗中脱身，但是摩尔人用身体压着他，使他跌倒在地，然后立刻把他死死按在地上，德拉·维加徒劳地抓着剑，但是没办法抬起。摩尔人咬紧牙关，全力刺向他的喉咙，这将是致命的一击——突然他大吼一声，向后倒去。德拉·维加一个翻身，手足并用地狼狈爬起。

摩尔人的巨剑跌落在一旁，沮丧地捂住胸口。

德拉·维加的左手握着一柄沾满了鲜血的短剑，这是孤注一掷的秘密武器。靠着超人的毅力，摩尔人背对着基督徒站了起来，步履不稳地走向自己的阵营。“我输了。”他对迎上来的同伴说，“我们输了。”

红堡大门开了，士兵们蜂拥而出。胡安娜坐立难安。“妈妈，我们跑吧！”她尖叫着，“他们来了！他们有好几千人！”

甚至在胡安娜冲过屋顶跑下楼梯时，伊莎贝拉也没有站起来。“胡安娜，回来。”她的声音像鞭子一样严厉，“孩子，你只能祈祷。”

女王起身走向栏杆，首先向她的军队看去，将领们正在迎着摩尔人的猛烈冲锋排兵列阵，督促士兵们向前挺进，准备战斗。

然后她往楼下庭院里望去，看见极度惊恐的胡安娜没头苍蝇一样到处乱撞，纠结着不知道该骑上自己的马还是回到母亲身边。

爱女心切的伊莎贝拉什么也没说。她回到其他几个女儿身边，和她们跪在一起。“祈祷吧。”她说，再一次，闭上了眼睛。

“她甚至没有看我一眼！”胡安娜难以置信。那晚在她们回到家清洗沐浴以后，胡安娜泪痕累累的脸终于干净了。

“我们在战场上，她就只会闭着眼睛！”

“因为她知道祈求主的庇佑总胜过丢人现眼地哭着东奔西跑。”伊莎贝尔尖刻地说，“而看到她跪着祈祷比其他任何做派更能鼓舞士气。”

“如果她被箭射伤，被长矛刺伤呢?”

“她不会，我们都不会。我们赢了这场仗。而你胡安娜，你就像个疯婆子，太丢人啦。我不知道你怎么了。你是真疯了还是故意的?”

“哼，懒得理你，你这个愚蠢的寡妇。”

日子一天天过去，摩尔人再也没来挑衅。和女王的那场小冲突似乎成了他们的最后一战。他们的首领死了，城市被包围，在祖辈留下的富饶土地上挨饿。更糟糕的是，非洲的援军没有如约而至——土耳其和他们缔结了盟约，但是苏丹的军队没有出发。苏丹失去了出兵的勇气，他的儿子成了基督徒的人质。他们要面对的是西班牙的君主，代表着基督教世界所有势力的伊莎贝拉和费迪南，他们宣称这是一场神圣的战争，而基督教大军已看到胜利的曙光。在持续几天的军事会议后，格拉纳达的国王，博阿布基，同意了和平条款。没过多久，在策划得十分完美的混合着摩尔风情和西班牙风情的仪式上，他捧着阿尔罕布拉宫的钥匙，步出红堡的铁门，以一个投降者的姿态将它呈给西班牙国王和王后。

格拉纳达、守护着格拉纳达的红堡，以及红堡城墙内华美的阿尔罕布拉宫——都被献给了费迪南，也献给了伊莎贝拉，献给了主。

穿着战败者献上的丝绸长袍、帽子、拖鞋，像哈里发一样辉煌的西班牙王室，载着西班牙的万般荣耀进驻了格拉纳达。那天下午，威尔士王妃卡塔琳娜和她父母一起穿过树荫下蜿蜒崎岖的小路，住进了欧洲最华美的宫殿。那晚她睡在奢华的后宫居室，被大理石喷泉的潺潺水声惊醒，幻想自己是位奢华美丽的摩尔公主，相比成为英格兰的王妃，似乎这也不错。

这就是到战争胜利为止我的生活。出生在营地，随着军队驻扎迁徙，每天都面对着成人才能承受的恐惧，经历着小孩不该经历的一切。由于军队没有时间掩埋阵亡者，我曾穿过炎热春日里腐烂的士兵尸体前行。我曾跟着父亲运枪的骡队，踏着血污的尸山穿过起伏的山脉。我曾看见母亲掌掴因疲累而哭泣的男人。我曾听见同龄的孩子哭着呼喊他们因为发表异端邪说而被活活烧死的父母。但是此刻，当我们穿着绣花的丝绸，步入格拉纳达的红堡，穿过重重大门来到这世上独一无二的阿尔罕布拉宫，我终于第一次成为了一位公主。

我成为了一名在基督世界最华丽的宫殿里，被坚不可摧的城堡守护着，被主护佑着成长的少女。主引导我们走向最终的胜利，这让我对他的信仰从此不可动摇，作为他最宠爱的子民，母亲最宠爱的女儿，我对我的使命深信不疑。

阿尔罕布拉宫充分证明，就像主对母亲的庇护，主对我也有着独一无二的荣宠。我是被选中的子民，生长在基督世界最奢华的宫殿，注定会被赋予更高的荣耀。

在侍从的引领下，仿佛苏丹出巡般，西班牙王室被王家卫队簇拥着穿过名为审判之门的巨大方塔驾临了红堡。当方塔第一道拱门在伊莎贝拉扬起的脸上投下阴影时，号兵奏出挑衅的音乐，像是乔舒亚在耶利哥之墙下大声呼喝，好似这样就能赶走异教徒盘延不去的魔鬼。这巨大的声音引出了回音，聚集在门口、背靠黄金墙的人们发出颤抖的叹息。盛装的妇女半掩着面纱，男人们高傲沉默地挺立着，等着看征服者会怎么继续。征服了他们的家园，可是要怎么征服他们的信仰和灵魂？卡塔琳娜的目光越过汹涌的人潮，望向那墙上镌刻着的圆滑的阿拉伯文字。

“那说的是什么？”她问嬷嬷马迪拉。

她瞥了一眼那边，不耐烦地说：“我不知道。”她总是羞于承认自己是摩尔人的事实，装作对摩尔人和他们的习俗一无所知。其实她生来就是个摩尔人，在胡安娜看来，只是为了生存才改信基督的。

“说，不然就掐你。”胡安娜温柔极了。

那年轻女人对她俩怒目而视。“它说：‘愿真神与伊斯兰的正义长存此间。’”

听到如此自信的言论，卡塔琳娜踌躇了，他们的信仰和她母亲一样坚定。

“主才不会呢，”胡安娜伶俐地说，“阿拉伯人遗弃了阿尔罕布拉宫，伊莎贝拉才是胜利者。如果你们摩尔人像我们一样了解伊莎贝拉，你们就会明白在绝对强大的力量面前，一切弱小都只能俯首称臣。”

“愿主拯救女王。”马迪拉飞快地说，“我已经够了解她啦。”

这时铰链转动，她们面前钉着黑色铆钉的巨大木门一扇扇地打开了，一阵小号声中，国王和女王步入了里面的庭院。

按事先演练的，王家卫队步伐整齐地左右分列到城墙下边护卫，确认没有准备来捣乱的可疑分子。在他们的左侧是矗立在格拉纳达平原上的船首形巨堡，众人涌入，穿过游行的方阵，在墙上敲打，在方塔上下奔跑。最后伊莎贝拉女王望向天空，遮住眼睛的手上摩尔人的金手镯闪闪发光，她看到越来越多的圣詹姆斯旗和十字军的银十字旗帜在飘扬，忍不住放声大笑。——现在，她是最伟大的女王，是征服者在尘世的精神信仰。

然后她转过去面对宫内卑躬屈膝的奴仆。领头的是大内总管，坠感十足的礼服衬出了他高大的身躯，锐利的黑眼睛迎向伊莎贝拉，扫过她旁边的费迪南国王和他们身后的王室子女：一位王子，还有四位公主。国王和王子穿戴得和苏丹一样隆重，华丽的绣花短上衣和裤子，女王和公主们穿着上等丝绸制成的卡米兹传统上衣和白色亚麻裤子，黄金制成的花边头网挽着从头上飘下的面纱。

“国王陛下，很荣幸能在阿尔罕布拉宫迎接你。”他说，仿佛把这华美的宫殿献给侵略者不过是一件最微不足道的小事。

王后和国王对视一眼：“带路。”

大内总管弯下腰，在前引路。女王瞥了一眼背后的孩子们：“来吧，女儿们。”

她带着她们穿过环绕着宫殿的园林，步下阶梯，走进隐秘的门道。

“这就是大门？”她研究着这面毫不起眼的墙里砌着的小门。

“是的，殿下。”男人弯腰答话。

她没说什么，但是卡塔琳娜看见她不予深究地扬了扬眉毛。然后他们都走了进去。

这狭窄的门道是通往宝藏的孔径，让人目不暇接。我们就像一群误入了宝库的奴隶。它们都有着诗一样的名字：金色大厅，桃金娘庭院，使节大厅，狮子庭院，姐妹厅。我们要花费好几个星期去熟悉宫室间的道路，也需要花好几个月才能不再对房间里响着叮咚水声的大理石沟渠、白色大理石喷泉里洁净清美的山泉感到那么惊喜。而我乐此不疲地从白色雕花窗棂望向远方的平原山脉、蓝蓝的天空和金色的丘陵。每扇窗户都是一幅画，吸引着你驻足观看，每一次都有新的惊喜。每扇窗棂都像是白色绣花，粉饰得极为精美雅致，像手艺人做的糖玩意儿一样不真实。

我和姐姐们住进了后宫里最舒适的房间。我们像苏丹一样生活在层层帷幔之后，寒冷的夜里仆人们会点燃火盆，熏上草药，到处都弥漫着草药的清香。平日里我们穿着摩尔人的家居服，而出席一些重大的庆典时，我们穿着华美的丝绸，在大理石地板上啪嗒着拖鞋。除去换了个主人，阿尔罕布拉宫仿佛没有什么改变。现在，我们学会了那些侍女的标记，在建来讨好苏丹宠妃的花园里散步。我们品尝他们的水果，爱上了果冻的味道。我们在头上的花冠里插上他们的鲜花，寒冷的清晨里在弥漫着玫瑰和忍冬甜蜜芳香的林荫路上奔跑。

我们在土耳其浴室里沐浴，任由仆人从头到脚给抹上花香味的肥皂，任由他们用金色水罐里的热水一罐一罐地把我们从头到脚冲洗干净。我们被抹上玫瑰精油，闲适地躺在大理石台上，而阳光透过金色屋顶上的星形缺口照进昏暗的房间，这种享乐让人沉迷。

一个女孩修剪着我们的脚指甲，另一个则修剪着手指甲，剪出好看的形状，再用指甲花染料画出精致的图案。老妇人则给我们拔眉毛，卷睫毛。我们像拥有西班牙所有财富的苏丹一样被伺候着，享用着东方所有的奢侈品。这座豪华奢靡的宫殿把我们深深迷住了，让我们屈从于胜利者的名号，尽情享受。

甚至有着丧夫之痛的伊莎贝尔也开始展露笑容。就连喜怒无常爱绷着脸的胡安娜也平静下来。而我成了宫廷的宠儿，园丁们喜欢我，允许我自己从树上摘桃子，后宫里迷人的女眷教我歌舞玩乐，厨房里他们让我观看怎么制作美味的糕点蜜饯和阿拉伯杏仁。

父亲在使节大厅接见各位使节，像从容的苏丹一样带着他们在浴室里商谈国事。母亲盘腿坐在统治了这里好几代的纳斯瑞达斯的王座上，赤裸的双脚穿着柔软的皮拖鞋，被卡米兹外衣包裹着。她在装饰着各色彩片、充满异教徒风情的房间里接见教皇的私人使者。她在另外一座摩尔人的宫殿——塞维利亚堡里长大，这里对她就像家一般。我们在花园里散步，在后宫里沐浴，穿着洒了香水的皮拖鞋，过着在巴黎、伦敦或者罗马的人们无法想象的优雅奢侈的生活。

我们过得轻松自在，就像我们曾经渴求过的那样：像摩尔人一样。我们基督教的同伴在山上牧羊，在路边的石林向圣母祷告，被迷信和肮脏环境里生出的疫病折磨，年纪轻轻就死去。我们向穆斯林学者学习，被他们的医生照料，研究他们命名的星星，用他们的数字计数从神奇的零开始算起，享用他们最美味的水果和沟渠里的泉水。他们的建筑赏心悦目，每一个角落，每一个转角，都让我们觉得我们生活在无与伦比的美好里。现在他们保护着我们了：这座城堡确确实实经得起任何攻击。我们学习他们的诗歌，为他们的玩乐欢笑，欣赏他们的花园，品尝他们的水果，在他们引来的水里沐浴。我们是征服者，但是他们教会我们怎样统治。有时候我觉得我们像未开化的蛮族，侵入了罗马或希腊人的宫殿，占领了城市，沐猴而冠，享用了美，却对它一无所知。

至少我们并没有改变信仰。宫中的奴仆必须至少在口头上宣誓忠于教会。清真寺被废弃了，再也听不到祈祷的钟声。不信奉基督教的人们要么被撵去非洲，要么皈依上帝，要么就面临着裁判所的火刑。我们并没有麻痹，我们永远不会忘记，我们是胜利者，而我们的胜利来自于军队的强大和主的旨意。我们对可怜的博阿布基国王做出了郑重的承诺，在我们的统治之下，他的穆斯林子民会和他统治下的基督徒一样安全。我们承诺了和平共处，他们相信我们会建造起一个摩尔人、基督徒，甚至犹太人都能平等自重地安然生活的西班牙，而我们是信守承诺的人。他们犯了一个错误——同意并相信了这个协议，而我们，就像你所知道的，并没有。

三个月后我们就撕毁了协议，驱逐了犹太人，胁迫了穆斯林。每个人都必须信仰主，若有任何疑问和反抗，等待他们的将是宗教裁判所的裁决。统一国家只有一个办法：统一信仰。这也是解决人民多样化的唯一方法。母亲在曾经用阿拉伯语写着“正义与人民同在”的会议厅里修建了个小教堂，她向一个比安拉更严厉、更不容置疑的主祈祷，从此再也没有人来寻求正义。

但是没有什么能改变这宫殿本身。甚至士兵在大理石地板上的踏步声也不能打破这数百年的平静。我让马迪拉教我认识每个房间镌刻的题词，最喜欢的不是那些对真理的歌颂，而是姐妹庭院里写着的："你见过如此美妙的花园吗?"然后题词自问自答："我们从未见过什么花园拥有如此丰富，如此甜蜜，如此芳香的果物。"

这不是城堡，不是要塞，也不同于我们在加拉斯科或托莱多见过的那些宫殿。为了让人们能住在花园里，它建有各式堆满了精美奢侈品的房间。那些种满花木供人游玩的庭院，就像一个个美妙的梦：鲜花、蔓藤、水果和草药把墙壁、瓦砾、立柱装饰得美轮美奂。摩尔人相信这就是世上的伊甸园，数个世纪以来，他们用无数的财宝打造了这个乐土，它不仅是花园，是净土，也是天堂。

我爱这里，这里才是我的家，我的家乡。还是小孩子的时候，我就意识到它是独一无二的杰作：世上再也找不到如此动人的地方。但即使还是个小孩，我已经明白这不是我的久居之地。主和母亲的旨意都会让我离开这乐土，这秘密花园，这天堂。命中注定我会在六岁的时候遇见这世上最美的天堂，却不得不在十六岁时离开它。如同思乡的博阿布基，幸福和安宁对我而言竟然如此短暂。

1501 年秋

伦敦　汉普郡　多格莫斯菲尔德宫

“我说了你不能进去！就算你是英格兰国王本人也不行！”

“我就是英格兰国王，”亨利·都铎严厉地说，“要么她出来，要么我和我儿子进去。”

“公主殿下已经向国王陛下告罪她不能亲自觐见，”嬷嬷嘲弄地说，“侍臣已经骑马去向国王解释了，公主按西班牙习俗不见外人。你觉得英格兰国王会在公主拒绝见他以后还骑马跑来？你觉得他是谁？”

“就是我这样的人。”亨利戴着巨大金戒的手握拳砸向她。德·卡布拉伯爵冲进大厅，一眼认出了那个倾身抓住公主的嬷嬷并施以拳脚的四十岁清瘦男人和他背后的侍从，他喘息着说：“国王陛下！”

这时，嬷嬷认出了英格兰的新国徽，约克和兰开斯特的复合玫瑰，吓得往后退去。伯爵猛地停住身子，深深地鞠了一躬。

“这是国王陛下。”他弓着身子嘘声说。嬷嬷恐惧地吸了一口气，行了一个深屈膝礼。

“起来吧。”国王简短地说，“让她出来。”

“但是她是西班牙公主，陛下，”嬷嬷起身，但仍然低着头，“她必须闭门不出，直到婚礼那天您都不能见她，这是传统。她的臣下已经向您解释过了……”

“这是你们的传统，不是我的。既然她要在我的国家成为我的儿媳，就必须遵从我的法律，我的传统。”

“她是被精心地养大的，受过最严格的礼法教育，遵从……”

“那么她会被出现在她卧室的愤怒男人惊吓到的。女士，我建议你马上去让她起身。”

“不，陛下。我听命于西班牙女王本人，她命我要保证公主受到应有的尊重，她的行为……”

“女士，你可以履行你的职责，或者马上执行我的命令。我无所谓。让那女孩出来，不然我以我的王冠起誓，我会进去的。或许我会发现她赤裸地躺在床上，对我而言，这也没什么新鲜的。她最好是个标致的美人儿。”

西班牙嬷嬷因这侮辱惨白了脸，这不仅是对公主本人，也是对西班牙的侮辱。

“你说呢?”国王冷冷地问。

“我不会通禀公主的。”嬷嬷异常地顽固。

“很好！那我可进去了。”

她面色苍白，像愤怒的乌鸦一样后退，可是无能为力。亨利并没给她准备的时间，咒骂着越过她。

房间里只有蜡烛和炉火亮着。被子胡乱叠着，看起来那女孩匆忙起了身。床单还是温暖的，房间里她的芳香延绵不去，亨利在看向她之前就先感觉到了身处少女闺房的气氛。女孩站在床边，苍白的小手紧紧抓住雕花的木柱，瘦削的双肩裹着深蓝色的斗篷，隐隐能窥见华丽的白色蕾丝睡衣，背上垂着扎成辫子的丰美秀发，但是脸却完全隐藏在匆忙戴上的黑色蕾丝头纱里。

埃尔维拉夫人拦在女孩和国王之间。“这就是公主殿下，”她说，“成婚之前，她的面纱不能取下来。”

“不关我事，”亨利·都铎十分不痛快，“我总得看看我付钱买了什么货色，谢谢。”

他一步步上前，绝望的嬷嬷几乎要跪下了。“陛下……”

“她脸上有大片的疤痕？”他提高声音，掩饰不住深深的担心，“一些瘢痕？是不是他们没告诉我她脸上有水痘的瘢痕？”

“没有！我发誓！”

女孩默默地伸出她白皙的柔荑，轻轻掀开了华丽的蕾丝面纱。嬷嬷倒吸了一口气，但是没法阻止她将面纱甩在脑后。她纯净的蓝眼睛直直地望向亨利·都铎愤怒的老脸。国王看着她，终于如释重负。

这是个真正的绝代佳人：水嫩的脸蛋，挺拔的鼻子，撅起的丰盈双唇非常诱人。他看见她高抬的下巴，充满了挑衅，没有一丝处女的恐惧。这是一位充满了战斗力的公主，即使是在如此糟糕的处境里也保持了她的尊严和高贵。

他鞠了一躬：“我是亨利·都铎，英格兰国王。”

她屈膝回礼。

他再次向前，注意到她本能地侧身避让。他紧紧握住她的肩膀，亲了亲她饱满圆润的脸颊。她头发的气味和处女的温暖芳香让他无法自持，来自于下腹的欲望几乎要人昏了头脑。很快，他放开她退了回去。

“欢迎来到英格兰。”他清了清嗓子，“请原谅我的唐突。犬子正在来探望你的路上。”

“请恕罪，”她用纯正的法语冰冷地说，“我刚刚才了解到情况，有幸与陛下有这次意外的会面。”

亨利避开她的责问：“我有权……”

她用西班牙的方式耸耸肩：“当然，您可以对我行使任何权利。”

在这暧昧挑衅的话语里，他再一次强烈意识到，在这小屋里他和她之间难言的亲密。她的气息无处不在，在垂着重重帷幔的高床里，在凌乱诱人的床单上，在还留着她头形的枕头上，无声无息，春情难耐。气氛让人忘却这是王室间的问候，他听见那隐秘欲望生长的声音。

“我在外面等你。”他突然开口，仿佛一切是她的错，让他无法压抑对这个成熟小美人的渴望。如果这场交易里买下她的是他自己又会怎样呢？

“我需要礼遇。”她冷冰冰地说。

他几乎是逃离了这间屋子，差点撞上门外焦急徘徊的亚瑟王子。

“蠢货。”他训斥道。

亚瑟王子撩起额前淡金色的刘海，神经质的脸变得苍白。他沉默地站着，无言以对。

“我会尽快把那个嬷嬷赶回老家去。”国王说，“还有其他人。不能让她在英格兰还带着西班牙的亲信，我的儿子。国家不允许，我也不允许。”

“国民不会在意这点的，他们似乎都很爱戴公主。”亚瑟委婉地提议，“她的护卫说……”

“因为她戴着一顶蠢到家的帽子。因为她是稀奇古怪的西班牙人。因为她年轻又，”他顿了顿，“漂亮。”

“真的吗？”亚瑟欣喜若狂，“我是说真的漂亮吗？”

“我不是进去确认了？但是新奇劲儿过去之后，没有英格兰人会听从西班牙人的胡话了。我也不会。这是一场政治联姻，不是对她个人的奉承。不管他们喜不喜欢她，她都会嫁给你。不管你喜不喜欢她，她也会嫁给你。不管她乐不乐意，她还是要嫁给你。她最好马上出来，不然我就要做点其他决定了。”

我必须得出去了，我只是争取到了短暂的缓刑。他就在寝宫门外等着，他已经证明了自己的强大。如果我不服从他，那羞辱就会如泰山压顶般到来。

我推开再也不能护着我的埃尔维拉夫人，走向房门。仆人们被国王非同寻常的行为吓得目瞪口呆。我的心怦怦直跳，这是一个女孩将要面对公众的胆怯，这也是一个战士想要投入战斗，直面危险，不惧困苦的昂扬斗志。

英格兰的亨利希望我和他的儿子在他的迎接聚会之前见面，没有任何仪式，好像我们是一对毫无尊贵可言的粗鄙农夫。就这样吧，他不会看到一位西班牙公主因为害怕而退却。咬紧牙关，我努力像母亲训导的一样微笑。

我对和其他人一样呆愣的使者点头示意，命令他："通传吧。"

他的脸因为震惊而迷茫，推开门，大声通报："卡塔琳娜公主，西班牙公主与威尔士王妃驾到！"

这就是我。现在是我的时刻。这，就是我战斗的号角。

我举步前行。

西班牙公主出现在了昏暗的门道，款款步入众人视野，仅仅脸上的一丝红晕出卖了她的忐忑。

亚瑟王子在他父亲旁边咽了口口水。身着黑色丝绒礼服的她远比他想象中美丽动人，但也傲慢一百万倍。康乃馨色丝绸衬袍的领口被裁剪成方形，顺着数根珠链，直垂到丰满的胸口。她解开了辫子，头上披着曳地的黑色蕾丝头纱，红褐色的秀发在背上荡漾出红金色的波浪。她深深地行了一个屈膝礼，像个优雅的舞者般扬着头。

"恕我未能及时迎驾，"她用法语说，"如果知道您将驾临，我将做好万全的准备。"

“我很惊讶你居然没听到吵闹，”国王说，“我们至少在你门口争吵了十分钟。”

“我以为是门童在打闹。”她很冷静。

亚瑟因为她的无礼喘了口气。但是他的父亲微笑地盯着她，好像看到了一匹有趣的小母马。

“不，那是我，我还威胁了你的女官。不好意思惊扰了你。”

她低了低头。“那是我的嬷嬷，埃尔维拉夫人。对不起，她可能冲撞了您。她的英语不是很通透，可能没弄清楚您的意思。”

“我只是想见见我的儿媳，我儿子也想要见见他的新娘。我希望一个英格兰王妃就该有个英格兰王妃的样子，而不是像伊斯兰后宫里那些无所事事、与世隔绝的女人。你的父母打败了摩尔人，我可不希望他们是把你像个木偶一样养大的。”

她微微转开头，没有理会这冒犯。“我想您会教导我良好的英格兰礼仪，”她说，“这方面没有更好的导师了。”她转向亚瑟王子，稍稍屈膝，“殿下。”

他畏缩地鞠躬回礼，吃惊于她居然能在这样难堪的时刻如此淡定。他在上衣里胡乱摸索着装着珠宝的小包，不小心掉落在地，又像个傻子一样拾起来，冒冒失失地递给她。

她接过小包，点头感谢，但是并没有打开。“您用过膳了吗，国王陛下？”

“我们在这儿用餐，”他强硬地回答，“已经吩咐下去了。”

“那么能请您喝一杯吗？或者在用餐之前先梳洗下换件衣服？”她倾身打量着他，思虑着：从他皱纹密布溅满烂泥苍白黯淡的脸，到他脏兮兮的靴子。英国人真是个肮脏的民族，一座这样的宫殿，居然没有个像样的浴室，也没有管道提供清水。“或者您不需要梳洗？”

国王发出刺耳的笑声："你真贴心，给我一杯麦芽酒吧，然后让他们把干净衣服和热水送到最好的房间，晚饭之前我要梳洗。"他伸出一只手，"这可不是对你的恭维。用餐之前我总是要梳洗的。"

亚瑟看见她的一排米牙咬住下唇，像是在克制自己说出什么挖苦的话来。"遵命，陛下。"她愉快地说，"如您所愿。"她召唤侍女近前，飞快地小声用西班牙语吩咐下去。侍女屈膝请国王移驾。

王妃望向亚瑟王子。

"你呢？"她用拉丁语问。

"我？怎么？"他结巴着。

他觉得她忍住了一口烦躁的叹息。

"你不梳洗下换件衣服吗？"

"梳洗过了。"话刚出口他就恨不得吞掉自己的舌头。听起来就像个被嬷嬷责骂的孩子，他想。"梳洗过了"，然后呢？把手伸出来，翻两下，让她检查自己是不是个乖孩子？

"喝一杯吗？葡萄酒还是麦芽酒？"

仆人们已经呈上了酒壶和杯子，她走到桌边问。

"葡萄酒。"

她拿起玻璃杯和酒壶，这俩轻碰到一起，一下又一下。他这才惊奇地发现她在发抖。

飞快地倒好酒，她把杯子递给他。他凝视着她的手和酒杯里泛起的涟漪，还有她苍白的脸色。

他现在明白了，她不是蔑视他，她自己也非常紧张。父亲的野蛮无礼激起了她的骄傲，但是和他独处时，她只是个比他大不了几个月的女孩，仅仅是个女孩。欧洲最让人敬畏的两位君主的女儿，也只是个手会发抖的女孩。

“别害怕。”他轻声安慰，“这些事真对不起。”

这些事——没能回避这次见面、他父亲的无礼、他面对父亲时的软弱无力，还有最重要的，结婚这件事本身带给她的痛苦——他都感到抱歉。她远离家园，身处异乡，还被强迫和未婚夫见面。

她垂下眼眸，他看见丰盈的眼睫、眉毛和无瑕的肌肤。然后她抬头望着他：“没事，我经历过远比这糟糕的事情，身处过更恶劣的环境，面对过比你父亲更粗暴的人。别担心，我早下定决心，不惧任何艰难困苦。”

没人知道我是怎样才能让自己微笑，怎样才能让自己站在你父亲面前不至于瑟瑟发抖。我未满十六岁，远离父母，在这个陌生的国家，言语不通，举目无亲。除了随行的侍从和仆人，连个朋友都没有。他们也只是为了自己才照看我，根本无意出手相助。

我清楚自己的处境：于英格兰，我是西班牙的公主；于西班牙，我是英格兰的王妃。人前人后，我都必须处之泰然，即使在恐惧无助的时候也不能有丝毫示弱。你将成为我的丈夫，但是我对你几乎一无所知，也谈不上感情。我没法去慢慢爱上你，我得专心去做一个你父亲希望看到的王妃，母亲希望看到的公主，作为英格兰和西班牙同盟的纽带，我责无旁贷。

没人会知道这个坚强的公主必须假装淡然，假装自信，假装优雅，假装什么都不怕。身为伊莎贝拉女王的女儿，强迫自己和她一样勇敢，一样刚毅。其实，谁都会心生恐惧，但是我绝对绝对不会露怯。在他们召唤我时，我会勇敢前行。

梳洗过后，国王又喝了两杯酒才故作慈祥、若无其事地和王妃一起用餐。偶尔她会发现他在凝视自己，似乎在打量什么。她在众人面前转过头，不解地扬扬眉毛。

“嗯?”国王问道。

“请恕罪。”她温和地说，“我以为陛下您看着我是有什么需要。”

“我只是觉得你和画像不太像。”

她面红耳赤，画像总是会美化一个人，特别是这个人还是政治联姻市场上待嫁的皇室公主，那更是极尽美化之能事。

“好看多了。”亨利不情不愿地安抚着她，“也年轻娇嫩得多。”

她没有如他所愿，对于赞美表示感动，仅仅点了点头，仿佛那只是件无足轻重的小事。

“路上糟糕透了吧。”亨利问。

“非常糟糕。”她转头对亚瑟说，“八月我们就从科伦纳出发了，但是不得不又返回去躲避风暴。最后起航的时候天气还是很恶劣，迫使我们在普利茅斯登陆，而不是南开普顿。大家都以为自己会被淹死在茫茫大海里，尸骨无存。”

“嗯，但是你不能从陆路走。”亨利想到要经过危险的法国境内，还有充满敌意的法国国王，语气变得冷漠起来，“对那位冷酷无情的国王而言，你可是无价之宝。感谢上帝没让你落到敌人手里。”

她看着他若有所思：“感谢主，我的确没有。”

“好啦，都过去啦。”亨利总结，“你要坐着王室驳船游览泰晤士河啦。这才是个威尔士准王妃的样子。”

“从三岁起我就是威尔士王妃了。”她纠正说，“他们都称我威尔士王妃、卡塔琳娜公主殿下。”她看向依然沉默地盯着桌子的亚瑟，“我一直都明白有一天我们会结为夫妻。谢谢你经常写信给我，这样我俩才不是完全的陌生人。”

“我必须得写。”亚瑟红着脸，笨拙地说，“这是学习的一部分。但是我喜欢你的回信。”

“好啦，孩子，你能机灵点么?”听到父亲的苛责，亚瑟连耳朵都红了。

“你没必要让她知道你是被逼着写信的。”父亲很严厉，“最好让她觉得你自己愿意给她写。”

“没关系，我不介意。”卡塔琳娜轻声说，“我也是被逼着回信的。既然如此，我希望我们从一开始就能坦诚相对。”

国王爆发出一阵大笑。“至少一年之内你不会。”他断言，“然后你们总会习惯善意的谎言。婚姻最大的救星就是装聋作哑。”

亚瑟顺从地点点头，卡塔琳娜只是淡淡地笑了，好似觉得他的直率很有趣，但是并不是必然的真相。亨利发觉这女孩引起了自己的兴趣，而且她的美貌仍然让人充满欲望。

“我敢说你父亲绝对不会对你母亲毫无隐瞒。”他试图再次引起她的注意。

他成功了。她的蓝眼睛带着深思注视着他。“也许他没有，”她承认，“这我不清楚，为人子女也不该打探。但是不管他有没有，母亲总是清楚的。”

国王笑了。这个仅仅有他胸口高的女孩孩子气的端庄真是讨喜。“你母亲真有眼光，她能透视吗?”

她并没有回颜一笑。“她是个智者，她是欧洲最睿智的君主。”

去嘲笑一个女孩对母亲的尽力维护无疑就是个傻瓜，他想。指出她母亲虽然统一了卡斯蒂利亚和阿拉贡王国。但是离营造一个和平统一的西班牙还有相当的距离，也是粗野无礼的。只有伊莎贝拉和费迪南才有胆量手腕生生地从西班牙摩尔王国里建造出一个独立的国家，他们还需要时间去让所有人接受他们的统治。卡塔琳娜的伦敦之行也曾被造反的摩尔人和犹太人惊扰，他们不怕西班牙君主的暴虐。国王改变了话题：“给我们跳个舞吧?”他迫不及待地想看她的反应，“还是说在西班牙这也不被允许?”

“既然身为英格兰王妃，我得遵从你们的规矩。”她说，“英格兰王妃得在半夜国王强闯卧室以后起身为他表演舞蹈吗？”

亨利笑了：“如果她识趣的话就会。”

她露出娴静的笑容。“既然如此，我会和侍女们跳一曲。”她起身走到屋子中央，喊了一声谁的名字，亨利注意到那是玛利亚·德·萨利纳斯，一个黑发的漂亮姑娘快步走到卡塔琳娜身边。另外三个假装羞涩实则热情的年轻姑娘也站了过去。

亨利打量着她们。他曾对西班牙君主要求陪嫁队伍里都是美人儿，很高兴不管这要求有多无礼多直白，至少他们接受了。姑娘们都很美貌，但是没人能掩盖住王妃的光芒。她沉静地站着，举起手轻拍，示意音乐可以开始了。

他注意到她像个淫荡的女人一样跳了起来。这是一首帕凡舞曲，一种仪式用的慢舞。她紧闭着双眼，摇晃着臀部，脸上露出若有若无的笑容。她受过良好的教育，和每个公主一样学会了跳舞。在声色犬马的宫廷里，歌舞音乐远比其他事情来得重要。她跳舞时仿佛主导了节奏，而见多识广的亨利坚信，会这样跳舞的女人迟早会顺从于内心情欲的召唤。

他想到这精美的玩物终会去到亚瑟冰冷的床上，好心情就被渐渐升起的愤怒取代，不知他沉默木讷的儿子能否挑逗起她属于女人的热情。也许亚瑟甚至会因为弄错地方而伤到她，但她只能咬紧牙关默默忍受，履行她作为一个女人，一个王后的职责，然后，假设她因分娩而死，这场给亚瑟找个新娘的闹剧就会重演。这对他可没什么好处，她只会给他留下此刻这般令人恼怒的欲望。作为宫廷的附属，她是称职的，合心合意，只是她不该如此撩人情思。

亨利不再欣赏她的舞蹈，转而用她的嫁妆宽慰自己，这才是最终最直接的利益。这个倔强撩人的新娘，不管有多不相配，迟早是亚瑟的。她那一长串行李的嫁妆是一笔巨大财富，只要一结婚，司库就会缴纳上第一笔款项，那会是十足的赤金。一年以后，则是第二批黄金白银和珠宝。经历过王位争夺，对于金钱的捉襟见肘，亨利相信金钱至上，金钱的力量甚至远在王座本身之上，他明白，钱可以买来王座，还有女人，可以买来远比一个处女王妃的笑容更令人愉悦的东西。这个可人儿跳完了舞，微微致礼，正笑着迎上来。

“您还满意吗?”她涨红了脸，还在微微喘气。

“美妙极了。”他说，他可不能让她知道自己有多迷人。

“现在已经够晚了，你得睡了。明早我们会护送你一程先回伦敦。”

她又一次被这种无礼的行为冒犯了，她瞥了瞥亚瑟，希望他能反对他父亲的安排。至少能和她一起回伦敦，反正他父亲曾夸耀过自己的不拘小节。可是那男孩什么也没说。

“如您所愿，陛下。”她还是不失礼节。

国王点点头，起身离开，所过之处侍从宫女纷纷屈膝或是鞠躬行礼。“好一个不拘小节。”看着国王昂首挺胸大步流星地穿过自己的侍从，卡塔琳娜不禁想。“他也许会吹嘘自己的军人作风，但是他特别看重下属的遵从和形式上的尊重。”伊莎贝拉的女儿自己默默思忖。

亚瑟匆匆对王妃道了晚安，就追随父王而去。不一会儿，国王的随从走了个干净，只剩下王妃和她的侍女。

“真是奇怪的人。”她对自己宠信的侍女玛利亚·德·萨利纳斯评论说。

“他喜欢您。”年轻的女人毫不讳言，“他一直紧盯着您，他喜欢您。”

“为什么不?”她有着欧洲王室女子天生的自负，“就算他不，所有的事情都商定好了，几乎从我刚出生时就定好了。”

他和我期盼的很不一样。一位杀出血路坐上王位，从战争的泥泞里拾

起权杖的国王，我以为他会像父亲一样，是个骑士，一位伟大的战士。可是其实他更像个商人，一个躲在门里机关算尽的男人，难以想象他用手中的剑赢得了王位和他的妻子。

曾盼望他能像堂·赫南多一样，是个值得仰慕的英雄，一个可以称之为父亲的男人。可是他苍白瘦弱得像个店员，而不是罗曼史里的骑士。

原以为英格兰宫廷会更加庄严肃穆，会有盛大的仪仗，会有正式的介绍和文雅的演讲。这才是一个正式会面应有的礼仪，在阿尔罕布拉宫这是最基本的礼仪。但是他很鲁莽，甚至可以说是粗野。对这些混乱没条理的北方习俗我得习以为常，事情没法稳妥甚至得体地解决。在成为王后拥有实权之前，我得监管很多事情。

但是，无论如何，我和国王之间是否互相喜欢根本不是问题。他和父亲签订了我和亚瑟的婚约，我和他彼此怎么想对方不是问题。我和他也不会一起处理什么事件。我过我自己的生活，管理威尔士，而他过他的生活，统治英格兰。等他驾崩，我的丈夫会继承他的王位，他的儿子会是下一个威尔士亲王，而我，就是王后。

而我的丈夫——哦！那可完全不一样了。他太英俊了！超乎想象的英俊！他白皙纤瘦，像是古代罗曼史里走出来的男孩。他会在守夜的夜晚整晚不眠，在城堡的窗户下歌唱求爱。他的皮肤苍白，闪闪发光，美丽的金色头发也是，而他也比我高，纤瘦但是强壮，就和每个快要成人的男孩一样。

他不轻易展现笑容，但是笑起来就和阳光一样耀眼。并且，他很温柔。这对一个丈夫而言尤其重要。当他接过我手中的酒杯，他发现了我在颤抖，而他体贴地想要安慰我。

他会怎么看我呢？真想知道。我都迫不及待了。

按照国王安排，第二天一早他就和亚瑟回了温莎堡，而卡塔琳娜一行，她装着嫁妆的巨大旅行箱，她的侍女，她的西班牙家仆，都被骡子驮着在通往伦敦的泥泞道路上缓慢前行。

在新婚那天之前她再也没能见到王子，但是在泰晤士的金斯顿她被安排停止前行、以便会见王国最位高权重的几个人，年轻的白金汉公爵爱德华·斯塔福德，还有约克公爵与国王同名亨利的二王子，他被派来陪同她一直到兰贝斯宫。

“我会去见他们的。”卡塔琳娜步履匆匆，穿过等候的马匹。她可不希望和嬷嬷为未婚少女在结婚之前会见年轻男士是否合乎礼仪再来一次口角。

“埃尔维拉夫人，那只是个十岁的小男孩。没关系的，我母亲都不会认为这有什么大不了的。”

“至少戴上你的面纱。”嬷嬷恳求，“白，那个白什么公爵也在。为了你的名誉，在他面前你得戴上面纱，小公主。”

“白金汉。”卡塔琳娜告诉她，“白金汉公爵。以后请称我威尔士王妃。你知道的，如果我戴上了面纱，他会马上禀告国王。你也知道我母亲说过：他是国王母亲的监护者，为他的家族带来巨大财富，对他，我们必须表现出最大的尊重。”

年长的女士摇着头，但是卡塔琳娜大着胆子出发了，连自己也为这种鲁莽而吃惊。她看见公爵的人马排列整齐地在前面的道路上徘徊，领头的是一个小男孩：拎着头盔，金发像阳光一样耀眼。

他和他的兄长还真不一样，她想。亚瑟的发色浅淡，身形纤细，有一副苍白严肃的外表和温暖的褐色眼睛，这却是一个无忧无虑的阳光男孩。不像他消瘦的父亲，他看起来生活富足，金红色的头发，还带着婴儿肥的圆脸。一看见她，他就笑了，那是真正能温暖人心的笑容，明亮的蓝眼睛里倒映着整个美好的世界。

“姐姐!”他兴奋地从马上跳下来深深鞠了一躬，盔甲发出刺耳的摩擦声。

“亨利弟弟。”她恰到好处地行了一个屈膝礼，他不过是英格兰国王的次子，她可是西班牙的公主。

“看到你太高兴啦。”他的拉丁语很流利，可是带着浓浓的英格兰口音，“我要护送你去伦敦举行婚礼，陛下才同意我先来见你的。因为我说，如果我们没有彼此熟悉就牵着你的手把你带到亚瑟面前，那可就太尴尬啦。叫我哈里①吧，他们都叫我哈里。”

“哈里弟弟，我也很高兴见到你。”卡塔琳娜彬彬有礼地回复了他的热情。

“太好啦！你会高兴得跳起来的!”他十分雀跃，“父亲说我可以把你结婚礼物里的马带来，这样我们就可以一起骑去兰贝斯了。亚瑟说你要等婚礼那天才能骑它，但是我说——为什么要那天呢？婚礼当天她会忙着结婚而没工夫骑马的！但是如果我把马带去我们马上就能骑了。”

“你真贴心。”

“噢，我可从来不听亚瑟的。”他得意扬扬。

卡塔琳娜只能笑笑：“从不?”

他做了个鬼脸，摇摇头：“真的，吓了一跳吧。他很博学，但没天赋。人人都说我在语言上有天分，还有音乐。你高兴的话我们可以说法语，我可比其他小孩说得流利多了。我还是个相当有才华的音乐家，当然也是运动健将。你会打猎吗?”

“不，”卡塔琳娜有些不知所措，“我只跟着他们去猎过野猪和狼什

① 亨利的昵称。

么的。”

“狼？我太喜欢了。你们那真的有熊出没吗？”

“有的，在山里。”

“我想打头熊回来。你们追猎狼的时候像打熊一样步行吗？”

“不，骑马的。”她说，“它们跑得很快，得用跑得飞快的狗去捕猎。真是可怕的围猎。”

“我可不怕。”他说，“我一点都不怕这些。他们都说我有着非凡的胆量。”

“我想也是。”她笑了。

一位二十多岁的英俊的男士走上前来，鞠躬行礼。“喔，这是白金汉公爵，爱德华·斯塔福德。”哈里飞快地说，“我能引荐他吗？”

卡塔琳娜伸出手，他再次行了个吻手礼。他英俊的脸上充满了温暖的笑容。“欢迎回到您自己的国家。”他的卡斯蒂利亚语十分完美，“希望您的旅程事事顺心。有什么可以为您效劳的吗？”

“他们服侍得确实很好。”卡塔琳娜如沐春风，十分满意这种来自母语的问候，“一路过来，我受到的欢迎也很友善。”

“来看看你的马。”哈里打断了谈话，示意马夫牵过来一匹漂亮的黑色母马，“你习惯骑好马吧。是不是一直骑的巴巴里的马？”

“那是母亲给骑兵准备的。”

“哦，”他轻声说，“是因为太快了吗？”

“他们可以被调教成战马。”她走上前摊开掌心，母马嗅着她，轻轻啃着她的手指。

“战马？”他追问。

“撒拉逊人的马能像主人一样战斗，经过训练的巴巴里马也可以。”她说，“他们能冲锋出去用前蹄踹翻士兵，后蹄也行。土耳其人的马甚至能从地上拾起长剑交给骑手。我母亲说战斗里一匹好马能抵得上十个士兵。”

“我也想要一匹那样的马。”他渴望地说，“怎么才能弄到呢？”

他顿了顿，可她并没有上钩。“如果谁给我一匹那样的马，我就能学会怎么调教它，”他的需求显而易见，“也许作为生日礼物给我，也许是下个星期就给我，因为结婚的不是我，所以我收不到任何结婚礼物。这样太见外了，我太可怜了。”

“也许吧。”卡塔琳娜的弟弟也耍过一样的把戏。

“我可以练得很好的。父亲说虽然我得去教会，但是我可以练习骑射刺靶。可是太后不许我用长矛比武。这太不公平了。我要参加比武。如果有了合适的战马，我就能参加了，我一定能战无敌手。”

“那是当然。”

“好了，我们该走了？”他泄气地发现她不会送他一匹马的。

“我不能骑马，我的骑装还收在行李里。”

他犹豫地说：“你不能就这样骑吗？”

卡塔琳娜笑了。“这是天鹅绒和丝绸，我可不能这样骑上马。再说，我也不能像个戏子一样在英格兰骑马折腾，这可有失身份。”

“喔，你一会儿就回去你的轿子？这样我们岂不是会走得很慢？”

“抱歉，我得坐在轿子里。”她说，“还得放下轿帘。我想甚至你父亲也不希望我衣衫凌乱地招摇过市。”

“当然，王妃殿下今天是不能骑马的。”白金汉公爵真是善解人意，“就像我说过的，她得坐轿子。”

哈里耸耸肩。“这个我可不知道。没人告诉我你会穿什么。我可以先走吗？我的马可比骡子快多了。”

“请便，但是可不要跑出我的视野。”她坚决地说，“既然你被派来护送我，你得和我在一起。”

“我也这么想。”白金汉公爵小声说，文雅地和王妃相视一笑。

“在岔路口我会等你们的。”哈里保证，“记住，可是我在护送你。在你结婚那天我还是会护送你。我有一件白色的金边礼服。”

“那你可不知道得有多英俊了。”她说，看到他高兴得涨红了脸。

“噢，这我可不知道……”

“我发誓人人都能发现你是多帅的男孩。”他愈发地骄傲了。

“大家总是赞美我的，我很高兴他们都那么爱我。父亲说坐稳王位唯一的方法是子民的爱戴，还说理查德国王就是犯了这个错误。”

“我母亲说一切都是上帝的旨意。”

“哦，”他显得无动于衷，“我知道了，这是国家的差距。”

“我们一起走吧，”她趁机提议，“我会告诉他们我们准备出发了。”

“我会下令的，”他坚持，“是我护送你。我会安排好的，你就在轿子里好好休息吧。”他又飞快地斜瞥了她一眼。“你得坐在轿子里去兰贝斯宫。我会来请你，等我掀起轿帘，你就搭着我的手下轿和我一起进去。”

“嗯，我一定会喜欢的。”她向他保证，再一次看到他脸上飞起红晕。

亨利匆忙跑开了。公爵笑着鞠了个躬：“他是个开朗的孩子，充满了热情。希望您原谅他的莽撞，他只是有些任性。”

“母亲的心肝宝贝？”她想起自己母亲对唯一继承人的态度。

“比这更糟。”公爵笑着说，“他母亲是爱他，但是他更是他祖母爱逾珍宝的眼珠子，而她统治着宫廷。还好他本质不坏，聪明有教养。虽然有足够的资本被宠坏，但是太后并不放任他。”

“她是个宽容的人吗？”

他笑噎着了。“只是对她的儿子。其他人眼里她可是很庄严的。”

“在兰贝斯我们还能交谈吗？”卡塔琳娜希望对王室有更深的了解。

“兰贝斯和伦敦都可以，为您效劳是我的荣幸。”年轻的男人的眼神真挚温暖，“您可以随心所欲。我会是您在英格兰的朋友，您可以随时召见我。”

我得有勇气面对，我的母亲是个勇敢的女人，我也得是。年轻的公爵对我如此友善，我也没必要像个傻子一样垂头丧气。抬起头来，微笑，母亲说只要笑着就好，没人知道你是在退缩还是恐惧。我要微笑，无论事情如何变化。

虽然英格兰现在看来还是如此陌生，但是我会入乡随俗。我会遵从他们的习俗，过着他们的生活，学会他们古怪的行径，而那些我不能忍受的最糟糕的事情，在我成为王后以后也会得到改变。无论如何，这都比青春丧偶的伊莎贝尔姐姐好。这也比为人续弦的玛利亚好。比为爱痴狂的胡安娜好。比我英年早逝的兄弟好。当然比起母亲刀光剑影的童年，我更是幸福的。

我的生活不会像她一样，我身处的年代远没有当年那样狂热。我只希望能和丈夫亚瑟，他讨厌聒噪的父亲，可爱自大的弟弟好好相处，希望他的母亲和祖母能喜欢我，或者至少能教我怎样才能做一个合格的威尔士王妃，甚至是英格兰王后。至少我不会像母亲一样黑夜里还策马狂奔在征战的路上，不会像她一样需要典当自己的珠宝去支付军饷，甚至还要穿上盔甲亲自作战。我的领土更不会受到可恶的法国人和异端的摩尔人的夹击。我会嫁给亚瑟，当他父亲驾崩——这不会等得太久，他已足够老迈，而且失于调养——我们就会登基，而我会像母亲治理西班牙一样治理英格兰，像我承诺的那样与西班牙结成最坚固的同盟，世代交好，永不背弃。

1501年11月14日

伦敦

结婚典礼那天，冬日的冷阳才刚刚爬上灰白的天空，卡塔琳娜就醒了。沐浴更衣的时候宫女告诉她，英国人觉得她婚礼之前需要沐浴更衣不可理喻，完全是在罔顾性命。在阿尔罕布拉宫长大的卡塔琳娜，习惯了作为宫殿里最华丽部分的浴室，以及那些泉水流淌里的欢声笑语，在听说英国人只是满足于偶尔的盆浴，穷人甚至一年才洗一次澡时，震惊得无以复加。

她已经见识过国王和亚瑟王子身上的龙涎香和香胰子的味道里掩藏不住的汗水和马匹的味道，而她将要在这里度过余生，这里的人们几乎一年都不会替换内衣。这是她必须忍受的另外一件事，就像无瑕的天使忍受贫瘠的人世。她来自乐土，伊甸园，天堂，去到平凡的世界，从阿尔罕布拉宫到英格兰，必然会有些不合意的改变。

“也许这里总是很冷，所以不洗澡没关系。”她有些踌躇。

“对我们来说有关系，”埃尔维拉夫人说，“您得像个西班牙公主一样沐浴，所有厨师都得停下来给你准备热水。”

埃尔维拉夫人从厨房要来一个给动物去皮毛的大盆，让人仔细清理过，并铺上了雪白的亚麻布，注满热水，撒上玫瑰花瓣，倒进西班牙的玫瑰精油。她宠爱地清洗着卡塔琳娜雪白修长的四肢，脚指甲，手指甲，刷牙，最后再三冲洗她的长发。疑惑的英国侍女身着印花棉裙一次次在门口接过筋疲力尽的侍童送来的热水罐，倒进盆里保持适宜的温度。

“如果我们有一间真正的浴室，”埃尔维拉夫人抱怨说，“有蒸汽、淋浴和舒适的大理石地板！热水随时都能喷出来，你就可以随处坐着，尽情擦洗了。”

“别多想了。”卡塔琳娜迷迷糊糊地被搀扶出来，舒服地被洒着香水的毛巾擦干。侍女捧起她的长发，轻柔地挤干，用泡过精油的红色丝巾仔细搓着，使它明亮又鲜艳。

“您真是您母亲的骄傲。”埃尔维拉夫人引着公主来到衣橱前更衣，穿上层层叠叠的礼服。“把那根带子拉紧，姑娘，让裙子挡住赘肉。这是你的大喜之日，也是她的，她说过会不惜任何代价将你嫁给他。”

是的，但是她不是那个付出最大代价的人。我知道他们给我准备了大量的嫁妆作为筹码，他们经过了那么漫长艰难的谈判，我也经过了那么凶险的航行，但是我们还有另外从没谈及的代价——自从我听说以来，在旅途里，在海上的日子里，一直在我脑中挥之不去。

爱德华（金雀花王朝），沃里克伯爵（1475年2月25日出生，卒于1499年11月28日）。

金雀花王朝的爱德华，英格兰国王二十四岁的儿子——说实话，比我公公更适合王位。他是国王的侄子，有王室血统的王子。他品行端方，无可指责，但是为了我，为了我的利益，他被抓进了伦敦塔，最后被砍头。为了让我的父母满意，在他们替我争取的王位上不会再有觊觎者。

我父亲亲自警告亨利国王，只要沃里克伯爵还活着，他决不会让我踏入英格兰，所以我就是举着镰刀的死神。当他们派船来接我去英格兰时，沃里克已经是个死人。

他们认为他是个傻子。他根本没意识到自己被监禁了，以为住在伦敦塔是一种荣耀。他明明知道自己是金雀花王朝最后的血脉，也明明知道伦敦塔是王族的监牢。当一个冒充王子的人被抓到可怜的沃里克隔壁，他还认为这会是个朋友。当那人邀请他越狱，他觉得这是个值得一试的主意，他天真到在狱卒能听到的地方低声讨论他们的计划。这给了他们控告他叛国的理由，最后他被轻而易举地抓到，毫无异议地走上了断头台。

国家需要和平，还有一个名正言顺的国王，并不介意那么一两个牺牲品。他们也希望我不介意，特别是这是为了我的利益。这是我父亲为我而安排的，为了我的坦荡的前程。

得知他的死讯，身为西班牙的公主，我自然不能说什么，毕竟我是母亲的女儿。我不能像普通女孩那样轻浮，把心中所想宣诸于世。但是当日月交替，夜幕降临，独自漫步在阿尔罕布拉宫冰冷潮湿的花园，被长长的运河边的树木遮掩住身形，我无法不想到爱德华·沃里克公爵。即使拥有再多的财富和珍宝，我也无法再心无芥蒂地在树荫底下享受透过丰厚绿叶的灿烂阳光，他再也看不到的阳光。我祈求主能让我忘掉这个无辜男人的死。

从卡斯蒂利亚到阿拉贡，父母一直在战斗，他们是西班牙的喉舌，是尘世间的救世主，把公平正义带到了每个集市，每个村庄——每个西班牙人都不会再流离失所。甚至最伟大的君主都不能谋杀一个农夫：他们要面对正义的审判。但在这里，在英格兰，为了我，他们忘记了原则。他们遗忘了我们宫殿的墙上铭刻着："正义与人民同在。"他们只是写信给亨利国王，告诉他除非沃里克死，不然他们不会让我去英格兰。很快，如他们所愿，沃里克就被杀了。

有时候，我会忘记我是西班牙的公主和威尔士王妃，只是那个牵着母亲衣角踏入阿尔罕布拉宫，认为母亲所向无敌的卡塔琳娜。有时候我天真地想，母亲有没有犯下巨大的错误？有没有过度执行主的旨意？这是主所想要的吗？这场婚礼是鲜血铸成，飘扬着无辜鲜血染成的旗帜，怎么会成就一段美满的姻缘？善恶有报，这会不会是另一场血腥悲剧的开端？在如此的牺牲之下亚瑟王子和我又怎么会得到幸福？如果我们能幸福，那将是怎样自私自利、罪孽深重的快乐呀？

十岁的约克公爵——哈里王子十分满意自己的白色塔夫绸外套，几乎没有看卡塔琳娜一眼，直到走到圣保罗大教堂的西门，他才转向她，从白头纱上点缀的蕾丝间注视着她。在他们面前是铺着红毯嵌着金色铆钉直通教堂的大道，两旁是熙攘的伦敦市民。而大道的尽头是教堂的祭坛，六百步远的地方亚瑟早就站在了那里，神情紧张。

卡塔琳娜紧挽着身旁男孩的胳膊，对他嫣然一笑，他也回以愉快的笑容。他停在那里，直到所有人都发现新娘和王子已经到了门口准备进场了。一刹那的寂静，人们都伸长了脖子想要看清新娘，然后最戏剧性的时刻到了，他挽着她稳步前行。

穿过人群，卡塔琳娜听到了他们的窃窃私语。亨利特意下令搭建的高台上，西班牙红石榴和英格兰玫瑰交错在一起。王子转身注视着公主向他走来，但是一瞬间几乎被他弟弟的表现激怒了，他挽着公主好像自己才是新郎，四处点头致意，接受人们扬帽敬礼，在屈膝人群的窃窃私语里展露着自己得意的笑容，仿佛今天人们是为他而来一般。

直到他们终丁来到亚瑟身边，哈里才不情愿地退场了。王子和公主面朝大主教跪在婚礼专用的白色绣花塔夫绸垫子上，结婚仪式开始了。

“没有谁能比他们更相配了。”亨利七世和妻子母亲站在王室专用座位上，酸溜溜地想，“她父母认为我是个阴险不值得相信的人，我倒是觉得他父亲是半个摩尔奸商。他们订了九次婚，这将是一场牢不可破的婚姻。他父亲不会再有二心了。他现在会帮我对付法国人，他女儿以后也会，光是想到我们这个同盟就能把他们吓退，和平，终于来了。”

他看向身旁的妻子。当大主教举起新郎新娘紧握在一起的手，用圣洁的披肩包裹住它们，她也溢满了泪水。她的脸，热情，美丽，但是并不能打动他。谁知道这张美丽的面具后面她在想什么？她自己的婚姻不外如是：约克和兰开斯特的联盟让她成为了国王的妻子，可以有更多的权力。或者她还想着那个曾经愿意下嫁的男人？国王怒视着她。他从来弄不懂自己的妻子，伊丽莎白。一般而言，他也避免去想她。

她的另一边，他总是绷着脸的母亲玛格丽特·博福特，正带着一丝微笑看着年轻的新人。这是英格兰巨大的胜利，是他儿子的胜利，不仅如此，也是她的——带着这个天生不幸的家族走出逆境，挑战约克公爵，打败前朝国王，扫清通往宝座上的所有障碍。这是她的功绩。是她在合适的时机带着儿子从法国回来争取王位。战斗里，是她的盟友出兵相助。是她，在博斯沃恩的战场上让篡位者理查德陷入绝望。几乎每刻她都在享受自己的胜利，这场婚姻也是她长期努力下所攀上的胜利的高峰。这新娘会生下她的曾孙，有西班牙血统的英格兰都铎国王，子孙相传，成就都铎王朝的千秋万代。

卡塔琳娜机械地重复着结婚誓词，手指上冰冷的戒指如此沉重，而新郎的吻也因为紧张如此冰冷。从祭坛上一步步走下来，微笑的人群一直延绵到教堂外面，原来，这就礼成了。从黑暗潮湿的教堂来到外面的冬日暖阳里，人们为亚瑟和他的新娘，威尔士王子与王妃大声欢呼，这一刻她认识到自己最终完成了使命。从孩提时代，她就许给了亚瑟，而现在，他们终于成为了夫妻。从三岁起她就被冠上了威尔士王妃之名，而现在，她终于名副其实，在这个世界上找到了自己的位置。她笑了。拥挤的人群尽情畅饮着免费的红酒，为了美丽的新娘，为了来之不易的和平，他们大声欢呼。

他们结为了夫妻，但是在那漫长的一天，他们却没有机会再交谈几个字。在正式的晚宴上，尽管他们紧挨着坐在一起，可是敬酒，致辞，欣赏音乐耗费了他们大部分的精力。一系列繁文缛节之后，有一场诗歌和歌剧表演。从来没人见过如此铺张奢靡的场面，甚至比国王自己的婚礼和加冕礼还要盛大。这是一场对英格兰国王的重新定位，它告诉世界，这场都铎玫瑰与西班牙红石榴的联姻是新纪元最伟大的事件之一。两个新的王朝——费迪南和伊莎贝拉在阿尔安达卢斯[①]建造的新王国，还有赢得了英格兰的都铎家族——通过联姻正式结成了绝对的同盟。

乐队演奏了一首西班牙舞曲，伊丽莎白王后在王太后的颔首致意下，附在卡塔琳娜耳边温和地说："如果你能跳上一曲，我们都会感到荣幸。"

卡塔琳娜镇静地站起来走到大厅中央，身边是举着手绕成一圈簇拥着她的侍女。她们跳起了亨利曾欣赏过的孔雀舞。透过眯起的双眼，亨利再次觊觎着自己的儿媳。毫无疑问，她是这里最富魅力的年轻女子。可惜死鱼一样的亚瑟并不能教会她床笫间的快乐。如果让他俩去了勒德洛堡，她只会无聊至死，变成彻底的冷感。如果把她留在身边，那将是多么的秀色可餐，荣耀宫廷。可是，他叹了口气，终究还是不敢冒这个险。

"真是个乖巧可爱的孩子。"王后赞叹着。

"但愿如此。"他颇不赞同。

"陛下？"

对她惊讶的询问他只报以一笑。"没什么，你说得对，确实讨喜。而且看起来很健康，对吧？你觉得呢？"

"确实如此，而且她母亲跟我保证过她月事是最有规律的。"

他点点头："那女人可不说什么真话。"

"在这个问题上，她也没必要说谎吧？"

---

①今安达卢西亚。

他点点头，不再争论。自己妻子对旁人友善轻信的天性可不是人力能改变的。既然她对政治没有什么影响力，就随她去吧。“亚瑟呢？他可有成熟强大起来？真希望他能有他兄弟的魄力。”

他们都望向正站着欣赏舞蹈的哈里。他神情雀跃，目光明亮，是个活泼的孩子。

“哦，哈里，”他的母亲目光宠溺，“不会有王子比他更英俊更充满活力了。”

西班牙舞蹈结束了，国王带头鼓掌：“现在轮到哈里和他的妹妹了。”他并不想勉强亚瑟在自己的新娘面前起舞。他跳起舞来就像个木偶，瘦骨伶仃的腿，机械的动作。哈里迫不及待地和玛格丽特公主站到了舞池里。乐队熟知年轻王子的喜好，奏起了欢快的三拍舞。哈里甩开自己的外套，像个农夫一样挽起袖子，尽情跳了起来。

西班牙贵族对他的疯狂行为目瞪口呆，但是英格兰宫廷和他的父母一起对他的活力热情报以微笑。当他们快步做着最后的旋转，每个人都欢呼着热烈地鼓掌。除了亚瑟王子。他的目光投向虚空，不愿看着自己的弟弟，直到母亲的手放到他胳膊上才回神。

“他是在白日梦他的洞房之夜吧。”他父亲对玛格丽特王太后说，“虽说我有点怀疑。”

她尖锐地一笑，严苛地说：“我对这新娘可不看好。”

“不看好？你自己也看了那协议的。”

“这价格我喜欢，但是货物可不合我的胃口。”她用一贯辛辣的语气说，“她可是个纤弱美丽的小东西。”

“难道你希望是个粗壮的农妇？”

“我喜欢大屁股能生儿子的女孩，”她直言不讳，“满满一屋子的儿子。”

“她这样已经够好了。”他明白他永远没法把她对他的意义宣之于口，甚至连他自己也尽量避开这个想法。

卡塔琳娜被自己的侍女安置在了婚床上，玛利亚·德·萨利纳斯给了她个晚安吻，埃尔维拉夫人则给了她母亲般的祝福，但是亚瑟还要经受过一轮朋友热情猥亵的玩笑才会被送入洞房。王妃还在安静躺着，而这些陌生人哄笑着把王子抬到她旁边道过晚安才一哄而散，然后主教给床单洒上圣水，为年轻的夫妇祈祷。这真是世上最公开的卧室了，除非他们把卧室向伦敦市民开放，展示他们在床上笨拙的相处。这对他们而言太漫长了，直到门终于在别有含义的笑容里关上了，他俩都还像一对害羞的玩偶靠着枕头直直坐着。

沉默。

还是沉默。

“要喝一杯吗？”亚瑟紧张地小声问。

“不太想。”

“这酒可不一般，他们叫它合卺酒，加了甜丝丝的蜂蜜和香料。是为了勇气而制的酒。”他露出一点笑容。

她也笑了。“我们需要勇气吗？”

她的笑容鼓励了他，他下床取来个杯子。“我想还是需要的。你是这片土地上的陌生人，除了姐妹我也从来不认识别的女孩。我们得一起摸索。”

她接过装着热酒的杯子一饮而尽。“哦，真好喝。”

亚瑟喝了一杯，又取了一杯，才回到床上。他掀起床罩躺在她身边，看起来好像是被迫的一般完全没有掀起她的睡衣扑倒她的想法。

“我要吹蜡烛了。”他说。

突如其来的黑暗吞没了他们，只有炉火的余烬还在闪耀。

“你累吗？”他问，希望她能善解人意地回答自己很累，无法履行夫妻间的义务。

“一点也不，”她说得很文雅，黑暗里声音显得很缥缈，“你呢？”

“不累。”

“那你现在想睡了吗？”他又问道。

“我知道我们要做什么，”她突然说，“我的姐姐们都结婚了，我什么都知道。”

“我也知道。”他有些逞强。

“我不是说你不懂，只是觉得你不用害怕，我都知道的。”

“我不是害怕，只是……”

他惊恐地发觉卡塔琳娜掀起了自己的睡衣，开始抚摸小腹上裸露的肌肤。

“只是不想吓到你。”他气息不稳地嘟囔着，即使有着不举的恐惧，欲望却不由自主地滋长。

“我不怕。”伊莎贝拉的女儿理当无所畏惧，“我什么都不怕。”

沉默的黑暗里，他感到她紧紧抓住了自己的下身。在她的触摸之下，那欲望突如其来地强烈，他不得不担心自己会在她手里射出来。他低吼了一声翻身压住了她，发现她睡衣已经敞到腰部，下摆也掀了起来。他笨拙地摸索着，感到顶着她时，她不由自主地退缩了。整个过程太不可思议，没人能帮他，也没人能教他该如何入手眼前这具活生生的女人身体。不一会儿，她发出一声痛苦的呻吟，他压住她乱抓的手，知道自己成功了。心头一松，他马上射了，半是痛苦半是愉悦，十分仓促。不管父亲怎么想，不管哈里怎么想，他成功了，他现在是一个男人，是一个丈夫，王妃现在成了他的妻子，再也不是不可亵渎的圣女。

他睡着之后，卡塔琳娜才起身来到自己的小房间里清理了一下。她在流血，但是她知道一会儿就会停了，这疼痛并没有她想象中来得强烈，伊莎贝尔姐姐说得对，这跟坠马的疼痛没法比。她嫂子玛戈特说这事就像升入天堂，但是卡塔琳娜却远没有极乐的感觉，反倒是觉得不舒服——毫无疑问，玛戈特又习惯性地夸大其词了。

回到卧室，卡塔琳娜没有回床，反而坐在炉火前的地板上，抱着膝盖开始看着余烬出神。

“不算太坏的一天。”我对自己说，然后笑了，这是母亲的口头禅。我是如此希望听到她的声音以至于开始学她说话。在我还是个很小的孩子的时候，她整天骑着马，视察军队的活动，督促他们加紧训练，然后回到帐篷，踢掉马靴，摊在黄铜火盆前华丽的异族地毯上，抱着垫子说：“不算太坏的一天。”

“难道有坏过吗?”我曾打趣她。

“不，如果你是在完成主的任务的话就不会。”她严肃地回答，“日子有时候很轻松，有时候却相当艰苦。但是如果你是在为主服务，那就不是坏事。”

和亚瑟结合，厚颜无耻地抚摸他、引导他进入我的身体——我毫不怀疑这一切都是主的旨意。是主希望西班牙和英格兰结成牢不可破的同盟，只有和英格兰成为忠实的盟友，西班牙才能阻止法兰西的扩张。只有借助英格兰的财富，特别是他们的船只，我们西班牙才能把战争深入到摩尔帝国的腹地，非洲和土耳其。意大利空有雄心壮志，行事却糊涂透顶，法兰西对邻国都是个危险的存在，只有英格兰，不仅效忠主，还和西班牙一起加入了十字军，共同守护基督世界，防御可怕的摩尔人。不管是我幼时认为是鬼怪的、来自非洲的黑摩尔，还是来自可怕的土耳其帝国的棕色皮肤的摩尔人，都已经被打败了，十字军会马不停蹄地征服印度，征服东方，直到消灭所有异教徒的罪恶。我最大的担忧是伊斯兰教王国的领土一直会远到世界尽头，甚至克里斯托弗·哥伦布都不知道哪里才是边境。

“要是他们的国度大到没有尽头怎么办？”我曾趴在向阳的墙上问母亲，一队队被驱逐的摩尔人牵着骡子离开了格拉纳达，他们的女人低垂着头，男人弓着背，离开了飘扬着圣詹姆斯旗帜的红堡，那里星月旗已经飞扬了整整七个世纪，异教徒们祷告的喇叭声也被弥撒的钟声取代。那里曾是他们安居之所，如今他们却不得不背井离乡，在这个世界颠沛流离。“我们现在征服他们，把他们赶走。那他们回到非洲还会不会卷土重来？”

“这就是你必须变勇敢的原因，我的威尔士王妃。”母亲回答说，“不管他们什么时候再来，你都得做好战斗的准备。这就是战争，直到世界尽头，直到天荒地老，直到主结束这一切。它变化多端，永不停歇，他们会不停地死灰复燃，在威尔士，在西班牙，我们都要做好准备。我希望你成为一个战斗的王妃，就像我是一个好战的女王。你父亲和我把你嫁到了英格兰，玛利亚嫁到了葡萄牙，胡安娜嫁到了荷兰的哈布斯家族。你要去守护你丈夫的领土，维系我们的联盟，让英格兰安定团结是你的职责。你不能辜负你的国家，你的姐姐们也不能。我也不能。”

清晨，亚瑟温柔地分开了她的腿，把她吵醒。卡塔琳娜愤恨地任他为所欲为，知道只有这样才能生下儿子，维系两国同盟。一些王妃，比如母亲，必须要通过战争才能保卫国家。而大部分王妃，比如她，只需要忍受个人的痛苦。这没花多少时间，然后他又睡着了，卡塔琳娜只能僵硬地躺着以免惊醒他。

天亮了，直到侍从欢快地敲着门亚瑟才醒来。他有点尴尬地道了早安，起身出去了。他们欢呼雀跃，耀武扬威地簇拥着他进了自己的房间。卡塔琳娜听见他庸俗地夸耀着：“先生们，昨晚我深入了西班牙腹地。”听见了赞许的大笑喝彩声。侍女们捧着礼服进来了，听着这笑声，埃尔维拉夫人扬起稀疏的眉毛，对这群英国人的教养表示无奈。

“真不知道您母亲会怎么想。”埃尔维拉夫人说。

“她会说，主的旨意比他人的话语更重要。我们已经完成了主的旨意。”卡塔琳娜坚决地说。

这和母亲的经历可完全不一样。她和父亲一见钟情，心甘情愿地嫁给了他。当我慢慢长大，我明白了他们对彼此真实的需要——不仅仅是国王和女王的政治联姻。父亲本可以找其他女人做情妇，但他需要他的妻子，没有她，他的世界黯淡无光。而母亲眼里根本容不下其他男人，她对父亲有着一种盲目的迷恋。在整个欧洲宫廷，西班牙宫廷是独一无二的，没有低级的爱情追逐，没有庸俗的调情，也没有对王后表达礼仪上的爱慕的习惯。那都是对时间的浪费，在母亲看来那甚至是对父亲的不忠。母亲向来无视其他男人，如果他们深情地凝望她，赞美她的眼睛比天空还清澈蔚蓝，她只会大笑斥之无聊，这就是向她献媚的结果。

如果被迫分开，他们就会每天写信互述衷肠。他不会擅自行动，总以她的意见为准。而当他身处险境，她也时时担忧，夜不能寐。

如果不是她在人力物力上的支持为他铺平道路，他也不能通过内华达山脉。他不会放心别人守在后方，在他四处征战的时候治理国家。她不会为别人尽心尽力，他对她而言是唯一。他们是一对多么不可思议的组合，两个精明的赌徒，对玩弄权术都有无比的热情。她是一位伟大的王后，激起了他占有征服的欲望，而他，天生便是为她而设。爱和欲望主宰着他们，这几乎和对主的信仰一样强烈。

我们的家族有着忠贞的传统。已故的伊莎贝尔姐姐丧偶从葡萄牙回来时曾发誓决不另嫁。深爱着丈夫的她仅仅新婚才六个月，就觉得失去他生无可恋。我的二姐胡安娜对自己的丈夫菲利普爱到无法自拔，没法忍受他在自己的掌控之外，当得知菲利普中意某个女人，她甚至扬言要毒死那个情敌。她对他爱得痴狂。而我的哥哥……我亲爱的哥哥胡安更是为爱而死。他和他的美人妻子玛戈特爱得激情四射，耽于肉欲摧毁了他的健康，新婚不到半年就撒手而去。有什么比新婚半年就死去的年轻人更悲剧呢？我天生有着对爱的向往和热情——但是我会怎么样呢？会坠入爱河吗？亚瑟会是我的良人吗？

我想这个笨拙的男孩不是的。对他最初的中意已经在他的羞怯里消失殆尽。他总是嘀嘀咕咕假装毫不在意，我甚至不得不在卧室里取得支配权，羞耻地成为那个主动的人。他让我成了恬不知耻的荡妇，成了市集上期待罗曼史的花痴。但是如果我不主动，他又能做些什么？我觉得自己像个傻子，因而迁怒于他。“深入西班牙！”没有我的指引他连印度都到不了。蠢家伙。

第一眼看到他，我以为他是罗曼史里的骑士，浪漫得像个吟游诗人，而我是高塔里的公主，他会夜夜在窗下吟唱，向我求爱。可他只是个空有诗人外表的草包，从来不会蹦出两个字以上的话语，我开始觉得取悦他是一件自贬身份的行为。他配吗？

当然，我不会忘记，应付年轻的亚瑟是我的责任。我需要一个孩子，需要在摩尔人的威胁面前保护英格兰。我要做的只是：不论发生什么事，都要作为英格兰的王后保护我的国家——西班牙和英格兰，我的祖国和终老之地。

1501年冬

伦敦

亚瑟和卡塔琳娜并肩站在王家驳船的船头，几乎没什么交流，任由这队装绘喜庆的驳船顺流而下，带他们去向在伦敦的行宫——贝纳德兹堡。这是一座巨大的矩形宫殿，它的花园一直延伸到河岸。市长阁下、议员，还有整个宫廷都跟随着王家船队。为了庆祝王位继承人定居于市中心，乐队也欢快地演奏着。

卡塔琳娜注意到苏格兰使节团也出席了，他们在商谈新小姑玛格丽特的婚事。亨利国王和其他国王一样，儿女不过都是手中的棋子。他用亚瑟和西班牙建立了密不可分的联系，而年仅十二岁的玛格丽特会让几个世纪的仇人苏格兰成为朋友。玛丽公主到时也会被嫁出去，也许是嫁给英格兰最强大的敌人，也许是英格兰最重要的盟友。卡塔琳娜可能算幸运的，至少她在孩提时代就知道自己会成为英格兰的下一个王后，从未横生枝节。生来就是英格兰王后的认知，让她并不因为背井离乡而悲伤。

在威斯敏斯特宫的晚宴上，她注意到接见苏格兰使节时亚瑟十分冷淡克制。

“苏格兰人是我们最危险的敌人。”爱德华·斯塔福德公爵告诉卡塔琳娜。他们都在宴会厅边上站着等候就座。“国王和王子都希望这场婚姻能让我们永结秦晋之好，但是谁能忘掉他们曾对我们时不时的侵犯？我们都明白在北方，他们始终是狡猾的敌人。”

“他们不过是贫穷弱小的国家，能对我们有什么威胁?”

“法兰西和他们狼狈为奸。每次和法兰西一开战，他们就在北方作乱。虽然他们弱小但是却是北方的门户，殿下应当明白对一个国家而言，边境上的弹丸小国都可能带来覆国之虞。”

“没错，摩尔人不过也只建了个小国，”她表示赞同，“我父亲说摩尔人就是一颗毒瘤，不起眼但是碍眼。”

“苏格兰人是一场瘟疫，大概每三年他们就小打小闹一番，占了那么一点点地盘，然后又被打回去。每年夏天他们都要骚扰边境，强取豪夺他们不产的作物。北方的农民因此不得安宁。国王这次是真心希望和平。”

“他们会欢迎玛格丽特公主?”

“他们有他们的方式。”他笑了，“不会和你所受到的欢迎一样，王妃殿下。”

卡塔琳娜回以会心的微笑，她知道自己在英格兰有多受欢迎。伦敦市民衷心爱戴西班牙公主，他们着迷于她花里胡哨的随从，她迷人的异国风情，他们最爱的是王妃在民众面前展露的笑容。卡塔琳娜在母亲那里学到人民的力量远胜于一支训练有素的雇佣军，所以她重视任何的致敬。她总是摆手示意，总是笑脸相对，甚至在他们为此欢呼雀跃的时候会回赠一个微微的屈膝礼。

她瞟向一旁的玛格丽特公主。这个虚荣又早熟的十二岁女孩正在整理仪容。

“你很快就要嫁人了，并和我一样远赴他乡，”卡塔琳娜和蔼地用法语说，“希望你能幸福。”

年轻的女孩不屑地瞪着她。“这可和你不一样，你是嫁到了欧洲最美好的国家，而我却是像被流放到异国他乡一样。”

“英格兰对你来说是美好的，但是对我来说还是陌生的，”卡塔琳娜尽量容忍她的无礼，“如果你去过我在西班牙的家你会惊叹它的美丽。”

“没有哪里比英格兰更好，”玛格丽特带着都铎家被宠坏的孩子特有的倔脾气，“但是成为王后是件美妙的事。你还是个王妃的时候，我就能当王后啦，和母亲平起平坐的王后。”她思考了下，“甚至会和你母亲平起平坐。”

卡塔琳娜涨红了脸：“你永远不能和我母亲比。你竟然能说出这话，你这不折不扣的傻瓜。”

玛格丽特气得直喘气。

“好了，好了，‘王后陛下’，”公爵马上打断了她们，“您的父亲已经就座了，请您也快点吧。”

玛格丽特怒气冲冲地转身就走。

“她还年轻，”公爵安慰卡塔琳娜，“就算不承认，她还是害怕离开父母远嫁的。”

“她还有很多东西要学，”卡塔琳娜咬咬牙，“既然要当王后，她就得学着怎么去做个王后。”她转过身找到亚瑟，准备随着他的父母步入宴会厅。

王室成员陆续就座。国王和他的两个儿子面对门口，坐在华盖下的高桌上，右手边是王后和王妃。王太后玛格丽特·博福特坐在国王身边，隔开他和他的妻子。

“玛格丽特和卡塔琳娜进来之前有点小口角，”她悄声说，带着冰冷的神情，“我想西班牙公主冒犯了我们的玛格丽特公主。玛格丽特难以忍受别人抢她风头，大家又那么喜欢卡塔琳娜。”

“玛格丽特很快就要走了，”亨利毫不在意，“她会有自己的宫廷，自己的蜜月。”

“卡塔琳娜现在是唯一的焦点了。”他母亲抱怨，“人人都挤着来看她的用餐，人人都想一睹风采。”

“不过是好奇嘛，最多七天的热度。我希望人们都来看看。”

“她的确算是个可人儿。”老夫人承认。侍从呈上装着清水的金色水盆，玛格丽特夫人净了手，用餐巾擦干。

“我觉得她很讨喜，”亨利边擦手边说，“从婚礼开始她就一直循规蹈矩，人们爱她是应该的。”

他母亲摆出蔑视的姿态。“她太自以为是，桀骜不驯。我可不会把孩子养成这样，她根本没学会服从，总认为自己与众不同。”

亨利瞟了眼王妃，她正弯下腰侧耳倾听都铎王朝最年幼的玛丽公主说话，然后笑着回答她。“你知道么，我觉得她确实与众不同。”他说。

庆典持续了好多天，之后宫廷搬到了新建的里士满宫，这是一座建在美丽大公园里的迷人宫殿。卡塔琳娜忙于和不同的陌生面孔打交道，天天有不同的人需要接见，就像他们正同时举办比武大会和节日庆典一般的热闹，而她就是这一切熙攘的中心，仿佛人们倾一国之力去讨她欢心，就像苏丹妃嫔一样。一个星期以后，这场盛大的庆典以国王的到来结束，他告诉王妃是时候让西班牙使节团回国了。

卡塔琳娜明白这曾伴她历经磨难、九死一生才将她送到新郎身边的小团队会在婚礼结束后离开，而她一半的嫁妆会交付出去；但是他们收拾行装，向王妃告别时她还是很难过。她的日常仆佣会留下来，包括侍女、管家、财务和一些常用的仆人，但是其他的随从必须离开。尽管知道这就是规矩，婚礼之后庆典必将结束，但她仍抑郁难平。她托他们问候西班牙的每位亲人，并交付了一封给母亲的信。

致卡斯蒂利亚及阿拉贡的最亲爱的母后陛下：

噢妈妈！

就像这些女士们先生们会告诉您的，王子和我居住在河边一座美丽的宅子里。他们称它为贝纳德兹堡，实际上它并不是一座城堡，而是一座新建的宫殿。这里没有任何浴室。我知道，这根本无法想象。

埃尔维拉夫人让铁匠打了一口大锅，在厨房里烧开水以后由六个仆人抬到房间让我沐浴。这里也没有赏心悦目的花园，没有溪流，没有喷泉，无聊透了。看起来就是一副百废待兴的模样。还好，他们有设计精致的小庭院闲暇时可以散步。食物不可口，葡萄酒很酸。除了果脯他们什么也不吃，我相信他们都没听说过蔬菜。

请别认为我在抱怨，我只想让您知道尽管有这些不如意，我还是很满意成为王妃。我和王子在正式的晚宴上见面，他十分温柔体贴。他送我了一头北非和英格兰混血的漂亮小母马，我每天都骑的。宫廷的绅士们，除了王子，为成为我的护卫长比武，通常胜出的是白金汉公爵。他很和气，经常教我如何在宫廷立足、和贵族相处。用餐的时候按照英格兰礼仪是男女混杂的。女士们有自己的房间，但是男士，包括男仆都可随意进出，一点礼节都没有。只有在洗手间的时候我才能有自己的空间——否则到处都是人。

伊丽莎白王后虽然安静但很和气，我喜欢和她呆在一起。王太后则很冷酷，但是我觉得她除了和国王或王子在一起时，对谁都这样，她溺爱自己的儿孙。她统治着宫廷好像她才是王后。她为人虔诚严肃，不管从哪方面看都是楷模。

您肯定很想知道我有孩子没有，目前还没迹象。您肯定也想知道我有没有每天花两个小时读圣经和典籍，做三次弥撒，有没有每个周日都去做礼拜。阿里桑德罗·杰拉迪尼神父和在西班牙的时候一样，是个伟大的精神导师和顾问。我信任他和主，我可以让自己足够强大，能像您在西班牙一样，在英格兰完成主的事业。埃尔维拉夫人教导侍女们，我也像听从您一样听从她。玛利亚·德·萨利纳斯依旧是我最好的朋友。但一切都不同于西班牙，我也不能忍受她提起家乡的事情。

我会成为您所期望的王妃，不会辜负您和主。我会成为王后，保卫英格兰。

请尽快回信告诉我您的近况。我离开的时候您似乎太过忧伤消沉，希望现时安好。您母亲所经历的黑暗会很快过去，不会再停留在您的生命里。主又怎会把悲伤强加给自己的宠儿？每天我都会为您和父亲祈祷，脑海里时时回响着您鼓励的话语。请尽快回信给如此爱您的女儿吧。

您的女儿，威尔士王妃，卡塔琳娜敬上

另，虽然我很高兴能成婚，履行我对西班牙和主的义务，但是我还是如此思念您。我知道您不仅是一位母亲，更是一位女王，但是仍然盼望您的回信，卡塔琳娜。

宫廷为西班牙送亲团举办了盛大的欢送会，但是卡塔琳娜几乎一直都在强颜欢笑。他们起程归国，她在河边目送船队消失在远方，亨利国王发现她孤单地呆立在码头，望着下游，好像她也跟着去了。

对于女人，他向来很了解，不问也知道她怎么了，很清楚症结所在：孤独、思乡的感情足够一个仅仅只有十六岁的年轻女子承受了。他曾被英格兰驱逐，很清楚一阵意外的香气、季节的更替以及送别的场面都可能唤醒一个人翻滚的思念。直接的询问只会换来滂沱的泪水，根本于事无补。相反，他把她冰冷的小手夹在胳膊底下，邀请她去参观他刚刚布置好的藏书室，许诺她可以随时借阅里面的书籍。他领着王妃去了藏书室，带着她参观那些美丽的书架，指给她看那些他自己感兴趣的经典著作和史籍，还有一些他认为能取悦她的罗曼史和英雄史。

他很高兴她没有诉苦，看见他向自己走来的时候她就擦干了眼泪。她是被严格教育过的孩子，西班牙的伊莎贝拉不仅是军人的妻子，自己也是个战士，她不会教导自己的女儿成为一个任性妄为的女子。他想，在英格兰不会有哪个年轻女子会像眼前的女孩一样坚毅了。但是她的蓝眼睛下还留着阴影，尽管她用愉快的语气道了谢，可是还是没有露出笑容。

“喜欢看地图吗?”

她点点头:“当然，在我父亲的图书室里挂着整个世界的地图，克里斯托弗·哥伦布还给他绘了一幅美洲地图。”

“那里书多吗?”他就像个学者顾及自己的名声。

她回答前的犹豫告诉了他答案。这个他引以为傲的图书室在西班牙摩尔学士面前不值一提。“当然，父亲继承了很多书籍，并不完全是他收集的。”她机智地说，“很多都是摩尔学者的摩尔文著作。你知道的，在被翻译成法文、意大利文和英文之前，很多希腊文献都被翻译成了阿拉伯文。阿拉伯人虽然在基督世界之外，但是他们拥有所有的科学和数学知识。父亲有亚里斯多德、索福克勒斯等等很多人作品的摩尔语版。”

他感觉到了自己对这些书难以抑制的渴望。“他有这么多书?”

“数以千计，”她说，“希伯来文，阿拉伯文，拉丁文，还有所有基督教国家语言的。他并不亲自阅读每一本书，有阿拉伯学者为他研究。”

“地图呢?”

“有阿拉伯向导和专门的地图绘制员。他们横跨大陆，由星星制定自己的路线。海上航行和横跨沙漠都差不多，水域和沙地没什么分别，星星和月亮都是航行的指引。”

“你父亲觉得这些发现能给他带来巨大的收益不?”国王好奇地问，“我们都听说了克里斯托弗·哥伦布的伟大航行，还有他带回的巨大财富。”

他赞赏地看到她垂下眼睫挡去眼里的情绪。“哦，这我可说不好。”她聪明地避开他的问题。“当然，我母亲认为那里有许多待拯救的灵魂。”

亨利打开他夹着地图的巨大档夹，展开在她面前。绘制精美的海怪在角落里嬉戏。他向她描绘出英格兰的海岸、神圣罗马帝国的边境、法兰西的少数地区、她的祖国西班牙刚刚扩展了的国境线，还有教廷和意大利。“你看，我和你父亲必须成为朋友。我们都得面对门口的法兰西。除非把法兰西赶出海峡，不然我们甚至不能通商。”

“如果胡安娜的儿子继承了哈斯堡王朝，他就会有两个国家，”她暗示，“西班牙和荷兰。”

“而你的儿子会继承整个英格兰，拥有苏格兰这个同盟，和我们在法国的所有土地。”他摊开的手掌在挥舞，“他们会是一对强大的表兄弟。”

她因为这个想法展露了微笑，他看到了她的抱负。“你想有个儿子，让他统治半个基督世界?”

“哪个女人不想呢？我的儿子，胡安娜的儿子，会联手打败摩尔人，把他们远远赶到地中海那头，完成我父母的夙愿。”

“或者你也可以平静地活着?”他暗示，“只是因为一个人信奉安拉，而另一个信奉的是上帝，他们就毫无缘由地成了敌人，对吗?”

她马上摇了摇头。“这是一场永恒的战争，起码我这样认为，母亲说这是主和恶魔之间永无止境的战斗。”

“这会让你一直不得安宁。”这时藏书室巨大的木门响起了敲门声。是他刚刚派出去的侍应带来了他传唤的金匠。他已经等候传召好几天了，一直未能向国王展示自己的作品，突然的传唤让他慌乱不安。

“现在，”亨利对自己的儿媳说，“我有小玩意儿送给你。”

她不解地望着他。“天啊，”他想，“要怎样的铁石心肠才能抵挡住把这朵小花带上床的诱惑。我发誓会一直让她微笑下去，至少我会乐于一直努力。”

“什么?”她轻声问。

亨利示意金匠可以开始了。金匠从口袋里掏出一块紫红色的天鹅绒，把背包里的东西倾倒在上面。钻石、翡翠、祖母绿、红宝石、珍珠、项链、耳环和胸针就这么闯入卡塔琳娜的眼帘，她不由得睁大了眼睛。

“随便选，”亨利的声音温暖暧昧，“这是我私人给你的礼物，希望能让笑容重回你美丽的脸上。”

她扑在桌子上看着金匠展示的奢华饰品，几乎没听见他说了什么。他肆无忌惮地打量着她。她是拥有卡斯蒂利亚家纯正血统的王妃，而他不过是个工人的孙子，但是她和其他女孩一样，轻易就能被收买。他有义务让她快乐。

“银饰?”他问。

她笑容明媚地转过头来。“不要银饰。”毫不犹豫地拒绝了。

亨利这才记起，这可是个俯视过印加宝藏的女孩。

“金的呢?”

“还好。”

“珍珠?”

她撇了撇嘴。

*我的主啊，她可有一张适合亲吻的小嘴。*他想。

“不要珍珠?”他大声问。

“这都不是我最爱的。”她对他笑了。

“你最爱什么宝石?”

*是吗，她在撒娇呢。*他对自己说，*这真让人吃惊。她在和我闹着玩，就像我是个纵容她的叔叔。她让我陷进去了。*

“祖母绿?”

她又对他笑了：“不，我要这个。”

她一会儿就挑出了这堆珠宝里最昂贵的东西，一个蓝宝石项圈和配对的耳环。她愉悦地把项圈遮在脸上，让他能透过这珠宝看到自己的眼睛，然后向他靠近了一步。他能闻到她的发香，阿尔罕布拉宫的花园里橘子和橙花的香气，仿佛她自己就是一朵奇妙的花朵。

“它们配我的眼睛吗？我眼睛是不是和它们一样蔚蓝？”

这反应太过强烈，他几乎屏住了呼吸。“配。它们归你啦。”他快要控制不住自己对她的渴望，“这个，还有其他你喜欢的都归你啦。你可以随心，随心所欲。”

她纯净快乐的样子感染了他：“我的侍女们也能选吗？”

“叫她们来吧。”

她开心地笑了，跑向门口。他随她去了，觉得自己不能再和她在没有年长女伴陪同的情况下单独待在这里。他匆忙地离开去了大厅，遇上了听弥撒回来的母亲。

他跪下，让母亲抚摸着他的头，祝福他：“我的儿子。”

“我的母亲大人。”

他起身之后，她马上发现了他面色潮红，蠢蠢欲动。“怎么了？”

“没什么！”

她疲惫地叹口气：“是皇后吗？是伊丽莎白？她又在抱怨玛格丽特和苏格兰联姻的事？”

“不，我今天还没见过她。”

“她自己会习惯的。一个公主是无权主宰自己的婚姻大事的，如果受过正当的教育就该明白，可是伊丽莎白她不懂。”

他虚伪地笑了：“那不是她的责任。”

他母亲毫不掩饰自己的鄙视：“她母亲就不是什么好东西。伍德维尔家毫无教养可言。”

他耸耸肩，什么也没说。他从不在母亲面前维护自己的妻子——她的敌意一直如此强烈，根本没有必要花时间去缓解。他也从不在妻子面前维护自己的母亲，那更没必要。伊丽莎白王后根本不在意她难相处的婆婆和要求多多的丈夫。他，他母亲，他独裁的统治对她而言就像糟糕的天气一样是令人不快又无法避免的自然灾害。

“你不该让她妨碍你。”

“她从不妨碍我。”他说，心想：让我心烦意乱的是王妃。

现在我可以肯定，国王是喜爱我的，甚至超过对自己的几个女儿，这是件好事。我曾是最受宠爱的女儿，家族的宝贝。我喜欢国王的宠爱，我喜欢与众不同的感觉。

当看见我因为送亲使节的离开而悲伤，他居然拨冗陪伴了我整个下午，带我参观他的藏书室，观赏他的地图，最后送给我一件精美的蓝宝石项圈。他让我在金匠的包裹里随意挑选，并赞美了我蓝宝石一样璀璨的眼睛。

最初我并不怎么喜欢他，但是现在已经对他鲁莽的言谈，雷厉风行的作风习以为常。在这个宫廷，这片土地，他的话语就是法律，除了他的母亲大人，他从不为任何人任何事感恩。他没有什么亲密的朋友，除了母亲就是一些曾一起出生入死的士兵，现在他们都是显赫的大人物了。他对妻女并不温柔和蔼，但是很高兴他十分照顾我。也许我能像女儿一样爱他。很幸运，他挑选了我。在这个以他为中心运作的宫廷，他的赞美和陪伴让我觉得自己确确实实是位王妃。

我在玛格丽特公主面前展示了蓝宝石，她嫉妒得快疯了。我得承认我犯下了虚荣傲慢的罪。我不该在她面前炫耀，但是她如果对我言行客气点，不那么趾高气扬，像只发情的孔雀，我也不会如此。我要让她知道，她的父亲重视我，远胜于她，她的祖母，和她的兄弟。但是我的所作所为只是给她带来了苦恼，我需要忏悔和告解。

最糟糕的是，我的行为违背了一个西班牙公主应有的端庄高贵。如果她不是这样的口无遮拦，我应该会好点。这个宫廷是围着国王转的，他的宠爱就是一切，我该明白这一点，不应该随便掺和。至少不该和一个比我小几岁的女孩一般见识，就算她抓住每个机会夸耀自己是苏格兰王后，她现在也不过是英格兰的公主罢了。

年轻的威尔士亲王夫妇结束了在里士满的逗留，将要回到自己的领地贝纳德兹堡去。卡塔琳娜在后院拥有自己的房间，可以眺望花园和河流。她的随从，西班牙侍女，西班牙牧师，嬷嬷和她住在一起。亚瑟的房间则能看到整个城市，他的随从，牧师和私人教师也和他住在一起。通常他们只在晚餐的时候见面。他们的随从坐在餐桌两旁，互相猜疑，像是休战中的敌人，而不是个正常和睦的家庭。

城堡的日常运作都遵从玛格丽特王太后的意思。哪天举行宴会，哪天举行斋戒，娱乐活动和时间安排都由她决定。甚至亚瑟什么时候去和自己的妻子同床共枕都得听从她的安排。她不希望看到年轻人纵情狂欢，忘记自己的职责。因此每到那一晚，亚瑟的随从和朋友都会庄严地护送他到王妃的房间，让他和王妃独自待上一整晚。这对他俩都是难以忍受的考验。亚瑟的技术还是一如既往的糟糕，卡塔琳娜不得不忍受他的沉默。但是十二月的一个清早，卡塔琳娜的月事来了，她告诉了埃尔维拉夫人。嬷嬷马上知会了王子的卧室随从，一个星期以内王子都不能去公主的房间，公主不舒服。不到半个小时，从身在怀特霍尔的国王到贝纳德兹堡的打杂小弟，人人都知道威尔士王妃的月事来了，看来没有怀孕，而从国王到小弟都深感疑惑，既然王妃身体康健，亚瑟是否能履行自己身为丈夫的职责。

十二月中旬，在宫廷都在筹备圣诞节的十二夜庆典时，亚瑟被父亲召见，受命准备出发去勒德洛的城堡。

“我想你希望带上你的妻子。”国王笑着看着故作冷漠的儿子。

“遵命，陛下。”亚瑟小心回复。

“你自己希望呢?”

忍受了一个星期的孤枕难眠，他们没有弄出孩子的风言风语又四处流散——来日方长，这也不是谁的责任——亚瑟窘迫消沉了下去。他没有再踏入卡塔琳娜的卧室，她也没派人邀请过。这个想法本身就很荒谬——来自西班牙的王妃怎么能邀请英格兰的王子。但是她也没有给他任何微笑或是鼓励，没有可以恢复同房的消息，他不知道这件秘事会持续多久。没人可以请教，他完全无所适从。

“她似乎不是太舒心。”

“她想家了，”他父亲一针见血，“你该转移她的注意力。带她去勒德洛、送她礼物，她也是个普通的女孩子。赞美她的美貌，和她调调情。”

亚瑟看起来很困惑。“用拉丁语?”

父亲刺耳地笑了起来：“小伙子，你可以用威尔士语，如果你的眼睛能传情，鸡鸡能硬起来，她会明白你的意思。我保证，她是个善解人意的女孩。”

亚瑟的回答有气无力。“好的，大人。”

“如果你不想带她一起，你知道，没人硬要你这么做。按计划你们婚后的第一年本该分开过。”

“那是我十四岁时的计划。”

“也只是一年以前。”

“是的，但是……”

“所以你想和她在一起?”

孩子涨红了脸，做父亲的不得不同情地看着他。“你想要她，但是你害怕她会觉得你像个傻瓜?”他试探着问。

金色的脑袋蔫蔫地垂下来，点了点头。

“你觉着你和她远离宫廷，远离我，她会更加折磨你。”

亚瑟难以察觉地点点头。“还有她所有的侍女和她的嬷嬷。”

“而你会觉得日子过得难熬。”

男孩抬起头，脸上写满了苦闷。

“而她会厌烦，会愠怒，会在勒德洛让你们的小家变成你们共同的牢笼。”

“如果她不喜欢我……”他的声音低不可闻。

亨利把手重重压在他肩膀上。“哦，孩子，她对你的看法并不重要，”他说，“我和你母亲也许并不是彼此的选择。王位逼着我们做出了选择，而真心是毫无意义的。她知道她该怎么做，而这就是全部。”

“哦，她什么都知道，”男孩愤恨地咆哮，“她一点也不……”

父亲询问：“不……什么？”

“一点也不害臊。”

亨利屏住呼吸。“不害臊？她热情过头了？”他试图掩藏声音里的欲望，突如其来的关于儿媳的想象让他无法自已，赤裸的挑逗的卡塔琳娜，那是活生生的诱惑。

“一点也不！她就像是在骑一匹马！”亚瑟极为苦恼，“像完成一个任务。”

亨利尽量让自己不笑出声来：“但是至少她和你同房了。你不用求她或是说服她。她知道该怎么做。”

亚瑟转身走到窗前，直直地望着窗下冰冷的泰晤士河。“我不觉得她喜欢我。她只喜欢她的西班牙朋友们，还有玛丽，也许也喜欢亨利。我见过他们一起欢笑，无聊的时候还一起跳舞。她和她的人畅聊，对路人也很客气。她对谁都笑。我却几乎见不到她，也不想见。”

亨利拍拍儿子的肩膀。“孩子，她自己都弄不清楚对你的看法。”他向儿子保证，“她忙于自己的小天地，珠宝，服饰，还有那些喋喋不休的西班牙长舌妇。你们早些单独相处，也能早些成为一对。带她去勒德洛你就会明白了。”

男孩点点头，还是心存怀疑：“陛下，如果这只是你的一厢情愿呢？”

“要不我问问她愿意去不？”

年轻人红着脸担忧地问：“要是她不愿意怎么办？”

父亲笑了，向他保证：“不会的，你看着吧。”

亨利算无遗策。卡塔琳娜不是一个会违背国王旨意的王妃。当他问她愿不愿和王子去勒德洛时，她回答说她会遵从国王的意愿。

“玛格丽特·波尔女士还在城堡吗？”她有点紧张。

他沉下脸看着她。玛格丽特女士已经平安嫁给了都铎王朝最可靠的功臣，理查德·波尔爵士，也已经归隐在勒德洛城堡，轻易不踏足宫廷这个是非场。但是玛格丽特女士毕竟是金雀花王朝的玛格丽特，克拉伦斯公爵钟爱的女儿，爱德华国王的侄女，沃里克的爱德华的姐妹，在王位的继承权上甚至比亨利本人更优先。

“怎么了？”

“没什么。”她仓促回答。

“你没必要避开她，”他略显粗暴，“过去的事是以我的名义，按我的命令做的。你不用害怕指责。”

她涨红了脸，仿佛遇到了什么难以启齿的事：“知道了。”

“我不会让任何人质疑王位的合法性，”他突然爆发，“有太多人，约克家的，博福特家的，兰开斯特家的，还有其他永不停止篡位妄图的家伙。你不了解这个国家。我们像一窝兔子一样彼此近亲通婚。”他顿了下观察她是否觉得可笑，但是她皱着眉，努力聆听他快速的法语，“我不能容忍谁觊觎我赢得的王位，也不能容忍谁妄图征服我夺取王位。”

“我以为您是真正的国王。”卡塔琳娜犹豫地说。

“现在是了，”亨利·都铎毫不讳言，“这就足够。”

“我以为您是被选中的人。”

“我现在是。”亨利露出冷酷的笑容。

“但是毕竟您是王族血脉？”

“我确实流淌着王族的血，”他的声音冷酷无情，“没必要去计较多少。我在战场上赢得了自己的冠冕，血缘不过是我脚下的烂泥。人们都见证了我的胜利，我是上帝选定的国王。大主教给我加冕是因为他也这样认为。我和基督世界其他的国王没什么不同，可能还比很多人强，毕竟我的王位不是被人送到摇篮里的，不是别人的战斗果实——我作为一个男人从上帝的手里接过这个王国，这是我应得的。”

“但是您总得从谁那里继承这个王位……”

“我说是我的，那就是我的，”他断言道，“我得到自己的东西，上帝把我的东西给我。就那么多了。”

她为他话语里的王者之风折服。“我明白了，陛下。”

她的谦逊和隐藏在谦逊里的骄傲让他着迷。他想还没有哪个年轻女子能像她这般如此自若地把心思隐藏在平静的面容里。

“你想留下来陪我吗？”亨利问，心里知道自己唐突。话出口的时候，他默默祈祷她能说“不”，好让自己彻底断了念想。

“为什么，我会遵从陛下的意愿。”她冷静地说。

“还是你更愿意和亚待呆在一起？”他心怀忐忑。

“如你所愿，大人。”她依然从容。

“说实话！你是愿意和亚瑟去勒德洛，还是留下来陪我？”

她微微笑了：“您是国王，您说什么我都会听。”

亨利知道自己无法把她留在身边，但忍不住有些臆想。他咨询她的西班牙顾问团，却发现他们自己都吵得不可开交。西班牙大使努力地维系着这棘手的联姻契约，坚持认为王妃应该和她的新婚丈夫待在一起，不论如何她应该有个已婚妇女的样子。而她的告解神父对小王妃有一种责任感，极力主张年轻夫妇应该时时厮守。她的嬷嬷，严厉又难搞的埃尔维拉夫人则认为不该离开伦敦。她听说威尔士有好几百里远，到处是山脉和岩石。如果卡塔琳娜留在贝纳德兹堡，亚瑟和他的随从都离开，他们就能在这城市中央形成一个小西班牙宫廷，而身为嬷嬷她会管教好王妃，管理好这个小西班牙宫廷。

而王后主动提出十二月中旬的勒德洛会让卡塔琳娜觉得寒冷孤独，她认为年轻夫妇应该在伦敦一起待到开春。

“你只是想把亚瑟留在身边，但是他必须去，”亨利对她毫不留情，“他得学习国家的运作，没有什么比管理自己的公国更能让他学会怎样统治英格兰了。”

“他还小，和她在一起都还会害羞。”

“他也得学学怎么当个丈夫。”

“他们会一起摸索出来的。”

“那正好让他们去自己私下摸索。”

最后，王太后一锤定音。“让她去，”她对自己儿子说，“我们需要她生个孩子，她总不能在伦敦自己就生个。让她和亚瑟去勒德洛。”她笑了，“上帝作证，他们在那里除了那事可什么都做不了。”

“伊丽莎白担心卡塔琳娜会觉得孤独忧伤，”他补充了一句，“亚瑟也担心他俩在一起合不来。”

“谁在意那个？”王太后问，“会有什么区别？他们结婚了，就得一起生活，再生个继承人出来。”

他朝她笑了：“她才十六岁，还是个会思念母亲的孩子。你没考虑到她的年幼吧?”

“我十二岁就结婚了，当年就生了你，”她回敬了他，“没人会为我考虑。而我还是活下来了。”

“可是你幸福吗?”

“不，一点也不。我觉得她也不幸福。但是这根本无关紧要。”

埃尔维拉夫人说我必须得拒绝去勒德洛。杰拉迪尼神父则认为嫁夫随夫是我的责任。德·普埃布拉博士说我母亲肯定希望我和丈夫同行，以示这桩婚姻货真价实。亚瑟，可怜的竹竿，不置可否。而他父亲似乎倾向于让我自己决定，可是他是国王，我才不会信他。

我唯一想做的就是回到西班牙。不管在伦敦还是勒德洛，都是阴暗潮湿，阴雨绵绵的天气，我吃不到什么好东西，周围人说什么也一句都听不懂。

我知道现在我是威尔士王妃，有一天就是英格兰王后。这是事实，也会变成事实。可我不怎么觉得欣喜。

“我们要去勒德洛的城堡。”亚瑟笨拙地对卡塔琳娜说。晚宴上他们挨着坐在一起，下面是宴会厅，那里的走廊和门口都堆满了人，都是从城里赶来免费参观晚宴时的宫廷生活的。大多数人都注意着威尔士亲王和他的新娘。

她低着头并没有看他，只是问:“你父亲的意思?”

“是的。”

“那我会高兴地去的。”

“我们会单独在一起，作为堡主和他的妻子。”亚瑟说。他想告诉她，希望她不会介意，但愿她不会无聊，不会忧伤，不会——这是糟糕的情况——对他大发脾气。

她毫无笑容地看着他："于是?"

"希望你会满意。"他结巴着说。

"如你父亲所愿。"她语气平静，仿佛在强调他们只是无权无势的威尔士亲王和王妃。

他清清喉咙，宣称："今晚我会去你那儿。"

她用和脖子上戴着的蓝宝石一样蔚蓝冰冷的眼睛看了他一眼，依旧不温不火："如你所愿。"

入夜，在她就寝之后他才到来。埃尔维拉夫人并未阻挡，尽管她脸色冰冷，每个姿势都表明了拒绝。他进来时，卡塔琳娜从床上坐了起来，看着他的贴身男仆脱下他的外袍，静静地告退，并关上了门。

"葡萄酒?"亚瑟的声音略略颤抖。

"不，谢谢。"

年轻的男人笨拙地爬上床，掀开被子躺在了她身边。她转过头望着他，看着他在自己探究的目光下变得局促不安，不得不吹灭蜡烛来掩饰自己的慌张。窗缝里摇曳着巡逻队通过的点点火光。亚瑟感到她又躺了回去，脱掉了自己的睡衣。他觉得自己是一件东西，对她而言无足轻重，只是她为了成为英格兰王后不得不忍受的一个过程。

他掀开床罩跳下床。"我不能留在这儿了，我要回自己的房间。"

"什么?"

"我不能待在这里，我不受欢迎……"

"不受欢迎？我从没说过你什么。"

"很明显，你看起来就……"

"这里漆黑一片！你怎么知道我看起来如何？反倒是你，就像被谁胁迫来这里的！"

“我？又不是我闹得半个宫廷都知道我不能来和你同床。”

他听见她的喘息。“我没说你不能来，我只是让他们通知你……”她窘迫地停了下，“让你知道我每个月这天……”

“你的嬷嬷告诉我的侍从我不能来和你同床。你觉得这会让我怎么想？别人又怎么看？”

“那我应该怎么告诉你？”

“你自己亲自说！”他大发脾气，“不要借助其他任何人之口。”

“我自己？你让我怎么说得出口？这太让人尴尬了！！”

“于是就轮到我像个傻瓜！”

卡塔琳娜冲下床，扶住雕花的床柱稳住自己。“殿下，很抱歉冒犯了你，我不知道这里的礼仪是怎样的……以后都按你的意思……”

他什么也没说。

她只有等待。

“我走了。”他说，敲了敲门示意侍从过来服侍。

“不要！”她尖叫着。

“怎么？”他转了回来。

“人人都会知道，”她绝望地说，“知道我们产生了嫌隙。人人都知道你来看过我。如果你马上离开，他们会怎样想？”

“我不想待在这儿！”他咆哮着说。

她的自尊心发作。“你会羞辱我们俩的！”她哭了，“你想人们怎么想？是我让你，还是你不举？”

“为什么不行？如果这都是真的？”他更加用力地敲着门。

她惊恐地喘着气，无力地倒回床上。

“殿下？”

门外呼喊着，门打开了，外面是贴身男仆和两个侍从，他们背后站着埃尔维拉夫人和一个侍女。

卡塔琳娜走向窗口、背朝他们。亚瑟踟蹰着，求助地望向她，希望得到暗示可以留下来。

“太丢人啦！”埃尔维拉夫人叫喊着挤开亚瑟，给卡塔琳娜披上外袍。这女人已经跑进来搂住了卡塔琳娜，亚瑟没法再回去她身边，他跨过门槛向自己房间走去。

我没法忍受他，也没法忍受这个国家。我的余生不能在这里度过。他竟说他嫌弃我！他怎么能这样对我说话！他难道像只到处乱吠的狗一样疯了吗？他忘了我是谁？还是忘了自己的身份？

真想拿把弯刀愤怒地劈开他的榆木脑袋。他只要稍微用点脑子就会明白，这宫里的每个人，伦敦的每个人，甚至这个野蛮国家里的每个人都会嘲笑我们。他们会奚落我这个丑八怪根本不能讨他的欢心。

我开始哭泣，但不是因为悲伤。为了不让别人听到我的声音，然后议论说王妃因王子不和她同床而在哭泣中入睡，我把头塞进了枕头，眼泪和愤怒快让我窒息。我感到对他难以名状的怒火。

过了一会，我擦擦眼泪坐了起来。哭有什么用？身为公主，继而成为王妃，我可不能示弱。他不要脸我也得要。他还年轻，还是个英格兰人——能有什么行为准则？我想家了，在月光的照耀下，那里的墙壁和窗棂闪闪发光，黄色的石头有乳脂般的光泽。那是一座真正的宫殿，那里的人行事优雅端庄。我衷心希望还能继续生活在那里。

我也曾在苏丹的后宫里望着水里倒映着的黄色月亮憧憬我的婚事。那时候真傻。

圣诞前夕他们出发去了勒德洛。在公众面前，他俩相敬如宾，私下里却互不理睬。王后希望他们至少能待到十二日庆典以后，可王太后却命令他们到牛津去过圣诞节，让全国都有机会见到威尔士亲王和他的新王妃。而王太后的话就是圣旨。

卡塔琳娜坐着骡子在结冰的道路上颠簸，尽管垫了厚厚的毯子，围着皮毛的大衣，她还是觉得彻骨的寒冷。王太后以会摔伤为由不许她骑马，言下之意是希望卡塔琳娜已经怀上了孩子。卡塔琳娜本人对此不置可否，亚瑟则保持了缄默。

一路上他们都分房睡，到了莫德林学院也是如此。唱诗班已经就绪，厨房也做好了准备，牛津豪华盛大的圣诞庆典就要开始，可威尔士亲王夫妻间就和这严冬一样冰冷无趣。

他们一起用餐，一起坐在巨大的餐桌前面对蜂拥而至的牛津市民——他们挤满了走廊，只为看王妃咽下一小口食物，而她并不看向自己的丈夫，王子也和周围的人随意交谈，好似他是在一个人用餐。

他们带来了舞蹈、杂技、游行和戏剧。王妃看似笑容甜美，可那笑容并没有到达眼底。她用西班牙钱币赏赐了所有的艺人，感谢他们的演出，但是根本没有关心她的丈夫是否过得愉快。王子在房间里和这个城市的大人物们相谈甚欢，他说的英语，而他说西班牙语的新娘得等着谁愿意用法语或者拉丁语和她交谈。实际上，他们都围在王子身边尽情说笑，好像他们都在嘲笑她，不屑搭理她。王妃独自笔直地坐在坚硬的木雕椅子上，嘴边露出挑衅的笑容。

长夜将尽，卡塔琳娜站了起来，宫廷里的人纷纷卑躬屈膝行着大礼。她不顾身后脸色铁青的嬷嬷，向自己的丈夫行了个西班牙式的深屈膝礼。“晚安，殿下。”王妃的声音清亮，拉丁语有着完美的口音。

“我会去你那里。”他说。宫廷里有一阵小声的欢呼，他们都希望有一个强壮的王子。

这当众的宣告让她的脸颊泛起了红晕。可她什么也不能说，她无法拒绝。但是她起身离开的方式充满敌意，完全不像会在独处时给他温柔体贴的款待。侍女们随着她告退，气势汹汹地仿佛她身后飘扬着一群斑斓的彩旗。人们都在暗地里取笑新娘的故作姿态。

半个小时后醉醺醺的亚瑟气冲冲地来找卡塔琳娜，发现她还穿着礼服坐在壁火边等他，嬷嬷也还在。房间里灯火通明，侍女们都还在说说笑笑玩牌取乐，仿佛现在还是下午的游乐时间。很明显，她还没准备就寝。

“殿下，晚安。”看到亚瑟进来，她站起来行了个礼。

亚瑟得选好退路，在这等情境前找个台阶下。他已经准备好就寝，赤着脚，只披了件长睡袍。而卡塔琳娜的晚礼服衬得她雍容华贵。侍女们都转过头来看着他，目光不善。他对自己裸露的双腿和睡袍感到尴尬，而他的随从则忍不住发出了一声嗤笑。

“我以为你该就寝了。”

“当然，我本该的。”她冰冷有礼地回答，“我本来应该上床睡觉的，现在很晚了。但是你既然当众说要来见我，我以为你会把每个人都带来的。不然你说来看我，为什么要大声得让每个人都听见?”

“我没有大声宣扬!”

她扬了扬眉毛，并没有出言反驳。

“今晚我会留在这里。”他坚持，走到卧室门口对随从点点头，“这些女士们也该就寝了，已经很晚了。”

“都下去吧。”他走进房间关上了门。

她随他进去关上门，隔开那些震惊的侍女。转过身看见他甩掉睡袍，赤裸着爬上她的床，垫着枕头坐在床头，双手抱胸，等待着她的款待。

现在轮到她觉得不舒服了。“殿下……”

“脱衣服，”他嘲弄她，“你说的，现在很晚了。”

她转向一边，又转回来："我要召唤埃尔维拉夫人。"

"叫吧，随便叫谁来帮你脱。不用在意我。"

她咬紧了嘴唇，他能看出她的动摇。她不敢在他面前更衣，转身走了出去。

隔壁传来喋喋不休的西班牙语。亚瑟咧着嘴笑了，猜测她去清空了侍女的房间并在那换了衣服。她回来的时候证实了他的猜想。她穿上了绣满华丽蕾丝的睡袍，长长的辫子垂在身后，看起来更像个小女孩而不是刚刚那个目中无人的王妃。他觉得欲望和某种其他的感情一起高涨：那是可以称之为温情的东西。

她不那么和气地瞥了他一眼："我得做祈祷。"她走到神龛面前跪下。亚瑟看见她把头垂在胸前紧握的手上开始小声祈祷。第一次，他的怒火慢慢平息，开始理解她的难处。在陌生的国家，对一个比自己小几个月的男孩唯命是从，没有真正的朋友和家庭，远离她原本熟悉的人和物。与之相较他的那些内心纠葛对她根本无所谓。

床榻很温暖，刚刚为了壮胆喝下的红酒现在让他昏昏欲睡。他躺回枕头上，听着她长长的祈祷，对一个男人来说虔诚的妻子无疑是最好的精神伴侣。他想着想着就闭上了眼睛。他想，等她上了床他会温和而自信地对待她。现在是圣诞节，他得对她好点，对个孤单恐惧的小人儿，他应该心胸开阔些。他温暖地想象自己能有多爱她，她又该怎样感动。也许他们该学着让彼此快乐，也许他是能让她幸福的。他的呼吸越来越重，打起了小呼噜，最后睡着了。

卡塔琳娜结束了祈祷，露出了得逞的笑容。然后小心翼翼地爬上床睡到他身边，仔细摆好身体让自己哪怕衣角都不会碰到他，才从容地睡了。

你想在我的侍女，在整个宫廷面前羞辱我。你认为能让我感到耻辱，感到颓败。可是你错了。我是来自西班牙的王妃，你是在这个安全的小国里，在这个自以为是的乐土里长大的王子，我见过许多你做梦都没见过的东西。我是西班牙公主，是能够单枪匹马抵御异教徒威胁，基督世界最强大的两位君主的女儿。七百年来比罗马帝国更神气活现的摩尔帝国占领着西班牙，是谁把他们赶出去的？是我的父母！我没必要怕你——玫瑰王子，不管他们怎么称呼你。我不会屈尊做任何西班牙王妃不该做的事。我不会心怀不轨。但是如果你要挑战我，毫无疑问，我会打败你。

早上起身后他没有和她说话，他高高在上的男人自尊从本质上被打击了。她在他父亲的宫廷里拒绝他进入她的房间，深深地羞辱了他，然后现在她又私下羞辱了他。他觉得自己像个傻瓜一样被她玩弄于股掌之间，甚至被她嘲笑。他阴郁地起身，沉默地离开去做弥撒，甚至懒得看她一眼。整日里他都在外面打猎，晚上也不和她交谈。他们并坐着欣赏戏剧，不发一言。他们在牛津待了一个星期，彼此每天说过的话不超过一打。他私下打定主意再不和她交谈。如果可以，他将在她那里得到一个孩子，他要竭尽所能地羞辱她，但是不会直接和她对话，而他也决不，决不，决不再和她一起过夜。

出发去勒德洛的那个早晨，天上乌云密布，下起了鹅毛大雪。卡塔琳娜踏出学院大门，冰冷潮湿的空气让她不禁缩了缩脖子。亚瑟对她视而不见。

她走到早已等候着她的随行人员面前，在庭院里的轿子前犹豫不决。他惊讶地发现她就像一个在牢笼前挣扎，可是无计可施的囚徒。

“里面会非常冷吗？”她问。

他板着脸对她说：“你得适应这严寒的天气，这可不是西班牙。”

“好吧，我知道了。”

她掀起轿帘，里面准备了给她裹着取暖的毯子和靠着休息的垫子，看起来并不舒适。

“那里的天气比这里还糟糕，”他幸灾乐祸，“那里冷多了，雨雪冰雹轮换着下，天气也阴暗得多。二月里，每天最多能有两个小时的白昼，寒冷的雾就会把白天变成黑夜，看起来永远都是灰蒙蒙的。”

她转过头看向他：“我们不能改天起程吗？”

“你自己要来，”他奚落她，“我就该把你留在格林威治。”

“我只是听命行事。”

“我们都是。听命上路。”

“至少你能到处活动保持温暖，”她控诉着，“我能骑马吗？”

“王太后禁止你骑马。”

她做了个鬼脸，但是没有争辩。

“你自己选吧，要我把你留在这里么？”他飞快地问，好像感到不耐烦。

“不，当然不用。”她爬进轿子，用毯子裹好脚和身体。

他领队离开牛津，不时对夹道欢送的民众俯首微笑致意。卡塔琳娜放下轿帘以抵御寒风和好奇探究的目光，并避免露面。

他们驻扎在一座大宅里休憩，亚瑟甚至没有扶她下轿就自行用餐去了。女主人慌乱地去迎接卡塔琳娜，发现她在轿子里浑身颤抖，脸色灰白，双眼通红。

“王妃，您还好吧？”女主人问。

“好冷，”卡塔琳娜惨兮兮地说，“我快被冻死了，从来没有经历过这种寒冷。”

她几乎什么也没吃，也没喝葡萄酒，看起来筋疲力尽得快要垮了；但是当他们用完餐，亚瑟下令继续前进，傍晚之前他们还得前行二十多里。

“你能拒绝吗？”玛利亚·德·萨利纳斯在她耳边低语。

“不行。”卡塔琳娜一言不发地站起来。但是他们推开巨大的木门走进院子时，天空飘起了雪花。

“没法再走了，天很快就会黑下来，我们会迷路的！”卡塔琳娜大声说。

“我才不会迷路。”亚瑟说，翻身上马，“你可以跟着我。”

女主人让仆人飞快地去取给卡塔琳娜轿子取暖用的热石头。王妃上轿裹好毯子，抱着手臂。

“他一定是迫不及待了，想带你去勒德洛参观城堡。”女主人尽量往好的方面开导她。

“他只是迫不及待地想让我看看自己有多被忽略。”卡塔琳娜尖厉地说，但是她小心地用的西班牙语。

离开了温暖明亮的城堡，他们调转马头向西前进，背后传来大门轰然关上的巨响。白日低垂在地平线，现在才午后两点，可是天空却布满密云，绵延起伏的山峦上翻滚着可怕的灰色光芒。蜿蜒的小道上到处是棕色的融雪。亚瑟在马上愉快地哼着小曲。卡塔琳娜的轿子艰难地在后面跋涉，骡子每走一步轿子就左右摇晃，她不得不抓住轿沿保持平衡，痉挛的手指因为寒冷变得乌紫。轿帘挡住了大部分的雪花，但是无法阻挡寒气。如果掀起一角看看外面，她会看见雪花在道路上盘旋飞舞，一片白茫茫的景象，天色愈发地阴沉了。

白日终于沉没在白色的天际，世界变得更加灰暗。乌云和大雪紧紧压在这小队人马的头顶，他们依旧顶着昏暗的天色在这苍茫大地上前行。

亚瑟轻松惬意地骑着马在前方慢跑，戴着手套的手一手拉着缰绳，一手握着皮鞭，他穿着外套、厚实的羊绒内衣，皮靴也柔软温暖。卡塔琳娜看着他在前方驰骋，冷得瑟瑟发抖，无暇他顾，只希望他能骑过来告诉她旅程即将结束，他们已经到了。

一个小时过去了，骡子还在前进，它们低头抵御着东风，飞舞的雪花灌进它们的耳朵，也灌进轿子。积雪越来越厚，盖住了车辙，极目都是茫茫大雪。卡塔琳娜像孩子一样蜷缩在毯子底下，腹部，膝盖，双手和脸都僵冷地埋在皮毛垫子里。脚被冻僵了，背上有一小块空隙，冰冷的空气让她瑟瑟发抖。

在轿子外面，她能听到男人们喋喋不休地嘲弄着这严寒的天气，发誓等到了伯福德一定要好好大吃一顿。他们的声音越来越遥远，卡塔琳娜因为寒冷和疲倦迷迷糊糊睡着了。

轿子停下的颠簸惊醒了她，帘子被掀起来，冰冷的空气笼罩了她的身体，她垂下脑袋，因为不适哭喊起来。

"公主殿下？"埃尔维拉夫人面色红润，骑着骡子的旅程让她觉得没有那么寒冷，"公主殿下？感谢主，总算到了。"

卡塔琳娜没法抬起头。

"公主殿下，他们等着迎接您。"

卡塔琳娜还是没有抬头。

"怎么了？"是亚瑟的声音，他看见轿子停下嬷嬷躬身进去，一大堆毯子下面没有任何动静。一瞬间，他感到令人惊慌的心痛，他想王妃可能被折腾病了。玛利亚·德·萨林纳斯责备地望了他一眼。"出什么事了？"

"没什么。"埃尔维拉夫人直起身子挡在跳下马过来看视的王子和他年轻的妻子中间，护着卡塔琳娜，"王妃只是睡着了，没事。"

"让我看看。"王子坚定地把这女人拨开，跪在轿子旁边向里查看。

"卡塔琳娜？"他轻声呼喊。

"我被冻成冰块了。"细小的声音传来，她终于抬起头，让他看见她比雪还苍白的脸色和冻得发青的双唇。"我冷……冷得快死了，你高兴了。你会把我埋……埋在这个恐怖的国家，再娶……娶个肥得像猪一样蠢的英国女人。而我再也见不到……"她呜咽着说不下去。

“卡塔琳娜?”他完全茫然了。

“我再也见不到妈……妈妈了。但是她会知道是你和你的残忍，还有你那恐怖的国家害死了我。”

“我一点也不残忍!”他马上反驳，完全无视身边聚集起来的侍臣，“上帝作证，卡塔琳娜，不是我!”

“就是你!”她从一堆毯子里仰起脸，“你这么残忍都是因为……”

她泫然欲泣的雪白脸蛋远比她的话语更能打动他的心。她看起来就像一个被他祖母斥责的姐妹。她看起来不像是来自西班牙愤怒无礼的王妃，而只是被吓哭了的女孩，而他意识到自己就是把她吓哭的罪魁祸首，是他不闻不问地把她扔在冰冷彻骨的轿子里自顾自地骑乐。

从毯子里拉出她冰冷的手，握着她冻僵的手指，他知道自己错了。他吻了她发绀的手指，然后用嘴向它们呵气。“上帝啊，饶恕我吧。我忘记了自己身为人夫，忘记了我的职责。我不该让你哭泣，再也不会了。”

她眨眨眼睛，泪水在她蔚蓝的眼睛里打转：“啊?”

“我错了，虽然很生气，但是我还是错得离谱。让我抱你进去暖和一下，我会告诉你我有多懊悔，再也不会对你这样了。”

她在毯子堆里挣扎，亚瑟帮她把腿上的毯子拉开。她被冻得如此僵硬，当颤抖着想站起来时几乎绊了一跤。不理会她嬷嬷的低声抗议，亚瑟用双臂搂住她，像抱新娘一样抱着她穿过大厅的门槛。

他温柔地把她放在熊熊的炉火前，温柔地掀开她的兜帽，解开斗篷，揉搓着她的双手。他示意仆人们端上葡萄酒，收拾好斗篷后退下。宁静祥和的氛围包围着他们，直到红晕染满了她的双颊。

“对不起。”他诚挚地说，“我之前对你真的非常非常愤怒，但是我不该在这样恶劣的天气还让你赶路，让你受凉。都是我的错。”

“我不怪你。”她低声说，脸上泛起浅浅的微笑。

“我没有意识到我该照顾你，我根本没想到。我还是个孩子，粗鲁的孩子。但是我现在知道了，卡塔琳娜，我不会再那样对你了。”

她点点头。“哦，也请你原谅我吧，我对你也不怎么样。”

“有吗?”

“在牛津的时候。”她的声音低不可闻。

他也点点头。“那你想说什么吗?”

她飞快地抬头瞟了一眼。他一本正经，并不是在玩什么把戏。他还是个孩子，有着孩子气的强烈是非观。他需要一个适当的道歉。

“我非常非常抱歉。”她诚心地说，“我做了错事，早上我就后悔了，但又没法开口道歉。”

“我们现在可以就寝了吗?”他的嘴唇贴着她的耳朵低语。

“现在?”

“我可以告诉他们你病了。”

她点点头，尽在不言中。

“王妃被冻坏了，”他向众人宣告，“埃尔维拉夫人将侍候她先去休息，我等会在那里和她单独用膳。”

“可是殿下。民众都希望能……”这里的主人恳求，“他们为您准备了欢迎仪式，这样不妥当……”

“我一会儿就去宴会厅见他们，我们明天还会在此逗留。但是王妃现在需要休息。”

“遵命。”

王妃和她的侍女们一阵忙乱，埃尔维拉夫人护着她去了房间。卡塔琳娜回望着亚瑟。“请到我房间一起用餐，”她清楚地让每个人都能听见，“我想见你，殿下。”

这对他已经足够：能听见她公开地表明需要他，这让他重拾信心。他向她鞠躬，然后去了大厅，要了一杯麦芽酒，优雅地应付着被允许拜见他的六个男人，不久就告退去看她。

屏退了所有侍女，仆人，她独自一人坐在炉火前等着，没人会来打扰他们，现在是完全属于两人的世界。看到空荡的房间他几乎要退缩了，都铎王子和王妃从没这样单独相处过。她驱逐了该在桌旁侍候的仆人，遣走了该和他们一起进餐的侍女，甚至她的嬷嬷也不在。没人知道她在套房里做什么，也不知道她会如何摆设餐桌。

给素净的木桌铺上颜色鲜亮闪闪发光的桌巾，在冰冷的墙上挂上帘幔，现在房间变成了精心布置过的华丽帐篷。

她命令仆人锯掉了桌腿，现在那桌子变得几乎和脚凳一样矮，看起来很荒谬。她在两边都铺上了巨大的坐垫，好似他们会像野蛮人一样斜倚着吃饭。晚餐就摆在只有膝盖高的餐桌上，下面的暖笼保持着食物的温度。四周都是蜡烛，熏香浓郁得好像礼拜日的教堂。

他差点脱口抱怨毁坏家具的野蛮行径，但是忍住了。也许，这不仅是什么女孩家的游戏：她想要向他证明些什么。

她穿着奇怪的女装，头上的丝巾绑起来在皱褶处打了一个冠冕一样的结，另一面却松散着，仿佛她会拉过来像面纱一样遮住脸庞。一件轻薄的丝绸寝衣代替了庄重的礼服。烟蓝的颜色如此美妙，他几乎能瞥见里面她润白的肌肤。意识到她在这一缕衣料下面赤裸着身体，他的心被狠狠地击中了。外套下面她穿着一条长裤——像男式的又不是男式的，它从她的小巧臀部延伸到脚踝，两端用金色细绳绑着，呈现出壶形包裹着她纤细得当的双腿，脚上踏着的是一双半露脚的深红色精致拖鞋。他上下打量着她，从长长的头巾到土耳其拖鞋，找不到适当的语言来形容。

“你不喜欢我的打扮。”她直言不讳，而他缺乏应付女人的经验，不知道她会觉得有多窘迫。

“我从没见过这种穿着，”他结巴着说，“阿拉伯服饰？让我看看。”

她转过身，回头看他，然后又转回来对着他。“在西班牙我们都这样穿，”她说，“母亲也是。这样穿着比长外套舒适整洁多了。不像丝绒和锦缎，这些都可以清洗的。”

他点点头，闻到丝绸上散发出清淡的玫瑰香水味。

“而且在日头底下也很凉快。”她补充说。

“这很……美。”他差点脱口而出“野蛮”，看着她的眼睛散发出迷人的光彩，很庆幸没有失言。

“真的？”

“嗯。”

她举起胳臂，转着圈向他展示长裤的飘逸和衣料的轻薄。

“你就这样穿着睡觉？”

“我们几乎一直穿着它。母亲甚至把它穿在盔甲里，再没有比它更舒适的了。她的锁子甲里面也没法穿上外套。”

“不……”

“在接见教皇使节等特殊场合，或者在庆典的时候，我们才穿上礼服和外套，特别是在寒冷的圣诞节。但是在自己的房间，尤其是夏天，还有出征的时候，我们都穿着摩尔人的服装。它制作简单，容易清洗，方便携带，最好不过了。”

“在这里你不能穿，”他说，“真抱歉。但是如果王太后知道你带着这些衣服，她会极力反对的。”

她点点头。“我明白。母亲连带着它们都反对。但是我需要个对家的念想，而且我可以悄悄把它们放在柜子里。但是今晚，我觉得我想让你看看我自己，看看我本来是什么样子。”

她坐到餐桌的一头，示意他去桌旁。他觉得自己太高大，太笨手笨脚了，凭着直觉，他脱下马靴，赤脚踏上了鲜艳的毯子。她朝他赞许地点点头，招呼他坐下。他坐在了金色绣纹的垫子上。

她安详地面对他坐着，递给他一碗散发着香气的清水和雪白的餐巾。他净过手，擦干水迹。她微笑着递给他一金盘食物。这是他儿时常吃的东西，里面有烤鸡腿，沾着芥末的腰子，还有上等的白面包：一顿地道的英式主餐。但是她把它们切成小块摆放在单独的盘子里，真是别致优雅的吃法。切成小牙的苹果摆在肉类周围，有些加了特别香料的肉类，旁边则是小块的蜜饯。她竭尽所能，用摩尔人奢华精美的品味打造出一顿西班牙风味的晚餐来款待他。

亚瑟的偏见动摇了。“这……真美，”他挖空心思想描述这一切，“这就……像幅画卷，你就像……”他想象不出曾有什么像她一般打动过自己。突然一个想法冒了出来。“就像我曾有过一面之缘的油画，”他说，“那是我母亲的珍藏。你就像它，奇特，但是最动人。”

这赞美让她脸红。“我希望你能明白，”她小心地用拉丁语说，“我想让你认识我，Cuiusmodi ego[①]。”

“你是谁呢？”

“我是你的妻子，”她向他保证，“威尔士的王妃，英格兰未来的王后。我要成为一个英格兰女人，那是我的命运。但是同时，我也是西班牙和安达卢斯的公主。”

“我知道。”

“你知道，但并不理解。你不了解西班牙，也不了解我。我想向你表明心迹，也希望你能了解西班牙，我是来自西班牙的王妃，是父亲的宠儿。单独用餐时，我们就像这样进食。出征的时候，我们住在帐篷里，就像这

① 拉丁语：我是怎样的人。

样坐在火盆前，七岁以前，我们年年都在征战。”

“但你们是基督的信徒，”他有异议，“也是基督世界的一员。你们有椅子，真正的椅子，你们应该在真正的桌旁用餐。”

“只是在宴会的时候，”她说，“在私人房间，我们就是这样，像摩尔人一样生活。噢，我们会在饭前祷告，感谢唯一的主赐予我们食物。但是我们的生活和你在英格兰的生活不一样。我们美丽的花园里有喷泉和流水，宫室里都镶嵌着宝石、镌刻着金色的诗文，咏叹着美丽的真理。我们有专门的浴室，有可供洗浴的热水和充满房间的蒸汽，冬天也有专门的冰室，贮藏着从山脉上运来的积雪，让我们即使在夏天也能享用冰镇的水果和饮料。”

这幅图画令人神往。“你让你自己听起来真奇怪，”他勉强说，“就像童话一样。”

“我只是刚刚才认识到我们彼此有多陌生，”她说，“我以为你的国家会和我的一样，但实际上大不相同。我意识到我们就像波斯人和德意志人，阿拉伯人和西哥特人一样迥然不同。也许你会以为我是个像你的姐妹一样的王妃，但是我真的，真的和她们不同。”

他点点头。“我得对你多加了解，”他试探地提议，“你也要多多了解我才行。”

“我会成为英格兰的王后，我会变成英国人。但是我希望你能知道当我还是个女孩时，我是什么样子的。”

他点点头。“今天你冷坏了？”他问，一阵陌生的感觉涌起，胃部微微抽痛。他发现仅仅是想到她会不开心就会觉得心疼。

她毫不隐瞒：“是的，太冷了。又想到我对你不够和善，我觉得非常沮丧。然后想到我远离父母亲人，没有温暖和阳光，就开始想家了。真是让人受不了的一天。”

他伸手扶她："现在能安慰你吗？"

她的手指触碰着他的。"你已经安慰了我，"她说，"当你把我放在火炉前，告诉我你心怀愧疚，我就得到了安慰。我会学着像你希望的那样信赖你。"

他把她拉到身旁躺下，身下的垫子柔软舒适。然后温柔地扯开她缠在头上的丝巾。丝巾从她缎子般的长发上散开来，她丰盈的红色秀发倾泻而下。他的嘴唇触碰着它，然后是她甜美的颤抖着的樱唇，沙色睫毛下的美目，浅淡的秀眉，额旁青色的静脉，小巧的耳垂。他感受到自己不由自主的欲望，他吻着她的颈窝，她纤细的锁骨，从脖子到肩膀间诱人的肉体，肘部的小窝，温暖的手掌，散发着情欲味道的胳肢窝，然后他把她的睡衣从头上拉下，现在她赤裸地躺在他的臂弯里，现在她成了他的妻子——终于成为了他真正的爱妻。

我爱他。我原本以为这是不可能的，但是现在我爱他，我俩如鱼得水，共浴爱河。惊叹地望着镜中的自己，有什么不一样了，不只是我自己。我是和丈夫沉溺于情爱的年轻妇人了。我和威尔士亲王相爱了。我，西班牙的卡塔琳娜，陷入了爱河。我曾以为这是份无望的爱，而现在却实实在在地拥有了它。和丈夫相爱，有一天再共拥山河，现在谁还能质疑我受到了主特殊的恩宠？他让我在战争里有惊无险，在阿尔罕布拉宫里享受荣华富贵，而现在他赐予了我英格兰，赐予了我这个王储的爱情。

患得患失里，我匆忙地握着手祷告："主啊，让我能永远爱他吧，不要让我们彼此分离，不要像胡安和玛戈特在短暂的蜜月后就不得不生离死别。请护佑我们白头偕老，此志不渝。"

1502年1月

勒德洛堡

冬日的暖阳还斜挂在山头，余晖照进了勒德洛堡的大门，王子和王妃终于抵达了。匆匆的马蹄声中，轿旁的亚瑟大声对卡塔琳娜吼着："勒德洛堡到了！"

开道的士兵高声呼喊："让开！让开！威尔士亲王亚瑟驾到！"沿途的门乒乒乓乓地打开了，人们蜂拥而至，夹道欢迎王室驾临。

展现在卡塔琳娜面前的是一个壁画里才会出现的城镇。简陋的街道上伫立着木制的楼房，兴旺的商店寥寥无几，底楼都是劳作的工坊。商店老板娘从作坊里跳出来争相向卡塔琳娜挥手，她也微笑着挥手致意。而楼上戴手套的姑娘们，鞋匠的学徒，金匠的帮工，还有未婚的小姐们都探身出来呼唤着她的名字。卡塔琳娜笑了，被一个失去平衡差点摔下楼的小伙子吓得屏住了呼吸，还好他被欢笑的伙伴们拉了回去。

他们经过了横梁上挂着巨大公牛角的小旅馆，行进到教堂的钟楼和后面的房舍，勒德洛的学院，礼拜堂，医院的钟声响起，欢迎亲王殿下和他的新娘回到勒德洛的家。

卡塔琳娜向前斜靠着方便观察这城堡，看到了它坚不可摧的城墙。大门已经打开，镇上的实权人物，市长，教会管事，商盟理事都等着拜见他们。

亚瑟勒住缰绳，专注地听着长篇大论的欢迎致辞，先是威尔士语，然后又用英语重复了一遍。

“我们什么时候用餐？”卡塔琳娜低声用拉丁语问，看见他双唇轻颤极力忍住笑容。

“我们什么时候就寝？”她低语，满意地看见他握住缰绳的手因为欲望而颤抖。她咯咯笑着弯腰钻进轿子。最后那没完没了的欢迎致辞终于结束了。王室队伍穿过大门进到了城堡里。

和西班牙边境上的城堡一样，这是一座干净整洁的城堡。外墙高耸入云，坚不可摧，而内墙的石壁则是让人赏心悦目的颜色，冰冷的墙壁看起来也多了些家的温暖。

卡塔琳娜见多识广的眼睛扫过斜伸到墙顶的阶梯，外墙外的护城河，内外墙之间的沟渠，这都是有效的防御工事，能够抵抗数年的围攻。但是这城堡太袖珍了，简直像个玩具。如果是她的父亲，这种程度的城堡只会用来守路守桥，也只有那些西班牙的小领主会以拥有一个这样的城堡为傲。

“就是这里？”她茫然地问。想起故乡的城墙里有她的家她的花园，房舍和山坡，许多人在里面热闹地生活。徒步的警卫队要花一个多钟头才能在城垛上巡视个来回，而在勒德洛，转上一圈只需要几分钟。“就是这里？”

“失望了？”他马上变得沮丧，“你本来想的是怎样？”

如果不是在这数百人面前，她应该抚摸他担忧的脸庞的。她总算忍住了。“哦，是我太傻了，我以为会像里士满。”她怎么能说她想到的是阿尔罕布拉呢？

他如释重负地笑了。“亲爱的，里士满刚刚建成，是父亲最大的成就和骄傲。伦敦是基督世界最为伟大的城市之一，宫殿也应该合乎它的规模。但是勒德洛只是个城镇，威尔士的大城市，人们以打猎为生，也很好客。在这里你会过得舒心的。”

“当然。”卡塔琳娜笑了，尽力驱赶着脑海中的念头。要是有一座美丽的宫殿该多好，一座美丽的建来享乐的宫殿。工匠们首先会考虑怎么让阳光倾泻到大理石水池上形成波光涟涟的倒影。

她四下张望，看见城堡里有一个圆形的像塔一样的建筑。

“那是什么?”她问，搭着亚瑟的手走出轿子。

亚瑟回头瞟了一眼，漫不经心地说：“那是我们的圆顶礼拜堂。”

“圆形的?”

“对的，和耶路撒冷的一样。”

她马上高兴地认出这确实是清真寺的传统——按设计修建成圆形，这样每个礼拜者都能更好地就座，让安拉可以被贫民和富豪平等地赞美。

“它真美。”

他惊讶地看了她一眼，对他而言这不过是用本地漂亮的李子色的石头建成的圆塔，不过他也注意到在午后的阳光里它闪闪发光，散发出平静祥和的气息。

“是啊，”他勉强承认，“还有这个，”他指着面前巨大的建筑说。敞开的大门前是一排长长的梯步，“这就是大公馆。左边是威尔士的市政厅，上面是我的房间。右边是客房，还有总督大人和他妻子的房间：理查德爵士和玛格丽特·波尔夫人，你的房间在上面顶楼上。”

她迅速地问：“她在吗?”

“这个时间她通常不在城堡。”

她点点头。“大厅后面还有吗?”

“后面就是外城墙了。这就是全部。”

她尽量保持着愉快的笑容。

“外城里有更多的客房，”他嘴硬地说，“还有一间乡间小别墅，那里生气腾腾，很热闹。你会爱上那里的。”

“当然，”她还是笑着，“那么哪些是我的房间呢?”

他指向最高处的窗户："看那里。右边就是，和我的房间差不多，不过我的在公馆的另一侧。"

她有些气馁："那你怎么来我房间呢？"

牵起她的手，他领着她和随从走向大厅前巨大的石梯。他左右微笑致意，热烈的欢呼声此起彼伏。"王太后要求我每月四次摆开仪仗从大厅去你房间。"

"天。"她虚脱了。

他调笑她。"除此之外，每晚我都能从城垛那里去找你。"他轻声说，"你的房间里有一个密门能通到城墙上，我的房间也有。你随时都可以见到我，没人知道我们在没在一起，他们甚至弄不清楚我们到底在哪个房间。"

亚瑟开心地看到她脸上放光。"只要愿意我们就能在一起？"

他爱怜地捧起她的脸。"在这里，我们会快乐的。"

是的，在这里我们能得到无上的快乐。我不会像波斯人一样哀悼他美丽的宫室，离开那里就没法活。我不会批评说这里的山川就像沙漠，没有一点绿色。我会让自己习惯勒德洛，学着在威尔士，在英格兰生活。我的母亲不仅是女王更是一位战士，她抚养我成人，让我明白我必须履行的责任。习惯这里的生活，毫无怨言地住在这里就是我的责任。

我不能像她那样披上战甲为自己的国家战斗；但是报效国家有很多种方式，永远做一个忠诚幸福的王后也是其中之一。既然主不让我参加军队，他也许更愿意让我成为一个公平正义的审判者。不管是在敌军面前守护我的子民，或是在宫廷中为他们的自由而战，我都会是他们的王后，全心全意。我将是英格兰的王后。

午夜已过，夜色深沉，烛光里，火光里，卡塔琳娜热情似火，他们已经躺在床上，但是对彼此的欲望让他们没法入眠。

“给我讲个故事。”

“我都给你讲了几百个故事啦。”

“再讲一个。讲讲博阿布基尔[1]是怎么用丝绸垫子垫着宫门钥匙交出阿尔罕布拉，又是怎么哭着离开的。”

“你听过的，昨晚我才讲过！”

“那讲讲亚尔法和他的马，他们怎么袭击基督徒的。”

“你真是个孩子。还有他的名字是亚尔夫。”

“你看到他被杀了？”

“我在场，但是没有看到他确实地死了。”

“没看到？”

“是啊，一方面我得听母亲的做祷告，而且我是女孩，可不是古怪残忍的男孩子。”

他往她头上扔了个绣花垫子，她抓住垫子扔了回去。

“那说说你母亲典当珠宝充作十字军军费的事吧。”

她又笑了，摇着头，赤褐色的秀发在肩上甩来甩去。“跟你说说我的家吧。”她提议。

“好嘛。”他用天鹅绒毯子裹住他俩，等她开始述说。

“进到阿尔罕布拉宫第一道门的时候，你会以为那只是个小房间，你父亲绝不会屈尊再往里走的。”

“不壮丽宽广？”

“就是这里一个商业行会的大小，仅仅在勒德洛还算是有点规模这样。”

“然后？”

“然后你就会走进庭院，穿过庭院就是金色大厅。”

---

①格拉纳达末代苏丹，曾向伊莎贝拉及费迪南夫妇献城投降。

“要好些?”

“那里色彩斑斓，但也大不了多少。墙上亮闪闪地镶着五颜六色的瓷砖和金叶子，那里有一个高台，但还是只是一个小房间。”

“那现在我们会去哪里?”

“现在我们右转去桃金娘庭院。”

他闭上眼，试图记住她的描述。“四周的金色大楼环绕着方形的庭院。”

“巨大的黑木门道尽头镶嵌着漂亮的瓷砖。”

“这里有一个湖，是简单的方形，湖水两旁栽种着香气甜蜜的桃金娘树篱。”

“不是像你们这里的篱笆。”她想着威尔士牧场边锐利的篱笆，满是荆棘和杂草。

“那是什么样?”他睁开眼睛问。

“像墙一样的树篱，”她说，“修剪得方方正正，像一块绿色的大理石，活的香气扑鼻的绿色雕像。水里倒映着尽头的宫门，周围的拱门也倒映在里面。整个景色就像是被倒映在水色潋滟的镜子里，呈现在你脚下。墙上有粉饰过的纱窗，空气轻盈，像是白色刺绣上的暗纹。还有鸟儿……”

“鸟?”他惊奇地问，她从没提过这可爱的小东西。

卡塔琳娜顿了顿寻找合适的词句，然后用拉丁语说：“Apodes?”

“Apodes? 雨燕?”

她点点头。“它们在你头顶像是汹涌的河水一样飞翔，绕着狭小的庭院，它们尖叫着乱窜，就像骑兵冲锋一样，也像风，一圈一圈，从阳光照射到水面开始，整天都不停歇。而晚上……”

“晚上?”

她的手摆出个女巫的姿势。“晚上它们就消失了。你看不到它们栖息在哪里，也找不到它们的鸟巢。就这样消失了——日落而息，但在清晨它们像潮汐一样又会出现。"

她停下。"很难形容，"她小声说，"但是我一直都看着的。"

"你想念它们了，"他干脆地说，"不管我让你有多快乐，你总还是在想它。"

她摊开手。"当然了，它值得回味。但是我不会忘记自己的身份，不会忘记我生来的责任。"

他等候着她的下文。

她笑了，笑容温暖，一双蓝眼睛熠熠生光。"威尔士王妃。"她说，"从孩提时我就知道。他们总是称呼我威尔士王妃。还有天定的英格兰王后。卡塔琳娜，西班牙公主，威尔士王妃。"

他笑着搂紧她躺回床上，头抵在她的肩窝，任由她深红的长发撒落在胸前。

"几乎一生下来我就知道，有一天我会娶你。"他郑重其事地说，"不能想如果没有和你订婚会是怎么样，经常我都在给你写信，写完还会交给老师修改。"

"遇上你是我的缘，相爱是我们的福分。"

他用手指托起她的下巴，轻轻在她脸上印下一吻。"能让你快乐是我最大的幸福。"

"无论如何，我都会是个称职的妻子，"她承诺，"哪怕没有这个……"

说着她的手伸到丝绸床单下面，他又硬了。"你是说，没有哪个？"他调笑说。

"没有这……鱼水之欢。"她缓缓闭上眼睛，等着他的爱抚。

黎明时分，仆人侍候他们起身，亚瑟被从床上请了下来。弥撒的时候他们又见面了，但是坐在圆顶教堂的两头，隔着各自的随从他们没法交谈。

弥撒时间是我一天里最重要的时刻，它能让我身心舒适，可是在这如此重要的时刻，我却经常觉得形单影只。我向主祷告，感谢他的格外的恩宠，可是在这座像微型清真寺的礼拜堂我开始深深思念起母亲。这里焚香的味道依稀就是她身上的香气，我不能相信我居然不是像曾经生命里的每一天那样，一天四次跪在她身边。当我歌唱着“万福玛利亚，尽显慈悲”，我看见的是她坚定微笑着的圆润脸庞。我祈求主赐予我勇气，能够面对这陌生土地上不苟言笑的陌生人，我需要母亲那样强大的力量。

我应该感谢亚瑟，但是跪在主面前，我甚至不敢想起他。我无法背负面对情欲诱惑的负罪感。脑海里对他唯一的想象是应该深藏的秘密，是异教徒的享乐。我敢肯定这不是圣洁的婚姻生活应该沉溺的享乐。如此肆意的纵情是罪，如此黑暗深沉的情欲和餍足不能归结为这场联姻的全部目的——孕育出一个小王子——的需要。我们被大主教赶上了床，但是我们却像阳光下缠绕的一对蛇一样纵情交欢。我掩藏起对亚瑟的欲望，对每个人，也对主。

即使有心，我也不能信任任何人。我们被明显地限制随意接触。他的祖母，王太后陛下，像她安排每件事一样统治着边境上的威尔士，甚至包括我们的相处。她认为除了月事那几天，他应该每周一次与我同房，在十点之前到来，六点离开。我们得服从，每个人都得服从，每个星期，按她要求，亚瑟不情不愿地穿过大厅，清晨则完成任务般在沉默里离去，完全不似那个整夜里气喘吁吁颠鸾倒凤的爱人。他从不显露感情，仆人来接他时，他总是默然不语。没人知道我们在彼此身上享受到的无上欢乐。没人知道我们夜夜欢好。我们在城堡最高处连着我俩房间的城垛上相会，灰蓝色的苍穹下，我们像见不得光的情人一样秘密幽会。夜色遮掩下，我们回到我房间，或者他的，我们沉迷于这私人的世界，为这偷情般的愉悦沉醉。

在这熙来攘往耳目众多的城堡里，甚至没人发觉我们在一起。没人发觉我们已经深陷爱河。

弥撒之后，两队人马分别到自己单独的房间用早餐，虽然这对夫妻很想待在一起。勒德洛堡是国王那个正式宫廷的一个小小缩影。王太后规定早餐之后亚瑟必须和他的导师一起学习，天气允许的话则适当运动；卡塔琳娜应该和她的嬷嬷一起，读书，做女红，或是在花园里漫步。

“花园?”坐在城堡一角绿色小道边被泡涨的木凳上，卡塔琳娜低声细语，“她见过真正的花园?”

下午他们一起去城堡周围的森林里打猎。这是个富饶的乡村，河流从覆盖着古老林地的宽阔山谷里奔腾而下。卡塔琳娜想自己就快爱上蒂姆河岸边的牧草地了，毫无疑问，还有山地绵延到天边的壮阔景色。但是在严冬里你只能看到黑暗的森林被霜冻和积雪染上黑白灰的颜色。天气通常都恶劣得不宜王妃外出。她恨这潮湿的浓雾和绵绵的雨雪，以致亚瑟不得不经常独自骑马在山林里驰骋。

“就算待在城堡里，我也不能得到许可和你在一起，”他凄惨地说，“王祖母会找些别的事给我做。”

“那去吧!”她笑着说，尽管在晚餐之前那段不算短的时间里，她无事可做，都不得不守候他打猎归来。

每个星期，他们都会去市镇一次，到圣劳伦斯教堂做弥撒，参拜城堡边的小礼拜堂，出席一些大行会举办的宴会，去看斗鸡，斗牛，或是戏剧。镇上的整洁可爱给卡塔琳娜留下了非常深刻的印象。在那场约克和兰开斯特家族引起，最后由亨利·都铎结束的内战里，小镇并未受战乱之苦，还是一片繁华景象。

“和平是国家的基石。”她对亚瑟评论说。

“现在能威胁到我们的只有苏格兰人。”他说，“约克派是我的祖先一脉，兰开斯特也是，所以内战在我这里就结束了。我们要做的只是保证北境的安宁。”

“你父亲认为玛格丽特的婚事能解决这事？”

“上帝保佑他是对的，他们向来不守信用。等我当了国王，我要让边境强大起来。你得辅佐我，我们要一起巡视边境，让边境上的城堡都得到修葺。”

“我会的。”

“当然，你的童年都是在跟着军队四处征战中度过的，你比我对军事更了解。”

她莞尔一笑。“很高兴能帮到你。我父亲经常抱怨我母亲不是在养育一个王妃而是一个亚马逊女战士。”

傍晚他们一起用过晚餐，所幸这寒冬的夜晚，黄昏总是来得格外早些。他们可以亲密地并排坐在城堡的大厅，享受墙边巨大壁炉提供的温暖。亚瑟通常让卡塔琳娜坐在他的左边，那里更靠近壁炉，而卡塔琳娜穿着皮毛的斗篷，华丽的礼服下面是层层叠叠的亚麻底衣。尽管如此，当她从自己温暖的房间踏下结冰的楼梯，来到烟雾弥漫的大厅，她仍然冷得发抖。她的西班牙侍女们，玛利亚·德·萨利纳斯，她的嬷嬷埃尔维拉夫人和其他几个人坐在一张桌子，她的英格兰女伴们一桌，一些西班牙仆从则坐在另外一张上。亚瑟的地方议员们，总督理查德·波尔爵士，卫队长，林肯的主教威廉·史密斯，私人医生比尔沃斯大夫，司库亨利·弗农爵士，管家理查德·克劳夫特爵士，私人侍从卡马森的威廉·托马斯爵士，公国里有头有脸的人物齐聚一堂。后堂和走廊上挤满了威尔士游手好闲的人们，他们看着王妃用餐，猜测她是否得到了王子的宠爱。

人们找不出答案，但大多数人认为王子没睡到她。看看！王妃殿下像个呆板的玩偶，僵直着尽量不靠向自己年轻的丈夫。威尔士亲王每隔十分钟才机械地和她说上几句话。他们不能算是和睦的榜样，对彼此几乎视若不见。传闻说，他每周只去一次她的房间，还是王太后懿旨，根本不是出自本意。这对新婚夫妇彼此没什么好感。他们太年轻，几乎算得上年幼，还不到理解婚姻的年纪。

没人看到卡塔琳娜膝盖上紧握的双手，要怎样忍耐才能抑制住抚摸他的渴望，也没人注意到半小时左右亚瑟漫不经心地瞟她一眼，用只有两人能听到的细语诉说着："我要你，现在。"

晚餐后的娱乐是跳舞，或是观看威尔士吟游诗人，流浪艺人表演哑剧和说书。有时候那诗篇来自于高山之上，用方言诉说着古老传奇的故事，亚瑟对此都一知半解，但是他还是试着翻译给卡塔琳娜听。

"当金色的长夏到来，胜利就会属于我们。
在布列塔尼扬帆起航，
热度在升高，激情也在燃烧，
那是胜利向我们招手的预兆。"

"这是讲的什么？"

"金色长夏是我父亲决定从布列塔尼逆袭回国的时节。那是他通往博斯沃恩和胜利的道路。"

她点点头。

"那年非常热，军队里流行起一种新的热病。这病现在每年夏季都在欧洲和英格兰肆虐。"

她点点头。新出场的诗人拨动琴弦，唱起了另外一首诗歌。

"这个呢？"

“这是讲一头红龙飞过公国，”他说，“它杀死了野猪。”

“什么意思？”

“红龙就是都铎家的我们，”他说，“你会看见我们旗帜上的红龙。野猪就是篡位者，理查德。这是根据古代传说改编的送给我父亲的颂词。这些歌曲都是古音，可能在方舟上就有人唱了。”他咧开嘴笑了，“诺亚之歌。”

“他们赞美你们都铎家在大洪水里得以幸存吗？诺亚是姓都铎的？”

“也许吧。我的祖母甚至会把伊甸园据为己有。”他回答，“这里是威尔士。我们是欧文都铎的后人，来自格伦道尔①，以自己所拥有的一切为傲。”

正如亚瑟所说，当炉火渐灭，他们唱起了古老的威尔士歌谣，黑森林里无人知晓的神奇事件。他们谈起了战争，那些靠经验和勇气赢得的辉煌胜利。他们用古怪的口音讲述亚瑟王和他传说中的宫殿卡米洛特，梅林王子，还有吉纳维尔：因为偷情而对他不忠的王后。

“如果你有情人我会死掉的。”趁着侍从遮住他们倒酒的时候，他低声说。

“你在这里，我哪里还看得见其他人。”她信誓旦旦，“即使有人站在我面前，我眼里也只有你。”

每晚勒德洛的宫廷总会有音乐或者其他乐子。王太后命令王子得让这里时时保持享乐——以表彰威尔士人帮助亨利·都铎争夺王位时表现出来的忠心。她的孙子得奖赏那些走出大山为都铎王朝而战的人们，以此确立自己威尔士亲王的地位，同时他得赢得他们的支持，更好地统治他们并不效忠的英格兰。威尔士应该并入英格兰，与它成为一体，共同抵御苏格兰人，操控爱尔兰人。

---

①欧文·格伦道尔（1359～约1416），曾领导反对英格兰国王亨利四世暴政的斗争，自封为威尔士亲王。

当乐队演奏起西班牙宫廷舞曲，卡塔琳娜就得和她的一个侍女翩翩起舞。知道亚瑟注视着自己，她故作正经，仿佛戴上了伶人得体的假面；虽然她擅长快速的旋转，能像苏丹宫殿里的后妃，或是摩尔女奴一样挑逗地摇晃自己的臀部，但是王太后的耳目无处不在，甚至在勒德洛，年轻王妃任何轻率的举动都能迅速被呈报上去。偶尔，卡塔琳娜的目光滑过他，看到他凝视的眼神和每个恋爱中的男人一样情深。她打个响指，仿佛是个舞蹈动作，提醒他注视她的方式过了头，王太后绝不会乐意看到他这样；然后他就会收回专情的目光，若无其事地转过头，继续和其他人交谈。

即使音乐结束，娱乐落幕，年轻的夫妇也不能单独待在一起。总有人会向亚瑟谋求点什么，恩宠，土地，或是权势。他们总是贴近亚瑟，用卡塔琳娜还不能完全理解的英语，或是她听天书一般的威尔士语窃窃私语。在边境几乎没有法规可言，每个地主在自己的领地里都自成一派。在深山里，甚至还有人认为王位上坐着的还是理查德，对外界的变迁一无所知，他们不说英语，也不受法律约束。

亚瑟赞美并主张放下世仇，互不侵犯，骄傲的威尔士族长们应该团结一致让自己的土地和邻近的英格兰一样繁荣兴盛，而不是无意义地在互相争斗上浪费时间。山谷和海岸被一些小领主控制，高山上的人们则是执行蛮族一样的家族制。慢慢地，亚瑟决定在这片土地上全面实行法制化。

“每个人都必须清楚认识到法律胜于领主的命令，”卡塔琳娜建议，“摩尔人在西班牙就是这样干的，我父母也赞同。摩尔人并不费神去改变人们的信仰或是语言，他们用法律带来了和平昌盛。”

“半数以上的领主都会觉得这是旁门左道，”他不以为然，“而你父母正在大肆进行宗教审判，他们已经驱逐了犹太人，就快轮到摩尔人了。”

她皱起眉头。“我知道。那里有各种酷刑。但是他们的本意是让人们自由选择宗教信仰。这是他们夺取格拉纳达时候的承诺。”

“你认为管理一个国家，必须让它的人民遵从一个信仰吗？”

“不，”她果断地回答，“在阿尔安达卢斯，摩尔人、基督徒、犹太人能够和平共处，缔结友谊，没人会认为有必要统一信仰。”

卡塔琳娜观察着亚瑟轮流和不同的人交谈，直到埃尔维拉夫人提醒她该行礼告退。做过睡前祷告，换上睡袍，同侍女们闲坐，进卧室等待，等了又等。

“你可以退下了，今晚我要一个人就寝。”她命令埃尔维拉夫人。

“又要这样？”嬷嬷皱着眉头，“自从到了这里，你就再也没让人陪寝过。如果你半夜醒来需要人侍候怎么办？”

“没人陪寝我才睡得好。”卡塔琳娜说，“你该退下了。”

嬷嬷和宫女们道过晚安都退下了，女仆上前脱下她的紧身胸衣，取下头巾，脱掉鞋子和长袜，替她穿上温暖的亚麻睡衣。她打发她们离开，要求披上披肩，一个人在炉火边坐会儿。

在城堡静谧的夜里，她等候着他。终于她听到通往他的塔楼的城墙那边的门外响起他轻轻的脚步声，飞奔到门前打开门闩扑进他的怀抱。他脸颊冻得通红，裹在睡衣和斗篷里，寒风随着他的脚步灌进房间。

“讲个故事。”

“今天你想听什么？”

“我告诉过你我母亲少女时代的事吗？”

“哦，讲过。她像你一样成为卡斯蒂利亚的王妃？”

她摇摇头。“不，她并没有被好好保护起来。她生活在他兄长的宫廷里，父亲早亡，兄长并不那么钟爱她。他知道她是他的唯一合法继承人。他更宠爱自己的女儿，但是人人都知道她是个私生女，是他王后生下的孽种，甚至还以王后情夫的名字做小名。背地里他们都叫她野种。还有比这更丢人的事吗?”

亚瑟顺从地摇摇头:“没有。”

“在兄长的宫廷里，母亲不过是个囚徒，王后憎恶她，于是其他人也怠慢她，她的兄长则策划剥夺她的继承权。甚至他们自己的母亲都无能为力。”

“为什么?”看到她脸上闪过一丝黯然，不由得抓住了她的手，“啊，亲爱的，对不起。发生了什么事?”

“她母亲病了,”她说，“因为过度悲伤。我不知道确切是什么让事情发展到那般田地，但是她几乎不能言语，也不能动了。她只能哭泣。”

“你母亲没有什么保护者?”

“没有，她的王兄逼迫她同贵族唐·佩德罗·吉伦订婚。”她坐起来一点，捧起他的脸，“他们都说他把灵魂卖给了魔鬼，是个无可救药的恶徒。母亲发誓把灵魂呈献给主，而主会从这可悲的命运里拯救她，这个纯洁的处女。她说没有哪个仁慈的主会让在欧洲最残酷的宫廷里忍气吞声了那么多年的公主陷入这样的困境，让那个贪图她年轻纯洁的男人玷污她，摧毁她。”

亚瑟忍住没取笑这罗曼蒂克的情节韵律。“真精彩,”他说，“希望能有个幸福的结局。”

她像游吟诗人一样举起手示意安静。“她最好的朋友和侍女比阿特丽丝带了一把刀子，发誓只要唐·佩德罗敢碰伊莎贝拉，就会结果了他;伊莎贝拉在祭台前跪了三天三夜，祈祷能够躲开这场强奸。”

“他正在向她逼近，第二天就能到达。他大吃大喝，告诉侍从第二天他就能躺在卡斯蒂利亚最高贵的处女的床上。”

“但是，就在那天晚上，他死了。”卡塔琳娜沉重地小声说，“他还没消化掉晚餐喝下的酒就死了。他暴毙而死，上帝从天堂驾临，好像园丁摘获青梅一样，收走了他的生命。”

“毒杀?”亚瑟明白一个真正的君主总有些见不得人的手段，而卡斯蒂利亚的伊莎贝拉完全有谋杀的能力。

“主的决断，”卡塔琳娜严肃地回答，“唐·佩德罗和其他许多人一样遵从了主的旨意，母亲的愿望往往和主的旨意相统一。如果你像我那么同时了解主和我母亲，你会明白很多时候他们的愿望是一体的。”

他举起酒杯和她干杯。“这是一个好故事，”他说，“希望你能在大厅里讲述一遍。”

“而且它是真实的，”她提醒亚瑟，“我保证，这是母亲亲口告诉我的。”

“她也曾为自己的王位抗争过。”他略有所思。

“开始是为了王位，然后是为了西班牙的统一。”

他笑了。“所以他们才告诉我们我们继承了战士的血脉，我们的王位并不是平白得来的。”

她扬扬眉毛。“我生来就是王族，”她说，“母亲的王位是合法继承的。”

“喔，是啊。但是如果你母亲没为自己抗争，她就成了某某夫人了。”

“该叫殿下。”

“殿下。然后你就什么也不是。”

她摇摇头，很难领会他的意思。“不管怎样我都会是流着王室鲜血的国王姐妹的女儿。”

“你什么也不是。”他坦率地说，“王室血脉没什么不得了。如果我父亲没有努力地得到王位我也是如此。我们就都只是我们自己。”

“是的。”她不得不承认。

“我们的父母都谋取了本当属于别人的权力。”他诱导地说。

她马上抬起头。“不是！至少我母亲不是。她是合法继承人。”

他摇摇头。“她的王兄指定的继承人是自己的女儿，他只承认她。你母亲和我父亲一样，王位都是自己夺来的。”

她气红了脸。“她不是，”她坚持，“她是王位的合法继承人。她做的所有事都是为了打败篡位者，维护自己的继承权。”

“你为什么不明白，”他说，“直到登上王位我们都是篡位者？我们赢了，所以我们能改写历史，改写族谱，处决我们的对手，或是监禁他们，直到能宣称只有一个真正的继承人：我们自己。但是在那之前，我们只是众多篡位者中的一个，甚至不是最强最名正言顺的那个。”

她皱起眉头。“你什么意思？”她追问，“你是说我不是真正的公主？你也不是英格兰真正的继承人？”

握住她的手，他安抚她说：“不，不。别生气。我是说我们生来就有并保住了自己的王位继承权。我是说我们得到了自己应得的，继承了该继承的。我说我们是威尔士亲王，英格兰王后。我们生而为此，就像其他人一样。”

“你错了。”她说，“我生为西班牙公主，死为英格兰王后。这不是选择的问题，这是我的命运。”

他亲吻着手中的柔荑，现在没有必要再阐述自己的观点：他觉得男人女人都能用自己的双手去创造命运，但是她对天赐之命是如此的深信不疑，她的虔诚注定会伴她一生，无论命运公与不公。她的头衔，她的骄傲，她的自我意识都来自于一个词。“凯瑟琳，英格兰的王后。”他喃喃低语，亲吻着她的手指，于是她又露出了笑容。

我爱他爱得如此深沉，他是我绝无仅有的爱人。对他的爱让我日益睿智坚毅，不再烦躁易怒，甚至可以毫无怨言地忍受思乡病的困扰。我觉得自己正在变成一个更女人的女人，更像样的妻子，寻思着怎么取悦他，让他以我为荣。我希望他能在婚姻里得到由衷的快乐，希望每天我们都能像今天一样过着神仙眷侣的生活。没有语言能描述他的好……没有。

国王的信使给新婚夫妇带来了些礼物：温莎森林里捕获的一对梅花鹿，给卡塔琳娜的书籍，伊丽莎白王后的信件，还有王太后的命令。不知她从何得知王子的狩猎破坏了一些树篱，于是她命令亚瑟要确保这些得到了修葺，并付给地主一些补偿。

夜晚他带着信去了卡塔琳娜的房间。“她是怎么无所不知的？”他问。

“地主可能写信给她。”她无可奈何。

“为什么不直接请示我？”

“因为他认识她？是她的心腹？”

“应该是，”他说，“她有一张像蛛网一样覆盖全国的情报网。”

“你得去见见他，”卡塔琳娜有了决断，“我俩都去。给他带件礼物，一些肉或者其他的，再给点赔偿。”

亚瑟在祖母的威势面前动摇了。“是，我们得这么做。但是她到底是怎么知道的？”

卡塔琳娜笑着说：“这就是统治者该做的呀？你要确定你知晓在这片土地上发生的所有事，确定当灾难来袭，人们想到的首先是你。这样他们才会臣服于你，而你才能拥有真正的统治权。”

他轻声笑了。“我觉得我娶了另一个玛格丽特·博福特，”他说，“上帝通过你的手帮助了我。”

卡塔琳娜也笑了。“你早该警醒的，”她承认，“我是一个强势女人的女儿，甚至我的父亲也不得不听从她的吩咐。”

他放下信，抱住她。“一整天我都在渴求你。”他温暖的气息拂过她的颈旁。

她解开他睡衣的前襟，脸颊贴上他迷人的肌肤。“哦，我的爱。”

他们倒向床铺。“哦，我的爱。”

“给我讲个故事嘛。”

“今天讲什么?”

“讲讲你父母是怎么成婚的。是和我们一样的联姻吗?”

“噢，不是的。”她解释，“完全不一样。她在这世上如此孤立无援，哪怕主从唐·佩德罗手里拯救了她，她还是不安全。她的王兄会把她嫁给任何能保证让她失去继承权的男人。”

“那些年对她而言实在是太难熬了。她对我讲她曾向自己的母亲求援，可是完全得不到响应。我的外婆沉浸在自己的悲痛里，无暇他顾。”

“母亲的堂兄——她唯一的指望，是邻国的王储：阿拉贡的费迪南。他乔装打扮，孤身一人，冒险潜入她苦苦求生的城堡。那晚他成功了，他脱掉自己的帽子和斗篷，于是她看见了他，并且一眼看上了他。”

亚瑟为这故事着迷。“真的吗?”

卡塔琳娜向往地笑了。“这难道不是一段罗曼史？她告诉我她立马爱上了他，就像诗歌里的公主对他一见钟情。他当场向她求婚，她立即就答应了。那晚他俩共陷爱河，如此草率，根本不该是一个公主所为。我的父母被主所保佑。他让他们相爱，生死相随。”

“上帝恩宠西班牙国王。”亚瑟半开玩笑地说。

她点点头。“你父亲谋求和我们结盟是明智的。我们从摩尔君主那里抢来阿尔安达卢斯，加上卡斯蒂利亚和阿拉贡，现在还有格拉纳达，这就是我们的王国，还在扩张的王国。父亲的野心是纳瓦拉，而且不仅于此。我知道他要攻下那不勒斯。除非法兰西的南部和西部都被他收入囊中，不然他不能得到满足。你会明白的。他建立一个庞大的西班牙帝国的宏图伟业远未结束。”

“他们是秘密成婚的？”他着迷于这对掌握了自己的生活，开创了自己命运的夫妇的罗曼史。

她有些困了。“他跟她说他有教会特许状，只是没有签名。我觉得这是他的把戏。”

他皱起眉头。“你伟大的父亲欺骗了他圣洁的妻子？”

她有些无奈地笑了。“事实上，他有自己的法子。和他打打交道你就明白了。他总是高瞻远瞩。他知道母亲是虔诚的，没有特许状不会和他结婚，于是就弄来了个特许状。”

“但是后来就合法了？”

“是的，虽然他的父亲和兄弟都火冒三丈，但是这并没有做错。”

“这怎么会没错？反抗你的家庭？忤逆你的父亲？这是罪啊。这是违反了戒条的重罪，没有哪个主教会祝福这样一段婚姻。”

“这是主的旨意，”她确定，“他们都不知道这是主在冥冥之中的安排，但是母亲就是知道。她总能领会主的旨意。”

“她怎么能确定呢？她还是个女孩，怎么能如此确定？”

她轻声笑着：“主和母亲总是不约而同。”

他笑着拧住一根发辫：“至少她把你送来我身边是件好事。”

“当然，”卡塔琳娜说，“我们也可以为这国家做些好事。”

“嗯，”他说，“等我们登基了，我会大有一番作为。”

“比如？”

亚瑟犹豫了一下。“你可能认为我还是个孩子，脑子里都是书上不切实际的幻想。”

“不，我没有。告诉我吧。”

“我不需要像亚瑟王那样的议会。也不要父亲那样任人唯亲，全是心腹的议会。应该是国家的议会，每个郡派一个爵士组成议会。不是由我个人喜好决定人选。而是每个郡推举最能干的人作为代表。我把他们聚集起来，每个人都要向我报告地方上的事务。如果庄稼歉收，出现饥荒，我们会及时得知发放赈济。”

卡塔琳娜大感兴趣，不由得坐了起来。“他们会是我们的顾问，我们的千里眼顺风耳。”

“是的。我还能让他们肩负起防御的重担，特别是在北方和海岸。”

“还有，每年检阅一次军队，时时保持战前状态，”她补充说，“你也知道他们迟早会来的。”

“摩尔人?”

她点点头。“他们现在还在西班牙作乱，在非洲，在圣地，在土耳其，在更远的地方，他们一如既往的强大。当他们需要土地。他们还会重返基督世界。每年春天，土耳其苏丹都像春耕一样挑起战争。他们向我们发难。我们不知道他们何时会来，只能确定总有一天他们会的。”

“我会在南部海岸建起防御工事抵御法国人和摩尔人，”亚瑟说，“海岸线上会遍布城堡和烽火台。如果战争来袭，我们在伦敦就会马上得知，每个人都会马上进入警戒状态。”

“还要建造船只，”她说，“我母亲委托威尼斯的造船厂建造了大量战舰。”

“我们有自己的造船厂，”他说，“我们能自主研发自己的船只。”

“我们哪里筹钱去建造城堡和船呢?”伊莎贝拉的女儿提出了实际的问题。

“一部分来自于税赋，”他说，“一部分则是向商人和港口出入的人征税。为了他们的安全，他们也得有些付出。我知道人们都讨厌苛捐杂税，但是那是因为他们不知道这些钱能起什么作用。”

“我们需要廉洁的征税人，”卡塔琳娜说，“我父亲说能征到预期的税收，并保证不会在整个程序里损失过半，比训练一支精锐的骑兵还难。”

“我们需要找一个值得相信的人？”亚瑟自言自语。

“目前每个想挣大钱的人都想获得一个征税人的职位。得让他们为我们服务，而不是他们自己。可以向他们发放工资，而不是让他们自行敛财。”

“只有摩尔人做到了这些，”她说，“阿尔安达卢斯的摩尔人为穷人的孩子建造学校甚至是大学，他们有值得相信的官员。他们宫廷里的重要职务都由年轻的学者，有时候甚至是国王年幼的儿子担任。”

“为了王位我要娶一百个妻子去提拔数以千计的办事员？”他戏弄她。

“除了我一个也不需要。”

“可是我发觉我们得找到一些能人，”他陷入深思，“王权需要忠诚的仆从，得领公家的薪水，坚决拥护王权。否则他们就会私欲膨胀，收受贿赂，而他们的家族也会变得跋扈。”

“教会会教导他们，”她建议，“就像阿訇为摩尔人培育孩子们成才。每个教区的教堂都建立相关的学校，每位神父都能明白自己有教导教民读写的义务，然后我们能在大学里建新的学院，让孩子们受到更好的教育。”

“这可能吗？”他问，“只是个梦想吧？”

她点点头。“这能被实现。管理一个国家是最现实的事情。我们要让这个国家成为我们的骄傲，就像西班牙是我父母的骄傲。我们能勾勒出它的蓝图，最终让它成为现实。”

“就像亚瑟王的卡米洛特。”他简洁地说。

“卡米洛特。”她重复道。

1502年春

勒德洛堡

二月下了一个星期的雪，然后雪融化成了泥浆，又开始下雨。花园已经不适宜散步，也不能骑马外出，甚至骑着骡子去市集都不行。在我有限的生命里从没见过这样的雨。我们那里的雨带着泥土的芬芳，浇灌在炽热的土地上，灌溉干渴的植物。这里的雨水冰冷，土地也冰冷，没有泥土的芬芳，只有水塘上黑糊糊的冰层冰冷地覆盖着它。

在这黑暗寒冷的日子里，我心痛难耐地思念着家乡。每当我和亚瑟谈论起西班牙，谈论起阿尔罕布拉宫，我总能激起他对它们的向往，对我父母的好奇。我想让他们见见亚瑟，知道我们夫妻和睦。不知道他父亲会不会允许他离开英格兰，我知道这纯属做梦。没有哪个国王会让自己珍爱的子孙和继承人离开本国。

然后我开始思考我能不能独自一人回家做个短期停留。我不能忍受哪怕和亚瑟分离一晚上，但是我想到除非我一人回西班牙，不然我不可能再次见到母亲，我将无法感受她的手轻抚我头发温柔的触感，也不能再看到她对我微笑的容颜——思及于此，我怎么能忍受与她天各一方，永不相见的痛苦？

能成为威尔士王妃、未来的英格兰王后，是我的荣耀和骄傲。但是我从没想过，从没认识到——我明白自己有多蠢——这意味我要永久地生活在威尔士，再也不能回家。不知何故，尽管我知道我会嫁给威尔士亲王，有一天会成为英格兰王后，但是我从没有清醒地意识到自己将从此远离父母家乡，这里会是我的永居之所。

我希望我们能经常写信，时时收到她的来信。但是她还有伊莎贝尔，有玛利亚，有胡安娜；她通过大使向我这个嫁出去的西班牙公主传达指示。但是作为母女，我很少收到她的家常来信。

我不知该如何忍受这种状况，从没预计过会有这种事。伊莎贝尔守寡以后就回了家，虽然后来她又嫁了出去。胡安娜来信说她会和丈夫一起回去拜访他们。这不公平，她能回家省亲，我却不能。我只有十六岁，还不能离开她的羽翼独自生活，还离不开她的教导。每天我都在寻求她能告诉我该怎么做——可是，她并不在那里。

我丈夫的母亲伊丽莎白王后与世无争地活在自己的世界里。她不能成为我的母亲，她甚至不能处理好自己的事。她能给我什么指导？而统治一切的王太后玛格丽特夫人是个阴狠冷酷的女人。她不能成为我的甚至任何人的母亲。她钟爱她的儿子，因为他让她登上了王太后的宝座。但是她不爱他，她一点也不亲切，甚至也不爱亚瑟，只有铁石心肠的女人才不会爱他。实际上，我也很确定她并不喜欢我，虽然我也不知道原因。

不管怎样，我确定母亲思念我正如我思念她。当然，很快她就会写信给国王询问我是否能在这里变得更加寒冷之前回家省亲。这里太天寒地冻，阴冷潮湿了。我不会在这里度过整个漫长的寒冬，我肯定会生病的。我确信她会盼望我回家……

卡塔琳娜坐在窗前，就着这个二月阴沉下午的昏暗光线开始写信询问母亲自己能否回西班牙访问。写到一半，她开始时不时流泪，最后把信纸丢进了房间的壁炉。这不是第一封她要求回家的信件，但是和其他的信件一样，最终都没有送出去。她不能辜负母亲的教导，夹着尾巴从这晦暗的天空，冷雨，语言不通、喜怒无常的人群中间逃跑。

她还不明白，即使她把信件交给了伦敦的西班牙大使，狡诈的外交官也会私自拆开阅读，然后撕毁，并完整地报告给英格兰国王。罗德里戈·贡萨尔维·德·普埃布拉知道——尽管卡塔琳娜还不明白，这场联姻锻造的反法兰西的英西新兴势力联盟，决不允许因为一个思乡的王妃想见母亲而搞出什么乱子。

“讲个故事。”

“我真像山鲁佐德[①]，你想从我这儿听到一千个故事。”

“哦，太好了！”他说，“我有一千个故事可以听。你已经讲了多少个了？”

“自从我们在一起我每晚都讲，第一晚是在柏福德。”

“二十九天。”

“才二十九个。如果我是山鲁佐德，我还有七百零一个要讲。”

他笑了。“你知道吗，卡塔琳娜，这二十九天我比之前过的每一天都快乐。”

她握住他的手，以唇覆盖。

“还有这些夜晚！”

她的眼睛染上了欲望的色彩。“是的，这些夜晚。”她轻声说。

“我期待另外七百零一个。”他说，“然后我会再有一千个。”

“另外一千个？”

“永远都还有另外一千个，直到终老。”

她笑了。“主会保佑我们白首不相离。”

“那今晚你要讲什么？”

①《天方夜谭（一千零一夜）》讲故事的少女。

她思索着。“给你读一首摩尔人的诗吧。”

亚瑟靠回枕头，看着她屈身望着床幔，仿佛能看穿它们到某个遥远的地方。

“他出生在阿拉伯的沙漠里，”她解释说，“后来去了西班牙，在那里他思乡心切，写下了这首诗。

卢萨法的棕榈树，
生在西方，远离棕榈的土壤。
我对它讲：你怎能和我一样，背井离乡
在异乡流亡。
你植根在这片陌生土地上，
而我，和你一样，如此远离故乡。”

他沉默了，领会着这简单却隽永的诗歌。“这和我们的诗不大一样。”

“是的，”她轻声响应，“他们是热爱语言的民族，喜欢用简朴的话语表达真实的想法。”

他张开双臂搂住她，她紧靠着他躺下，肱股相叠。他轻抚着她的脸颊，她，流泪了。

“我知道你想家了，”他温存地说，握住她的手，轻吻着指尖，“但是你得适应这里的生活，日复一日，你得在这里过下去。”

“和你在一起，我就会快乐，”她马上说，“只是……”话语慢慢飘散，“我母亲，”她的声音低不可闻，“我想她，我担心她，因为……你知道我是幺女。她尽可能一直把我带在身边亲自抚养的。”

“她知道迟早有一天你会远嫁……”

“她经过了很多……生离死别。她失去了儿子，我的兄长，她唯一的继承人。王子过世是一件非常可怕的事，超出你想象的可怕。这不仅是他的逝去，更是许多既定事实的改变。他没了性命，他的地位和未来也随之而去。他的妻子不会再成为王后，每件事情都偏离了轨迹。不久，第二继承人，小米格尔才两岁又夭折在襁褓里。他是他母亲、我的伊莎贝尔姐姐留给我们的所有念想，而主也带走了他。可怜的玛利亚在遥远的葡萄牙去世了，自她远嫁之后我们就再没见过面。我母亲自然更加疼惜我。我是她最后离家的孩子。没有我，真不知道她该怎么办。”

他环抱着她的肩膀，让彼此更加亲密。“上帝会安慰她的。”

“她会多么寂寞啊。”她愈发小声了。

“当然，和这世上所有女人一样，她会感受到主的关怀。”

“我可不认为，”她说，“她母亲备受悲伤的折磨，你也知道的。我们家族的许多女人都因为悲痛而缠绵病榻。我知道母亲害怕像她母亲一样陷入悲伤的漩涡：见过的事情那么黑暗绝望，她宁愿是个瞎子。我知道她害怕再也不能得到快乐。我知道她喜欢带着我是因为我能给她带来快乐。她说我生来就是个开心果，以后也一定能幸福下去。”

“你父亲能让她释怀？”

“是的，”她并不确定，“但他经常不在她身边。至少我愿意陪着她。你该知道我的感受，第一次离家时难道不思念你的母亲？思念你父亲，还有兄弟姐妹？”

“我会想念妹妹们，可不会想念弟弟。”他说得如此坚决，让她不由得好笑。

“为什么？我觉得他挺好玩的。”

“他就是个吹牛皮的。”他有些烦躁，“他总是极力表现自己。看看我们婚礼的时候，他一直都在礼堂中央。喜筵上，他也一直跳舞博关注。拉着玛格丽特跳舞，可是却一个人在那里出风头。”

“噢，不是那样的！是你父亲让他跳的，他也有些醉了。他只是个孩子。”

“他想成为一个男子汉，他也努力去做了。可是他却把我们都当傻子。没人制止他！你没发觉他是怎么盯着你看的？”“我什么也没发觉啊，”她诚恳地说，“我都记不清了。”

“他想象自己和你相爱了，和你走上红毯时他都当成是自己的婚礼了。”

她笑了。“噢！傻死了！”

“他总是那样，”他愤愤地说，“但是他是所有人的宠儿，大家都任他为所欲为。我学习法典，学习语言，不得不生活在威尔士，为了王权好好充实自己。但是哈里却留在格林威治，或是白厅宫，处在宫廷中心，好像他是个外交使节，而不是应该被好好培养的继承人。我有马的时候他也要有马——哪怕我曾骑了好几年的小母马。我得到第一头猎鹰时他也有——没人年复一年地教过他如何训练茶隼，接着再换成苍鹰。他还想抢走我的导师，无论何时都试图超过我，想要比我更优秀，更吸引人的眼球。”

她发觉他真的动怒了。“但是他只是次子。”她讲述了一个事实。

“他是所有人的宠儿。”他闷闷不乐，“他拥有想要的一切，毫不费力。”

“他不是威尔士亲王，”她指出，“他会得宠，但是他无足轻重。他能留在宫廷只是因为他不够分量被派到这里。他没有自己的公国。对他你父亲另有安排。大概会联姻再远远地打发出去。次子并不比女儿更有地位。”

“他会进入教会，成为神父。谁会嫁给他？他将永远待在英格兰。我敢说我将要忍受他成为大主教，当然他可能连教皇都当得上。”

想到这个红脸蛋金发碧眼的阳光少年成为教皇的样子，她乐不可支。“等我们长大成人将会变得多么显赫呀，”她说，“你和我，英格兰的国王和王后，而哈里，大主教，甚至可能是红衣主教。”

“哈里不可能长大。”他坚持，“他会一直是个自私自利的小鬼。而且由于我的祖母和父亲总是宠着他，任他索取，他迟早会变成个欲壑难填的小鬼。”

“也许他会有所改变的，”她说，“我的大姐，可怜的伊莎贝尔，第一次去葡萄牙的时候，她是你能想象的最爱慕虚荣的俗气女子。但是当她失去丈夫回家以后，除了进修道院，她什么都不在意。她的心都碎了。”

“没谁能让亨利伤心，”亨利的哥哥宣称，“他都没有心。”

“你会觉得伊莎贝尔也是一样，”她争辩说，“婚礼那天她就和丈夫坠入爱河，说再也不会爱谁了。当然她不得不再嫁，但是她一点也不情愿。”

“你也是？”他突然改变了心情。

“我怎样？被迫嫁人？”

“不！婚礼当天爱上丈夫？”

“当然不是结婚那天，”她说，“说到自吹自擂哈里可一点也比不上你！我听见第二天早上你说的了，你说有个妻子可是个好运动。”

他面露窘迫。“我只是开玩笑。”

“还有什么你一晚上都待在了西班牙？”

“噢，卡塔琳娜。原谅我。我什么都不知道。你是对的，我还是个孩子。但是现在你丈夫我是个男人了。而你也确实和你丈夫相爱了。就别在意了。”

“并非一朝一夕。”她回想着，“这不是一见钟情。”

“我知道自己是从什么时候开始，你别取笑我。是在柏福德那晚，你哭了，我第一次吻了你，用袖子拂去你的泪水。那晚我去见你，那座房子如此安静，仿佛天地之间就只剩下了我俩。”

她更紧地依偎着他的手臂。“而我给你讲了第一个故事，”她说，“你还记得吗？”

“是关于圣达菲的大火。幸运之神那次抛弃了西班牙。”

她点点头。“通常是我们带去火与剑。我父亲以残暴闻名。”

“你父亲很残暴？就算是在自己的土地上？那他怎么指望人民能服从他的统治?”

“通过畏惧，”她简单说，“那不是他的愿望，那是主的旨意，有时候主也会变得残忍。那不是一场寻常的战争，那是一场讨伐。讨伐总是残酷的。”

他也点点头。

“关于父亲，他们编了一首歌，摩尔人的歌。”

她头靠着亚瑟，低沉的声音将歌曲用法语唱出：

“骑兵冲过埃尔维拉门，占领了阿尔罕布拉，
国王驾到，太恐怖啦，
费迪南自己指挥着军队，西班牙之花，
驻扎在金尼尔河岸上的是他的心上人，
伊莎贝拉，这王后有着男人一样的心肠。”

他欢喜地说：“再唱一遍!”

她笑着又唱了一遍。

“他们真的叫她‘男人婆王后’?”

“父亲说过，她在营地抵得过千军万马，摩尔人都被震慑了。在他们经历过的所有战斗里，她从没被打败过。她让军队战无不胜。”

“多厉害的王！让他们为她歌唱!”

“我明白，”她说，“母亲就是一个传奇！我思念她一点也不奇怪。在那些日子里她无所畏惧。当大火差点摧毁我们，她并不担忧，无惧那晚的火焰，也不害怕失败。甚至在我父亲的幕僚们都同意退回托莱多休养来年再

战时，她也坚决反对。”

“她和他公开争吵了?”他问，被妻子并非是旁人附庸的想法吸引了。

“准确来说并没有争吵，”她沉思着，“她从不反驳他，或者是对他无礼，”伊莎贝拉的女儿说，“我能记得起的是，当有重大决策，比如军队是否继续前进，或是有没有必要去做什么事时，她都有如神助。她最能看清形势，甚至父亲都得承认她的决断是最好的。”

“她真是个非同寻常的女人。”

“她是女王，”她简短地说，“本身就是女王。不是靠婚姻得来的头衔，不是飞上枝头做凤凰的麻雀。和我一样，她生来就是西班牙公主，而她注定要成为女王。在成为西班牙女王的道路上，主拯救她于危难。除了统治自己的国家她还能做什么?”

那晚我梦见自己是一只鸟，一条飞鱼，一只雨燕，无畏地在卡斯蒂利亚新的版图上高高飞翔，从托莱多往南，飞过加拉斯科，一直南去到格拉纳达，身下的土地像一张黄褐色的地毯在我面前展开，仿佛是用柏尔人金色山羊毛织成的一样美丽，黄铜色的大地上伫立着青铜色的断崖，山壁如此高大陡峭甚至连橄榄树也无法生长。我在风中飞着，心情激荡，远远的，那是阿尔卡沙尔宫玫瑰色的外墙，巍峨的城堡围绕着阿尔罕布拉的宫舍，飞得愈低愈快，掠过曾经飘扬着新月旗的方形瞭望塔，朝着桃金娘中庭飞去，在温热的空气里绕着粉饰辉煌的精美房舍盘旋，俯瞰着水面的倒影，最后我终于看见了，那个我苦苦思念的人：我的母亲，西班牙的伊莎贝拉，她在夜晚闷热的空气里散步，思念着她远在英格兰的女儿。

1502年3月

勒德洛堡

“我想让你见见一位女士，她是我的好友，也会成为你的好友。”亚瑟谨慎地斟酌着用词。

在这寒冷的下午，卡塔琳娜的侍女无事可做闷得发慌，假装专注地做着针线活，纷纷伸长了耳朵想要探听到点什么。

她的脸立刻变得和手中刺绣的亚麻布一样惨白。“殿下?”她忧心地问。早上早些时候他们醒来交欢的时候，他什么都没有透露。她没想过在晚餐之前还能见到他。这个时候他的驾临意味着有事发生。她小心翼翼地等着，不知道事态会如何发展。

“一位女士？谁?”

“你应该从其他人那里听过她的名字，但是我希望你能够知道她渴望成为你的朋友，而她已经是我的朋友。”

她抬起头，深吸了一口气。有一瞬间，在那可怕的一瞬，她想他是要介绍一个以前的情妇进入她的宫廷，为他曾经的情人们在侍女中求得一席之地，这样他们就能继续交往下去。

如果这是他想要的，我知道我该怎么办。我曾见过母亲被那些父亲——主啊，宽恕他吧——无法拒绝的漂亮姑娘们折磨。一次又一次，我们看着他追逐着宫廷里的新鲜面孔。每一次母亲都表现得若无其事，选个合适的侍臣，体面地把那姑娘嫁出去，然后远远地打发他们离开。这种事

几乎成了惯例，以至于最后成了一个笑话：如果哪个姑娘想要被女王赐予个良缘，到某些偏僻的省份旅行，她只需要引起国王的注意，马上她就能穿着新衣骑着骏马离开阿尔罕布拉了。

我明白一个明智的女人对自己的丈夫有了新欢应该视而不见，默默忍受伤害和耻辱。她绝不能做的就是像我的姐姐胡安娜一样，时不时爆发尖叫，歇斯底里地掉眼泪，嚷着要报仇，羞辱了她自己，也羞辱了我们这些家人。

“这于事无补。”母亲曾告诉我。那时大使刚刚转述了荷兰菲利普的宫廷里一些让人胆战心惊的场景：胡安娜抓住了那个女人的头发，用剪刀刺她，剪掉她的头发，并嚷着要自残。

“抱怨只会让事情更糟。如果丈夫出轨了，不管他做过什么，你要做的是把他笼络回你的生活，迎上你的床榻；婚姻里逃避解决不了问题。如果你是女王，而他是国王，你们就得同心协力。即使他忘了对你应守的本分，你也不能忘了对他应尽的义务。不管有多痛苦，你都是他的王后，而他也是你的丈夫。”

“不管他做了什么？”我问她，“不管他如何对你？你都放任他自由？”

她耸耸肩。“不管他做了什么都不能中止婚姻关系。你们是在主面前结为夫妻的：他是你丈夫，你是他王后。主让你们结为一体，没人能分开。不管你丈夫给你带来什么样的伤害，他终归是你丈夫。他也许不称职，但仍然是。”

“如果他想要其他女人怎么办？”年轻姑娘的好奇心让我尖刻地问。

“也许会得手，也许她会拒绝，那是他们之间的事。这全凭他和她的良心。”她平静地说，“可你不能因此改变自我。不管他怎么说，不管他想要得到什么：你始终是他的妻子，他的王后。”

面对自己年轻的丈夫，卡塔琳娜接受了这凄凉的忠告。“我也很想见见你的朋友，殿下，”她不动声色，尽量让自己的声音不至于颤抖，“但是你也知道，我只有一个小小的宫廷。你父亲清楚地表示目前我只能有这么多仆从。你也知道到现在为止他也没给过我什么津贴。我没钱再请一位侍候的女士了。总之，就算她是你再特别的朋友，我也没法再增加侍女的数量了。”

他有些畏缩关于父亲对她随行人员的指示。“噢不，你误会了。不是个谋求职位的朋友。她不可能会是你的侍女。”他仓促地说，“是玛格丽特·波尔夫人在等候你的召见。她终于回家了。”

圣母玛利亚保佑。这比面对他的情妇还糟糕，虽然迟早有一天我得面对她。这是她的家，可是在我们抵达时她却躲了出去，我还以为是她故意离开不回来，故意怠慢我呢。我想她是出于仇恨才避开我的。玛格丽特·波尔夫人是沃里克伯爵的姐妹，为了确保我和家族的利益，那个不幸的男孩被砍头了。我害怕见她。我曾向圣徒祈祷她远远地离开，恨我也好，怪我也好，都在很远的地方。

他看见她拒绝的姿势，知道这件事对她来说很难。“亲爱的，”他有些局促，“她去照顾她的孩子了，不然我们一到这里她就该和她丈夫一起迎接我们的。我告诉过你她会回来的。现在她想问候你。我们得在这里一起生活。理查德爵士是我父亲值得信赖的朋友，是我的总督，也是城堡的总管。我们将在这里一起生活。”

她对他摇摇手，他立马不顾侍女们探究的目光凑到她面前。

“我不会见她，”她低声说，“事实上，我不能。她的兄弟因为我而死。我知道这是我父母坚持的，不然他们不会送我来英格兰。我知道他是无辜的，无辜纯洁得跟花儿一样，你父亲把他监禁在伦敦塔，让人们没法拥戴他登上王位，他本应安然度过余生，但是我父母的条件把他逼上了绝路。她应该很恨我。”

“她不恨你，”他言之凿凿，“卡塔琳娜，相信我。我不会让任何人对你不客气。她不恨你，也不恨我，甚至不恨宣判沃里克死刑的父亲。她明白这些事情只是权谋的一部分。她是一位公主，和你一样明白在政治面前我们别无选择。你我都是如此。她明白你的父母得保证没有哪个王子能够和我竞争王位，我父亲也是，不管这会付出什么代价。她早就认命了。”

“认命？”她可不相信，“家族的继承人，自己的兄弟被谋杀了，她，一个女人怎么能认命？他因我而死，她又怎会对我心无芥蒂？当我的兄长逝去，我们的世界都坍塌了，再无希望。我们的未来也和他一起被埋葬。我的母亲，一个活着的圣徒，对此尚不能承受，从此郁郁寡欢。如果他是因为他人的诅咒而死，她必要血债血偿。玛格丽特夫人怎能承受这丧弟之痛？又怎能接受我？”

“她认命了。”他简洁地说，“她是最虔诚的女人，想要报答能嫁给理查德·波尔爵士的恩情。爵士深受我父亲的信赖，她也能以最尊贵的身份在这里生活，她是我的朋友，我希望也能是你的。”

他握住她的手，感受着她的颤抖。“来吧，卡塔琳娜，”他说，“这不像你。勇敢点，亲爱的。她不会责怪你的。”

“会，”她痛苦地低语，“我父母要求你的继承权万无一失，我知道的。你父亲也保证不会有能和你竞争的王子。他们知道你父亲会怎样处理，但他们并没有阻止，没有放那个无辜的男人一条生路。我父母眼睁睁看着一切发生，他们甚至希望他能如此。我肩负着金雀花王朝的爱德华的血债，我们的婚姻也被他的冤死诅咒。”

他从没见过她如此哀伤，不由得退缩了。“天啊，卡塔琳娜，你不该认为我们是被憎恨的。”

愁云笼罩下，她点点头。

“你不该说这些的。”

“我也不能忍受说这些。”

“但是你内心是这么想的吧？”

“从他们告诉我他因我而死那刻起。”

“亲爱的，你不会真的认为我们被诅咒了吧？”

“在这事上是的。”

他想对她的反应过度一笑置之。“不，你得明白我们是被祝福的。”他靠近些，非常小声地说，以致其他人根本听不清，“每天早上，你在我怀里醒来时，你觉得我们是被诅咒的吗？”

“不，”她勉强回答，“不是那样。”

“每晚我去你那里时，你感受到你被罪恶的阴影笼罩吗？”

“没有。”她承认。

“你没有被诅咒，”他坚决地说，“我们被上帝的荣光保佑。亲爱的卡塔琳娜，相信我。她宽恕了我的父亲，也不会责怪你。我发誓，她是一个胸怀宽广的女人。她想见你，跟我来，让我引见她给你认识。”

“然后我们得独处。”她仿佛预见了什么可怖的场景。

“是的。她现在在管家的房间。现在过去的话，我们可以让她们都在这里候着，悄悄去见她。”

她站起来挽住他胳膊。“我和王妃要单独散会儿步，”亚瑟对侍女们说，“你们不用侍候了。”

侍女们对不用侍候大感讶异，有些直接表示反对。卡塔琳娜毫不理会，径直穿过她们走了出去。

一出房门，亚瑟就率先走下陡峭的螺旋楼梯，一手撑着中心的立柱，一手撑着墙壁。卡塔琳娜跟着他，在每个深陷于墙里的箭垛窗前流连不去，俯瞰脚下的河谷，河岸的积雪像银色的湖泊。威尔士的三月里天气依然很冷，卡塔琳娜颤抖着，仿佛有陌生人在她的坟墓上行走。

“亲爱的，”他回头帮她看着脚下狭窄的楼梯，“鼓起勇气来，想想你勇敢的母亲。”

“她参与策划这件事。”她颇为不悦，“她觉得这是为了我的利益。但是有人为了她的雄心而死，而现在我不得不面对他的姐妹。”

“她是为了你。”他语气平和，“没人会怪罪你。”他们到了王妃寝宫楼下，亚瑟毫不犹豫地推开总管房间厚重的木门，走了进去。

这间能俯瞰河谷的方形房间和楼上卡塔琳娜的会客厅很相似，木质结构，挂着鲜艳的挂毯。一位女士坐在壁炉前等着他们，门一开就站了起来。她穿着浅灰色的外袍。头上是同色的发带，三十左右年纪，笑容得体。她友善地打量着卡塔琳娜，行了一个深屈膝礼。

不顾新娘掐他的手指，亚瑟松开她的胳膊，退回门道上。卡塔琳娜回头责备地看了他一眼，然后微微屈膝向年长的女士回礼，再一起起身。

“很荣幸能见到您。”玛格丽特·波尔亲切地说，“很抱歉没能亲自迎接。但是我的孩子生病了，我得去亲自护理。”

“你丈夫很和气。”卡塔琳娜几乎说不出话来。

“但愿如此，我留了一长串清单给他，希望能让你的房间温暖舒适。如果有什么不周到的地方，您可以告诉我。我并不了解西班牙，不知道您平素喜爱些什么。”

“不！实在是都……太合心意了。”

年长的女士看着王妃：“希望我们相处愉快。”

“希望……”卡塔琳娜深吸一口气，“但是我……”

“嗯？”

“很抱歉听到你兄弟的死讯。”卡塔琳娜豁出去了。因为苦恼而惨白的脸现在涨得通红。她觉得自己的耳朵发烫，呻吟因为恐惧而颤抖：“真的，我很抱歉。非常……”

“这对我而言，对我的家族而言都是巨大的损失。”女人异常平静，“但这就是这世间的法则。”

“我怕我的到来……”

“王妃殿下，我从没认为这是您的抉择或是责任。我们亲爱的亚瑟王子要成婚了，他父亲一定会确保他的继承权无虞。我清楚我弟弟其实不会威胁到都铎王朝的安定，但是他们不明白。他被恶劣的坏人误导了，进行了一些愚蠢的谋划……”她的音调不稳，但很快控制了自己，“请原谅。这还在让我伤心。我弟弟他是清白的。他可笑的密谋恰恰证明了他的无辜。在我看来，毫无疑问，他清清白白地回到了上帝身边。”

她对王妃微笑。“在这个世上，我们女人对男人们的所作所为往往无能为力。相信您曾祈祷过我弟弟不受伤害，事实上我也坚信他绝不会站出来反对您或是亲爱的王子殿下——但这就是世间的残忍之处。我父亲的一生做出了一些愚蠢的抉择，而上帝可鉴，他已经全部偿还了这些过错。他的儿子，尽管无辜，还是走上了他的老路。上位者的一个念头就能改变一切。我想一个女人，即使是在这样的逆境里也要学会如何生存。”

卡塔琳娜仔细听着。“我的父母只是想让都铎一脉大权稳固，”她喘了口气，“我知道他们曾这样知会国王。”她觉得这女人能理解她有多内疚。

“如果我是他们我也会如此，”玛格丽特夫人简单回答，“王妃殿下，我不会责怪您、您的母亲或是父亲。我也不会怪罪我们伟大的国王。换做是我，我也会做出一样的事情，然后只在上帝面前忏悔。既然我不是他们，而只是一位杰出人物平凡的妻子，我能做的只是谨慎行事，和向上帝告解。”

“我只是遗憾他因我而死。”卡塔琳娜急忙说。

年长的女士摇摇头。“他并非因您而死，”她坚定指出，“没必要为他人的行为苛责您自己。事实上，我认为您的自责是出于您自己的骄傲。除此之外，您无需承担他人的罪孽。”

卡塔琳娜第一次抬头，看见玛格丽特·波尔平静的双眼和她的笑容。她小心地回以一笑，年长的女士像男人击掌为盟那样伸出一只手。“我自己也曾经是王室的公主，金雀花王朝最后的公主，和理查德国王的儿子一起被他抚育成人。比世上所有的女人都更明白一个女人对世事变化有多无能为力。这是你丈夫，你父母，国王，和上帝的愿望。没人会把一个国王的行为归罪于王妃。为什么要去质问这些呢？这会让事情有什么不同？我们只能屈服于命运的选择。”

和卡塔琳娜握在一起的手温暖坚定，她感受到了从未有过的如释重负，恢复了信心。“可是我总是害怕自己不是那么顺从。”她承认。

年长的女士笑了。“噢，是的，人都是有思想的。”她承认，“只有在暗自明白自己更正确的时候仍选择低头，才能叫做服从啊，否则就只能称得上‘赞同’，这傻子都会做。您认为呢？”

卡塔琳娜第一次和一个英格兰女人一起咯咯笑了，她大声笑着说：“我可不想做傻子。”

“我也不想。”玛格丽特·波尔的脸闪闪发亮，她曾是金雀花王朝的后裔，一位王室公主，而现在不过是湮灭在都铎王朝威尔士堡垒里的一个普通主妇。“我一直都很清楚，不论被冠上什么头衔封号，在内心深处，我只是我自己。”

不可思议，我曾惧怕见到的那个女人居然让我第一次在勒德洛的城堡找到了家的感觉。玛格丽特·波尔成了我的伙伴和朋友，安慰了我无法见到母亲和姐妹的伤痛。我认识到我曾生活的那个世界是被女人掌控的：女王，我的母亲，我的姐姐们，我的侍女们，女仆们，还有后宫里所有的女佣。在阿尔罕布拉宫，我们远离男人，所有的房间都是为了让女人们舒适愉快建造的。我们几乎算是与世隔绝，我们奔跑过庭院，倚靠在阳台上。心里知道半数以上的宫殿都为我们女人所有。

我们在父亲的宫廷上露面，并不吝于展现自己；但是阿尔罕布拉宫别出心裁的设计，为我们而建的美丽宫舍和壮丽花园也让女人爱独处的天性同样被满足，被重视。

英格兰的一切都是陌生的，在这里男人掌控一切。当然我有自己的房间和侍女，但是任何男人都可以请求进入。理查德·波尔爵士和亚瑟的其他属下都可以不预先通知就进入我的房间，还认为他们给予了我赞美。英格兰人认为男女混杂稀松平常。我没见过任何一座房子有专门为女士准备的房间，也没有女人会像我们在西班牙那样戴着面纱，甚至在旅途里，和陌生人在一起也不戴。

连王室也对公众开放。男子，甚至是陌生男子，只要足够机灵到瞒过守卫，就能畅行宫中。他们可以守候在王后的会客厅外面，只要她通过就能看见，肆无忌惮地像家人一样打量着她。只要能穿着得体，就能像绅士一样穿过大厅，礼拜堂，王后的公共房间。英格兰人像对待男孩和女仆那样对待妇女，她们可以随意走动，也不怕被人看见。有时候我认为这是莫大的自由，也沉迷于这种自由；但是后来我认识到，英格兰妇女可以露出她们的脸，但是她们并不像男人那样勇敢，像男孩那样无拘无束：她们也必须保持沉默，任由支配。

和玛格丽特·波尔夫人离开总管的房间时，感觉就好像这城堡现在由女人做主了。大厅的晚间不再那么喧嚣，甚至晚餐的菜谱也做了调整。游吟诗人更多地开始歌唱爱情而不是战争，法语说得多了，威尔士语少了。

我的房间在上层，而她的在楼下，我们每天都在楼梯上上上下下互相拜访。亚瑟和理查德爵士出去打猎时，城堡的女主人还留在家里，让这里显得不那么冷清。某种意义上，只是她在这里，就让这里变成了一座女人的城堡。亚瑟出门时，城堡不再那么沉静着等着他归来。它变成了一个温暖快乐的所在，自得其乐。

我想要一个年长的女士和我成为朋友。玛利亚·德·萨利纳斯和我一样少不更事，能和我做伴，但不是个可靠的顾问。埃尔维拉夫人是母后委派的，只会站在母亲的立场。她不是我能笼络的，虽然我曾试着爱她。她对我很严厉，试图通过对我的影响力来控制整个宫廷。她和她身为我随从的丈夫想要颠覆我的生活。在多格莫斯菲尔德那晚她甚至不惜冲撞国王本人，我都怀疑她的判断力。即使是现在她也时时警告我不要和亚瑟过于亲近，好似我爱自己的丈夫是多么的怙恶不悛，好似我就得对他抵死不从！她想在英格兰形成一个小西班牙，想要我仍旧是西班牙的公主。但是我很确定，在英格兰，我的出路是成为一个英格兰人。

埃尔维拉夫人不会去学英语。她假装听不懂带着英格兰口音的法语。由于勒德洛不是那么舒适，她对待威尔士人也像是对待文明边缘的蛮族。老实说，有时候她是我见过的最装腔作势的女人，比我母亲本人还骄傲，也比我有派头多了。我很佩服她，但是实在没法爱她。

但是玛格丽特·波尔是作为国王的侄女养大的，和我一样精通拉丁语。我们可以一起轻松地聊法语，她教我英语，而有时候会出现一个单词无法用任何我们共有的语言来表达，我们就会一起指手画脚地笑着哀号。我尝试说明“消化不良”这个单词的时候她笑出了泪水，而她也曾发动所有宫中的女士和女仆一起为我说明英格兰的狩猎礼仪，场面之大把卫兵都吓得跑来了，还以为我们遇到了袭击。

与玛格丽特一起，卡塔琳娜觉得可以提及自己的未来，和自己让人战战兢兢的公公。

“我们离开之前闹得很不愉快，”她说，“为了我的嫁妆。”

“噢，是吗?”玛格丽特回答。两人坐在窗边，等着狩猎归来的男人们。外面的天气还相当寒冷潮湿，两人都不想出去。玛格丽特觉得自己还是不要掺和卡塔琳娜的嫁妆难题；她已经从丈夫那儿听说西班牙国王是个狡诈的两面派。他同意为公主准备可观的嫁妆，但是只有半数随她来到了西班牙，然后他说剩下的部分可以由公主带去的家用抵掉。亨利国王愤慨地要求全数支付。西班牙的费迪南亲切地回复说公主的家用绝对是最好的，亨利可以随意从中挑选。

这样一桩基于贪婪和野心，为了共同对抗法兰西结成的婚姻，无论如何，都称不上良缘。卡塔琳娜被卷入了两个冷酷无情男人间的角力。玛格丽特猜想卡塔琳娜和她丈夫一起被打发到勒德洛堡就是为了迫使她使用自己的家用品，削减它们的价值。如果亨利国王让她待在温莎，格林威治，或是威斯敏斯特，她将会使用他们的餐具，她父亲就会说西班牙餐具都还簇新，可以作为嫁妆的一部分。而现在，每晚他们都是用卡塔琳娜的金制餐具进餐，每一道小刀的划伤都会划去它们的一丁点价值。当到了支付另一半嫁妆的时候，西班牙国王会发现自己得为这买单。费迪南国王是个铁石心肠的男人，一个狡诈的盟友，但是他遇到了对手，英格兰的亨利·都铎。

“他说我就像他的女儿一样。”卡塔琳娜小心地提起，“但是我不能像女儿顺从自己的父亲那样顺从他。父亲让我不要使用自己的餐具，要把它交给国王。但是他不会接受。而嫁妆还没支付，国王就把我打发开，没有供给，也没有津贴。”

“西班牙大使没给你什么建议?”

卡塔琳娜小小做了个鬼脸。“他是国王的心腹，”她说，“于我无益。我不喜欢他。他是个犹太人，但是改变了自己的信仰，一棵墙头草。一个在这里生活了多年的西班牙人，已经成了都铎王朝的耳目，而不是阿拉贡的。我会告诉父亲他被德·普埃布拉博士蒙骗了，同时我没有人出谋划策，我的陪嫁埃尔维拉夫人和司库一直吵闹不休。她认为我的私房和珠宝应该拿出来找金匠换成钱；而司库说在把嫁妆交给国王之前，他绝不会拿出任何财物。”

“你没问问王子？”

卡塔琳娜犹豫了。“这是他父亲和我父亲的纠葛，”她谨慎地说，“我不想这个破坏我们之间的感情。他已经支付了我到这里的所有旅费。到了仲夏，还要支付我侍女的薪水，很快我就需要新的礼服。我不想问他要钱，不想他认为我是个贪婪的女人。”

“你爱他不是吗？”玛格丽特看着她焕出光彩的脸笑着问。

“噢，是的。”女孩不由得吸了一口气，“我确实很爱他。”

年长的女人笑了。“你真幸运。”她慈祥地说，“身为公主，却和联姻的王子相爱。主保佑了你，卡塔琳娜。”

“我明白。我也认为这是主对我的额外恩宠。”

年长的女人被这自傲的宣告噎住了，但是并没打算纠正她。年轻人的狂妄很快就会被现实消磨，没有必要去告诫她这些。“有什么迹象么？”

卡塔琳娜茫然了。

“有了孩子的迹象？你应该知道有什么反应吧？”

年轻的女人羞红了脸。“我知道的。母亲告诉过我。可是还没有。”

“现在还是早期。”玛格丽特夫人安抚她，“但是如果你在路上有了孩子，嫁妆的问题就会迎刃而解。我想如果你孕育着都铎王朝的下一位王子，其他事情根本微不足道。”

“不管有没有孩子，我都该拿到自己的津贴。”卡塔琳娜实话实说，“身为威尔士王妃，我应该有与地位相称的津贴。”

“当然。”玛格丽特一本正经地说，“但是这该由谁来提醒国王呢？”

“给我讲个故事。”

他们沐浴在烛火的金色斑点里。夜已深，寂静的城堡里只有他们的喃喃细语，灯光都已经熄灭，只有在卡塔琳娜的房间里，年轻的爱侣还不肯就寝。

“想听什么？”

“讲讲摩尔人。”

她沉默了一会儿，披上御寒的披肩。亚瑟横躺在床上，当她披上披肩时他把她搂进怀里，让她枕在自己赤裸的肩头。他梳理着她丰盈的红发，最后握在手里。

“给你讲讲苏丹的后妃吧。”她说，“这不是故事，这是真实的事情。她住在后宫里。你知道那里女眷都是远离男士单独居住的吧？”

他点点头，看着她脖子上和锁骨窝里跳跃的烛光。

“她望向窗外，窗外河水的潮汐正在退却。镇上穷苦人家的孩子在快乐地戏水。他们在船坞上铺开烂泥，待它们变得松软腻滑，就在里面滑行。她开心地笑了，告诉侍女她也很想像那样玩乐。”

“但是她不能外出？”

“不能，她从没见过外面的世界。侍女们告诉了管理后宫的宦官，他们又告诉了大总管，最后大总管禀告了苏丹，于是当她离开窗户回到自己的房间，猜猜怎么了？”

他笑着摇摇头：“怎么了？”

“她的会客厅是座壮丽的大理石宫殿。地板是玫瑰花样的大理石。苏丹命令他们带去了非常黏稠的香油。他们用玫瑰花瓣和气味怡人的香料制成了浓厚的玫瑰膏，和花瓣香料一起在她的大厅里摊开了有一脚深。苏丹女眷和她的侍女们脱下中衣，在这堆泥里面玩耍嬉戏，互相泼溅玫瑰水和油泥，整个下午都像清理工人一样玩耍。”

他赞叹说：“太不可思议了。”

她揶揄他：“现在轮到你了，给我讲个故事。”

“我可没有故事可讲，全是战争和胜利。”

“这是你最喜爱的故事。”

“是啊。而现在你父亲又要征战了。”

“是吗?”

“你不知道?”

她摇晃着脑袋。“西班牙大使有时候会给我寄点消息来，但是他什么也没告诉我。还是东征吗?”

“你们真是基督嗜血的战士。我怀疑异教徒的脚都在打颤。不过这次不是东征，出乎我们意料，你父亲和法兰西的路易斯国王沆瀣一气，准备出兵意大利，分享战利品。”

“路易斯国王?”她惊讶地问，“我以为我们是死敌。”

“法兰西国王似乎并不在意和谁结成同盟。之前是土耳其人，现在是你父亲。”

“不过，路易斯国王和我父亲结盟总好过和土耳其人。”她坚决地说，“怎样都比引狼入室好。”

“但你父亲怎能加入敌人那边?”

“那不勒斯是他的梦想。”她全心信任他，“那不勒斯和纳瓦拉，他不惜手段，志在必得。我了解他，他会长久策划，然后通过自己的方式得到。这都是谁告诉你的?”

“我父亲。他们的结盟让他深感棘手。法兰西对他的威胁仅次于苏格兰，你父亲和他们的盟约太让我们失望了。”

“恰恰相反，你父亲得感谢我父亲在南方牵制住了法国人。他这可是为你父亲效劳了。”

他取笑她。“你可真是大有用处。”

“你父亲不加入他们?”

他也摇晃着自己的脑袋。“据我所知他不会。他最大的愿望是让英格兰国泰民安。战争对一个国家算得上是噩耗。你是战士的女儿，应该明白的。父亲认为战争会让国家万劫不复。”

“你父亲只参加过一次大型战役。”她说，“有时候，战争是不得已的。有时候是你不得不应战。”

“我不会因为扩张领土挑起战争。”他说，“为了边境安宁我才会宣战。也许我们和苏格兰人注定会有一战，除非我妹妹能改变他们极端的天性。”

“你父亲准备好应战了?”

“霍华德家族守护北境，”他分析说，“而他信任北方的每个领主。他修筑了堡垒，开辟了北境大道，如果有需要士兵们可以随时北上。”

她深思着。“如果战争爆发，最好能把战场推进到苏格兰境内。”她说，“这样才能不为防御所扰，占尽天时地利。”

“这样更有利?”

她点点头。“我父亲是这样说的。让军队士气高涨，勇往直前是取胜之道。你面前的是整个国家的财富，都将为你所用，你得下令进攻：这样士兵才会受到鼓舞。没什么比毫无斗志，畏缩怯懦更糟糕了。”

“你真是个智囊。”他说，“真希望上帝能让我度过你那样的童年，这样我就能和你一样学识渊博。”

“你也一样。”她甜蜜地说，“我们彼此都会竭尽所能帮助对方。如果你或我们的国家需要我亲自走上战场，我会毫不犹豫地披上战甲。”

天气越来越冷，延绵了几个星期的阴雨变成了冰雹。最后又下雪了。直到现在它也不是能让人愉快的晴朗寒冬，阴冷湿润的薄雾和密云笼罩四野，鹅毛大雪一阵又一阵，附在灌木和树篱上，最后河水又像牛奶果冻一样结冰了。

亚瑟从城垛上一路溜冰到我的房间，而今早当他返回他的房间，在新冻住的冰层上响亮地摔倒了，隔壁塔的哨兵伸出脑袋大吼："谁在那里?"我只好回应说我自己一个人，想要喂喂冬鸟。亚瑟吹着口哨，告诉我这就是知更鸟的叫声，我们笑得都要站不稳了。我敢肯定哨兵肯定知道怎么回事，可是太冷了，他可不想出来受罪。

今天亚瑟和他的议员们出去为一个新磨坊选址，河水泛滥，有些地方都被冰雪阻断了。玛格丽特夫人和我则留在家里玩牌。

天气寒冷灰暗，成天都很潮湿，甚至城堡的墙上都冒出寒气，但是我很快乐。我爱他，我会随他到天涯海角。春天快到了，然后是夏天，理所当然，我们会一直快乐下去。

门口的脚步声很晚才响起。她飞奔过去打开门。

"啊，亲爱的，我的爱人！你去哪儿了?"

踏进房门，他与她唇舌交缠。她尝到了他呼吸里红酒的气味。"他们不肯走，"他说，"我为了能到你这来挣扎了至少三个小时。"

他抱住她的脚把她举起来，就这样走向床榻："难道你不想……"

"我想要你。"

"给我讲个故事。"

"你还不困?"

“不困。给我唱首歌吧，关于，摩尔人是怎么在马拉伽战役里一败涂地的。”

她笑了。“是阿尔哈马战役。给你唱个韵文嘛。不过有好几段。”

“都唱。”

“那得唱上一整晚了。”她反对。

“感谢上帝，我们一整晚都会在一起。”他掩饰不住语气里的快乐，“我们会一整晚待在一起，以后的每个夜晚都是，感谢上帝。”

“这是一首被禁止吟唱的歌，”她说，“是我母亲本人禁止的。”

“那你怎么学会的?”他马上反驳。

“仆人们会唱。”她漫不经心地说，“我有个嬷嬷是摩里斯科人，她昏了头，忘了自己什么身份，我又是什么身份，就这样唱给我听了。”

“摩里斯科人是什么？这首歌为什么会被禁唱?”他迫不及待地问。

“摩里斯科人就是在西班牙的摩尔族人。”她说，“我们这样叫生活在西班牙的摩尔人。和非洲真正的摩尔人并不一样。所以我们叫他们摩尔族，或是摩洛族。我离开的时候，为了生存，他们开始自称为马达基人。”

“为了生存?”他不解，“在他们自己的土地上?”

“那不是他们的土地。”她宣称，“那是我们西班牙的国土。”

“他们在那里生活了七百年。”他指出，“你们西班牙人还只会在山上放羊的时候，他们就开始修建道路、城堡和大学了。你自己说的。”

“现在是我们的了。”她断然宣告。

他像苏丹一样拍拍手。“唱吧，舍赫拉扎德。用法语唱，你这野蛮人，这样我才能听懂。”

她像祈祷的女人一样交叉着双手，向他深深鞠了一躬。

“好啦。”亚瑟为她着迷，“你在苏丹的后宫里面学会的?”

她微微一笑，半仰着脑袋开始吟唱：

“老人对着国王哭泣：为什么如此急召？

——哎呀！阿尔哈马[①]！

哎呀，我的朋友，基督徒占领了阿尔哈马

——哎呀！阿尔哈马！

白胡子伊玛目回答：噢，国王陛下这是你应得的。

——哎呀！阿尔哈马！

不幸的是，你屠杀了阿本莎拉赫，格拉纳达之花

——哎呀！阿尔哈马！

格拉纳达，你的王国，甚至你的生命终将覆灭

——哎呀！阿尔哈马！”

她安静下来。“这是真的。”她说，“可怜的博阿布基尔撤出了阿尔罕布拉宫，撤出了号称坚不可摧的红堡。他用丝绸垫子捧着宫门钥匙，躬身把它献给了我父母，骑马远去。据说穿过山川的时候他回望自己的王国，他美丽丰饶的王国，泪如泉涌，而他母亲告诉他，如果不能像个男子汉一样有所作为，就像个姑娘一样哭泣吧。”

亚瑟孩子气地捧腹大笑：“她说什么！”

卡塔琳娜抬起头，面色肃穆：“这很悲惨！”

“这倒是像我祖母说得出的话。”他喜形于色，“感谢上帝，父亲赢得了王权。否则祖母会像博阿布基尔的母亲一样说出这些丧气话。上帝啊，‘不能像男子汉一样作为就像姑娘一样哭泣’？怎么能对一个败走他乡的男人说这种话！”

卡塔琳娜也笑了。“我倒没这样想过。”她说，“这不太让人欣慰。”

---

①位于格拉纳达。

"想想和你母亲一起逃亡，而她对你如此愤怒!"

"想想失去了，再也不能踏足的阿尔罕布拉宫!"

他拉住她，亲吻着她的笑靥。"别内疚!"他命令。

她立即回以一笑。"该我了。"她要求，"说说你的父母。"

他思考了一会儿。"父亲生为都铎家族的继承人，但是要登上王位则有着重重阻碍。"他说，"他父亲希望叫他欧文，欧文·都铎，一个典型的威尔士名字，但是在他出生之前，他父亲就战死了。祖母还是个十二岁的孩子的时候就生下了他，但是她自作主张叫他亨利——一个王室的名字。由此可见她的野心，哪怕当时她只是个半大的孩子，而且还死了丈夫。"

"父亲的命运随着南北战争的每一场胜败起伏。这一刻他还高床暖枕，生活安逸，下一刻就颠沛流离，食不果腹。他的叔叔加斯帕·都铎——你该记得他的——出于私心一直看好他。后来决战的时候，我方失利，国王被处死。爱德华登上了王位，父亲是仅存的王室血脉。他的处境相当危险，贾斯珀叔叔逃出被监禁的城堡，和他一起流亡去了布列塔尼。"

"为了安全?"

"一方面是。他曾告诉我，每天早上醒来他都预料到会被交给爱德华。后来，爱德华国王许诺如果他回去，会给他国王般的礼遇，并举办一场盛大的婚事。路上父亲假装生病并逃跑了。他回去只有死路一条。"

她眨眨眼睛。"所以那时候他也是有资格继承工位的。"

他咧嘴笑了。"就像我说过的，那就是他为什么如此惧怕他们的原因。他很清楚一个有继承权的人一旦时来运转能做些什么。如果他们抓住了他，他们会把他投进伦敦塔然后处死，就像他对沃里克做的那样。只要落入爱德华国王手里，父亲就必死无疑。他装病跑了，越过国境线去了法兰西。"

"他们没抓住他交还回去?"

他笑了。"他们支持他。这可是对英格兰和平安宁的最大挑战，他们当然乐观其成。在他还不是国王只是妄图篡位时，法国人还是支持他的。”

她点点头。她可是被马基雅弗利[①]本人赞扬过的王子的子女。费迪南的每个女儿生来就是狡诈的。“后来呢？”

“爱德华英年早逝，一个年幼的儿子继承了王位。他的兄弟理查德首先只是摄政，然后宣布登基，把自己的侄子们、爱德华的两个儿子关进了伦敦塔。”

她点点头，这是她在西班牙学习过的历史，两大家族为王位展开争斗的故事对两国的年轻人来说都挺熟悉的。

“他们进了伦敦塔就再也没出来。”亚瑟阴郁地说，“上帝拯救他们，可怜的孩子。没人知道他们遭遇了什么。人民起来反对理查德，父亲被召回来了。”

“嗯？”

“祖母一个一个地拉拢了上议院，她是一个阴谋家。她和白金汉公爵联合起来，笼络了国内一大批支持他的贵族。这就是国王至今也这么仰仗他们的原因：这王位是他们挣回来的。他一直等到可以告诉母亲，如果赢得了王位就会娶她。”

“因为他爱她？”她满怀憧憬，“她拥有如此的美貌。”

“他不爱。他甚至没见过她。记住，他大半生都在放逐中度过。这是一桩凑合的婚事，因为他的母亲清楚知道如果能促成这桩婚事，就意味着约克家的继承人和兰开斯特家的继承人共结连理，这样战争就能结束了。她的母亲也明白这是自保唯一的方法。双方母亲像围着大锅的两个巫婆一样安排了这件事。他们都是那种你没法反抗的女人。”

“他不爱她？”她很失望。

亚瑟笑了。“是的。这不是什么罗曼史。她也不爱他。但是他们都知道

①意大利政治家、历史学家，著有《战争论》《佛罗伦萨史》等。

该怎么做。当父亲归来打败了理查德，在血雨腥风里赢得了王位，他知道他得和公主成婚，登上王位，开辟新的王朝。”

“但是她不是王位的下个继承人？”她迷惑了，“既然她的父亲是爱德华国王？她的叔父战死，兄弟也都死了？”

他点点头：“她是最年长的公主。”

“那她为什么不为自己争取王位？”

“啊哈，你想造反。”他抓住她的头发，把她的脸推近自己，品尝着她的双唇间红酒和糖果的味道，“还是最糟糕的约克党的造反者。”

“我只是觉得她该为自己争取王位。”

“在这个国家可不行。”亚瑟判定，“在英格兰我们还没有被女王统治过。女孩没有继承权，不可能登上王位。”

“如果国王只有一个女儿呢？”

他耸耸肩。“对国家而言，这就是灭顶之灾。亲爱的，对你我别无他求，你得给我生个儿子。”

“但是如果我们只有女儿呢？”

“那她就得嫁给一个王子，作为辅政和他一起共享英格兰的王位。你母亲也是这样的，辅助自己的丈夫统治国家。”

“在阿拉贡她是辅助父亲，但是在卡斯蒂利亚，是父亲辅助她。卡斯蒂利亚和阿拉贡分属他们两人。”

“在英格兰这可行不通。”亚瑟说。

她愤怒地推开他，半是真动气地说：“我告诉你，如果我们只有一个孩子，还是个女儿，她将会成为女王，一个不比任何国王逊色的女王。”

“那她会成为传奇。”他说，“我们不相信女王能像国王一样守护家国。”

“女人也能战斗，”她马上反驳，“你该见见我母亲全副武装的样子。我也能保卫国家。我曾亲历过你无法想象的战争，更能担起国王的重担。”

他笑着摇摇头。“就算被允许了。”他说，“你也不能指挥军队。”

“不能指挥军队？为什么？”

“英格兰军人不会服从一个女人，不会任由一个女人发号施令。”

“他们应该听统帅的！”她愤怒地说，“如果不听，他们作为士兵就毫无用处，应该被操练。”

亚瑟看着她固执己见的样子笑了。“英格兰人不会听女人的。”

“关键在于你能不能夺取胜利。”她还是坚持，“保护国家才是第一要务。谁统帅军队并不重要。”

“无论如何，我母亲根本不在意王位，也没想过有朝一日自己会登基。她嫁给了父亲，成为英格兰王后。由于她是约克公主，父亲则是兰开斯特的继承人，祖母终于如愿以偿。父亲靠征战和联姻赢得了王位，而我们只是坐享其成。”

她点点头。“母亲说新王登基无可厚非。可是打江山容易，守江山难。”

“我们会千秋万代延续下去。”他信心满满，“你和我，我们会建立一个伟大国家。道路集市，教会学校都会在我们手里建成。海岸线上也会遍布堡垒，船只也会被建造。”

“我们会建立公理所，就像我父母在西班牙那样。”她在一片关于未来蓝图的柔情蜜意里靠回他的怀抱，“这样就没人会被他人欺侮，而每个人都能在那里讨回公道。”

他举起酒杯，说：“我们将会共同谱写未来，从此刻开始。”

“还有好些年我们才能登上王位呢。”

“你不会明白的，我其实也希望不会有那么一天——上帝作证，我尊敬我的父母，在上帝召回他们之前，不会有所图谋。但是你不明白，我身为威尔士亲王，而你身为王妃，迟早有一天会双双登基。我们得提前确定好哪些是股肱之臣，选好自己的顾问，我们得为这个国家开创一个光辉的未来。如果只是梦想，每晚我们都可以这样畅想未来。但是如果这是我们关于未来的蓝图，我们就得每天为它殚精竭虑，广开言路，绞尽脑汁把它变为现实。”

她的脸庞生机勃勃。“日间我们完成了自己的功课，也许就可以着手了。你的导师，我的家庭教师应该都能帮到我们。”

“还有我的顾问。”他说，“就从这里，从威尔士开始，我要合情合理地大展拳脚。先修一所大学和一些学校，甚至可以在这里开始造船了。威尔士有一些船商，可以先建造一些防卫舰。”

她像这个年纪的女孩该有的样子那样拍起手来：“我们的朝代来临了！”

“向英格兰王后致敬！向凯瑟琳王后致敬！”他开玩笑说，然后一本正经地望着她，“亲爱的，你会听见他们欢呼。万岁！卡塔琳娜女王，英格兰的王后，凯瑟琳王后万岁！”

这是一场冒险，看我们能把这国家经营到什么程度，我们会成为什么样的国王与王后。自然我们想到了《卡米洛特》，这是母亲藏书室里我最爱的书，而在亚瑟父亲的藏书室我找到了亚瑟经常翻阅的一本。

我明白卡米洛特只是一个传说，一个理想之地，和吟游诗人歌唱的爱情一样虚幻，是童话里的城堡，是关于窃贼、宝藏和魔法的传奇。但是通过公民表决来实行以法治国的想法，绝不是童话。

亚瑟的父亲已经预见到我和亚瑟会承继一个强国。我想我们会继承稳固的王权，还有大量的财富。我们会秉承臣民的良好愿望，国王不一定能得到爱戴，但是一定会得到尊重，没人会愿意回到无休止的战争中去。这些英格兰人对内战深恶痛绝。如果能承继这国泰民安，仓廪充实的土地，我们毫无疑问会建立一个伟大的国家。

而且它会变成西班牙强大的盟国。我父母的继承人是胡安娜的儿子查尔斯，他将是神圣罗马帝国皇帝和西班牙国王。作为我的外甥，我们将保持良好的亲属关系。这将是一个多么强大的联盟：神圣帝国和英格兰。再不会有人能和我们抗衡，我们会瓜分法兰西，甚至瓜分大部分欧洲。然后我们会站出来，神圣帝国和英格兰共同对抗摩尔人，胜利之后，整个东方，波斯，土耳其帝国，印度，甚至中国的大门都会向我们敞开。

城堡的日常活动都变了。天气逐渐暖和晴朗起来，他们在窗前摆了一张大桌子，在下午的阳光里，把公国的地图别在翻起的嵌板上。

“看起来你准备大干一场了。”玛格丽特·波尔夫人愉快地说。

“王妃需要休息。”埃尔维拉夫人愤恨地无的放矢。

“月事来了？”玛格丽特夫人马上问。

卡塔琳娜笑着摇摇头。她越来越习惯于大家对她健康的关心。除非她能宣布已经怀上了英格兰的继承人，否则她不能堵住关注的悠悠众口。

“没必要休息，”她说，“而明天，如果你愿意带路的话，我想出去看看那些田地。”

“田地？”玛格丽特夫人大吃一惊，“现在可是三月里，至少一个星期以后他们才会开始耕种，现在还没什么可看的。”

“我要去学习农事，”卡塔琳娜说，“在我的家乡，夏天非常干旱，需要在每块田地，每棵树下都挖开水渠，保持水流畅通，让每棵植物都能得到灌溉，存活下去。第一次骑马穿过这里的乡间，我看到田地里的水渠纵横交错，傻乎乎地还以为那是引水用的。”她沉浸在回忆里开怀大笑。“然后殿下告诉我那都是排水沟。真让人难以置信！因此我们最好骑马出去，你跟我仔细讲讲。”

“王后不需要事必躬亲，操心农田的事。”埃尔维拉夫人在角落里小声抗议，“她为什么要知道农民们都种些什么？”

“当然需要，”卡塔琳娜恼怒地回答，“她必须要了解这个国家里的每件事。不然要怎么治国?”

“你一定会成为英格兰非常杰出的王后。”玛格丽特夫人打圆场说。

卡塔琳娜斗志昂扬。“我要成为英格兰最伟大的王后，”她说，“我要关心穷人，帮扶教会。如果战争爆发，我会像母亲为了西班牙一样，奔赴战场为英格兰而战。”

和亚瑟一起策划未来的日子让我的思乡病不药而愈。每天我们都在考虑怎么才能做得更好，哪些律法又应该修改。我们一起阅读探讨哲学和政治，谈论哪些人值得放心委以重任，思考国王是应该实行专制统治，还是后退到议会之后。我们谈及我的家乡：根据我父母的信念，一个国家应该只有一个教派，一种语言，一部律法。或者能否像摩尔人那样：如果臣民能明辨是非，那就可以只有一部律法，但是允许存在各种信仰和语言。

我们争论，思索，有时候哑然失笑，有时候也会产生分歧。不可否认，亚瑟是我的爱人，丈夫，现在他又成了我的朋友。

卡塔琳娜在勒德洛堡东墙下的小花园里，和园丁认真交谈。她整洁的卧房外面环绕着厨师要用的香草和一些玛格丽特夫人栽种的药用草本植物和鲜花。亚瑟从环形教堂祷告回来就看到了卡塔琳娜，环顾四周无人窥视，就溜了过去。他上前时，她做了个手势，像是描绘什么的样子。

“王妃。”他一本正经打了个招呼。

她回了个屈膝礼，但是目光盈盈，满是见到他的快乐。“殿下。”

园丁立马跪在了地上。“平身。”亚瑟语调轻快，“我可不认为在这个季节你能找到多少精致的花朵，王妃。”

“我在和他说种一些色拉用的蔬菜。”

“但是他说威尔士语和英语，我试着跟他说拉丁语和法语，但是完全没法沟通。”

“我想我也不明白。什么是色拉？”

她想了一会。“凉拌。”

“凉拌？”他还是不懂。

“对的，色拉。”

“再准确一点。”

“就是地里长着的不用烹调就能吃的蔬菜。”她解释说，“我在问他能不能种点给我。”

“生吃，不煮的？”

“是啊，怎么了？”

“在这个国家，生吃食物你会染上重病的。”

“可是水果，比如苹果，你们也是吃生的。”

他还是怀疑。“大部分都要烹煮，腌制或是风干。不管怎么说，水果和树叶可不一样。那么你想要哪种蔬菜？”

“莴苣。”

“莴苣？”他重复着，“闻所未闻。”

她叹了口气。“我就知道，你们没人确切知道什么是蔬菜。莴苣就是……”她绞尽脑汁，想着在格林威治时被迫吃下的煮成菜浆的所谓蔬菜。“这里和它最接近的就是猪毛菜。但是你可以生吃莴苣，非常鲜脆可口。”

“蔬菜？脆的？”

“是的。”她耐心回答。

“你在西班牙吃过那个？”

她几乎要对他的恐惧情绪失笑：“是的，你会喜欢的。”

“这里可以种？”

“我想他说不可以。他从来没听过这东西。没有种子，也不知道能找到不。他也认为这里种不活。”她抬头望着蓝天上顺风而来的积雨云。“也许他是对的。”她说，声音里不无遗憾，“我想它们需要很多阳光。”

亚瑟转身对园丁说：“听过这种叫萵苣的植物没？”

“没有，殿下。”园丁低着头说，“很抱歉，殿下。那大概是西班牙本地植物。王妃殿下的意思是她们要吃草？像羊一样？太野蛮了。”

亚瑟忍着笑：“不，那应该是一种草本植物。我再问问她。”

他转身走向卡塔琳娜，拉着她的手挽住自己的胳膊。“跟你说，这里夏天有时会很晴朗炎热。你会发现正午的阳光炽热，得坐到树荫底下乘凉。”

看看脚下的冻土，头顶的乌云，她可一点也不相信。

“当然不是现在；但是在夏天，我曾靠在墙上，发现它几乎是滚烫的。看看，我们会种上草莓和蓝莓，还有桃子。西班牙能种的都能种。”

“橙子呢？”

“呃，大概不能种。”他承认。

“柠檬呢？橄榄呢？”

他昂起头：“当然可以。”

她怀疑地问：“枣子呢？”

“在康沃尔，”他断然宣称，“康沃尔那里要暖和得多。”

“甘蔗？稻米？菠萝？”

他试图回答说都可以，但是忍不住傻笑起来，她也望着他欢快地笑了。

平静下来以后，他环顾城堡内部，说：“来吧，这会儿没人会想起我们。”就带着她走下阶梯，走出小小的闸门，穿过一道隐秘的门户，终于来到了外面。

那里有一条从城堡通向河边的小路。小羊羔不等他们靠近，就四散奔逃，放羊的小孩神情恍惚地跟在它们后面踱步。亚瑟揽着她的腰，她任由自己靠在他怀里。

“这里确实能种桃树。”他确定，“其他的就不行。但是不管那是什么东西，莴苣肯定也能种。我们需要的只是一个有种子有经验的园丁。为什么不写信给阿尔罕布拉的园丁，让他们派个人过来呢？”

“我能叫个园丁过来？”她深深怀疑。

“亲爱的，你会是英格兰的王后。你可以叫一个团的园丁过来。”

“真的吗？”

他为她脸上由衷的快乐笑了。“当然了。你没意识到吗？”

“没！但是要把它种在哪里？城墙边已经没有空地了，如果我们还要种些蔬菜和水果……”

“心肝，你可是威尔士王妃！你想怎么打理花园都行。把整个肯特郡拿去都行。”

“肯特？”

“我们在那里种着苹果树和葎草。可以试试种莴苣的。”

她对他笑了。“我可不认为，从没想过能召个园丁。要是一开始就带着一个就好了。我有满屋没用的宫女，可是需要的只是一个园丁。”

“你可以用埃尔维拉夫人去交换。”

她笑得打跌，不得不抓住他。

“啊，上帝保佑。”他只是说，“我们的人生是被祝福的，我敢保证，你能得到一切你想要的。你想给你母亲写信吗？她会给你派两个得力的人，现在我就去让他们犁出些地来。”

“我会写给胡安娜，”她决定，“她在荷兰，和我一样身处北方，应该会知道这个气候适合种些什么作物。我写信去问问她是怎么做的。”

“那我们就会有莴苣吃了。”他吻着她的手指，“不管它是什么，我们可以像牧场上吃草的羊群，除了莴苣什么也不吃。”

“讲故事了。”

“不，该你给我讲了。”

“除非你再给我讲讲格拉纳达是怎么陷落的。”

“给你讲给你讲。但是你得解释些东西给我听。”

他躺直身体，拉她过来枕着自己的肩膀，横躺在床上。她可以感受到他平坦的胸部随着呼吸起伏，听见他的心脏有规律的搏动，如爱永恒。

“我一定知无不言。”她听出他声音里的笑意。“今天我格外睿智博学。你应该听见晚餐后我公正合理的决断了。”

“你很公正，”她承认，“爱死你作出判决的样子了。”

“我是所罗门。”他笑着说，“他们会称我为好样的亚瑟。”

“睿智的亚瑟。”她提议。

“伟大的亚瑟。”

她咯咯笑个不停。“不过我想听你说说我刚听到的关于你母亲的流言。”

“哦?”

“一个英格兰侍女告诉我她和暴君理查德订过婚？我想是不是我听错了，我们用法语说的，怕是搞错了。”

“噢，那件事呀。”他垂下头。

“不是真的吧？希望没冒犯你。”

“不，没事。这件事经常被人谈及。”

“不会是真的吧?”

“谁知道呢？只有母亲自己和暴君理查德清楚发生了什么事。而现在一个死了，一个心如死灰。”

“跟我说说?”她试探地说，“或者，其实我们不该说这个的?”

他耸耸肩。“有两个版本的说法。一个广为人知，一个则相反。大家都知道的是母亲和她的母亲以及姐妹逃进了修道院，她们一起躲在教堂里。大家都清楚只要离开就会被篡位者理查德抓起来，和她们年轻的兄弟一样消失在伦敦塔。没人清楚公主们的死活，但是也没人见过她们，人人都以为她们已经死了。母亲写信给我父亲——当然是奉她母亲之命，她说只要他，兰开斯特家族的分支都铎家族的一员，回来英格兰，她就会嫁给他，两个家族的世仇就会一笔勾销。她求他去救她，接受她的爱。而父亲收到信以后就组建了一支军队，找到了公主殿下，两人成婚，最终给英格兰带来了和平。”

“这你之前告诉过我了，很感人的故事。”

他点点头。

“你没说过的呢？”

尽管关乎他本人，他还是笑了。“那太让人愤慨了。他们说她根本没待在修道院，而是抛下母亲姐妹独自离开，回到了宫廷。理查德国王的妻子死了，他在物色新妻。而她接受了理查德国王的求婚，她差点嫁给了自己的叔叔——谋杀了她兄弟们的暴君。”

她瞪大眼睛，用手捂住嘴，才不至于惊叫起来。“不可能！”

“他们只是说说。”

“你的母后？不可能。”

“就是她，”他说，“当然，他们说得更不堪。说她和理查德在他妻子弥留之际就订了婚。这也是为什么她和祖母总是不和。祖母根本不相信她，但从来不说明缘由。”

“她怎么能这样？”她问。

“为什么不能？”他回答，“如果你能站在她的角度，她是约克公主，父亲死了，母亲因为和国王敌对而困在修道院，如果被抓进伦敦塔和坐牢又有什么区别？想要活下去，她就得想尽办法获取国王的欢心。如果想成为被承认的公主，她需要他的认同。而如果她想要成为英格兰王后，更加不得不嫁给他。”

“但是想必她应该……”她沉默了下去。

“不，”他摇晃着脑袋，“你懂吗？她是个公主，几乎别无选择。取悦国王才是生存之道。而且嫁给他，才能成为英格兰王后。”

“她应该组建一支自己的军队。”

“在英格兰，这行不通。”他提醒她，“嫁给国王，成为王后，才是万全之策。”

她沉默了一会儿。“感谢主，让我嫁给你就能成为王后，命运是如此眷顾我。”

他也笑了。“感谢上帝，命中注定我们会幸福。但是无论你是否爱我，我们都会结婚，你都要成为英格兰的王后，不是吗？”

“是啊，”她说，“身为公主，有太多身不由已。”

他点点头。

“但是你的祖母，王太后殿下，一手策划了你父母的结合。那她为什么不能体谅她？她也只是计划的一部分。”

他笑了。“父王和母后各自的母亲是两个强大的女人，她们私下像洗衣妇卖偷来的亚麻布一样达成了这协议。”

她惊呼一声。

他微微笑了，发觉自己真爱看她惊讶的样子。“真可怕，不是吗？”他平静地说，“我母亲的母亲也许曾是英格兰最让人厌恶的女人。”

“她现在怎样了？”

他漫不经心地耸耸肩。“她曾在宫廷里待过一段时间，但是王太后殿下对她深恶痛绝，还是下手除掉了。她艳名远播，而且是个阴谋家。祖母控告她密谋推翻我父亲，然后他相信了。”

“她没死吧？应该不会处死她的。”

“没有。她被关进了修道院，再也没出来过。”

卡塔琳娜吓得目瞪口呆。“你祖母把你母亲的母亲幽禁在修道院？”

他点点头，神色庄重。“是的。亲爱的，你该得到警醒。我的祖母不会让任何人进入宫廷分散她的权力。记得千万不要开罪她。”

“你也不行？”

他摇摇头。“你也知道的，她甚至都不爱父王。他只是她生下来竞争王位的工具，为了安全起见，出生没多久就被送走了。她眼睁睁看着他挣扎存活到少年，然后是青年，最后开始角逐王位。她只会爱国王陛下。”

她点点头。“他不过是她觊觎高位的工具。”

“没错。她让他登上王位，他就是国王。”

看着她肃穆的神情，他说：“好了，现在不说这个。唱首你们的歌给我听吧。”

“哪首？”

“还有另外一首关于格拉纳达的陷落的？”

“太多啦，让我想想。”

“随便唱首。”他又多枕了两个靠垫，而卡塔琳娜跪在他面前，摇晃着自己红棕色的秀发，那低沉缱绻的歌声开始在房间里回荡：

“夕阳西下，格拉纳达里哭喊震天。
真主啊，你在哪里？穆罕默德啊，你在哪里？
这里《古兰经》在被焚烧，那里十字架在被竖起；
这里基督徒的铃声在飘荡，那里摩尔人的号角被吹响。
唱起赞美诗吧！亚卡拉的歌声已经响起。
阿尔罕布拉的光塔下新月旗处处飘扬，

阿拉贡的军队，卡斯蒂利亚的军队，耀武扬威地四处巡查——

一个国王胜利进驻，而另一个悲伤哭泣，远走他乡。”

他沉默了一阵子。她又躺回他身边，目光穿过床帐上的绣花飘忽不定。

“这是常事，不是吗?”他评论说，“成王败寇，王位交替。只有父亲薨逝我才能登上王位。当我西去，我的儿子也会继位。”

“我们叫他亚瑟好吗?”她说，“或者向你父亲致敬叫亨利?”

“亚瑟这名字很好，”他说，“作为不列颠新的王室用名很不错。古有卡米洛特的亚瑟，现在有我的亚瑟。不用再有另外一个亨利：有我弟弟已经够了。就叫他亚瑟，他的第一个姐妹要叫玛丽。”

“玛丽？我想用我母亲的名字给她命名，叫伊莎贝拉。”

“你可以叫次女伊莎贝拉。但是我想叫我们的头生子玛丽。”

“亚瑟才是第一个。”

他摇摇头。“第一个该是玛丽，这样我们才能学着怎样为人父母。”

“为人父母?”

他摊开手。“洗礼，分娩，出生，焦急忙乱，乳母，摇篮，嬷嬷，我祖母写了一本伟大的书规定这些该怎么做，非常复杂。如果我们能先生下玛丽，一切齐备，下一胎的时候，我们就能让我们的儿子继承人事事妥当了。”

她起身假装对他生气。“你要用我的女儿来练习做父亲!”她大声呼喊。

“你不会想先抚育儿子的。”他抗议，“这将是英格兰玫瑰的玫瑰。记着，这就是他们对我的昵称：‘英格兰玫瑰。’你得好好对待我的玫瑰花蕾，我的花骨朵，马虎不得。”

“那她得叫伊莎贝拉。”卡塔琳娜妥协了，“如果她是第一个，她就叫伊莎贝拉。”

“玛丽，天后的名字。”

“伊莎贝拉，西班牙女王。”

“玛丽，为了感谢她将你赐予了我，这是天国赐予我最甜蜜的礼物。”

卡塔琳娜融化在他的怀抱。“伊莎贝拉。”当他吻上她嘴唇，她仍然坚持。

“玛丽。”他在她耳边低语，“现在，我们开始为她努力吧。”

清晨我从睡梦中醒来。天刚蒙蒙亮，能听见早起的鸟儿开始在林间歌唱。旭日东升，透过花格窗，我瞥见了一片蔚蓝的天空。今天将会是暖和的一天，也许夏天终于来了。

亚瑟还在身边熟睡，呼吸绵长。我能感受到心里澎湃着对他的爱意。我伸手撩起他的一绺鬈发，在这世上还有哪个女人能像我一样如此爱一个男人？

搅着他的头发，我的另一只手放在温暖平坦的腹部。昨晚我们会不会已经有孩子了？那个安然待在我肚子里的宝贝儿会不会是玛丽，玛丽公主，英格兰玫瑰的玫瑰？

会客厅里响起了女仆走动的脚步声，她们在扒拉着壁炉里的灰烬，添上柴火。亚瑟还是没有醒来。我伸手温柔地推着他的肩膀。“该醒了，懒鬼。”我的声音里满满都是情意，“仆人们都在外面忙活了，你该走了。”

他大汗淋漓，肩上的皮肤冰冷黏湿。

“亲爱的？”我有些担心，“你还好吧？”

他睁开眼对我笑了。“不要告诉我已经是早上了。我倦得很，再睡一整天都没问题。”

“早上了，天都亮了。”

“噢，怎么不早点叫我？我是如此爱慕早上的你，现在直到晚上我们才能在一起了。”

我偎上他的胸膛。“没办法，我也起晚了。我们晚睡晚起，现在你该走了。”

他紧紧抱住我，仿佛不忍心离我而去；但是我听见侍从打开了外间的门送热水进来。我挣扎着推开他，好像剥皮一样痛彻心扉，我怎能忍受没有他的痛苦？

突然我被他身体的热量吓了一跳，凌乱的床单有着不同寻常的温度。“你太烫了！”

“那是因为我想要你，”他笑着说，“我需要做个弥撒冷静一下。”

他下床披上外衣，蹒跚了一下。

“亲爱的，你还好吧？”

“有点头晕，没什么。”他说，“纵情伤身，都是你的错。礼拜堂见，为我祈祷吧，甜心。”

我起床打开城垛上的门让他离开。他摇晃着爬上石梯，然后我看见他挺直脊背呼吸着新鲜的空气。关上房门，我又回到了床上，四处打量了一番，没人会知道他来过。不一会儿，埃尔维拉夫人带着侍女敲门进来，后面跟着手捧热水罐和常服的一对仆人。

“你起晚了，应该是累坏了。”她责难地说；但我是如此安详快乐，才懒得搭理她。

在礼拜堂，他们止不住眉来眼去。做完弥撒，亚瑟骑马去了，卡塔琳娜则开始吃早餐。早餐过后是她和牧师学习的时间，他们坐在窗口的桌前，摊开书，开始研究圣保罗的信件。

玛格丽特·波尔进来的时候，卡塔琳娜刚刚合上书本。“亲王殿下请你去他的房间。”

卡塔琳娜站起来。“出了什么事?”

“我想他不太好。他打发走了所有人，只留下侍卫和仆人。”

卡塔琳娜离开了房间，后面跟着埃尔维拉夫人和玛格丽特夫人。亲王的房间里堆满了这小小宫廷里的各式人等。寻求宠信关注的，要求伸张正义的，无关紧要四处打探的，一大群侍者和官员。卡塔琳娜穿过人群来到他私人房间的门前，走了进去。

他坐在炉火前的椅子上，脸色苍白。埃尔维拉夫人和玛格丽特夫人守在门前，而她不禁快步向他奔去。

“亲爱的，你生病了?”她着急地问。

他徒劳着想挤出一个笑容。“我想，我是受了些风寒。”他说，“别走太近，我可不想传染给你。”

“发烧没?”她担心地问，想起了伴随着高热而来，最终取人性命的热病。

“不，我很冷。”

“这里不是下雨就是下雪，冷没什么稀奇的。”

他又努力地想笑。

卡塔琳娜四处看看，看见了玛格丽特夫人。“玛格丽特夫人，我们应该传召亲王的医生。”

“已经派人去找了。”她上前回答。

“我可不想兴师动众。”亚瑟有些暴躁，“我只是想告诉你，王妃，我不能出席晚宴了。”

她看进他的眼睛，无声地问:“我们不能独处了吗?”

“可以在你房间用餐吗?”她问，“既然你病了，我们能私下单独用餐吗?”

“可以。”他回答。

“如果殿下批准的话，还是先让医生看看吧。”玛格丽特夫人提议，“他可以建议吃点什么比较好，也能判断王妃和您在一起是否安全。”

“他没病。”卡塔琳娜坚持，“他只是觉得有些累了。这里太冷，湿气太重。昨天那么冷，我们还骑了半天马。”

门上轻敲了两下，有人禀报：“比尔沃斯医生到了，殿下。”

亚瑟抬起手示意允许，埃尔维拉夫人打开门，医生走了进来。

“亲王觉得又冷又累，”卡塔琳娜马上上前用法语飞快地说，“他生病了？我觉得他没病，你看呢？”

他对她和亲王深深鞠了一躬，对玛格丽特夫人和埃尔维拉夫人也行了个礼。

“很抱歉。我没明白。”他局促地用英语问玛格丽特夫人，“王妃说什么？”

卡塔琳娜沮丧地握着手，试着用英语说：“亲王……”

玛格丽特·波尔走到她旁边：“殿下他不舒服。”

“我能单独和他聊聊吗？”他问。

亚瑟点点头，想从椅子里站起来，但他几乎不能动弹。医生马上走到他身边，扶着他进了卧室。

“他不可能病了。”卡塔琳娜转向埃尔维拉夫人，用西班牙语说。

“昨晚他还好好的，只是早上觉得有些发热。他说他只是有些累，现在他有些站不住了，但他不可能病了。”

“这样雨雪交加的，谁知道会得什么病？”嬷嬷面无表情，“希望你没被传染，我们都没有。”

“他没病。”卡塔琳娜重申，“他只是疲劳过度。昨天骑了太久的马，天那么冷，还吹着冷风，我都注意到了的。”

“那风都能把人吹死。”埃尔维拉夫人语气阴沉，“太阴冷潮湿了。”

“够了!”卡塔琳娜捂住耳朵，“我不想再听到一个字。他只是累了，劳累过度。也许是在打冷战，没必要说什么吹死人的风和寒气。”

玛格丽特夫人过去温柔地握住她的双手。“没事的，王妃。”她劝慰说，“比尔沃斯医生医术高超，从亲王还是个孩子时就一直照看他。亲王本人也是个健康强壮的年轻人。应该没啥可担心的。如果比尔沃斯医生觉得有必要，我们会从伦敦请御医来，我们很快就能看到他康复了。”

卡塔琳娜点点头，转身走到窗前坐下，呆呆望着窗外出神。乌云密布，红日早已不知所踪，又下雨了，雨点打在玻璃窗上。卡塔琳娜就这样望着。她尽量不去想起自己死去的兄弟，他是如此深爱着自己的妻子，盼望能够看到自己儿子的出生。胡安生病不久就撒手人寰，至今死因不明。

“我不该想起他的，可怜的胡安。”卡塔琳娜喃喃自语。

“他们完全不同，胡安一直纤弱，但是亚瑟很强壮。”

过了很久，内科医生才从卧室里出来，亚瑟并没有跟着出来。门一开，卡塔琳娜就站了起来，透过医生看见半梦半醒的亚瑟穿着袍子躺在床上。

“我想该给他换上准备好的睡衣，”医生说，“他很疲倦，需要休息。小心一点，不要把他吵醒了。”

“他生病了?”卡塔琳娜慢慢说着拉丁语，“病因呢?严重吗?”

医生摊开双手。“发烧了。”他谨慎地用法语回答，“我会开个单子让他降温。”

“你知道那是什么吗?”玛格丽特夫人声音低沉，“不是热病，对吗?”

“上帝保佑不是。据我所知，镇上也没有其他病例。但是他需要静养，好好休息。我去开药，一会儿就回来。”

低沉的英语让卡塔琳娜无所适从。“他说什么了?说什么了?”她问玛格丽特夫人。

“就是你听到的那样。”年长的女士安慰她，“他发烧了，需要休息。让仆人来给他更衣，侍候他睡觉吧。如果今晚他能好起来，你就可以和他一起用餐了。我知道他会好起来的。”

“他去哪儿?”卡塔琳娜哭喊着，看着医生告退，“他应该留在这里照看王子!”

“他要去配点药剂给殿下退烧，马上就回来。殿下他会被精心照料的。王妃殿下，我们和你一样爱他，决不会忽视他的。”

“我知道你不会……只是……医生要多久?”

“尽快吧。想想，殿下已经睡着了，现在睡眠对他来说才是良方。好好休息，晚上他就会好起来和你共享晚餐了。”

“你是说今晚他就能好起来?”

“他只是有点疲累发烧，几天就能康复。”玛格丽特夫人笃定地说。

“我要看着他睡。”卡塔琳娜说。

玛格丽特夫人打开门，召唤了王子殿下的侍卫长。她吩咐了一番，拉着王妃穿过人群回到自己的房间。“来吧，殿下。”她说，“和我在内廷散散步，一会儿我再去他房间，看看他们做得妥当不。”

“我现在就要回去。”卡塔琳娜坚持，“我要去看着他。”

玛格丽特瞟了一眼埃尔维拉夫人。“既然他确实在发烧，你就该远离他的房间，”她清晰缓慢地用法语说，这样埃尔维拉夫人也能听懂，“你的健康比什么都重要，王妃殿下。如果你俩都出了什么事，我决不会饶恕我自己的。”

埃尔维拉夫人走上前，抿紧了嘴。玛格丽特夫人知道她会让王妃远离危险。

“但是你说了只是微微有些发烧。我能看护他吗?”

“再等等看医生怎么说吧。”玛格丽特夫人压低声音，“如果你已经有了孩子，亲爱的王妃，我们不希望你被传染。”

“但是我要和他一起用餐的。”

“那得等到他痊愈。”

“但是他需要我！”

“那是自然。”玛格丽特夫人笑了，“如果他退了烧，今晚觉得好些，能坐起来进食，他会非常想见你的。耐心点吧。”

卡塔琳娜点点头。“如果我现在离开，你会保证一直看护着他吗？”

“如果你能出去，回到你自己的房间，读书学习刺绣，做什么都好，我就马上回去。”

“我这就回去！”卡塔琳娜马上顺从了她的安排，“你去看着他我就回去。”

“马上。”玛格丽特夫人保证。

这小小的花园就像是监狱里的庭院。我在药圃那边兜着圈子，绵绵细雨仿佛是谁流下的眼泪，一滴一滴落下来。我的房间也好不到哪儿去，那不过是一间小牢房，我不能忍受谁和我待在一起，但也害怕独自一人承受。侍女们被打发在会客厅等我，她们无止境的唠叨几乎要让我发狂。我只想有人握住我的手，告诉我，一切都会安好。

走下狭窄的石梯，穿过鹅卵石小道，我走进了环形礼拜堂。环形的墙上立着十字架和石质祭坛，祭坛上闪烁着烛光。这里安静祥和；可是我却没法平静。我交叉冰冷的双手抱着自己，绕着环形的墙壁转圈，从门开始，一共是三十六步，一圈又一圈，像是磨坊里拉磨的驴子。我祈祷着，忐忑不安。

“我是卡塔琳娜，西班牙公主，威尔士王妃，”我鼓励自己，“我是卡塔琳娜，主的宠儿，深受主特别的恩宠。没有什么能让我误入歧途，这也不能。主降下神旨让我嫁给亚瑟，让西班牙和英格兰从此团结一致。主不会让我或者亚瑟遭受厄运。我知道的，他特别宠爱我母亲和我。这不过是在考验我的勇气。可是我不会退缩，我知道我的人生不会出现偏差。”

卡塔琳娜在房间里等着，每个钟头都打发侍女去瞧瞧自己的丈夫怎么样了。开始她们说他还在沉睡，医生配好了药剂，一直坐在床头等他醒来。然后，下午三点，她们回报说他醒了，但是浑身滚烫。他服了药，等着烧退。四点的时候，他的病情没有好转，反而更糟糕了，医生正在调整用药。

他不会来用餐了，他只能服用医生配制的冰冷的退烧药。

“去问问他能见我不?”卡塔琳娜指使一个英国侍女，“一定要问玛格丽特夫人本人。她承诺过我俩能共进晚餐的，记得提醒她。”

侍女领命而去，回来时满脸严肃。“王妃殿下，他们都很担忧，”她说，“已经派人去伦敦请医生了，照料他的比尔沃斯医生没法让他退烧。玛格丽特夫人待在那里的，理查德·波尔爵士，威廉·托马斯爵士，亨利·弗农爵士，理查德·克罗夫特爵士都等在会客厅里，你不能去见他。据说他已经神志不清了。”

“我要去教堂，我要去祷告。”卡塔琳娜马上说。

她兜上面纱，回到了环形礼拜堂。让她惊愕的是，亚瑟王子的神父已在祭坛边，他低垂着头，地方上和城堡里的一些重要人士环坐在墙边，都垂下了头。卡塔琳娜溜进房间，跪下了。她双手抵着下巴，凝视着神父隆起的披肩，试图寻找他的祈祷已经上达天听的迹象，但是没有结果。她也缓缓闭上了双眼。

亲爱的主，宽恕亚瑟，宽恕我的丈夫吧。亚瑟他还只是个孩子，我也只是个女孩，我们才刚刚互诉衷肠，不能就这样被拆散。您知道吗？如果您宽恕了他，我们将建立一个多么伟大的帝国。您知道吗？我们为这个国家规划了多么宏伟的未来，我们会在海岸建立多么坚不可摧的防线，我们将会给摩尔人，给苏格兰人致命的打击。亲爱的主，请你大发慈悲宽恕亚瑟，让他回到我身边吧。我们要共同孕育我们的孩子：玛丽，英格兰玫瑰的玫瑰，还有我们的儿子亚瑟，他将会是英格兰都铎王朝第三位被神圣罗马教廷认可的国王。让我们完成我们的誓言吧，亲爱的主，请你大发慈悲，饶恕他吧。亲爱的圣母，请您代为祈求，宽恕他吧。温柔的耶稣，宽恕他吧。是我，卡塔琳娜，在苦苦哀求，以我母后——终身为您效劳，基督世界最忠诚于您，在十字军里东征西讨的伊莎贝拉女王——之名求您。她是您的宠儿，我也是。请别，求您了，请别让我的希望破灭。

不知不觉间天就黑了，卡塔琳娜沉浸在祷告里浑然不觉。埃尔维拉夫人轻轻地碰碰她的肩膀："公主殿下，你该吃点东西睡觉了。"

卡塔琳娜苍白着一张脸问："怎么说？"

"他们说他病情恶化了。"

亲爱的耶稣救救他，亲爱的耶稣救救我，亲爱的耶稣救救英格兰。告诉我他没有病重。

早上，据说他晚间病情良好，度过了一个安然的夜晚，但是仆人们却窃窃私语说他已经陷入了弥留之际。高热来势汹汹，他已经神志不清，有时候以为自己和姐妹们还有弟弟一起待在育儿室，有时候以为自己穿着华丽的白色缎面礼服正在举行婚礼，而最古怪的是，有时候他以为自己身处阿尔罕布拉宫。他描述着桃金娘庭院，矩形的水池像镜子一样倒映着金色的建筑，晴朗的日子里成群的雨燕不停地在空中盘旋。

"我要去见他。"午间的时候，卡塔琳娜对玛格丽特夫人宣称。

“王妃殿下，这可能是热病。”夫人直接地说，“我不能允许你接近他。我不能让你受到任何伤害。让你去见他就是我的失职。”

“你得听我的！”卡塔琳娜咆哮着。

曾身为公主的女士毫不动摇。“我为英格兰做事。”她说，“如果你怀上了都铎王朝的继承人，那我更要像对你一样对这个孩子负责。王妃殿下，别和我争执了。我不会让你靠得比床脚更近的。”

“求你了，让我去吧。”卡塔琳娜像个小女孩一样哀求，“就让我看看他吧。”

玛格丽特夫人低下了头，还是领着她去了王室会客厅。会客厅里面人满为患，亲王殿下生命垂危的流言不胫而走，早就传遍了小镇；但是他们沉默着，沉默得像是送殡的人群。他们在为英格兰玫瑰祷告。有些人注意到了蒙着蕾丝面纱的卡塔琳娜，高声为她祝福，一个男人上前跪倒在她面前。“愿主保佑您，威尔士王妃殿下。”他说，“愿主保佑亲王殿下早日康复，与您生活和美。”

“阿门。”卡塔琳娜冰冷的双唇吐出祝福，穿过了人群。

内室的门被打开，卡塔琳娜缓缓步入。王子的起居室临时布置成了药房，桌台上放着装满配料的巨大玻璃瓶，药钵和药杵，还有搁板，穿着医生制服的六位大夫聚集在一起。卡塔琳娜停下脚步，寻找着比尔沃斯医生。

“医生？”

他立马朝她走去，双膝跪地，神色肃穆。“王妃殿下。”

“我丈夫怎么样了？”她对他清晰缓慢地用法语说。

“很抱歉，没有什么好转。”

“但也没有恶化是吗。”她暗示性地说，“他在康复。”

他摇摇头。“情况非常糟糕。”①他简明地回答。

---

① 原文为法语。

卡塔琳娜听着这些单词，却一下子好像听不明白了，她转身问玛格丽特夫人："他说他好些了？"

玛格丽特夫人摇摇头，实话实说："他说他情况不妙。"

"但是他们会让他服药吧？"她又转向医生，"对吧，医生？"

他对身后桌旁的药剂师做了个手势。

"噢，要是有个摩尔医生就好了，"卡塔琳娜尖叫着，"他们有最高超的医术，这里没人比得上。他们有最好的医学院……为什么没带着医生来这里呢？阿拉伯的医学是世上最昌明的！"

"我们尽力了。"医生脸色僵硬。

卡塔琳娜试图挤出一个微笑。"我知道，"她说，"我只是很希望……对了！我能去见他吗？"

玛格丽特夫人和医生迅速交换了一下眼神，这可真是个棘手的难题。

"我先去看看他醒了没。"医生说着就走进了门。

卡塔琳娜等着，她不能相信就在昨天早上他还边起床边抱怨她没有早点叫醒他做爱。现在，他病得如此之重，甚至不能让她摸一摸他的手。

医生打开了门。"你可以进来了，王妃殿下。"他说，"但是为了你自己，和可能已经存在的孩子的健康，你不能再靠近了。"

卡塔琳娜急忙冲进大门。玛格丽特夫人往她手里塞了一个草药盒子。卡塔琳娜嗅着盒子，刺鼻的味道让她泪眼蒙眬，透过眼前的水雾，她盯着昏暗的房间。

亚瑟横躺在床上，睡衣因为虚弱而显得松垮，面色潮红。他金子般的长发黯淡无光，神情憔悴。那深陷的眼窝，眼下青紫的皮肤，让他看起来比十七岁的年龄苍老了许多。

"您的妻子来了。"医生温柔地说。

亚瑟挣扎着，她看见他的蓝眼睛不得不眯成一条缝以看清门口明亮的光线和站在面前的卡塔琳娜，她的脸唰地变得惨白。

“亲爱的，”他说，“我爱你。”

“我也爱你。”她抽泣着，“他们不让我靠近。”

“别靠近，”他气若游丝，“我爱你。”

“我也爱你！”她能感觉到自己泣不成声，“你会好起来的！”

他摇摇头，无力言语。

“亚瑟，”她充满希冀，“你会好的！”

他躺回自己的枕头，努力积蓄力量：“我会尽力，亲爱的。我不会放弃，为了你，为了我们。”

“你需要什么吗？”她问，“我能为你做什么？”她环顾四处。她没什么能为他做的，帮不上什么忙。如果她能带来一个摩尔医生，如果她的父母没有摧毁摩尔人大学的学术成果，如果教会能够允许研究医学，不把科学当成异端邪说……

“我只想和你一起活下去。”他的声音低不可闻。

她小声呜咽：“我也是。”

“亲王殿下要休息了。”医生上前说。

“请让我留下来吧！”她哭泣着说，“请让我留下来，让我和他在一起。求你了。”

玛格丽特夫人伸手环住她的腰，带她出去，承诺说：“你还可以再来的。现在让他休息吧。”

“我等会儿再过来。”她向他保证，看见他的手微微动了动，示意自己听见了，“我不会舍弃你。”

卡塔琳娜去了教堂想为他祈祷，可是她根本无法祷告。她脑海里都是雪白的枕头上亚瑟灰白的脸。他们成婚不过寥寥数月，春风不过几度。花前月下，海誓山盟，她不能相信，现在她居然要跪在这里，为他的性命祈祷。

这怎么会发生？昨天他还生龙活虎。这一定是一场可怕的梦，我会突然醒来，任他吻着我，叫我傻瓜。怎会有人病重得如此之快，怎么会有人如此迅速地失去生命和活力？马上，我就会醒来，这一切都未曾发生。我不需要祈祷，没关系的，这一切都是虚幻的梦。梦中的祷告什么也不是，梦中的病痛也不会伤人分毫。我不是害怕梦境的愚昧的异教徒。马上，我就会醒来，和亚瑟一起取笑我的懦弱。

直到黄昏时分她才起身，用手指蘸了冰冷的圣水，在额头画下十字，顶着湿漉漉的十字回到他的会客厅。埃尔维拉夫人在身后替她关上了门。

大厅的门外，会客厅里聚集着比之前更加拥挤的人群，男人女人，都沉默地笼罩在无言的悲痛里。他们带着祝福，无声地为王妃让开路来。卡塔琳娜目不斜视地穿过人墙，穿过会客厅，穿过配药台，来到卧室门前。

侍卫让到一边，卡塔琳娜轻轻推开了门。

他们弯着腰侍候着床上的亚瑟。她听见他在咳嗽，仿佛要把喉咙里堵着的水咳出来。

“万福玛利亚。”她轻声说，“圣母保佑。”

医生闻声转过头来，脸色惨白。“回去！”他厉声说，“是热病。”

这可怕的言论吓得埃尔维拉夫人退后了好几步，她紧紧拉着卡塔琳娜的外袍，仿佛这样就能拯救她于危难。

“放开我！”卡塔林娜咬住牙关，拉扯着自己的衣袍，“我不会靠近的，但是我要和他说话。”她平静地说。

医生听出了她声音里的不容置疑。“王妃殿下，他太虚弱了。”

“都退下。”

“王妃殿下。”

“我必须要和他说话，这是关乎整个王国的事情。”

她坚定的神情告诉他，她不会退缩。他领着助手低着头从她身边走了出去。卡塔琳娜摆摆手，埃尔维拉夫人也退了出去。卡塔琳娜穿过门坎，关上了门。

她看见亚瑟抗议的眼神。

“我不会再靠近，”她安慰他，“我发誓。但是我得单独和你谈谈。”

他望向她的脸大汗淋漓，头发也像刚打猎归来一样湿漉漉的，年轻圆润的脸庞灰暗得仿佛疾病已经夺去了他所有的生机。

“亲爱的。”他颤动着双唇，声音因为高烧而低沉嘶哑。

“亲爱的。”她回应。

“我要死了。”他悲凉地说。

她一言不发，身子一硬，仿佛被这致命的打击压了一个踉跄。

他喘着粗气。“但是你还是要成为英格兰的王后。”

“什么?”

他虚弱地叹了口气：“亲爱的——听我的。你发过誓会听我的。”

“都听你的。”

“嫁给亨利，成为王后，生下孩子。”

“什么?”她震惊茫然，几乎不能理解他在说什么。

“英格兰需要一个伟大的王后，”他说，“特别是对他而言。他不适合登上王位，你得辅佐他，完成我的遗愿。修筑堡垒，建立海军，抵抗苏格兰人，生下我的女儿玛丽，生下我的儿子亚瑟。让我与你同在。”

“亲爱的——”

“让我安心。”他热切地低语，“为我保卫英格兰，让我与你同在。”

“我是你的妻子，”她激烈地反驳，“不是他的。”

他点点头。“告诉他们你不是我的妻子。”

她蹒跚着，靠上门才稳住身形。

“告诉他们我们没圆房。”他弥留的脸上露出一丝淡淡的笑容，“告诉他们我不行，然后嫁给亨利。”

“你讨厌亨利的！”她嘶吼着，“你不会想让我嫁给他。他只是个孩子！我爱的是你。”

“他会继位。”他绝望地说，“你会成为王后。嫁给他，为了我。”

她身后的门打开一条缝，玛格丽特夫人平静地说：“你不能耗费他太多的精神，王妃殿下。”

“我要走了。”卡塔琳娜紧紧盯着床榻上的人影。

“答应我……”

“我会再来，那时你就康复了。”

“求你了。”

玛格丽特夫人推开门抓住卡塔琳娜的手。“为了他好，”她平静地说，“你得离开了。”

卡塔琳娜离开房间，依依不舍地回头看去。亚瑟从华丽的床罩上艰难地抬起手。“答应我。”他说，“为了我，答应我吧，现在就答应我，亲爱的。”

“我答应你。”她大声哭叫。

他的手垂了下去，她听见他如释重负地发出一声叹息。

这是他们彼此最后的语言。

1502年4月2日

勒德洛堡

六点过，“是晚祷的时间了。”卡塔琳娜寻思着。亚瑟的忏悔神父埃尔登汉姆医生主持了混乱的涂油礼，亚瑟不久就过世了。卡塔琳娜跪在门坎边，垂着头低声祈祷，任由神父给她丈夫涂满油膏。直到他们告诉她，她还是个少年的丈夫已经死了，而她才十六岁就已经成了寡妇。

玛格丽特夫人和埃尔维拉夫人一人一边半扶半拖地把她弄回了卧室。卡塔琳娜滑倒在冰冷的床单上，清醒地认识到，不管再等多久，她都不会再听到门外城垛上他轻快的脚步声，再也不能扑进他怀里，共浴爱河。她再也不能在一整天的等待之后被紧紧拥着，在床上缠绵。

“简直不能相信。”她的心都碎了。

“喝点这个。”玛格丽特夫人说，“医生配给你的安眠药，中午我再叫你。”

“我不能相信。”

“殿下，喝点吧。”

卡塔琳娜喝下苦涩的安眠剂。现在，她需要的是安睡，再也不愿醒来。

那晚我梦见自己坐在阿尔罕布拉宫外围的红堡的大门顶上，头顶卡斯蒂利亚和阿拉贡的旗帜好似克里斯托弗·哥伦布船上的风帆一样飘动。秋日的阳光在我的眼睛里投下阴影，望着格拉纳达广袤的平原，我看见这片土地简单熟悉的丰饶美丽：黄褐色的土地上纵横交错着上千条灌溉渠。脚下是格拉纳达白色外墙的城镇，即使是现在，征服这里五年之后的现在，显而易见，这还是个摩尔人的城镇：房舍都围绕着中央的庭院，那里喷泉欢快地流淌，弥漫着晚开玫瑰诱人的香气，而树枝上都垂着沉甸甸的果实。

有人在叫我——“公主殿下在哪里？”

而梦里，我回答说：“我是凯瑟琳，英格兰的王后，现在这才是我的名字。”

在圣乔治日，他们安葬了亚瑟，威尔士的亲王，全英格兰的第一个王子。从勒德洛堡到伍斯特是一段噩梦般的旅程，大雨铺天盖地，几乎不能成行。路都被淹了，泰姆河决堤，洪水淹到了膝盖，不能涉水而过。马不能通过路上的泥潭，他们不得不使用牛车来送葬，等终于到了伍斯特，丧服和丧仪都湿透了。

数以百计的人挤攘着观看这悲惨的送殡队伍穿过街道，向大教堂走去。数以百计的人都在哀悼英年早逝的英格兰玫瑰。他们抬着他的灵柩穿过拱门，停在教堂下方的墓穴里，他的仆人们拗断令牌，丢进主人的坟墓。这就是最终的结束。万事皆休，他们曾寄托在这前途无量的年轻王子身上的希望断绝了。这就是亚瑟的结局，仿佛一切都偏离了正轨，再也找不到正确的方向。

不，不，不要这样。

在服丧的头一个月，卡塔琳娜把自己幽闭在房间。玛格丽特夫人和埃尔维拉夫人声称她病了，但并不严重。事实上，她们担心她神志出现了问题。她不哭不闹，既不抱怨命运的不公，也不哭着寻求母亲的安慰。她只是沉默地躺着，面对墙壁不搭理任何人。她家族共有的绝望抑郁像是最不可抵御的罪孽诱惑着她。她明白不能放任自己陷入无尽的哭泣和歇斯底里的疯狂，她不能让自己成为那样的人。在与世隔绝的漫长日子里，卡塔琳娜咬紧牙关，用尽全身力气让自己不会因为痛彻心扉的悲伤尖声惊叫。

清晨他们想要侍候她起身时，她总是说自己很累。他们不知道她几乎不敢移动，害怕自己会悲鸣出声。她像牵线木偶任由她们侍候更衣，然后像石雕一样坐在椅子里，动也不动。只要得到允许，她就迫不及待地躺回床上，直直地看着欢爱时微睁着眼睛描绘过无数次的鲜亮华盖，意识到亚瑟再也不能拥她入怀，百般怜爱。

他们召唤了比尔沃斯医生，但是一见到他，她就双唇颤抖，热泪盈眶。她撇过头，迅速地跑开，把自己独自关在卧室。她无法忍受看见他——亚瑟在他手上死去，他见证了亚瑟是如何一步步走向坟墓。她也无法忍受和他讲话，她觉得他没能救活亚瑟就等于蓄意谋杀。她希望死的是他，而不是亚瑟。

“恐怕她的精神受到了巨大的打击。”玛格丽特夫人告诉医生，他们都听到了卧室门上传来的抓挠声，“她不说话，甚至也不为他哭泣。”

“进食呢？”

“除非餐点摆在她面前，提醒她该吃了。”

“找个人，要她熟悉的，忏悔神父也可以，多对她说些鼓励的话。”

“她谁都不想见。”

“也许她怀孕了？”他低声问，这是时下最要紧的事情。

“我不知道，”她回答，“她什么也不说。”

“她在为他悲伤，”他说，“一个年轻的妻子为失去的年轻丈夫哀伤，我们得尊重她的心意，就让她去吧。她会很快振作起来的。王妃会回去宫廷吗？”

"国王的意思是这样的。"玛格丽特夫人说，"王后派来了自己的轿舆。"

"嗯，到了那时候，她就不会这样了。"他放下心来，"她还年轻，会恢复的。年轻人总能经受住悲伤。离开这个伤心地也好，对她大有裨益。有什么事可以随时传唤我。但我不会强行进入她的视线，可怜的孩子。"

不，不，不是这样。

但是卡塔琳娜看起来不是什么可怜的孩子，玛格丽特夫人思忖着。她就像座雕像，用悲伤雕刻成的石像王妃。埃尔维拉夫人给她换上新做的丧服，劝说她坐在窗前，那里能看到窗外阳光普照，绿树成荫，鸟语花香。亚瑟承诺过的夏天到了，和他描述的一样温暖。但她不能和他一起在河边漫步，问候从西班牙归来的雨燕。她不能在花园里种下色拉蔬菜，劝说他来尝尝看。夏天在这里，阳光在这里，卡塔琳娜在这里，但是亚瑟却独自躺在伍斯特大教堂冰冷的墓穴里。

卡塔琳娜静静坐着，双手叠放在黑色的丝袍上，眼睛望着窗外却空无一物，双唇紧闭，仿佛强忍着一大堆的话无从诉说。

"王妃殿下。"玛格丽特夫人试着和她讲话。

厚重黑兜帽下的脑袋慢慢地转过来。"嗯？玛格丽特夫人。"嘶哑的声音疑惑地问。

"我得和你说说。"

卡塔琳娜偏着头。

埃尔维拉夫人告退，静静地离开了屋子。

"我想问问你去伦敦的安排。王后的轿子已经到了，你得启程了。"

卡塔琳娜深蓝色的眼睛里毫无生机。她点点头，好像她们不过是在谈论怎么运送行李。

"我没法确定你的身体是否经受得住旅程的颠簸。"

"我不能留在这里?"卡塔琳娜问。

"国王已经派人来接你了，很抱歉。不过他们说你可以待到完全康复为止。"

"我会变成怎样又如何?"她对此并不关心，"什么时候需要启程去伦敦?"

"不知道。"从前的王妃从不显露出身为王室子女对自己的命运无从选择的这一面，"对不起，我并不清楚他们的计划。除了被告知准备送你去伦敦，我丈夫也什么都不知道。"

"你觉得会发生什么事?"卡塔琳娜问，总算恢复了一点生气，"我姐夫去世的时候，他们把她从葡萄牙送了回来。她回到了西班牙的家。"

"我也希望他们送你回去。"玛格丽特夫人忧心忡忡。

卡塔琳娜再次转开头，望向窗外，可是她的眼里没有留下任何东西。玛格丽特夫人静静候着，希望她能多说点什么。

"在伦敦，威尔士王妃能像在这里一样拥有个容身之处吗?"她问，"我要回贝纳德兹堡?"

"你不再是威尔士王妃。"玛格丽特夫人开口说，想要解释，但是卡塔琳娜的神情如此阴郁，她不得不有所顾虑。"请原谅，"她说，"也许你不明白……"

"明白什么?"卡塔琳娜苍白的脸色因为激动出现了一丝粉红。

"王妃殿下?"

"什么王妃殿下?"卡塔琳娜尖声质问。

玛格丽特夫人屈膝下去，默默候着。

"什么王妃?"卡塔琳娜大声嘶吼。他们身后的门突然开了，埃尔维拉夫人冲了进来，看见卡塔琳娜面色激动地站着，而玛格丽特夫人跪在地上，就一言不发地退了出去。

“你是西班牙公主。”玛格丽特夫人依然很平静。

一片沉默里暗潮汹涌。

“我是威尔士王妃，”卡塔琳娜慢慢说，“一直都是，一辈子都是。”

玛格丽特夫人站起来面对她：“现在你是寡妇王妃。”

卡塔琳娜捂住嘴唇，不让自己因为悲痛失态。

“对不起，王妃殿下。”

卡塔琳娜摇摇头，痛苦地掩口呜咽着。玛格丽特夫人面色冷静：“他们会称你为寡妃殿下，以示尊敬。这是英格兰对寡妇的叫法。”

卡塔琳娜紧咬牙关，目光滑过她的朋友望向窗外。“你可以起来了。”她从牙缝里往外蹦着词句，“你没必要向我下跪。”

年长的女士站起来，犹豫地说：“王后写信给我，他们想得知你的近况。不仅是你过得好不好，身体是否健康；他们真正想知道的是你怀孕没有。”

卡塔琳娜紧握双手别过脸去，不让玛格丽特夫人看见她脸上冰冷的愤怒。

“如果你怀孕了，是个男孩，他就将是威尔士亲王，英格兰国王，而你则会成为太后，国王的母亲。”玛格丽特夫人不温不火地提醒她。

“如果没有怀孕呢？”

“那你就是寡妃，而哈里王子就会成为威尔士亲王。”

“国王死了之后呢？”

“哈里王子将会登基为王。”

“我呢？”

玛格丽特夫人沉默地耸耸肩，**什么都不是**——这姿势暗示道。她大声说：“你还是西班牙公主。”她试着笑笑，“永远都是。”

“英格兰的下一位王后会是？”

“哈里王子的妻子。”

卡塔琳娜全身的力气都被抽干了，她走到壁炉边，扶住高高的壁炉台，稳住自己。壁炉里零星的小火苗并不能透过她厚厚的黑丧服给她提供任何温暖。她盯着火焰，仿佛这样就能理解主赋予她的命运。

“我又和三岁时一样了，”她的语速缓慢，“西班牙公主，不是威尔士王妃。一个无足轻重的孩子。”

玛格丽特夫人的王室血脉已经因为下嫁削弱了，再也不会对都铎家族的王位造成什么威胁，此时，她点点头：“王妃殿下，你的地位由丈夫决定。所有的妇女都是这样。如果你丧夫无子，你就不会有任何爵位，只有你生来的头衔。”

“如果以寡妇的身份回到西班牙，他们会把我嫁给某位大公，我就成了大公妃卡塔琳娜，而不是王妃。不是威尔士王妃，就不会成为英格兰王后。”

玛格丽特夫人点点头：“就和我一样。”

卡塔琳娜转过头：“你？”

“我是金雀花王朝的公主，爱德华国王的侄女，理查德国王的继承人——沃里克的爱德华的姐姐。如果亨利国王在博斯沃思战败，现在坐在王位上的就会是理查德国王，作为他的继承人，我的弟弟会是威尔士亲王，而我，正如我生来就被冠上的头衔，就将是玛格丽特公主。”

“而现在你是玛格丽特夫人，一座小城堡的总督的妻子，甚至城堡还不是他的，也不在英格兰。”

年长的女士点点头，对于有关她身份的凄惨描述表示赞同。

“你为什么不拒绝呢？”卡塔琳娜冒失地问。

玛格丽特夫人飞快地瞄了一眼身后的门，确定已经关上，不会被卡塔琳娜的侍女偷听。

“怎么拒绝?”她直率地说，“我的弟弟还在伦敦塔，只是因为他身为王子。如果我拒绝嫁给理查德爵士，我就得去和他做伴了。仅仅因为忌讳他的姓氏，他就在伦敦的街口被砍了头。作为一个女孩，我有机会改变自己的名字，所以我同意了。”

“你有机会当上英格兰女王的!”卡塔琳娜激动万分。

年轻女士的精神让玛格丽特夫人转过了视线。“如上帝所愿，”玛格丽特夫人淡淡地说，“我的机会已经不在了。你的也不在了。你需要想法子毫无遗憾地度过余生，公主殿下。”

卡塔琳娜什么也没说，但是她的脸上写满了冷酷刚毅。“我会想法遵从我的命运，”她说，“亚……”她顿住了，哪怕是在朋友面前，她也没法唤出他的名字。“我曾经和某人有个关于我自身前途的谈话，”她说，“现在我明白了。天上不会掉馅饼，我要靠自己拿回属于我的东西。现在我明白了我的责任和使命。不管前途有多少阻碍，我一定会达成主的意愿。”

年长的女士点点头：“也许上帝只是想让你接受自己的宿命。”

“不。”她坚决否认。

我不会告诉任何人我的承诺，也不会告诉任何人在我心里我始终都是威尔士王妃，始终都是，直到我的儿子也成婚了，儿媳得到这个封号。不会告诉任何人现在我终于明白亚瑟临终的嘱托：即使身为公主，也不得不争取自己的地位。

我不会告诉任何人我到底怀孕没有。但是我知道，确切地知道，在四月份月事如期而至，我没有怀上孩子。没有玛丽公主，也没有亚瑟王子。我的爱，我唯一的爱人已经死了，他没有为我留下些什么，甚至是没出世的孩子。

我什么也不会说，哪怕总有人拐弯抹角地想打探出实情。我得考虑该怎么办，现在我要为自己争取本该属于亚瑟的王位。我要好好想想怎么才能达成对他的承诺，怎么把他嘱咐我的谎言公之于众。怎样才能令人信服，怎样才能瞒过国王本人，还有他睿智的母亲。

既然已经做出了承诺，我就不能退缩。他乞求了这个诺言，口授了这个谎言，而我应承了他。这是他对我最后的要求，我会完成，为他完成，为了我们的爱完成这个承诺。

噢，我的爱人，你知道我有多想再见到你吗？

卡塔琳娜坐着黑色轿帘的轿子去了伦敦。已经是六月盛夏，她却紧闭轿帘，无心欣赏乡间的美景。她没看见，每经过一个小乡村，人们都脱帽，或是屈膝向这个队伍致敬。她没听到，当轿子缓缓地在乡间小路上颠簸，男人女人们都向她问候："上帝保佑您，王妃殿下!"她不知道，这片土地上的每个少女都在胸口画着十字，祈求不会遭受这年轻貌美的西班牙公主所承受的厄运，为了爱，她千里迢迢来到这里，可仅仅五个月，她的丈夫就撒手人寰，剩她孤苦伶仃一个人。

她迟钝地注意到了乡间诱人的郁郁葱葱，田里丰饶的庄稼，河边健壮的牲畜。当他们穿过茂密的森林，她感受到了树荫底下的阴凉，道路上树枝交错成不见天日的穹隆。鹿群消失在树林深处，而她可以听见布谷鸟的叫声，还有啄木鸟笃笃地啄着树木。这是一片美丽的土地，这是一片富饶的土地，是传承给年轻夫妇最宝贵的遗产。她理解了亚瑟抵御苏格兰人，抵御摩尔人，守卫这片土地的愿望。还有他想要这里更加强盛，得到比以前更加公正昌明的治理的愿望。

她不理会路上款待她的领主，他们把她的沉默归咎于悲伤，为此表示出怜悯；也不和侍女们交谈，不管是安静陪着她的玛利亚，还是在这危急关头事事处理妥当的埃尔维拉夫人。她丈夫联系路上的行馆，而她操心着王妃的食物，寝具，随从。卡塔琳娜未加干涉，任由他们自行处理。

一些款待她的领主认为她沉浸在伤痛里不能言语，祝愿她能早日恢复，回到西班牙，缔结另外一段良缘，找到新的丈夫来代替。他们不知道，卡塔琳娜把失去爱人的悲伤埋葬在心灵深处不为人知的角落。直到确认安全的一天才会放任自己沉溺其中。当她在轿子里摇晃，她并不是在为他哭泣，而是在苦苦思索怎么完成他的梦想。她在迷惑怎样遵从他的遗言，怎样完成对她临终的爱人的承诺。

我需要变得更睿智，要比亨利·都铎国王还狡诈，比他母亲更刚毅。面对这两人，我不知道能不能侥幸成功。但是成败在此一举，我别无退路。既然做出了承诺，就得撒下这个弥天大谎。英格兰必须按照亚瑟的意愿来治理。玫瑰将会重生，我会让英格兰秉承他的遗愿。

真希望能让玛格丽特夫人随行，让她给我建议，我思念她无私的友谊，思念她无人能敌的智慧。希望她能镇定地注视着我，建议我说，我要认命，顺从于不可知的命运，听从主的旨意。我不会接受她的言论——但是我希望能听到它。

1502年5月

克罗伊登

卡塔琳娜和她的随从到达了克罗伊登宫，埃尔维拉夫人安排她去了自己的房间。破天荒头一次，女孩没有把自己关进卧室，她走进奢华的会客厅，四处打量。“王妃规格的房间。”她说。

“但这并不是你自有的。”埃尔维拉夫人为她的要求焦虑，“它不属于你，只是归你使用。”

年轻的女人点点头。“很适宜。”

“西班牙大使将要晋见。”埃尔维拉夫人告诉她，“要不我知会他说你不会见他?”

“我要见他。”卡塔琳娜沉稳地说，“让他进来。”

“你没必要……”

“他也许会替母亲传话。”她说，“我需要她的意见。”

大人鞠躬退下，去通知大使。他正在外面的走廊上和王妃的牧师，亚历山德罗·杰拉迪尼修士，密切交谈。埃尔维拉夫人对两人虽然厌恶却仍然不失礼数。牧师是个高大英俊的男人，他忧郁俊美的面容和身旁的大使形成了鲜明的对比。德·普埃布拉博士在一旁显得渺小，靠着椅子以支撑他变形了的脊柱，残废了的腿藏在另一条后面。此时他的面容因为激动而喜不自禁。

“她有孩子了?”大使低声确认，“你确定?”

“愿主保佑。她最后一次跟我祷告时无疑是充满希望的。”牧师证实。

“德·普埃布拉博士!”夫人尖声呼唤，不喜欢看到这两人密谋的架势，“跟我来，王妃要见你。”

普埃布拉博士转过身，微笑地看着急躁的的女人。“好的，埃尔维拉夫人。”

他稳重地说：“马上。”

德·普埃布拉博士一瘸一拐地走进房间，手里拿着他华丽的帽子，脸上挂着虚伪的笑容。他夸张地鞠了个躬，开始打量王妃。

首先他被震惊了，这么短的时间却让她有了如此重大的变化。刚到英格兰时，她还是个女孩，有着女孩的天真无邪。他曾认为她不过是个娇生惯养，不识世道险恶的孩子。在童话般的阿尔罕布拉宫，她是基督世界最强大的君主最宠爱的幼女。远涉重洋到英格兰的旅程对她而言是严格意义上的第一次不那么安逸，她也曾抱怨过这里恶劣的环境，好像她能改变天气一样。在婚礼那天，站在亚瑟王子身边，听着人们对他的祝贺，那是除了父母之外她第一次退居人后。

可眼前的女孩已经被不幸磨炼成熟了。这个卡塔琳娜更加纤瘦，更加苍白，但是焕发着历经苦难过后的全新的精神上的美丽。他屏住呼吸。眼前的卡塔琳娜是有着王后气场的年轻女人。艰辛过后，她不只是亚瑟的未亡人——更变成她母亲的女儿。这是延续了打败基督教最强大敌人的英雄血脉的王妃。这是卡斯蒂利亚的伊莎贝拉那非比寻常的骨血。她冷静而强硬，让他异常希望她不会也变得很难相处。

他露出笑容，暗示自己是可靠的，然后发觉她上下打量着他，脸上并没有什么热切的回应。她朝他伸出一只手，然后坐在炉火前一张直靠背椅上。“请坐。”她优雅地示意他坐在远点一把稍矮的椅子上。

他又鞠了一个躬，才坐下了。

“你有我的口信吗？”

“有来自于国王和伊丽莎白王后，王太后，还有来自我本人的慰问。等您消除了旅途的劳累，过了服丧期，他们将会邀您重返宫廷。”

“服丧期还有多久？”卡塔琳娜询问。

“王太后认为葬礼过后一个月您都应当避居。但是在那期间您并没有身处宫廷，她下令您要待在这里直到她召唤您回伦敦。考虑到您的健康……”

他顿了顿，希望她能主动提出怀孕的事情，但是她只是任沉默蔓延。

他想自己应当直接询问：“公主……”

“你应当称我王妃殿下。”她打断他，“我是威尔士王妃。”

他犹豫起来，小声纠正她：“寡妃。”

她点点头。“当然，这我知道。你有来自西班牙的信件吗？”

他躬身取出藏在袖子暗袋里的信。她并没有像孩子一样从他手里抢过信件，迫不及待地打开。而是点头致谢，然后拿过信。

“您想要这会儿就打开，然后写封回信吗？”

“等我写好了回信，我会叫你来。”她简单地说，向他展现自己的权力，“如果需要，我会派人传唤你的。”

“遵命，殿下。”他掸掸马裤上的黑色丝绒，以掩饰自己的恼怒，但是内心深处，他认为作为一个寡妇卡塔琳娜无疑是不识时务的，以前她还是威尔士王妃的时候都没这么跟他说过话。无论如何，他并不喜欢这个脱胎换骨的卡塔琳娜。

“你有西班牙帝后的口信吗？”她问，“他们有没有什么说法？”

“有。”他思索着能告诉她多少，“当然，伊莎贝拉女王非常担忧您的健康。她让我向您确切询问后再回报。”

她脸上闪过一丝阴郁。“我会亲自写信回禀母后，告诉她我的近况。”

“她非常迫切地想知道……”他试图探讨目前最关键问题的谜底：继承

人呢？王妃到底怀孕没有？

“我只会向母亲禀明。”

“除非有答案，否则我们不能确定如何安置你。”他只有明说了，“那会让事情完全不一样。”

她并没有像他想的那样勃然大怒。她斜着脑袋，很好地控制住了自己。“我会写信给我母亲。”她重申，对他的建议不屑一顾。

他想自己终究是要无功而返了。但是至少牧师暗示她大概是有孩子的，牧师可是她的近臣。国王至少会乐于见到有继承人的可能。无论如何她并没有否认，她的沉默已经可以说明一点什么。

“容我告退，请您尽快回复。”他鞠躬。

她随意地摆摆手示意，自顾自地转头望着夏日里的小火苗。他又鞠了一躬，既然她没有看着他，他便打量起她的身形轮廓。她并没有怀孕的迹象，不像某些女人在早期那几个月总是很辛苦。她苍白的脸色也许是晨吐造成的。作为男人他实在看不出来，只能相信牧师的判断，谨慎地禀告上去。

我颤抖着双手打开了母亲的信，心情激荡几乎没法拆开蜡封。马上我就注意到了这封信是多么短啊，只有一页。

“噢，妈妈。”我深吸口气。

也许是她太过匆忙；但是她只写了那么简洁一封信的事实伤害了我！如果她能明白我急切想听到她声音的心情，她至少应该把信写得有两倍那么长。主上作证，没有她我真不知道该怎么办：我只有十六岁半，还在需要母亲的年纪。

我匆匆扫了一遍，简直不敢相信自己的眼睛，又仔细读了一遍。

这不是慈爱的母亲写给女儿的信，不是一个女人写给她身处绝望边缘的最钟爱的女儿的信。冷硬，强势，她写的是女王给王妃的信。除了相关事务她什么也没写，好似我们就只是一对商议生意的商人。

她命令我待在他们提供的任何地方，直到月事来临，确认我没有怀孕。如果确认没有，我就要命令德·普埃布拉博士去争取身为威尔士王妃我应得的遗产。一旦我拿到所有的钱——不能提前（这里画了线以示强调），我就起程回西班牙。

反之，若仁慈的主让我怀有身孕，我就得向德·普埃布拉博士保证我的嫁妆能马上以现金支付，而他将保证我能取得威尔士王太妃的津贴，其后我只需要安心静养待产，希望那是个男孩。

我要马上向她禀告是否觉得怀孕了，一旦有答案，不管怎样，得尽快写信向她禀告，我要信任德·普埃布拉博士，同时让埃尔维拉夫人陪在身边。

我把信仔细对折好，好像这非常必要。如果她能知道我陷入了怎样黑暗无望的境地，也许她就会对我和蔼点。如果她能知道我有多孤立无援，有多悲痛，有多思念她，她也许就不会只是写信告诉我解决办法、遗产和名分。如果她能知道我有多爱她，有多不能忍受没有她的生活，也许她就会写信告诉我她有多爱我，让我回到她身边。

我把信塞进腰部的口袋，站了起来，仿佛一切都是我的责任。我再也不是孩子了，不会再为母亲哭泣。我明白了，既然主能让亚瑟死去，那我也没有受到他特别的优待。我明白了，既然母亲能让我独自留在这片陌生的土地，那我也没有得到她特别的爱。

她不只是母亲，她是西班牙女王，她要确保她有没有个外孙，来保证合约的牢固。我不只是失去了爱人的年轻女子，我是西班牙公主，我得给她生下外孙，不然就毁了这滴水不漏的协议。我还被誓言缚住了手脚。我承诺我会再度成为威尔士王妃，会成为英格兰王后。我答应了那个我可以无所不依的男人。我会为他做到这一切：不管别人怎么想。

西班牙大使并没有第一时间就回禀西班牙的女王陛下。相反，他继续玩弄他双面间谍的游戏，首先把牧师的看法告诉了英格兰国王。

“她的牧师说她确实怀孕了。”他谈论说。

这些日子来头一次，亨利国王觉得自己的心情开朗起来。“感谢上帝，如果这是真的，什么事情都解决啦。”

“上帝保佑。我也松了口气。”德·普埃布拉深感赞同，“但是我不能担保一定是真的。她并没有怀上的迹象。”

“也许是还早。”亨利说，“上帝知道，我也知道，襁褓里的孩子并不一定就是王储，通往王位的道路相当漫长。但是对我而言，如果她有了孩子，那将是莫大的安慰。”他深思以后加了一句：“对王后也是。”

“在确定之前，她可要留在英格兰了。”大使总结，“如果她没怀上孩子，你和我，我们就要算算账，然后打发她回家。她母亲要求她立即回去。”

“等等看吧。”亨利说，不置可否，“她母亲得和我们一样等着。如果她急着让她女儿回去，她最好先把剩下的嫁妆付了。”

“你可不能借着嫁妆的事情拖着不让她回去。”大使表示。

“很快一切都能得到更完美的解决。”国王平静地说，“如果怀孕了，她就是我们的儿媳和继承人的母亲，这对她是再好不过了。如果没有，嫁妆一付就可以让她回家。”

我很清楚，在我子宫里并没有孕育着什么玛丽，也没有亚瑟，但是除非我想好应对，不然我什么都不会说。没想好对策，我什么也不敢说。我父母只会为西班牙的利益谋划，亨利国王则要为了英格兰。只有我，绞尽脑汁想要实现我的诺言。没人会帮我。甚至没人能明白我要做什么。亚瑟，只有远在天堂里的亚瑟知道我在谋划些什么，而我离他却是如此如此的遥远。这痛苦是如此的撕心裂肺，我几乎不能想象：我从未像此刻这般需要他，他已经死了，但只有他才能指引我去完成我对他的誓言。

在克罗伊登宫与世隔绝了不到一个月，国王的侍从就求见卡塔琳娜，告诉她河边的达勒姆庄园已经为她准备好了，她可以随时入住。

“那里是威尔士王妃该待的地方吗？”卡塔琳娜迫切地询问被急召而来的德·普埃布拉，“达勒姆庄园是王妃可以定居的地方？为什么我不能再住在贝纳德兹堡？”

“达勒姆庄园是再合适不过了。”被她的急切弄得无所适从，他只能结结巴巴地说，“您的待遇并没有降低。国王陛下并没有要求你遣散随从。你还是拥有足够的宅邸。他还会给你一份津贴。”

“作为亲王遗孀我的遗产呢？”

避开她的目光，他说：“目前只有津贴。他还没收到您剩下的嫁妆，因此还不能把遗产交付给您。但他会给您足够的金额，让您可以过得舒心。”

“我要我的遗产。”

他摇摇头。“除非他拿到全部的嫁妆，不然他不会给你的。津贴很丰厚，您不用担心。”

他观察到卡塔琳娜似乎松了口气。“王妃，无疑国王陛下对您的地位表示了极大的尊重，”他小心翼翼地打探，“您没必要害怕什么，当然，如果他能确认您的健康……”

她的脸色一下子又阴沉下来。“不知道你在说什么。”她简单带过，“我很好，告诉他我很好，就这样。”

我在争取时间，让他们觉得我怀孕了。月事很正常，我的身体已为亚瑟的孩子做好准备，可是他已经冷冰冰地去了，再也不会和我共赴云雨，我们再也不会有机会生出他的女儿玛丽或是儿子亚瑟。

我不敢告诉他们真相：在我的身体里，并没有孕育着什么孩子。现在我什么也不说，他们也只有等着。他们仍盼望着我能成为威尔士亲王的母亲大人，不会打发我回西班牙。那就等着吧。

让他们等着，我正好盘算下该怎么说，怎么做。我需要母亲那样的智慧，需要和父亲一样像狐狸那么狡诈。我要像她那样果敢，像他那样不动声色。我要决定何时何地开始营造这个谎言，亚瑟的弥天大谎。既然要说出这样的谎言，我就要让每个人都信以为真，如果我能置自己于命运之上，掌控一切，那亚瑟，亲爱的亚瑟，他的遗愿就会得以实现。通过我，他就能继续治理英格兰。我会嫁给他弟弟，成为王后。通过我和他孕育的孩子，亚瑟得到了重生，我们可以让英格兰成为我们梦想中的英格兰，不管他弟弟有多愚蠢，我自己又有多绝望。

我不会让自己一蹶不振，我要遵守承诺，把自己献给英格兰。我会一如既往地对待我的丈夫，对待英格兰。而现在，我需要暗中筹划，仔细考虑怎样才能化解这场不幸，夺回我应有的位置，不择手段成为英格兰王后。

六月下旬，这小小的宫廷搬进了达勒姆庄园，卡塔琳娜的其他随从也随即从勒德洛堡赶来，带来了那个死气沉沉的小镇和还在服丧的城堡的消息。虽然达勒姆庄园有着紧邻河边的小花园，甚至有通到河岸的阶梯和泊船的码头，风景优美，但是卡塔琳娜并没有表现出特别的喜爱。大使来访时，她正在屋子前的走廊上俯视着脚下的田野和远处的常青藤小道。

她任由他站到面前。

“殿下，您的母后派来了使者，只要您拿到了遗产就会护送您回去。既然您不愿明说是否有孕，她已经在着手安排您的行程了。”

他发觉她咬住嘴唇，以防贸然做出回答：“作为他儿子的未亡人，国王陛下准备给我多少遗产?”

“他会给您威尔士、康沃尔、切斯特三分之一的收入。”他说，“而现在你的父母要求亨利国王额外退还您的全部嫁妆。”

她似乎被吓到了。“他才不会。”她干脆地说，“没有使者能说服他，亨利国王不会付给我如此庞大的金额。他儿子还活着的时候，他连津贴都没给过我。如果得不到什么好处，他有什么理由会退还嫁妆，还分给我遗产呢?”

大使耸耸肩。“婚约上注明了的。”

“我的津贴也注明了的，你也没让他付给我。”她毫不留情地说。

“一到这里您就该交出您的金银器皿的。”

“那用什么吃饭?”她濒临愤怒了。

他傲慢无礼地站在她面前，他很清楚，而王妃自己并没认识到——她没有任何权势。由于她拒不宣布怀孕的事，她的地位正在日益降低。现在他能确定她并没有怀孕，她就是个傻瓜：她的慎重争取到了一点时间，但是有什么用？她对他的非难根本无关紧要；她很快就要走了。她也许会大发脾气，可是根本于事无补。

“你怎么会签订这么个协议？你该知道他根本不会兑现的。”

他冷淡地耸耸肩。这场谈话毫无意义。“我们怎么会预料到会发生如此悲惨的事情？谁能想到亲王殿下居然会刚刚成年就英年早逝？这太让人遗憾了。”

“是啊，是啊。”卡塔琳娜刻薄地说。她曾自己发誓决不在任何人面前为亚瑟哭泣。眼泪，只能流在自己心里。“但是现在，多亏这份协议，国王陛下可是欠了我一大笔债。他要归还已经交付了的嫁妆，不能拿走我的金银器皿，另外还欠我一份遗产。大使阁下，你该知道他绝对不会付出这么一大笔钱的。他也绝对不会给我——哪里来着？——威尔士和，和康沃尔的税收。”

“您只要再婚就好，”他不着痕迹地研究了下她的脸色，“在您再婚之前他必须把遗产交付给您。假设您很快就会再婚。陛下他们盼望您能尽快回去为您缔结新的婚事。我想特使也是为了这件事来接您的。也许他们已经在为您物色新的人选，也许都已经定下婚约了。”

在那一刹那，他看见她脸上的惊愕，然后她猛地移开目光，盯着窗外的田野和门外熙熙攘攘的街道。

看着她绷紧的肩膀和僵硬转过去的脖子，他感到万分惊讶，她再婚的事情居然能给她带来如此沉重的打击。说到再婚怎么会引来她这样明显的抗拒？难道她确实不明白回到西班牙只是为了缔结另外一桩婚事？

望着达勒姆庄园外的街道，卡塔琳娜愈发沉默。这里不同于她的家乡，没有衣着华丽的黑人，妇女也没有蒙着面纱，没有人当街叫卖大堆的香料，没有人背着小山一样的花束沿街贩售，没有药剂师，没有内科医生，没有天文学家，没有这些摆弄着自己营生，仿佛无所不能的人。这里没有每隔五天定期到清真寺祈祷的活动，也没有时时都在流动的喷泉。这里只有世上数一数二的大城市里熙攘的喧闹，繁华里永不停歇的扰人的奔忙，还有数以百计的教堂轰鸣的铃声。*这是燃烧着你自信与财富，贸易兴旺的繁华之乡。*

“现在这里就是我的家。”她说。她抛开脑海里那个温暖的城市，那个没有那么复杂关系的家族，一个更简单、更诱人的世界，“国王陛下别想我会乖乖回去再婚。我的父母也不能主宰我的命运。我是被当做威尔士王妃、英格兰王后养大的，不能被这样弃如敝屣。”

饱经世事的大使阁下，不由得在窗前的女孩儿背后笑了。“当然，这会遵从您本人的意愿，”他语气轻松，“我会写信告诉您父母您要留在英格兰，直到确定您的未来。”

她纠正：“不，我会自己把握自己的未来。”

他不得不绷紧脸颊，差点笑出声来：“您当然可以，公主殿下。”

“王妃。”

“王妃殿下。”

她深吸了口气，再开口时语气已经变得平稳：“告诉我父母，也告诉国王陛下，我没有怀孕。”

“遵命。”他换了个语气，“谢谢您愿意告知我们，这样事情就简单多了。”

“为什么？”

“国王陛下会放您归家。他不会再对您有所期待，也不会对您有什么兴趣。您不再需要留在这里。我马上安排好一切，讨回您的遗产，您马上就可以动身回国。”

“不。”她直接拒绝了。

他惊讶万分。“殿下，您可以从这场悲剧里解脱了。您可以回家了。您自由了。”

“你的意思是英格兰人认为我没用了？”

他几不可见地耸耸肩，仿佛在问：她能有什么用？现在她既不是处女也不会成为母亲。

“您在这里还能做什么？在这里您的一切都已经结束了。”

她现在还没准备向他和盘托出。“我会写信给母亲。”她只能回答，“但是你不必安排归国的事宜。也许我会在英格兰再待一段时间。就算再婚，我也会在英格兰再婚。”

“和谁？”他问。

她移开目光：“我怎么会知道？这得由我父母和国王陛下决定。”

我得想办法让国王陛下把我嫁给哈里。现在，在他得知我没有怀孕以后，会不会让我嫁给哈里解决我们所有的难题呢？

如果德·普埃布拉博士更值得信赖，我可以让他暗示亨利国王我可以嫁给哈里。但是实际上，我一点都不相信他。在第一段婚事上他糊弄了我们，我可不想再被他糊弄一次。

要是能够绕过他直接和母亲通信，我就能告诉母亲我的计划，亚瑟的计划。

但是，我无计可施，在这里我举目无亲，孤独得可怕。

“他们将宣布哈里王子为新的威尔士亲王。”六月的最后一个星期，埃尔维拉夫人貌似无意地告诉正在梳妆的王妃，“他就快是哈里王子加威尔士亲王了。”

她一直希望卡塔琳娜能彻底割断和过去最后的联系，但是卡塔琳娜眯起了眼睛。她环顾了四周。“你们都退下。”她马上命令正在收拾寝衣和床铺的侍女。

她们静静退了出去，关上了门。卡塔琳娜把头发甩回背后，望着镜子里埃尔维拉夫人的眼睛，递上梳子，示意她继续。

“我要你写信告诉我父母，我和亚瑟王子成婚后并没有圆房。”她的声音圆润，“我还和离开西班牙时一样纯洁。”

埃尔维拉夫人大吃一惊，梳子停在半空，她张开嘴说：“你们在整个宫廷的眼皮子底下同床了。”

“他有阳痿。”卡塔琳娜面色刚硬。

“你们一个星期要同床两次。”

“那也没用。”她坚定地说，“这对他，对我，都是件可悲的事情。”

“公主殿下，你怎么从来都不说？为什么不告诉我？”

卡塔琳娜垂下眼眸。“我能说什么？我们才新婚。他也还年轻。我以为迟早会好的。”

埃尔维拉夫人甚至不愿假装信了她。“王妃殿下，你没必要这样说。我们可以什么都不说。因为你曾为人妻并不会妨碍你的未来。当过寡妇也并不会成为一桩好婚事的障碍。他们会为你找到合适的人的，一定能找到更相配的，你不用假装……”

“我可不要什么‘合适的人’。”卡塔琳娜火气十足，“你最好搞清楚。我生来就是要做威尔士王妃、英格兰王后的。亚瑟最大的愿望就是让我成为英格兰王后。”她努力克制自己对他的思念和说出真相的冲动。她咬紧嘴唇，她不该提到他的。强忍住眼泪，她吸了口气。“我是未经人事的处女；现在也和当初还在西班牙的时候一样，你要这样对他们说。”

“但是我们什么也不必说，毕竟，我们就要回西班牙了。”年长的女士指出。

“他们会让我嫁给某个贵族，很可能就是哪个大公。”卡塔琳娜说，“我不想再被嫁出去了。你想在某个西班牙小城堡管理我的家务？或者是奥地利，还是更糟？记得吧，你总是得跟着我的？你想最后待在荷兰还是德意志？”

埃尔维拉的夫人目光涣散，心中天人交战。“就算我们说你还是处女也没人会相信。”

“他们会的。你只需要这样说。没人敢来质询我。你要告诉他们，必须是你去告诉他们。他们会相信的，毕竟你和我如此亲密，就像母女一样。”

“到目前为止，我什么也没透露过。”

“就该这样。但是现在你可以说了。埃尔维拉夫人，如果你看起来不知道，或者我俩的说法不一致，人人都会认为你不是我的心腹，你没有尽到照顾我的责任。他们认为你对我漠不关心，失去了我的宠信。我想如果母亲得知我还是个处女，可你并不知情，你一定会被丢脸地召回西班牙的。如果大家都认为你对我疏于照顾。你在宫廷里就再无立足之地了。”

“人人都看见他对你心存爱慕了。”

“不，他们只是看见我们，亲王和王妃，在一起。他们看见他只是按规矩去我的卧室，仅此而已。没人敢说在卧室门后我们发生了些什么。除了我自己。而我现在宣称他有阳痿。谁敢质疑我？你敢叫我骗子吗？”

年长的女士低下头拖延时间。“如果你非要这样，”她小心翼翼地说，“就随你怎么说吧，公主殿下。”

“王妃殿下。”

“王妃殿下。”夫人重复着。

“我肯定会说的。这才是我的出路，也是你的。要么我们轻描淡写地说出这件事留在英格兰；要么我们就无权无势悲惨地回到西班牙。”

“当然，我会按你的说法去做。如果你要说你那丈夫不行，你还是个处女，我也会那样说。但是这怎么能让你成为王后？”

“既然我们婚后没有圆房，那就没有什么理由反对我嫁给亚瑟的弟弟哈里王子。”卡塔琳娜的声音异常坚定。

埃尔维拉夫人倒吸了一口冷气，被这场事件的新发展深深震惊到了。

卡塔琳娜坚持。“你要知会西班牙新到的使者，说这是主的旨意，也是我的意愿，我要再次成为威尔士王妃。让他告诉国王陛下，让他们去协商，不是协商我的遗产，是促成我的第二段婚事。”

埃尔维拉夫人目瞪口呆地盯着她：“你不能对你的婚事自作主张。”

“我可以，”卡塔琳娜气势汹汹，“我愿意，你得帮我。”

“你有没有想过他们也许不会让你嫁给哈里王子？”

“为什么不？和他哥哥的婚姻并不算数。我还是处女，嫁妆也只给了他们一半。他能保住那一半，还能得到另一半，也不用付我赡养费。协议是秘密签订的，只需要改改名字，反正我还在英格兰。这对大家都好。没有它我什么也不是；当然你也没有权力地位可言。你的野心，你丈夫的野心都会付诸流水。如果我们能成功，你就能成为王室的管家，我也可以继续拥有我一直以来的头衔：威尔士王妃，英格兰王后。”

“他们才不会让我们如愿以偿！”埃尔维拉夫人喘着气，惊骇于被暴露的野心。

“会的。”卡塔琳娜毫不退缩，“我们得拥有自己应有的身份地位，马虎不得。”

未来的储妃

1503年冬

亨利国王和他的王后因为儿子的逝去更加期待另一个孩子，而卡塔琳娜投其所好，二月初就已经在达勒姆宫最简陋的房间里就着微弱的火光开始缝制起一套精致的婴儿服。侍女们坐得远远的，各尽其能帮忙做些简单的缝合，这样埃尔维拉夫人就可以和她私下交谈。

“这本该是你孩子的衣服。”埃尔维拉夫人愤愤地小声说，“一年了，一点进展也没有。该怎么办啊？”

卡塔琳娜停下了手中细致的针线活，抬头说：“安静，埃尔维拉夫人。这由主，我的父母和国王陛下决定。”

“你已经十七岁了。”埃尔维拉说，低下头顽固地继续着自己的话题，“我们还要这样不婚不寡地在这不毛之地待多久？不在宫廷里也不算宫廷外，花销越来越大，赡养费也没有着落。”

“埃尔维拉夫人，如果你知道你的话有多伤人，我敢保证你绝对不会说出口。”卡塔琳娜不客气地说，“你自己边绣花边像个被放逐的埃及佬一样嘀嘀咕咕，可不意味着我什么都没听见。如果我知道了事情的进展，会马上亲自告诉你的。私下抱怨可没什么用处。”

女士抬起头，对上卡塔琳娜清澈的目光。

“我是为你着想。”她直言不讳，“那个傻瓜大使也好，笨得跟头驴一样的特使也好，别人可不会为你打算。如果国王陛下不让你嫁给亲王殿下，你会怎样？如果他不让你离开；如果你父母不坚持让你回去，你会怎样？如果他就这样一直晾着你呢？你是王妃殿下还是囚徒？快一年了，你是西班牙送给他们的人质吗？你还能等多久？你已经十七岁了，你又等得起多久?”

“我只有等着，”卡塔琳娜并没自乱阵脚，“耐心点，总会解决的。”

夫人不再多言，卡塔琳娜也没有精力和她争吵。她知道在为亚瑟守丧的这一年里她被慢慢放逐到了宫廷生活的边缘。她声明自己还是处女的举动并没有像预期那样让她缔结新的婚约：这甚至让她更难自处。只有在某些重大节庆她才会被传唤到宫廷，这还依赖于仁慈的伊丽莎白王后。

王太后玛格丽特夫人对无用的西班牙公主不理不睬。她证明不了自己好生养，现在还说自己没被睡过，她是个寡妇了，再也不能给国库带来财富。她对都铎王朝的大业没有任何意义，只能在和西班牙的长期斗争中当当筹码。她最好待在自己河滨的屋子里，不要抛头露面。此外，她也不喜欢新任威尔士亲王看自己嫂子的目光。

只要见到她，亨利王子小狗般热忱爱慕的目光就紧紧黏在她身上。王太后暗地里决定要让他们没法见面。她觉得女孩对年轻的王子笑得过于甜蜜暧昧，她在鼓励他孩子气的爱慕以满足自己莫名其妙的虚荣心。王太后嫉恨任何人对她仅存的孙子和继承人施加任何影响。同样，她也不信任卡塔琳娜。一个年轻的寡妇怎么能勾搭比自己年幼六岁的小叔子呢？她想干什么？她是否知晓他几乎还被当成个孩子：还睡在他父亲的房间，日夜有人看护，时常被呵护？那个西班牙寡妇想要干什么？她时常送给他各式书籍，教他西班牙语，嘲笑他蹩脚的口音，看他在靶场骑马，是否把他当成了尚在成型中的幻想骑士？

这没什么，本来也不会引起什么后果。但是王太后不允许除了自己以外的人能够亲近亨利，在她的授意下，卡塔琳娜被传唤的次数越来越少，能在宫廷停留的时间越来越短。

国王陛下本人见到她时倒是很亲切，但是卡塔琳娜觉得他把她看做能够觊觎的财宝。她总觉得他并没有把她看做一个十七岁的年轻女人，而是一个代表了他丰功伟绩的战利品，他的儿媳。

如果她能和婆婆或者国王谈谈亚瑟的话，他们好歹能和她分享悲痛。但是她并不愿意利用他来博取他们的宠爱。即使在他已经逝去一年以后，每每思及，她总能感觉到来自内心深处撕心裂肺的痛苦。她还是不能大声呼出他的名字。她不能利用自己的悲痛以求在宫廷里立足。

“但是以后会怎样呢？”埃尔维拉夫人追问。

卡塔琳娜撇过头。“我不知道。”这是她的回答。

“也许如果王后的这个孩子是儿子，国王就会放我们回西班牙了。”嬷嬷继续询问。

卡塔琳娜点点头：“也许吧。”

嬷嬷非常了解卡塔琳娜默不作声的固执。“问题在于，你不想走。”她低声说，“国王陛下可能会把你当成嫁妆的抵押，你父母会让你待在这里自生自灭，除非你坚持要回去。你还在做梦他们会把你嫁给亨利；但是如果真的那样，你们现在就该订婚了。放弃吧。一年了你都没什么进展。失败了的话会困住我们所有人。”

卡塔琳娜垂下沙色的睫毛遮住眼睛：“哦不，我可不这样认为。”

门口传来猛烈的敲门声。“殿下，紧急消息。”有人大声喊着。

卡塔琳娜丢下女红站起来。侍女们也紧张了。在平静的达勒姆大宅这太不寻常了，大家都纷纷激动起来。

“好了，让他进来。”卡塔琳娜下令。

玛利亚·德·萨利纳斯打开门，议会的一位王家骑士进来跪倒在王妃脚下。“讣告。”他立刻说，“王后陛下生下了一个男孩，王子殿下生下来就夭折了。王后陛下随后薨逝。上帝保佑，愿他们安息。”

“什么?”埃尔维拉夫人试图消化这突如其来的噩耗。

“主拯救了她的灵魂。”卡塔琳娜得体地回应，“愿主拯救国王陛下。”

天父啊，您带走了您的女儿伊丽莎白。您会爱她的，她是如此温文优雅的女子。

我跪坐着，停止了祷告。我想起了王后的一生，如此悲惨的结局，无疑是一桩憾事。如果亚瑟版本的流言是真的，她本来是要嫁给理查德国王那个卑鄙的暴君的。她曾想嫁给他，成为王后。她的母亲，如今的王太后和博斯沃思战役的胜利让她嫁给了亨利国王。她生来便是要当英格兰王后的，而她嫁给了会带她登上王位的男人。

如果我能告诉她那个诺言，我想她会理解我想到亚瑟就会冰冷彻骨的悲伤，会理解我发誓嫁给哈里的苦衷。我想她会理解，如果你生来便要成为英格兰王后，那么不管国王是谁，你的丈夫是谁，你都必须是英格兰王后。

没有了她在宫廷隐然的威势，我的处境会更加不妙，离目标也会越远。她对我很温和，是个值得亲近的女人。我一直在等待丧期结束，确信到时她会促成我和哈里的婚事。她是我的庇护者，会明白我是他最合适的妻子。我确信她了解嫁给一个不爱的男人，并不妨碍一个女人成为好妻子。

但是如今，宫廷将为王太后所掌控。那个不易相与的女人，除了自己谁也不信，除了自己的儿子亨利，和他的儿子哈里王子，谁也不爱。

她不会襄助谁，但是她向来以家族利益为重。在她眼里，我不过是众多联姻物件里的一个。愿主宽恕她，她甚至在为他物色一个法兰西新娘，然后我就不得不愧对亚瑟，还有我的父母——他们希望我能维护英格兰和西班牙之间的同盟关系，让英格兰和法兰西之间继续对立下去。

这一年我过得十分艰难。我曾希望一年丧满，就能重新订婚；但似乎没有人在谋划这件事，这让我愈发焦急。而现在情况恐怕更加不妙。如果亨利国王决定放弃剩下的嫁妆放我回家怎么办？如果他们为那个愚蠢的男孩哈里定下了另外的新娘怎么办？如果他们只是忘了我的存在呢？又或是任我在达勒姆大宅自生自灭，而他们有他们的计划呢？

我厌恶在英格兰的这段日子，湿冷的薄雾里，铅色的天空下，漫长的严冬让人阴郁。在阿尔罕布拉宫，河道这时候都应该开始解冻，洪水都又要开始泛滥了；山峰上化开的雪水带着刻骨的冰冷奔流而下，大地回春，人们忙着栽种鲜花和幼苗，清晨的阳光温暖宜人，厚重的窗帘都被拆下来了，和煦的春风再次轻拂过宫殿里的每个角落。南飞的候鸟飞回了家乡，橄榄树轻晃着自己灰绿的枝丫。农夫耕作着红色的土地，到处都是一幅欣欣向荣的景象。

思乡情切，可是我不能半途而废。我不是个懦弱的逃兵，我是整夜不眠的守卫。我不会辜负自己的真情。我曾说过，“我发誓”，那就永不会背弃誓言。对他，我仍一往情深。天国花园里不朽的生活在召唤我，玫瑰在那里等待我的采撷。亚瑟在那里等我，命中注定我会成为英格兰王后，我会完成我的誓言。在英格兰，玫瑰将会像在天堂里一样盛放。

他们为伊丽莎白王后举行了一场盛大的国葬，卡塔琳娜再次穿上了黑色的丧服。透过黑色蕾丝的头纱，她观察着葬礼的一切事宜，看他们是如何按照王太后的规定事无巨细有条不紊地操办着。甚至她自己的位次也被安排过，在公主们后面，宫廷里其他夫人的前面。

玛格丽特夫人，王太后，写下了都铎宫廷里所有场合事件的规范，从产房到正式场合物品的摆放，这样她的儿子和她梦想中的子孙万代总能应付各种突发事件，有条有理，而所有事情，甚至是在遥远的将来，都会遵从她的意愿。

现在她操办的第一场国丧是为了她不讨喜的儿媳。丧礼庄严肃穆，秩序井然，而作为操办者，她无疑得到了更多的权势，成为了宫廷里最尊贵的贵妇。

1503年4月2日

这天是亚瑟的周年祭，卡塔琳娜一整天都独自待在达勒姆大宅的礼拜堂。拂晓时分，格拉蒂尼神父为年轻的王子举办了追思弥撒，卡塔琳娜待在小教堂里，一整天茶饭不思。

她时而跪在祭坛前，默声祈祷，失去他的痛苦历久弥新，仿佛现在她就站在他卧室门口，得知他们无能为力，他快要死了，而她将会独活于世。

更多的时候她在空无一人的教堂里徘徊，不时欣赏着精美的壁画，或是条凳边上栩栩如生的雕塑和耶稣受难的屏风。她很怕自己忘记他。每天醒来，她都试图寻找他的脸庞，而身边空空如也，只能通过一些粗糙的画像来追忆，那些画像不怎么相像，模糊失真。

这些天的早上，她都得迅速起身，紧紧抱住膝盖，尽力控制自己不要陷入悲伤的绝望里。而晚些时候，她尽量和侍女们交谈，刺绣，或是沿着河道漫步，听着远处的人声打发过下午的时间，有时候她看着水里的倒影，他影子就会忽然浮现，恍然如生。有时候她会愣愣站着，默默怀念他的音容笑貌，再继续交谈或是漫步，她永远也不会忘了他。她眼里有他的样子，肌肤上还残留着他的爱抚。到死，她都会是他的，心和灵魂都是：他的逝去唤醒了这一切。生生世世。只有当两人都脱离这尘世，此生情缘方了。

但是在他的周年祭上，卡塔琳娜决定暂且独自沉溺于悲伤，放任自己尽情宣泄对主的怨恨。

“您知道吗，我从来不能理会您的意图。”我对十字架上受难的耶稣说，“您能给我点指引吗？指引我该怎么办。”

我等着，但是他什么也没说。我怀疑曾给了母亲明确旨意的主睡着了，或是离开了。为什么他指导她，却对我保持沉默？为什么？我是虔诚的基督的子民，忠诚的罗马教廷的信徒，可当我在最深切的悲痛里向主祈祷时，他却无动于衷？为什么在我如此无助的时刻，主要遗弃我？

我回到了祭坛前的绣花蒲团面前，但是却无心再跪下祈祷，只是把它翻转过来坐着，仿佛又回到了家，靠近火盆，准备倾听和诉说。但是现在没人再和我聊天，甚至是我的主也不再眷顾我。

“让我成为王后一直都是您的旨意。”我深思着说，仿佛他会回应，仿佛他会随时和我一样发出理性的声音。

“那也是母亲的愿望。也是亲爱的……”我哽咽着说不出话来。即使是现在，一年以后的今天，即使是在空无一人的礼拜堂，即使是在主面前，我也没法冒险说出亚瑟的名字。我还在惧怕决堤的泪水会让我陷入疯狂的歇斯底里。对亚瑟的感情在我身后形成了万劫不复的深渊，我不敢让自己有丝毫松懈。那将是奔流的洪水，灭顶之灾。

“他也希望我登上王位。在他临死时，他让我许下诺言。您可以作证，我答应了。以您之名，我发下了重誓。我做好了打算，发誓要成为王后。但是现在我该怎么办？如果这是您的旨意，和我相信的一样，正如他的意愿；如果这是您的旨意，和我相信的一样，也是母亲的意愿——那么，主：听听我的祈祷吧。我已经无计可施。现在轮到您了，请您指引我吧。”

一年以来，我都在越来越心急地向主求援，嫁妆和赡养的协商旷日持久。母亲并没有明确答复，我在想她是不是也和我一样在无用地祈求主。

我只知道父亲无疑有一些长久的考虑。如果只有他们能协助我呢！在他们思虑周详的沉默里，我猜出些端倪，他们把我留在这里当成了诱饵。他们会让我一直待在这里，直到国王意识到，就像我明白的，亚瑟打算的，这个难题最好的解决之道就是让我嫁给哈里王子。

问题是，日子一天天过去，哈里在宫廷的地位愈发凸显：他前途诱人。法兰西国王会向他求亲，欧洲数以百计的大小君主和他们如花似玉的女儿都可供选择，甚至罗马帝国皇帝本人都有一个年貌相当的待嫁女儿。现在，我们该做个了断了；就在这个四月，我新寡的日子结束了。现在我自由了，可事情却起了变化，亨利国王并不急切，他的继承人还是个十一岁的男孩。但是我已经十七岁了，现在是时候再结良缘了，是时候让自己再次成为威尔士王妃了。

西班牙君主的条件十分苛刻：归还他们所有的投入，让他们的女儿回国，限期内支付所有寡妇应得的遗产。这将是一笔巨大的支出，迫使国王不得不另做打算。我的父母对于协商表示出了极大的耐心，甚至允许英格兰扣留我和所有的财物。他们表示他们并不希望我和财物回到西班牙，希望英格兰国王能明白有法子能让他既不归还嫁妆，也不用让我回国。

但是他们低估了他。亨利国王并不需要他们的暗示。他自己早已为自己打算好了。既然没有进展，那就是他在拒绝这个要求。为什么不呢？他拥有主动权，掌控了半数的嫁妆，还挟持着我，这就是筹码。

他又不傻。新任特使唐·古铁雷·戈麦斯·德·丰萨利达的冷静，对于商谈的迟钝拖延，都在提示我的父母，他对于把我留在手里并没什么不满。不需要什么马基雅弗利来得出结论说我父母希望能和英格兰另结亲事。正如当年伊莎贝尔新寡，他们打发她回葡萄牙嫁给了她的小叔子。这不是什么新鲜事。但是要得到所有人的首肯。在英格兰，国王刚刚开辟新朝，野心勃勃，得花上些手脚才能成事。

母亲写信告诉我耐心等待。她说她已经制定了全盘的计划，只是需要时间来实现。同时告诫我千万不能心浮气躁，冲撞国王和太后。

“我是威尔士王妃。”我回信说，“生来就是威尔士王妃、英格兰王后，你一直说这就是我的权益。我怎么会辜负我自己受到的教育？即使是现在我也还是威尔士王妃、未来的英格兰王后，不是吗？”

“耐心点。”数周后，她回信给我，字条已经褪色，还被打开过；每个人都看过了。“我承认你命中注定会成为英格兰王后。这是你的命运，主的旨意，我的期盼。耐心点。”

“我还要忍耐多久？”在亚瑟周年祭这天，跪在祭坛前，我问主，“如果这是您的旨意，为什么您要让它横生枝节？如果不是您的旨意，您为什么不让我和亚瑟一同去了？如果现在您愿意理会我，请告诉我——为什么我要忍受如此可怕的孤独？”

晚上，一个不速之客被通传进了达勒姆大宅冷清的会客室。“玛格丽特·波尔夫人来访。”门卫通报。

卡塔琳娜放下圣经，苍白的脸望向门口，看见她的朋友犹豫胆怯地站在门道上。

“玛格丽特夫人！”

“殿下！”她屈膝为礼，而卡塔琳娜飞奔过房间，扶起她，投入了她的怀抱。

“别哭。”玛格丽特夫人在她耳边低语，“别哭，否则我也忍不住了。”

“不哭，不哭，我发誓不哭。”卡塔琳娜转身对侍女们说，“都下去吧。”

她们不情愿地退下了。在这座死寂的大宅里，有访客也是件稀罕事，况且其他房间并没有点上炉火。玛格丽特夫人环视着简陋的房间。

“怎么回事？”

卡塔琳娜耸耸肩，强颜欢笑。“恐怕我不会管家。埃尔维拉夫人也帮不上什么忙。事实上，我只有国王给我的补贴做家用，那也是杯水车薪。”

“我就担心这个。”年长的女士说。卡塔琳娜拉她靠近炉火，安置在自己的椅子上。

“我还以为你会待在勒德洛。”

“之前是。自打国王和亲王殿下都不到威尔士去以后，所有事情都要我丈夫亲自打理。看到我在那里过的日子，现在你都可以说我又成为公主殿下了。”

卡塔琳娜再次苦笑。“很奢华？”

“嗯。几乎都说威尔士语，老是在唱歌。”

“可以想象。”

“我们是来参加王后的葬礼，愿主保佑她。我想要再待一段时间，我丈夫说我可以来看看你。今天我一直都在惦记着你。”

“我一直在礼拜堂。”卡塔琳娜有些矛盾，“难以想象，居然都过了有整整一年那么久。”

“很快不是吗？”玛格丽特夫人同意，虽然私心里认为短短一年里可怜的女孩成熟了不少。悲伤褪去了她孩子气的美丽，如今她无疑已经拥有了成熟女人诱人犯罪的美貌，“你还好吗？”

卡塔琳娜扮了个鬼脸。“好得不得了。你呢？孩子们呢？”

玛格丽特夫人笑了。“感谢上帝，都好。但是你知道国王陛下准备怎么安置你吗？你要……”她犹豫了下，“你是会回西班牙，还是要留在这里？”

卡塔琳娜靠近她。“他们还在谈，嫁妆，和我的去留。但是一切都没有定论，谁都没有动作。国王陛下留着我，扣着我的赡养费，我的父母就任他处置。”

玛格丽特夫人有些担心。“我听说他们想把你嫁给哈里王子。”她说，

“之前我都不知道。”

“这是明确的选择，只是国王陛下还没意识到，”卡塔琳娜苦笑着，“你认为呢？他会是个错过解决良方的男人吗？你想嘛。”

“他不是。”玛格丽特夫人说，她的生活曾被破坏，只因国王意识到她的家族对他的王位有着明显的威胁。

“我只能假设他考虑过这个选择，只是他想确定这是不是最好的选择。”卡塔琳娜轻轻叹了口气，“主知道这有多麻烦，等着吧。”

“现在你的孝期结束了，毫无疑问他会做出安排。”她的朋友充满希望。

“是的，一定会。”卡塔琳娜回应。

为自己的妻子独自守了几个星期的丧后，国王陛下回到了白厅宫，而卡塔琳娜则被邀请和王室共进晚餐。她和玛格丽特公主还有女官们坐在一起。年幼的威尔士亲王哈里被妥善安置在他父亲和祖母之间。作为威尔士亲王他本该远去自己寒冷的封地勒德洛堡，在那里接受作为王储严格的教育，但玛格丽特太后决定，他们仅存的继承人将在她眼皮子底下平安舒适地被养大。他并不会被派出去，而将一直受到严密的照顾，甚至不允许参加危险的运动，比如格斗或是比试。实际上他粗野得很，是个被溺爱过头的精力旺盛、活力十足的男孩。他的祖母待他如珠如宝，不允许他受到任何一点伤害。

他对卡塔琳娜笑了，卡塔琳娜回以谨慎的秋波。但是他们并没有机会交谈。她被远远隔离在主桌之外，王太后的安排让她几乎看不见他，王太后把自己盘子里最好的食物都给了他，并用自己宽阔的肩膀把他和侍女们隔开。

卡塔琳娜想他真像亚瑟说的那样被这种关心宠坏了。王太后仰头吩咐侍从，于是卡塔琳娜看见哈里直直地望着她。她笑了笑，垂下了眼睫。等她抬起头，他还在望着她，被发现以后羞红了脸。“真是个孩子。”她偏向一边轻轻一笑，虽然内心默默腹诽着。“一个十一岁的孩子。虚荣轻浮，孩子气。但是为什么这个被宠坏的胖孩子会是王储，而亚瑟……”她马上打断了自己的想法。把亚瑟和他弟弟相提并论，希望他能替他去死，这样是不对的。在公众面前怀念亚瑟只会让自己失控，她也永远不会犯这个傻。

“一个女人能控制的男孩。”她想，“嫁给这样的男孩，一定会成为伟大的王后。头十年里，他什么都不懂，然后他会养成听从妻子的习惯，继续让她控制一切。或者，就像亚瑟说的，他会变成个懒惰的男孩，虚度年华的男人，他会沉迷于游乐，打猎，运动和各式消遣，而整个王国的重担就会落在他妻子肩上。”

卡塔琳娜不会忘记亚瑟说过，这男孩幻想自己和她相爱。“如果他们对他有求必应，也许他能自己选择新娘。”她想，“他们习惯于纵着他。也许他能自己要求娶我，而他们会觉得有义务答应。”

“不，是个女孩！”远处的桌子传来只言片语。卡塔琳娜抬眼看到伊丽莎白·波琳夫人正在谈论自己最近的分娩。“我们当然想要个男孩，但是这次是个女儿。我给她取名叫做安妮。”

卡塔琳娜笑着祝福她，再次关注起亨利。

她看见他脸红了，甚至耳背都变成了粉红色。她紧紧抓住他的视线，轻轻吸了口气，微启双唇，仿佛对他低语了什么。她能感觉到他蔚蓝的眼睛盯住自己的嘴唇，燃起了欲望，然后她故作姿态地垂下眼。“真是个蠢货。”她想。

国王陛下从桌边站起来，大厅里嘈杂的男男女女纷纷站了起来，低头致敬。

“感谢大家为我祈福。”亨利国王说，“战时的伙伴们，现在的朋友们，请见谅，我需要一个人待着。”

他向哈里和女孩们点点头，伸手扶起自己的母亲，王室成员们走进大厅后面的门道回到自己的起居室。

“你应该再待会儿。”坐在炉火前，捧着水壶的侍从为他们斟上葡萄酒，这时，王太后出声责备，“这样贸然退席不好。我告诉政要们你会出席，现在本该是歌唱表演时间。”

“我很累。”他回答，看向卡塔琳娜和玛丽公主一起坐着的地方。年幼的女孩儿红着双眼，失去母亲对她造成了巨大的打击。而卡塔琳娜，和平时一样，冷若冰霜。他觉得她真是有很强的自制力，即使失去了她在宫廷里唯一真正的朋友，失去了她在英格兰最后的靠山，她似乎也没有被打倒。

“明天就让她回达勒姆大宅。”他的母亲决定，并不畏惧他的直视，“让她出现在宫廷可不是什么好事，她既没生下继承人，也没用她的嫁妆取得她应有的地位。”

“她会一直都在。”他说，“会不断地出现在你我面前。”

“和瘟疫一样阴魂不散。”她反唇相讥。

“你对她太残酷了。”

“这是个残酷的世界。”她不以为然，“我也不过如此。为什么不打发她回家?”

“你一点也不欣赏她吗?”

她被这问题惊住了。“她有什么值得称道的?”

“她的勇气和自尊。她有美貌，当然，也很有魅力，家教良好，举止优雅。在另外的环境里，我想她不乏追求者，可能已经订婚了。即使在这种困境里，她也让自己像个王后。”

“她对我们一点用也没有。”王太后简单地说，“她曾是我们的威尔士王妃，可惜我们的孩子已经死了。不管她有多迷人，现在也毫无用处。”

卡塔琳娜抬头看见他们在注意自己，于是偏过头，露出了得体的微笑。亨利国王站起来独自走到窗前，向她勾了勾手指。她并没有向他扑去，而在这个宫廷任何女人都会毫不犹豫向他献媚。她看着他，扬起一边眉毛，好像在思考要不要听从他的召唤，然后她优雅地起身，慢慢向他踱去。

“上帝啊，她真是个尤物。”他想，“她才十七岁。即使在我的威势之下，她也能如此仪态万方地穿过房间，仿佛头上戴着英格兰王后的王冠一样顾盼生辉。”

“我敢说你在思念王后。”他突然用法语对站到身边的卡塔琳娜说。

“是啊，”她毫不隐瞒，“我为您失去了妻子感到万分悲痛。我相信我的父母一定希望我能代为转达对您的问候。”

他点点头，还是看着她的脸。“现在我们同病相怜了，”他观察着她的脸色，“你失去了你的伴侣，我也一样。”

他看到她的目光锐利起来。“确实，”她平静地说，“同病相怜。”

他不确定她是否领会了他的意思。她明媚鲜妍的脸上看不出任何不豫。“你该教教我如何听天由命。”

“噢，我可不认为自己屈从于命运了。”

他好奇了。“没有吗？”

“不，我想主会为我们做出最好的选择，而他的旨意总是会实现。”

“即使他隐藏了自己的意图，而让我们在黑暗里摸索？”

“我知道自己的命运。”她很冷静，“他曾仁慈地向我透露了一点点蛛丝马迹。”

“你真是被选中的幸运儿。”他说，想要看她的笑话。

“我知道。”她一本正经地说。他意识到对于信仰她无比的郑重其事，坚信上帝向自己透露了将来的命运，“我被主庇佑着。”

“那么上帝给你安排了什么伟大的命运？”他嘲讽地问，希望她会说她将成为英格兰王后，这样他就能质问她，靠近她，让她知道他的想法。

“完成主的意愿，让他的荣光照耀尘世。”她机敏地再次避开了他的问题。

我表现得十分确定主的意愿，提醒了国王陛下我是命中注定成为威尔士王妃的人，而实际上，主对我保持了沉默。从亚瑟去了的那天开始，我就不再确信自己是否真的为他所庇护。当我失去了生命里唯一的支柱，怎么还能骗自己说我被他祝福？当我相信这辈子自己不会再拥有幸福，又怎么能相信自己还是他的宠儿？但是我们的世界充满了信徒——我不得不宣称自己受到了他特别的恩宠，不得不制造确信自己不同寻常命运的假象。我是西班牙的伊莎贝拉的女儿，总会继承她点什么。

而事实上，我越来越孤单，觉得自己独木难支。除了给亚瑟的誓言，自己像地毯上的金丝那样细小的微不足道的决定，还有什么能阻止我滑向绝望的深渊？

起初的一个月，亨利国王碍于礼仪并未接近卡塔琳娜，但是他一脱去孝服就正式拜访了达勒姆大宅。她的家臣都得到了知会，穿上了最好的礼服。看着磨损撕裂了的窗帘，地毯和帷幔上使用了一年半的痕迹，他心中暗笑。如果她有他想象中那么机敏，她会乐于接受解决这尴尬处境的方法。他庆幸在过去的一年里并没有让她过得太舒心。现在她该清醒地明白自己在他的掌控里，而她的父母对此无能为力。

他的骑士推开了会客厅的大门，高喊着："英格兰亨利国王陛下……"

亨利没有理会他的通报，径直走进了自己儿媳的房间。

她穿着袖子上缀着蓝色亮片的深色礼服，腰腹上有着精美的刺绣，披着深蓝色的兜帽，恰到好处地衬托出她发间点缀的琥珀和眼底一片波光潋滟的蔚蓝。眼前的秀色可餐让他深感愉悦。卡塔琳娜行了一个正式的深屈膝礼，站了起来。

“陛下。”她语调轻快，“万分荣幸。”

他强迫自己不去盯着她脖子那优美的曲线，还有望着她的那丰润的面庞。这辈子他一直和一个与自己年龄相当的美人生活在一起，眼前的女孩却年轻得足可以做他的女儿，还带着少女特有的浓郁体香，胸部丰满坚挺，正是适婚的年纪。实际上，她太适合结婚了，真是个值得拥有的尤物。他立刻警醒过来，意识到自己对这个死去的儿子的童养媳有着半是色欲半是喜爱的欲望。

“您需要点什么提神吗?”她的眼底含着笑意。

他想如果她是一个成熟世故的妇人，他会以为这是在和他调情，玩弄手段故作风情地等他上钩。

“谢谢，来杯葡萄酒吧。”

这下她找到机会了。“恐怕我没有合适的东西招待您。”她不动声色，“酒窖里什么都没剩下，也买不起好酒。”

他并未因这公然的冒犯怒形于色，清楚她不过是借机表明她生活的窘迫。“很抱歉，我会让人送几桶过来。”他说，“你的管家太不尽责了。”

“虽然有些淡，”她轻描淡写地带过，“但是您想来杯麦芽酒吗?我们自酿的劣酒。”

“谢谢。”他咬住嘴唇，忍住笑意，没想到她还是如此自信。一年的寡居生活磨砺出了她的勇气，他想，独在异国，她没有像其他女孩那样崩溃，反而积聚起了力量，变得更加强大。

“王太后和玛丽公主还好吗?”她轻松惬意得好像是在阿尔罕布拉宫最豪华的房间里款待客人。

“很好，上帝保佑。”他说，“你呢?”

她笑着低下头。“看来没必要问候您的健康了，”她说，“您看起来都没什么变化。”

“没变化?”

“从我们第一次见面以后您就一直是这样。”她说，“那是我刚到英格兰，在去伦敦的路上，您亲自骑马来探望我。”卡塔琳娜苦苦忍耐不让自己想起那晚的亚瑟，因为父亲的粗野无礼而难堪的亚瑟，低声和她交谈的亚瑟，偷偷打量自己的亚瑟。

她下定决心把年轻的爱人从脑海中摈弃，对他父亲笑着说：“您的到访惊到了我，吓了我一大跳。”

他纵声大笑。她让他脑子里浮现出第一次看见她的情形，床边的圣女，白色外衣上披着蓝色的披肩，背后垂着辫子，还有他当时的想法，他曾为她迷醉，强行进入她的卧室，他本可以做更多的。

他掩饰地找了把椅子坐下，示意她也可以坐下。国王暴躁地注意到，她的嬷嬷，一副晚娘面孔的西班牙老顽固，和两个侍女一起站在房间后面。

卡塔琳娜对他笑脸相迎，葱葱十指交握在一起，肩背挺得笔直，充分呈现出一个自信诱惑的年轻女子该有的教养。他不吭声地看着她。在提及第一次见面的时候，她知道自己在做什么吗？他并不确定，西班牙的伊莎贝拉的女儿，自己儿子的遗孀不可能会蓄意地引诱自己。

仆人端了两小杯麦芽酒进来，首先奉给国王，然后卡塔琳娜拿起另外一杯。她抿了一小口就放下了。

“你还是不喜欢麦芽酒?”他为自己语气里的亲密大吃一惊。上帝啊，他居然在问自己的儿媳爱不爱喝酒?

“我只在渴的时候才喝这个。”她回答，“其实我是不喜欢它留在我嘴里的味道。”她的手抚上自己的嘴，轻轻摩挲着下唇。看着她的指尖拂过舌尖，他被深深吸引了。她稍稍扮了个鬼脸：“我可不认为这会成为我的爱好。”

“在西班牙你们都喝些什么?”他几乎不能言语，还在盯着她柔软的双唇，舌头舔过的地方还闪闪发亮。

“我们一般喝水，”她说，“在阿尔罕布拉，摩尔人用管道把洁净的泉水从山峦上直接运送到宫里。我们喝喷泉里的山泉，那都还是冰凉的。当然还有果汁，夏天有很多丰美的水果，有冰，于是就有冰镇果汁，也有葡萄酒。”

“今年夏天你和我一起出巡的话，就能去有泉水的地方了。”他说，觉得自己像是个愚蠢的男孩，居然用喝水来款待她。他坚持说：“和我一起，我们还能一起去打猎，可以去汉普郡，更远点，去那边的新森林。你还记得那边的田野吗？靠近我们第一次见面的地方？”

“那会让我很欢喜，”她说，“当然，如果我还在这里的话。”

“还在这里？”他惊讶了，几乎忘了她只是扣在他手里的人质。夏天之前也许她就已经回国了，“我怀疑在那之前能否和你父亲达成协议。”

“为什么会这么久？”她假装吃惊地睁大了蓝眼睛，“我们一定会商议好的吧？”她吞吞吐吐地问，“用朋友间的方式？如果我们不能就欠款达成一致，就没有其他方式解决了？不能达成其他的协议吗，我们都签过一个了？”

这已经如此接近他心中所想，于是他为难地站起来。她也马上站了起来。她漂亮的蓝色兜帽仅仅能到他的肩膀，他想低下头去吻她，如果她躺在他身下，他得小心些，一不小心就会伤到她的。想到这里，他感到自己的脸都在发烫。“过来这里。”他亲厚地说，引着她走到窗边，确定不会被侍女偷听。

“我一直在想我们能怎样解决这事。”他说，“能让你留在这里最好的办法。我非常希望你能留在英格兰。”

她没有抬头看他。如果她抬头，他就能确定她的心意。但是她垂着眼睛，脸也没抬起。“噢，当然，如果我父母同意的话。”她轻声响应，轻轻地他几乎听不见。

不能前行，他感到自己被诱惑了，她的头如此优美地偏向一边，只让他看到她脸颊圆润的曲线和低垂的睫毛，当她直率地询问是否有别的办法解决他和她父母之间的争端时，亨利觉得自己很难克制下去了。

“你可能会觉得我太老了。”他冲口而出。

眼前的蓝眼睛突然焕发出光彩，可又黯淡了下去。“一点也不老。”她干瘪地说。

“我老得可以做你父亲了。”他希望她能反驳。

相反她看着他说：“我可从没那样看待过您。”

亨利沉默了，眼前这个纤细苗条的年轻女子让他为难，有时候她是如此秀色可餐，而有时候又异常的难以捉摸。“你想怎么做呢？”他问她。

终于她抬起头，对他笑了，嘴角弯弯，眼底却冰冷一片。“任您安排，”她说，“我会遵从您的旨意，陛下。”

他是什么意思？他会怎么做？我原以为他会提起哈里，我都准备好了说“是”，可他却说我会觉得他老。我可从没把他当做父亲，也许更像是祖父，或是年老的神父。我的父亲很英俊：性好女色、勇敢果断、战场上的英雄。身为国王，对于战争总能不费吹灰之力地取得胜利，那些穷困的人们无法忍受他的统治纷纷起义，可都被镇压了下去。所以他不像我父亲，我只是说出了事实，在我心里，一点也不像。

但是他饶有兴趣地看着我，再次询问我的意愿。对着他的脸，我没法开口，我想让他无视于我和他长子的婚姻，重新让我嫁给他的小儿子。因此我说我会什么都听他的。这本该没什么失当之处。但是不知为何，这并非他要听到的答案，并没有达到预期的效果。

对于他的所求我根本摸不着头脑，更谈不上让自己从中获利。

亨利回到白厅宫，面色急切，心情激荡，充满了挫败和盘算。如果能说服卡塔琳娜的父母同意这桩婚事，他就能拿到剩下的嫁妆，还不用付他们要求的赡养费，巩固和西班牙的联盟，应付苏格兰和法兰西。如果能有这样年轻的一个妻子——或许通过她能再有一个儿子，一个继承人。苏格兰王位上一个女儿，法兰西王座上一个女儿，便可终生控制着这两个国家，永享太平。英格兰王位上的西班牙公主会让自己和最虔诚的基督国家西班牙永结同盟。他会让基督的力量在这和平盟约里生根发芽，世世代代传承下去。他们会拥有共同的继承人，英格兰会变得安全。甚至可以期待英格兰的子孙会继承法兰西的王位，苏格兰的王位，西班牙的王位。英格兰会用这种方式迎来和平与伟大。

对于卡塔琳娜，他有明显的保护欲望。他试图把焦点放在政治利益上，不去想她线条优美的脖子和腰身。他想要平静下来想想能节省下来的小小财富，不用支付给她遗产或是赡养费，不用派出船队、护航舰护送她回国。但是他能想起来的只是她修长的手指拂过嘴唇，抱怨说不喜欢麦芽酒在嘴里留下的味道。想着她舌尖顶着双唇的样子，他不禁大声呻吟了一声，牵着马让他下马的马夫抬头看着他说："陛下？"

"烦死了。"他乖张地说。

这就像那些油腻的食物一样令人作呕，他边想边大踏步走向自己的房间，一路上侍臣们纷纷带着谄媚的笑容围了上来。他觉得自己应该明白她已不只是个孩子，还是自己的儿媳。如果他按自己的风格行事，就该答应把遗产给她，送她回父母身边，然后拖着不付直到她嫁给其他什么地方的高贵的傻瓜，然后他就可以什么都不付走人。

但是一想到她会嫁给其他人，他就不得不停下来，伸手撑住橡木板。

"陛下？"有人问，"您病了吗？"

“烦死了。”国王重复，“吃坏了什么东西。”

他的贴身总管上来扶着他。“需要为您传唤御医吗，陛下？”

“不用。”国王说，“送两桶最好的葡萄酒给王子寡妃。我去拜访她的时候，她的酒窖都空了。我可不想再喝麦芽酒了。”

“遵命，陛下。”总管鞠了一躬，领命而去。亨利挺直身子，走回房间。房间里和往常一样挤满了各式人等：请愿者，侍臣，钻营者，投机者，一些朋友，贵族和绅士，为了恩宠各逞心机。他酸溜溜地望着这些人，当他作为亨利·都铎谋求着不列颠时，并未得到如此多朋友的祝福。

“母亲大人呢？”他问。

“在她的房间，陛下。”

“我要去见她，去通报一声。”

他候着等她梳妆准备，然后才前去问候。由于儿媳逝世，她搬进了传统上的王后住的房间。她定制了新的挂毯和家具，如今那里布置得比以前任何一位王后都富丽堂皇。

“不用通报了。”国王对着门厅的守卫说，无礼地闯了进去。

玛格丽特王太后坐在窗下的桌子前，面前摊着王室的日常账目，正像经营农场一样在检查王室和宫廷的花销。在她治下的宫廷几乎看不到什么浪费，也不会出现什么奢侈品，而且那些认为可以从经手款项上揩油的王室仆人很快就会被撵出去。

对于母亲勤于家事的行为，亨利向来是赞许的。他从来没有摆脱过焦虑，总认为英格兰王位浮华的外表下是国库的空虚，无以为继。他曾因夺取王位欠下了大笔债务和人情，可不想有一天再过上四处乞讨的日子。

她抬起头看着他：“孩子。”

和往常的晨拜一样，他跪下来接受她的祝福，任她的手指温柔地抚摩着自己的头。

“看起来有麻烦了。”她说。

“是啊。”他并不隐瞒，“我去看望了王子寡妃。”

“嗯?”她脸上现出不易察觉的轻蔑，“现在，他们想怎样?”

“我们——”他顿了顿，“我们在商讨她的去路。她想要回西班牙。”

“等他们付清了欠款再说。”她马上响应，“他们清楚得很，在她离开之前得把剩下的嫁妆都付了。”

“是啊，她也知道。”

两人都沉默了下。

“她问能不能达成另外的协议。”他说，“另外的解决途径。”

“啊，我就等着呢。”玛格丽特王太后欢欣鼓舞，“我就知道会有这么一出，只是没想到他们居然等了这么久。估计他们想等她出了孝期再说。”

“为啥?”

“他们希望她留在这里。”

他不禁开始暗笑，尽量保持表面的平静。“您这样觉得的?”

“就等着他们摊牌呢。我还不知道他们打的什么主意? 等着我们先有个说法。哈哈！如今是他们沉不住气了。”

他扬扬眉毛，希望她读出他的热切。“于是?”

“当然是等着我们求婚啰。”她说，“他们知道我们不会放过这样一个机会。她曾是良配，如今也是。她曾给我们带来了莫大的利益，如今也还是，如果付清嫁妆就更多了。现在她比之前更有利可图。”

他涨红了脸，直直地问:“你这样觉得?”

“当然。她在这里，付了一半的嫁妆，剩下的一半也必须弄到手，我们已经掌握了她，现在的同盟关系对我们更有利——如果不是因为忌惮她的父母，法国佬才不会把我们当回事，苏格兰人也是——在基督世界，她仍是我们最好的选择。”

他终于放下心中大石。只要母亲不反对他的计划，他就可以放手去干了。她一直都是他最好最保险的谋士，他没法违背她的意愿。

“年龄的差距呢？”

她耸耸肩：“那有什么？六岁，最多七岁而已。对帝王而言，这不值得一提。”

他退缩了，她的话狠狠掴在了他脸上。“七岁？”他重复着。

“哈里看起来比实际年纪要高，更强壮，不会看起来不配。”她说。

“不！”他干脆回绝，“不，不是哈里！我说的不是哈里！”

他声音里的愤怒让她心生警觉：“什么？”

“不，不，不是哈里。该死的！不是哈里！”

“什么？你到底什么意思？”

“太明显了！这不是明摆着嘛！”

她打量着他的脸，快速领会着他的意思，但不得要领：“不是哈里？”

“我以为你说的是我。”

“你？”她迅速重温了谈话，简直不敢相信，“你和西班牙公主？”

他老脸一红：“是啊。”

“亚瑟的未亡人？你自己的儿媳？”

“对！有什么不可以？”

她惊恐地看着他，不用开口亨利也该知道这有多荒谬。

“他还太年幼，他们根本没圆房。”他重述了一遍西班牙大使从埃尔维拉夫人那里得来的消息，如今这话已经传遍了基督世界。

她看起来并不相信。

“她自己这样说，她的嬷嬷也这样说。西班牙人这样说，如今人人都这样认为。”

“你相信吗？”她冷静地问。

“他根本不能圆房。”

“这样啊……”她陷入了惯常的思考。她看着他，注意他涨红了双颊，脸上写满了烦躁。“他们应该是在撒谎。我们亲眼看着他俩成婚，同房，后来也没传出什么风声说他俩没圆房啊。”

“那是他们的事。如果他们都众口一词，那假的也和真的没区别。”

“那也得我们接受才行。”

“我们接受。”他断言。

她扬眉反问：“是你的私心吧？”

“和欲望无关，我需要个妻子。”他冷酷地说，看起来好像是在说谁都可以，“你自己也说了，她是个现成的合适人选。”

“她的出身确实合适。”她承认，“但是你和她关系并不合适。就算没圆房她也是你名义上的儿媳，而且她还太年幼了。”

“她十七了。”他反驳，“正是适嫁的年龄，需要一段完满的婚姻。”

“没人会想看到这样的结果。”她研究着，“他们只会记得她和亚瑟的婚礼，是我们让它过于张扬了。他们爱戴她，他们爱戴他们两个，石榴与玫瑰。她罩在蕾丝面纱下的脸满足了他们的幻想。”

“但是他死了。”他粗暴地说，“而她总要嫁人。”

“人们会觉得这很古怪。”

他耸耸肩。“如果她给我生个儿子，他们就会心满意足。”

“噢，是啊，如果她生得出来的话。她连个蛋也没给亚瑟生出来。”

“我们说过了，亚瑟没法圆房。这件婚事有名无实。”

她撇撇嘴，可是什么也没说。

“而且这会让我们得到剩下的嫁妆，还能省下遗产的支出。”他指出。

她点点头，对于卡塔琳娜带来的利益倒是没什么不满。

“她已经在这里了。”

“一直都阴魂不散。”她恶毒地说。

“永远的王妃。”

“你真认为她的父母，西班牙君王能同意？”

“这一样能解决他们骑虎难下的局面，又能加强两国同盟。”他发现自己差点笑出声来，于是尽量保持和平日一样严厉的面容，“她自己会觉得这就是她的命。她一直相信自己生来就会当上英格兰王后。”

“那还真是个傻瓜。”他的母亲更加鄙视她了。

“她可是被当做未来的王后养大的。”

“她会是个生不出孩子的王后。她的儿子当不上国王，就算她有儿子，继承权也在哈里之后，甚至在哈里的儿子之后，对她而言这可比不上嫁给威尔士亲王。她的父母不会满意的。”

“噢，哈里自己都还只是个孩子，要生儿子还早着呢，还有许多年。”

她还是有所顾虑。“就算这样，她的父母还是会斟酌。他们会更愿意选择哈里王子。那样的话，她会成为王后，之后她的儿子就是国王。他们怎么会退而求其次？”

他也犹豫了，她的话无懈可击，只是他自己心有不甘。

“噢，我知道了。你看上她了。”长久的沉默之后，她意识到他有不能宣之于口的私心，“是你的欲望。”

他顿了顿，终于承认：“是的。”

她带着审视的目光打量着他。他还是个婴儿的时候，为了安全，就被从她身边送走。因此在她眼里他不过是投资品，是王位潜在的继承人，是她通往权势的保障。她从不把他当婴儿那样关怀，当孩子那样疼爱，她把他当做一个男人，替他策划前程，争取他身为国王的权益，为了震慑约克家，让他参战——但是她从来不懂他心底的柔情。她这一生都不会姑息他的放纵；她几乎不会宽容任何人：甚至是她自己。

“这真让人震惊。”她冷淡地说，“我以为我们是在谈论一桩能从中得利的婚事。她看起来就像你的女儿。这种欲望是肉体的罪孽。”

“不是的。”他说，“正直高尚的爱情没有错，她也不是我的女儿。她是亚瑟的遗孀，而事实上，他们只是名义上的夫妻。”

“你需要特许，这就是罪。”

“他甚至从未碰她!”他大声说。

“整个宫廷一起送他们进了洞房。”她一针见血。

“他还太小，不能同房。而且他也已经死了，可怜的小伙子，才几个月。”

她点点头：“所以她才能这样说。”

“但是实际上你并不反对我这么做是吗。”

“这真是造孽。”她重复了一遍，“除非你能得到特许，而她的父母也同意，然后——”她摆出一副不快的面孔，“好吧，她总比其他人好得多，这我得承认。”她总是吝于赞美，“这样她也能得到我的照顾。我会看着她，教导她如何成为一个成熟稳重的女子。我们知道她总是规规矩矩的，也很孝顺。她会在我手底下学习她应尽的责任，会受到人民的爱戴。”

“今天我就会约谈西班牙大使。”

她从没见过他脸上焕发出如此耀眼的欢乐。“我想我能教导她，”她拿起手中的账簿，“她要学的还多着呢。”

“我会让大使向西班牙君主提亲，明天再和她谈谈。”

“这么快又去?”她古怪地问。

他点点头。他不会让她知道，他有多迫不及待，一天有多么漫长。如果他能随心所欲，这晚他就会直接回去，向她求婚；好似他不过是个普通的乡绅，而她是个未婚少女，而非英格兰国王和西班牙公主，公公和儿媳。

亨利让人邀请西班牙大使德·普埃布拉博士到白厅宫共进晚餐，奉若上宾，斟上最好的葡萄酒，甚至亲自把呈给自己享用的白兰地烹制过的腌鹿肉切成小块再递给他。德·普埃布拉简直受宠若惊，从西班牙公主的上次婚约至今他从没受过如此礼遇。大口喝着汤，用美味的白面包蘸着肉酱，他吃得神清气爽，不忘揣度亨利热切的微笑下藏着怎样的企图。

王太后对他点头致意，德·普埃布拉忙不迭站起来鞠躬还礼。“天啦！”再次坐回椅子时，他在心中呼喊，“太不可思议了！这是怎么了？”

他可不是傻子，明白他们肯定别有所求，说不准还是双方都乐见其成的。但是相较过去一年的冷遇——西班牙的所有希望都被埋葬在了伍斯特大教堂的穹隆底下，这至少算是个事态将有转折的讯号。很明显，亨利国王又有用得着他的地方了，不再催着他的主子还债。

德·普埃布拉曾试着在日益暴躁的英格兰国王面前为西班牙君主开脱，也曾写下长长的信件详细呈析，如果不交付剩下的嫁妆他们就没法拿到卡塔琳娜的遗产。他试着向卡塔琳娜解释，自己没法让英格兰国王慷慨地拨出更丰厚的津贴给她贴补家用，也没法说服西班牙国王给自己的女儿一些经济上的支持。两位国王都很强势，针锋相对，妄图压倒对方，似乎也都不在意卡塔琳娜，可怜的公主殿下如今此时不过才十七岁，并费尽心机在异国支撑起一个奢侈的用度。他们谁也不想踏出示弱的第一步，承诺负责她的开销，害怕这会让自己从此背负起供养她和她的家臣的义务。

德·普埃布拉对着华盖笼罩下端坐在王座上的国王笑了。他是真诚地拜服于亨利国王，欣赏他谋求和巩固王位的勇气，赞赏他直接敏锐的魄力。更重要的是，他喜欢住在英格兰，舍不得他在伦敦豪华的府邸，舍不得他的地位，此刻他代表着欧洲最新最强的国家。他更满意于在英格兰没人在乎他的犹太背景和改头换面，在这个宫廷，人们来自于各处穷乡僻壤，全都不止一次地改名换姓，两面三刀过。既然为英格兰国王效力远胜于为西班牙国王卖命，他觉得做出一些小小的妥协也情有可原。

亨利走下御座，示意仆人们收拾餐盘。他们有条不紊地收拾台面，清理条桌，而亨利则在餐桌之间漫步，时不时停下来交谈几句，与指挥官特别亲近。在都铎王朝的宫廷最受宠信的是那些曾和亨利一起回到英格兰，伴他在刀光剑影里打下江山的赌徒。他们明白对于亨利他们有着特殊的价值，而亨利本人也明白自己于他们同样不可或缺。这里仍然更像个胜利者的营地，而不是广纳贤才的国家机构。

最后，亨利终于完成了自己的巡场，来到德·普埃布拉桌前。

“大使阁下。”他向他致敬。

德·普埃布拉深深鞠了一躬。“谢谢您赏赐的鹿肉。”他说，“实在是太美味了。”

国王点点头：“嗯，我有话和你说。”

“请便。”

“私下讲。”

门廊里的乐队示意开始演奏，两人趁机踱到大厅里一个安静的角落。

“关于寡妃的问题我有个提议。”亨利尽量不动声色地说。

“哦?”

“也许你会觉得我的提议非比寻常，但是我觉得值得一试。”

“终于，”德·普埃布拉想，“他还是提议哈里了。我想他故意刁难她，苛待她，不过是为了在我们再次为了威尔士努力时和我们讨价还价。但是，现在，成功了。上帝保佑。”

“啊，那么?”德·普埃布拉大声说。

“现在让我们忘了嫁妆的问题。”亨利开口说，“她的个人财物将全部归我所有，我会像对待先王后伊丽莎白那样，愿主保佑她，给她适当的津贴。我会亲自迎娶公主殿下。”

德·普埃布拉惊讶万分，几乎不能言语："您亲自？"

"我。有何不可？"

大使咽下口水，深吸了口气，试着说："不，不，至少……我想，这存在一个亲缘上的阻碍。"

"我会申请教皇特许。我只想知道你是否确定他们没有圆房？"

"当然。"德·普埃布拉喘了口气。

"你确信这是她的原话？"

"嬷嬷说……"

"其实那不值一提，"国王宣称，"这和发个誓差不多，左右夫妻那点事。"

"我会回禀西班牙君主陛下，"德·普埃布拉说，拼命让自己不要胡思乱想，故作平静，"枢密院同意吗？"他问，尽量争取时间，"坎特伯雷大主教呢？"

"现在是我们双方的问题。"亨利盛气凌人，"我现在才刚成为鳏夫，只想让你们的君主放心，我会照顾好他们的女儿。去年她真是过得不容易。"

"如果她能回家……"

"如今她没必要回去了，英格兰就是她的家，这是她的国家。"亨利断然拒绝，"她会成为这里的王后，她生来就是这里的王后。"

德·普埃布拉万分震惊，眼前这个老男人才刚刚埋葬了自己的妻子，现在就开始肖想娶自己死去儿子的新娘为妻。"当然，这样，是否容我先回禀陛下您的决议？就没有其他更好的协议了吗？"德·普埃布拉绞尽脑汁试图提起哈里王子，这才是卡塔琳娜未来丈夫的上上之选。最后，他直言不讳："比如您的儿子？"

"我的儿子还太年幼，不急着谈婚论嫁。"亨利马上否决了，"他才十一岁，是个早熟强壮的男孩，但是他的祖母坚持四年内不为他议婚，到时候寡妃就二十一岁了。”

“还很年轻。”德·普埃布拉尽量稳住呼吸，“还是年轻女子，和他年纪相当。”

“我可不认为你们陛下会愿意让她在英格兰无依无靠地再虚度四年。”亨利公开胁迫，“他们甚至不会让她等到哈里成年。这些年她该怎么办？住哪里？是否要为她买下一座宫殿，重新组建家臣？他们准备给她什么进项？是否给她符合她地位的臣属？整整四年？”

“她可以回西班牙等。”德·普埃布拉试着提出。

“她马上就可以离开，只要付清嫁妆，在别处寻得她的出路。你真认为她能得到比英格兰王后更高的地位？可以你就带她走！”

这就是他们在过去一年里反复纠缠的焦点。德·普埃布拉明白，自己已经被打败。“今晚我就写信给陛下。”他妥协了。

我曾梦见自己是一只雨燕，在内华达山脉金色的丘陵上空飞翔。但是这次我在往北飞，左翼是午后耀眼的阳光，前路却是集结的阴云。突然，云层变幻了形状，那是勒德洛堡，我小小的鸟类的心为这景象激荡，想到夜晚即将来临，他会拥住我，压住我，让我在他的欲望里融化，我更加不能自抑。

我看见它了，那不是勒德洛堡，那是温莎堡巨大灰色外墙，那蜿蜒的河流是泰晤士河灰色的河面，熙来攘往，岸边的船只是英格兰繁华忙乱的缩影。我知道自己远离家园，而又身处家中。这里会是我的家，我要在塔楼灰色的石墙里筑起我自己的小巢，在西班牙我也曾有过的家。在这里他们都叫我雨燕，在天空里像闪电一样自由飞翔，没人见过它落地；向着天空飞去，越飞越高，人们都认为它不会再回来。我再也不是西班牙公主卡塔琳娜，我是阿拉贡的凯瑟琳，英格兰王后，就像亚瑟叫我的那样：凯瑟琳，英格兰的王后。

“国王陛下又来了。”埃尔维拉夫人望着窗外，“就带了两个人骑着马就过来了。甚至连个仪仗和卫兵都没有。”她嗅了嗅。英格兰人以不拘礼节臭名昭著，这个国王更是像个马童一样不懂礼数。

卡塔琳娜冲到窗前，向外张望。“他想怎样?”她疑惑了，“吩咐他们准备点他送来的葡萄酒。”

埃尔维拉夫人匆匆离开房间。下一刻亨利未经通报就溜达了进来。“陛下，我简直是太荣幸了。”她说，“至少现在我能为您奉上一杯好酒了。”

亨利微笑不语，两人就这样站着，直到埃尔维拉夫人回到房间，后面跟着的西班牙侍女捧着摩里斯科风的黄铜盘子，上面是两只盛着葡萄酒的威尼斯酒杯。亨利注意到那精致的工艺，毫无疑问这是被扣留的嫁妆之一。

“祝你健康。”他举杯向王妃殿下致意。

出乎意料的是，她并没有举杯回礼，相反她抬起眼睛，意味深长地凝视着他。他发觉自己像个情窦初开的少年一样，只要对上她的目光就会心擂如鼓。“王妃?”他平静地问。

“陛下?”

他俩不约而同地望向埃尔维拉夫人，她局促地站在两人身旁，盯着地板上自己破旧的鞋子。

“退下吧。”国王说。

嬷嬷看向王妃等待她的指示，执拗地一动不动。

“我有些话要单独和我儿媳谈谈。”国王不容反抗，“你可以下去了。”

埃尔维拉夫人有眼色地领着侍女们退下了。

卡塔琳娜对着国王微笑：“如你所愿。”

随着她的笑容，他的脉搏加快了。“事实上，我确实有些私人的话要对你说。关于你我有个提议，已经告诉了西班牙大使，他会知会你的父母。”

“终于，终于成了。”卡塔琳娜想，“他是来为哈里求婚的。感谢主，终于让我等到了这一天。亚瑟，亲爱的，今天你会看到我对你，对承诺有多忠诚。”

“我必须再婚。”亨利说，“我还年轻，正当壮年……”他想他不能说出自己到底年岁几何。“我还能有一两个孩子。”

卡塔琳娜得体地点点头；她只是勉强听着，等着他开口请她嫁给哈里王子。

“我考虑了欧洲所有和我般配的公主。”他说。

眼前的王妃殿下还是一言不发。

“我一个都看不上。”

她瞪大眼睛显示自己的关注。

亨利坚持不懈。“最后我选择了你。”他终于脱口而出，“原因很简单。你已经在伦敦了，对这里的生活也很适应。况且你生来就被当做英格兰王后在教养，作为我的妻子，你会成为王后。嫁妆的问题也可以抛开。你还会得到和伊丽莎白王后同等的津贴。我母亲也很赞同。”

最后他的话语终于穿进了她的脑海。她震惊得无法言语，只是望着他：“我？”

“还有一些无关紧要的质疑，但是我会请求教皇授予特许。”他自顾自说着，“我知道你和亚瑟王子并没有圆房。既然如此，实际上并没有什么真正的阻碍。”

“没有圆房。”卡塔琳娜喃喃重复着，仿佛从未理解过它的意思。这弥天大谎是为了让她和哈里王子能够走到祭坛前结为夫妻，而不是和他的父亲。现在她不能改口。她头昏脑涨茫然无措，只能坚持宣称：“没有圆房。”

“那就没什么可刁难的了。”国王说，“我相信你不反对吧？”

他几乎不能呼吸，等着她的回答。对她是否有意诱惑的怀疑在看见她惨白震惊的容颜时纷纷烟消云散。

他握住她的手。“别害怕。”他低声说，心中充满了柔情，“我不会伤害你。这能解决你所有的困扰。我会是个体贴的丈夫，好好照顾你。”他费尽心思想要取悦她。“我会给你买许多漂亮的东西。”他说，“比如那些你最爱的蓝宝石。卡塔琳娜，你会有满满一房间的精致玩意。”

她知道她不能无动于衷。“我太惊讶了。”

“你之前就应该知晓我的心意了。”

我生生忍住了拒绝的哭喊。我想说我当然不知道。但这不是事实。我明白得很，就像任何年轻女子都明白的，他看我的眼神，我的一颦一笑对他的影响，都证实了这点。从第一次会面开始，我们之间一直有潜藏的暧昧。对此，我装聋作哑，假装这不过是微不足道的小事，我利用了这点，最大的责任在我自己。

虚荣心作祟，我以为我只是在吸引一个老男人，让他对我温和亲切，我会让他受到诱惑，会让他高兴，甚至和他打情骂俏，但前提是他是我的公公，能够让我嫁给哈里。我的本意是像女儿一样承欢膝下，想要他欣赏我，宠爱我。

这会是罪孽，绝对是罪孽。自负骄傲的罪。我利用了他贪婪的色欲。我的蠢笨让他陷入了罪孽的深渊。我错了，错得离谱。

亲爱的主，我是个傻瓜，幼稚虚荣的笨蛋。我不该诱惑国王踏入我自私的圈套，最终作茧自缚。我的自负骄傲让我目空一切，自以为能让他任我随心所欲，相反，我却助长了他自身的欲望，现在轮到他为所欲为了，他想要我，这都是我自己干下的傻事。

“你该知道的。”他自信满满地笑着，“昨天来看你，送酒给你的时候你就该明白了吧?”

她轻轻点头。她该知道的，——她真傻，她知道会发生什么，还对自己能牵着英格兰国王鼻子走的手腕扬扬自得。她以为自己是能控制一切的女人，认为大使不过是个傻瓜，居然不能和如此好糊弄的国王达成协定。她以为自己能操控英格兰国王，殊不知他实际上另有打算。

“从第一次见面我就渴望得到你了。”他压低声音对她说。

她抬起头。“是吗?”

“千真万确，从在多格莫斯高地我踏入你卧房的那一刻起。”

她想起那个老人，风尘仆仆精瘦干练，她要嫁的那人的父亲。她想起他闯入自己卧室时满身汗臭的雄性气息，她想起自己站在他面前，想着：真是个乡野粗人，一介莽夫，居然会擅自闯入不欢迎他的地方。然后亚瑟来了，他蓬乱的金发，还有他害羞的笑容，居然如此灿烂夺目。

“哦，是的。”她说，从内心深处发出一个笑容，“我记得，我还跳舞了。”

他把她拉近点，搂住她的腰。卡塔琳娜强忍着不推开她。“我看着你，”他说，“渴望着你。”

“但是您已经结婚了。”卡塔琳娜规规矩矩地回答。

“现在我是孤家寡人了，而你也是。”他说，感受到束腰上传来她不自然的僵硬，便依依不舍地松开了手。得要慢慢感化她，他想，她也许曾和他调过情，但是现在事态的发展远超出她的预料。她一直被养在深闺，而和亚瑟那段清白的日子几乎并没有教她什么。他得慢慢引领她，还得忍耐她得到西班牙那边的答复。最好让大使告诉她她能拥有多少的财富。她已经是年轻女子，但是天性和阅历使然，她依然是个被束缚的傻瓜，他需要给她时间。

“现在我得走了。”他说，“明天还会再来。”

她点点头，送他到客厅门口，犹豫地问：“你真的想这样？”她的蓝眼睛突然充满了急切，“你这算是求婚？不是为了转移视线？你真的想娶我？我会成为王后？”

他点点头。“千真万确。”她的野心让他看到了一丝曙光，不由得笑了，开始明白该怎么打开她的心扉，“你就这么想成为王后？”

卡塔琳娜点点头。“这是我生来就注定的，”她说，“其他事情根本没有任何意义。”她迟疑了，有那么一瞬间她几乎想要告诉他这是他死去儿子的遗愿，但是她对亚瑟的狂热让她不想与任何人分享这个秘密，甚至是他的父亲。况且，亚瑟策划的是让她嫁给哈里。

国王笑了。“所以你没有欲望，只有野心。”他有些冷酷。

“那不过是我应尽的职责。”她语气平静，“我生来就该成为王后。”

他拉过她的手，俯身亲吻着她的手指，忍住舔舐它们的欲望。“慢慢来。”他自警，“这不过是个女孩，甚至可能还是个处女，不是荡妇。”他挺起身子，“我会让你成为阿拉贡的凯瑟琳，英格兰王后。”他承诺，看见她蔚蓝的眼睛因这头衔泛起欲望的深蓝。“教皇的特许一到我们就马上成婚。”

快想想！快想想！我需要冷静下来，动动脑子。你不是被一个傻瓜当成另一个傻瓜养大的，你是被一位女王当成另一位王后教养成人的。如果这不过是掩人耳目声东击西的阴谋，我就该不为所动。如果这是真实的选择，就该让它为我所用。

这和我对爱人许下的诺言有些出入，但是也很接近了。他想立我为英格兰王后，让我生下他的孩子。孩子是他的弟弟妹妹还是侄子侄女又有什么区别呢？根本没有什么不同。

要嫁给这个老男人让我有些泄气，他老得都能当我父亲了。脖子上的皮肤像海龟一样粗粝松弛。我不能想象和他同床共枕。他的呼吸充满了老年人酸臭的味道；他瘦骨嶙峋，臀部和肩膀的骨头支棱着。想到和哈里那个孩子欢爱的情形也同样让人泄气。他的脸蛋圆润丰满，还像是个小女孩。事实上，除了亚瑟我不能忍受成为其他任何人的妻子，可是那段春梦已经随着我生命的一部分逝去了。

快想！快想！当务之急就是想好对策。

哦主，亲爱的，希望您能告诉我。我只希望能去花园里拜访您听听您的建议。我才十七岁，怎样才能智退一个老得能当我父亲的男人，一个对心怀不轨者嗅觉敏锐的国王。

快想！

没人能帮我，只能自力更生。

直到就寝时分，所有侍女女官贴身女仆都告退以后，埃尔维拉夫人才终于找到了机会。她关上门，转身走向坐在床头的王妃。她的辫子梳得整整齐齐，背后垫着枕头。

“国王想干什么？”她不客气地质问。

“他想娶我。”卡塔琳娜直言不讳，“他自己。”

嬷嬷惊得目瞪口呆，过了一会儿才像看见不洁的东西一样画起十字，“主啊救救我们吧。”她只能说，“主啊宽恕他吧，即使只是这样想想那也不可饶恕。”

“主会饶恕你的。”卡塔琳娜讥讽她，“我正在考虑。”

“他是你的公公，老得可以当你父亲了。”

“年纪不是什么问题。”卡塔琳娜很是坦率，“如果回到西班牙，他们不会为我寻觅年少的夫君，只会考虑到是否会带来利益。”

“但是他是你丈夫的父亲。”

卡塔琳娜抿紧双唇。“我以前的丈夫。”她语带沧桑，“而我们并没圆房。”

埃尔维拉夫人对这谎言一语不发；但是唯一一次，她躲开了目光。

“你也记得的。”卡塔琳娜平静地说。

“就算是这样！这也不合伦理。”

“这没有什么好说道的。”卡塔琳娜宣称，“婚后没有圆房，没有孩子。所以不存在乱伦。而且，至少我们会得到特许。”

埃尔维拉夫人迟疑了。“拿得到？”

“他是这样说的。”

“王妃，你真的想这样吗？”

王妃小小的脸蛋上一片黯然。“他不会让我嫁给哈里王子。”她说，“他说他还小。我没有四年的时间来等他长大成人。除了嫁给国王我还能怎样？我生来便要当上英格兰王后，要成为下任英格兰国王的母亲。我只是在遵从自己的命运，主赋予的使命。我曾以为自己要接受的是哈里王子，如今我要接受的似乎变成了国王本人。这大概是主在考验我。但我是不会被打败的。我要成为英格兰的王后、太后。我答应过母亲，要把这个国家变成抵抗摩尔人的要塞。我也答应过亚瑟，要让这个国家公正严明，抵抗苏格兰人的入侵。”

“真不知道你母亲会怎么想。”嬷嬷说，“早知如此，我决不会让他和你独处。”

卡塔琳娜点点头。“绝不要有下次。”她顿了顿，“除非我点头同意。如果我向你点头示意，你就可以离开。”

嬷嬷吃惊地说：“在你们婚礼之前他不该见你的。我会让大使向国王转达，从现在开始他不能再来探视你。”

卡塔琳娜摇摇头。“这里不是西班牙。”她有些激动，“怎么你还不明白？我们不能交给大使去解决，甚至我母亲都不能预见到事态的发展。我会让这变为现实。既然我已经孤独地奋斗了这么久，就算孤苦无依我也会让它成为现实。”

一直以来，我都盼望能和你梦里相见，但是我什么都梦不到。你去了很远，很远的远方，我再也不能和你重温旧梦。母亲并未给我来信，我不知道她对国王的要求是什么态度。我日夜祷告，但是一无所获。我非常勇敢地谈及自己的命运和主的旨意，但是他们现在纠结到了一起。如果主不让我成为英格兰王后，我不知道该如何再去信奉他。如果不是英格兰王后，我还能是什么？如果我不是英格兰王后，我再也不会对他如此虔诚。

卡塔琳娜等着国王陛下如约前来探访。但是第二天他并没来，卡塔琳娜确定他次日会来。三天后，她独自一人在河边漫步，双手插在外套里躲避寒冷。她确定他一定还会再次来访，早就做好了准备，让他臣服在她的魅力之下，任由她掌控。她计划和他保持暧昧，在社交礼仪允许的一臂的距离里跳舞。当他没有来访时她才意识到自己有多迫不及待想和他见面。不是因为欲望——她觉得自己已经心如死水——只是因为他是她通往英格兰王位的唯一指望。他没有来，她非常害怕他有了别的想法，再也不会来了。

“怎么还不来？”我问河水的涟漪，一圈一圈像船行的波浪冲刷着河岸，“那天他是如此热诚真挚，怎么转眼就不见踪影？”

我担心是他的母亲从中作梗。她向来不喜欢我，如果她不接纳我，很难讲他会一意孤行。但是我又想起来他说她已经同意了。我又担心是西班牙大使说了什么反对这桩婚事——但是我不能想象德·普埃布拉会说什么来违逆国王，即使他弃我不顾也不会这么做。

“那么到底是为什么？”我问自己，“英格兰的习俗向来是来去随意不拘礼节的，他该每天都来啊？”

过了一天，又是一天。最后卡塔琳娜按捺不住心中的急切，给国王带去短信，祝愿他安好。

埃尔维拉夫人什么也没讲，但是在那晚监察女仆洗刷卡塔琳娜的礼服时还是开始抱怨了。

“我清楚你在想什么。”卡塔琳娜任由她把收拾衣物的女仆赶出房间，亲自梳理起卡塔琳娜的头发，“但是我不能冒失去这个机会的险。”

“我什么都不指望。”年长的女人冷漠地回答，“这都是英式风俗。就像你说的，我们现在可不能固执地非要遵守正派的西班牙礼仪。而我本来也没置喙的资格。显然，没人理会我的意见。我只是个空壳子。”

卡塔琳娜忧心忡忡，没什么心思安抚她。“这和你的身份没关系。”她心烦意乱地说，“也许明天他就来了。”

亨利看到了她的野心，觉得自己终于找到了突破口，于是给了她几天时间考虑自己的处境和立场。他认为她会对比自己目前的生活：是继续在达勒姆大宅过着与世隔绝的生活——那里家具陈设破败不堪，她也没钱购置新的华服——还是成为欧洲最富有的宫廷里年轻的王后。他相信她完全有能力自己做出决断。当收到她问候健康的短书信，他知道自己成功了；第二天就沿着河岸骑马前去探访。

守门的门童说王妃现在在花园，和侍女们在河边散步。亨利穿过后门的廊柱，冲下花园里的阶梯。他看见她独自一人在河边徘徊，后面跟着一队侍女，她略垂着头，思考着什么。看到这让他魂牵梦萦的女子，垂垂老矣的他下腹涌起了久违的欲望。这让他焕发出新的活力，这强烈的肉欲让他痛不欲生，不禁让他自嘲居然像个毛头小子一样激情难耐，像个毛头小子一样蠢笨。

侍从跑在前面通报他的到来，他看见她猛地抬起头，目光穿过草坪，找到了他。他笑了，他一直在等着这一刻，一个女子和爱她的男人彼此确定心意；等着这一刻，他们的目光交汇，诉说着绵绵情意；这一刻彼此的眼睛都在说："啊，是你！"那就是所有。

相反，让人深受打击的是，他马上发现她并未因为看到他而欣喜若狂。他正羞涩地笑着，因为期冀而容光焕发；但是她，最初只是惊讶，也只是惊讶而已。她措手不及，来不及伪装出情感，并不像个恋爱中的女人。她抬头看着他，他敢肯定她并不爱自己。没有意外之喜，只有让人寒心的无动于衷。他看到她脸上浮现出一瞬间的算计。她只是个孤苦无依的女孩，苦苦寻求自己的出路。她看起来就像是个待价而沽的小贩，愿者上钩。身为两个自私自利的女孩的父亲，亨利立即认识到这一点，明白不管对他自己而言这有着怎样非同寻常的意义，不管她怎样说，说得有多甜蜜诱人，对她而言，这也只是一场政治联姻。这也意味着，她已经下定决心准备接受他了。

他穿过茂密待修整的草坪向她走去，牵起她的手："日安，公主殿下。"

卡塔琳娜屈身行礼："日安，陛下。"

她转头对侍女们说："你们先回去吧。"然后单独吩咐埃尔维拉夫人："给陛下准备些提神的饮料，我们一会儿就回去。"最后她回过头来问："陛下，要随便走走吗？"

"你会成为一位精明的王后。"他笑着说，"你的命令非常简洁。"

她的步伐有些踌躇，青春苗条的身形却散发出紧张不安的思绪。"啊，你的意思是，那时，"她深吸一口气，"你说你要娶我。"

“对，”他说，“你会是英格兰史上最美丽的王后。”

想到这个她焕发出一点神采。“我还有很多英格兰礼仪要学。”

“我母亲会教你。”他轻松地说，“你会和她生活在一起，接受她的教导。”

卡塔琳娜停了下来。“难道我没有王后的待遇，拥有自己的寝宫？”

“母亲现在住在王后的房间里。”他说，“先后一过世她就搬了进去，愿主保佑她。你可以和她一起。她觉得你还太小，还不到拥有自己房间和随扈的时候。你可以和她一起住，她的侍女也都在那方便她教导你。”

他发觉她深受困扰，可是尽量装作若无其事。

“我想我对王宫的运作非常熟悉。”卡塔琳娜强颜欢笑。

“这可是英格兰王宫。”他坚决地说，“幸好，自登基以来，母亲就一直管理着大大小小的宫殿城堡，掌管着我的财富。她会教你该怎么做。”

卡塔琳娜不赞同地转开话题：“教皇特许什么时候能到？”

“我已经派了特使到罗马打听了。”亨利说，“你父母和我需要共同申请。很快就能解决。只要我们自己没有异议，就不会有什么实质上的反对。”

“是啊。”她说。

“那么我们达成结婚协议了？”他确认。

“是的。”她重申。

他牵起她的手挽住自己的胳臂。卡塔琳娜走近些，倚在他肩膀上。她没有戴着头纱，头发上只罩着斗篷的兜帽，但那也被甩到了身后。他能闻到她发间玫瑰的芳香，能感受到肩头传来她头部的温暖，不得不强忍住拥她入怀的欲望。他停了下来，她紧紧贴在他身旁；他感受到她的温暖传遍了他整个身体。

“卡塔琳娜。”他的声音低沉沙哑。

她瞥了他一眼，看见他脸上写满了欲望，可她并没移开。相反，她贴得更近了。“嗯，陛下？”她低语着。

他垂下眼眸，但是沉默里，她却慢慢仰起头来。当她的脸仰望着他，他无法忍受这无言的邀请，低身吻住了她的双唇。

她没有退缩，接受了这个吻，顺从地张开双唇，任由他的侵入，采撷。他紧紧拥着她，恨不得把她揉进自己身体里。欲望高涨，他不得不推开她，下一秒，他就得丢脸了。

他松开了她，颤颤巍巍地站着。那欲望如此强烈，让人难以置信他居然能全身而退。卡塔琳娜放下头巾，似乎她必须隔着面纱才能面对他，似乎她是后宫的女眷，得用面纱遮住自己的嘴唇，只露出忧郁深情的眼眸。这姿态，如此异国风情，充满了神秘的诱惑，让他渴望能掀开面纱再次紧紧吻住她的双唇。他不由得拉住了她的手。

“我们会被看见的。”她冷静地说，退后几步，“宅子里能看见我们，河边也人来人往的。”

亨利放开手，什么都说不出来，他知道自己掩藏不住颤抖的声音。他沉默地伸出胳臂，让她挽着。他们适应着彼此的步调，他缩小步距，让她走得随意。俩人一起安静地散了会儿步。

“我们的孩子会成为继承人吗？”她需要确认，语意里透出平静和冷酷，拉回了他的思绪。

他清清嗓子：“是啊，那是当然。”

“这是英格兰的传统？”

“是的。”

“他们的继承权会先于你其他的孩子？”

“我们的儿子先于玛格丽特和玛丽公主，”他说，“但是我们的女儿在她们之后。”

她皱起眉头："为什么？她们为什么不在前面？"

"首先男女有别，其次是长幼有序。"他说，"长子拥有继承权，然后是其他男孩，接着是女孩，都得按年龄次序。感谢上帝，已经有一位王子能够继承王位了。英格兰没有被女王统治的先例。"

"一位优秀的女王不会逊色于国王。"卡斯蒂利亚的伊莎贝拉的女儿说。

"这在英格兰行不通。"亨利·都铎说。

她不再坚持，但是继续追问："但是我们的长子在你逝世以后会继承王位吧？"

"感谢上帝我还有很多年好活。"他苦笑着说。

她才十七岁，对于年龄并没有什么感觉。"那是当然。但是如果我们有儿子，等你驾崩，他就能登基？"

"不。继位的将是哈里王子，威尔士亲王。"

她又皱起眉头："我以为你能指定王储？能改立我们的儿子吗？"

他摇摇头："哈里是威尔士亲王，他才能继位。"

"我以为他会去教会？"

"现在不需要了。"

"但是如果我们生了儿子呢？你不能给哈里法兰西或是爱尔兰的王位，让我们的儿子成为英格兰国王吗？"

亨利讪笑："不行，那样会让我好不容易才打下的江山土崩瓦解，陷国家于危难。哈里会依法拥有它。"他发觉她烦躁起来。"卡塔琳娜，你将会是英格兰的王后，这是欧洲最富饶的国家之一，你父母为你选择的归宿。你的儿女将是英格兰的王子公主。你还有什么不满呢？"

"我要我的儿子成为国王。"她坦诚回答。

他耸耸肩："那不可能。"

她不留痕迹地挣扎着离开，可是他紧紧抓住了她。

他想要一笑带过。“卡塔琳娜，我们还没成婚呢。你可能甚至不会有儿子。我们不需要为一个还没影的儿子破坏我们的订婚。”

“那这桩婚事有什么意义?”她毫不客气地质问。

他差点回答“是情欲”。“……命运，它让你成为王后。”

她没打算放过这问题。“我想的不仅是自己登上后座，我还要自己的儿子登基为王。”她重复着，“我要像母亲一样掌控宫廷，要建造堡垒，成立海军，广开学舍。我要打败北境作乱的苏格兰人，和海岸那边的摩尔人。我要成为英格兰呼风唤雨的王后，有很多事情等着我完成。还在摇篮里时，我就被称为英格兰未来的王后。思及我将统治的国家，我制定了周详的计划，很多事情都在等着我。”

他不禁哑然失笑，这个女孩还是个孩子，却野心勃勃，妄然便为他的国家制定了未来的蓝图。“别忘了你前面还有我呢。”他毫不留情，“这个国家只会秉承国王的意志，我的旨意。我不会为把我的令牌拱手送给一个年轻得足可以做我女儿的女孩。你的任务只是繁育王室后裔，你的世界也仅仅如此。”

“但是你母亲……”

“你会发现母亲和我各司其职。”他说，还在嗤笑对于未来和宫廷她孩子气的计划，“她会像对女儿那样教养你，你得尊敬她。不要产生什么错觉，卡塔琳娜。你会进入权力的中心，前提是以我为纲；你会住在我母亲的房间，以她的话为准则。你会成为英格兰王后，戴上王冠。但是你也是我的妻子，按照我的意愿，我需要一个温顺的妻子。”

他停下来，并不想吓着她。对她的情欲并不比守护自己辛苦挣来的江山的决心来得强烈。“我可不是亚瑟那样的孩子。”他心平气和地告诉她，想着自己的儿子，那个温文儒雅的男孩，也许对他坚毅年轻的妻子许下了各式山盟海誓。“有我在你不会拥有什么实权。你还是个娃娃新娘。我会疼爱你，让你幸福，我发誓嫁给我你会比任何时候都来得快乐。我会满足你的一切要求，但是不会让你成为统治者。就算我死了，你也不要妄想统治我的国家。”

那晚我梦见我一手令牌一手魔棒，头戴王冠，成为了女王。我举起令牌，发现它在手里起了变化，它成了一根树枝，一根花茎，变得毫无价值。另一只手里也不是沉重的象征权力的冠冕，而是满攥着玫瑰花瓣，我甚至闻到了它们的香气。我抬起手摸索着头上的王冠，可是只摸到了一个小小的花环。王座在融化，而我来到了阿尔罕布拉，苏丹的花园，姐妹们在彼此头上编织着雏菊花环。

“英格兰王后在哪里?”花园的台阶下有人在呼唤。

我从洋甘菊草地上起身，闻到了药草甘苦的香气，试着绕过喷泉冲向花园尽头的拱门。“在这里!”我试着呼喊，但是却被大理石巨盆里喷溅的水声掩盖。

“英格兰王后在哪里?”我听见他们又在呼唤。

“我在这里!”我发不出声音。

“英格兰王后在哪里?”

“这里！这里！这里!”

西班牙大使在破晓时分收到了来自达勒姆大宅的传唤，但他不慌不忙直到九点才抵达。卡塔琳娜只带着埃尔维拉夫人在私人会客室等着他。

“我在几个小时前就传唤你了。”王妃咄咄逼人。

“我在处理您父亲的事务，没法马上动身。”他平静地说，并不在意她愠怒的脸色，“出什么事了?”

“昨天我和国王详谈了一次，他重申了求婚的意愿。”卡塔琳娜有点骄傲地说。

“应该的。”

“但是他说我得住在他母亲的房间里。”

“哦。”大使点点头。

“而且他说在继承权上我的儿子排在哈里王子后面。”

大使再次点点头。

“我们不能让他无视哈里王子吗？我们不能起草一个结婚协议让他独宠我们的儿子？”

大使摇摇头：“那不可能。”

“好吧，那他能选定继承人不？”

“不行。特别是一位新登基的国王，英格兰国王更不行。而且就算他可以，他也不会这样做。”

她猛地站起来走到窗前，“我的儿子可是西班牙君主的外孙！”她大声呼喝，“好几个世纪的王族。哈里王子不过是约克郡的伊丽莎白和一个成功的篡国者的儿子。”

他被她的胆大妄为吓了一跳，瞥了一眼房门：“你最好不要那样叫他。他可是英格兰国王。”

她点点头，接受了提醒。“他不是我生的。”她继续说，“哈里王子可不能抢了我儿子的王位。”

“这不是问题。”大使分析，“问题在于时间和惯例。通常国王的长子会被加封为威尔士亲王，然后继承王位。现在的国王和世上所有的国王一样，不希望有谁觊觎他合法继承人的位子。他被盯着继承权的问题很久了，不希望再出现名不正言不顺的事。”

和往常一样，卡塔琳娜略为瑟缩，她想起了上一个谋逆者，沃里克的爱德华，因她而掉了脑袋。

“此外，”大使说，“不管哪个国王，都会选择一个十一岁身体健全的儿子而不是襁褓中的婴儿做继承人。那太过冒险。一个男人总希望传承他一切的是个男人，而不是个婴孩。”

“如果我的儿子不能成为国王，那我嫁给一个国王有什么意义？”卡塔琳娜追问。

“你会成为王后。”大使指出。

“在太后统治一切的宫廷，王后又能算什么？国王不会让我插手任何事务，在宫廷还要被她管制。”

“你还年轻。”他开始试图安抚她。

“我已经成年，足够有自己的想法了。”卡塔琳娜声明，“我不仅需要王后的头衔，更要拥有王后的实权。但是他不会给我这样的机会是不是？”

“不会。”大使承认，“只要他活着你就不要指望了。”

“如果他死了呢？”她紧紧追问。

“那你就成了王太后。”德·普埃布拉提出。

“我的父母会把我再嫁一次，我就得离开英格兰了！”她恼羞成怒。

“有可能。”他总结说。

“而哈里的妻子会成为威尔士王妃，哈里的妻子会成为新的王后。她会走在我前面，占着我的位置，我所有的牺牲都成了泡影。她的儿子才是英格兰国王。”

“那是事实，她会的。”

卡塔琳娜重重倒进椅子。“那我要做的是哈里王子的妻子。”她说，“必须要做。”

德·普埃布拉被吓坏了。“我以为你和国王达成共识要嫁给他了！他说你同意了。”

“我只是同意成为王后。”她说，苍白的脸上志在必得，“而不是什么牺牲品。你不知道他叫我什么吧？他说我会是他的娃娃新娘，要住在他母亲的房间，好像我是她的侍女一样！”

“先王后……”

“先王后是个圣人才能忍受这样的婆婆。她一直忍气吞声，我可不会。这可不是我的本意，我母亲也不希望这样，主也会看不下去的。”

“但是如果你同意……”

“这个国家有谁会诚实守信？”她气势逼人，“我们不需要这个协议，另外再谈一个。过去的承诺都不算数。我不要嫁给国王，我要嫁给另外的人。”

“谁？”他快麻木了。

“威尔士亲王，哈里王子。”她说，“这样亨利国王去世以后，我就能成为名副其实的王后。”

现在是一段短暂的沉默。

“好吧。”德·普埃布拉沉缓地开口，“这也不是不可以，只是谁去禀报国王？”

主啊，如果您真无所不在，请告诉我我怎样才能做得尽善尽美。如果您总在这里，请帮帮我吧。是您的旨意要我成为英格兰王后，可在这条路上我需要助力。现在一切都乱了套，难道这真是您对我的考验？跪在这里，我因这迫切瑟瑟发抖。如果我为您所爱，被您定下命运，是您选中的宠儿，那此时此刻为什么还会觉得如此孤独绝望？

德·普埃布拉大使阁下发现自己陷入了两难的境地：自己要为基督世界最强大最爱猜忌最喜怒无常的国王之一带去这样的噩耗。他手里拿着西班牙君主拒绝婚事的信件，带着卡塔琳娜要成为威尔士王妃的决心，自己也战战兢兢，生怕把这场至关重要的尴尬会面弄得一团糟。

国王选择在白厅宫的马场接见了他，他在那里视察新马种，来自巴巴里的马匹，可以提高英格兰马种的运输能力。德·普埃布拉有个念头，想要暗示性地提出他国血统对本国血统的改进最好在幼仔的时候进行配种；但是看到亨利阴沉的脸色，他意识到这一关可没那么好过。

“参见陛下。”他深深鞠了一躬。

“德·普埃布拉。”国王陛下没好气地说。

“西班牙君主陛下对您最近的示好有回音了；但是我也许该换个更合适的时间再来。”

“现在就够好啦。看你缩手缩脚的样子我就知道没什么好事。怎么说?”

“事实上，”德·普埃布拉想要撒谎，“他们希望公主殿下能够回国，对于您和她的婚事并未详加考虑。女王陛下对此强烈否决。”

“为了什么?”国王追问。

“因为她希望她的女儿，最小最贴心的宝贝能嫁给年貌相当的王子为妻。这都是妇人之见——”外交官胆怯了，“真是头发长见识短。但是我们总得承认这是一个母亲的善意，不是吗，陛下?”

“没必要。”国王不置可否，“卡塔琳娜怎么说？我想我俩已经达成共识。她可以向自己的母亲提出自己的意见。”国王盯着马场里昂首阔步的阿拉伯种马，它的双耳前后摆动，尾巴高高竖起，脖子像弓一样绷紧。“我想她有为自己打算的权利。”

“她说她会和以往一样遵从您的意愿，陛下。”德·普埃布拉投其所好。

“那么?”

“但是她也得听从父母之命。”他被国王投来的一瞥吓退了，“她是个乖女儿，陛下，对母亲向来言听计从。”

“我想娶她，她也明确接受了。”

“她怎么可能拒绝您这样身份地位的国王，怎么可能？但是没有父母的同意，他们不会申请特许。没有教皇的特许，婚事就是一场空。”

“我知道他们婚后并没圆房。我们只是需要特许。这是礼仪上必要的手续。”

“谁都知道他们没圆房，”他仓促确认，“王妃殿下现在还是处女，可以再婚。但是教皇陛下还是要颁下特许。如果西班牙君主他们不申请，谁又能怎么样？”

国王阴沉暴戾地看着西班牙大使：“我也不知道。我曾以为一切都能迎刃而解。但是现在我错了。你来说说我们能有什么对策，该怎么办？”

大使鼓起自己不屈不挠的勇气，这辈子最难熬的时刻激起了他骨子里的犹太血脉。他想他和他的同胞，不管怎样，总能幸免于难。

“无能为力。”他试图挤出一个爱莫能助的微笑，结果发现变成了傻笑。他立马调整自己的表情，变得严肃庄重起来，“如果西班牙女王不申请特许，就什么都不能筹划了。她向来很固执。”

“我并非他们的邻国，一个春狩就能给灭了。”国王表明，“我不是格拉纳达，可不害怕他们发怒。”

“这就是为什么他们要和您联姻。”他圆滑地说。

“怎么联姻？”国王冷冰冰地说，“他们不是拒绝我了？”

“也许我们能避开整个难题，谋求另一桩婚事。”老滑头小心翼翼地提出，观察着亨利阴沉的脸色，“一段新的姻缘，我们都乐见其成的良缘。”

“和谁？”

面对亨利濒临失控的怒火，大使瞠目结舌。

“陛下……我……”

“现在他们给她选了谁？如今我的儿子，英格兰玫瑰都已经死了，葬了。现在她不过是个只付了半份嫁妆，靠着我的怜悯过活的可怜寡妇！”

“亲王殿下。”他突然插话，“她来到大不列颠是为了成为威尔士王妃。她来这儿是为了嫁与亲王为妻，然后——有朝一日，上帝保佑——登上后座。也许那真是她的命运，陛下。她一直信以为真。”

“她信以为真!”他咆哮起来，“真是愚蠢的女人！下一分钟她就什么都不是了。”

“她还年轻。”大使说，“但是她会慢慢有阅历的。而亲王殿下也还年轻，他们正好可以一起学习。”

“而我们这些老年人就得待着一边凉快去，是不是？她难道没有告诉你她的喜好，没有告诉你她中意的是我？还有她给了我明确的答复愿意嫁给我？她不为这消息遗憾？她没有试着违逆她的父母，保有实现自己诺言的权利?”

大使听出了面前这老人言语里的痛苦。“她别无选择。”他提醒国王，“她得听从父母之命。我想，您对她别有一番魅力，甚至是很强烈的吸引。但是她自己也明白父母之命不可违。”

“我想娶她！我会让她成为王后！她可以成为英格兰王后!”他几乎要窒息了，终其一生他始终认为这头衔是对一个女人最大的礼遇，就像在他的头脑里永远以自己的头衔为重。

大使沉默着等待国王恢复常态。

“你知道吗，她的家族有其他更年轻迷人的女士。”他小心提议，“那不勒斯年轻的王后现在也是寡居。费迪南国王的侄女，她有丰厚的嫁妆，她有祖传的美貌。”他顿了顿，“据说非常迷人，而且——”他停了下，“很多情。”

“王妃让我相信她爱我。现在我觉得她或许只是个心怀不轨的骗子。”

随着这可怕的话，大使觉得自己的每个毛孔都在冒着冷汗。“不是骗子。”他说，笑容苍白，“一个讨喜的儿媳，爱你的女孩……”

一片冷冰的沉寂。

“你知道骗子在这里的下场。”国王冷酷地说。

“知道！但是……”

“她会后悔的，如果她胆敢玩弄我。”

“没有的事！没有骗您！没有！”

国王的威压让大使摇摇欲坠，瑟瑟发抖。

“我考虑过解决这场嫁妆和遗产的争端。”过了一会儿，亨利表明。

“是啊，该解决了。只要王妃和亲王殿下订婚，西班牙马上就会把剩下的嫁妆奉上，遗产问题就不复存在了。”德·普埃布拉保证。他注意到自己太过急切，深吸口气，镇定下来，“那就什么问题都解决了。西班牙君主陛下会很乐意为了自己的女儿能嫁给哈里王子去申请特许。这才是她的良配，她一定会听命行事。这也能让您随心所欲选择新的妻子，陛下，您也能不用付出康沃尔、威尔士和切斯特的税收。”

亨利国王耸耸肩，从训练马绕圈上收回思绪。“这就完了？”他冷酷地问，“她并不像我曾以为的那样渴望我。我弄错了她对我的兴趣。她只是怀着孺慕之思？”想到河边的亲吻他苦涩地笑了。“我该忘了对她的欲望？”

“身为西班牙公主，她没法忤逆父母。”德·普埃布拉提醒他，“在她心里，的确有自己的感情。她自己亲口告诉我的。”他想这样才能掩饰卡塔琳娜的出尔反尔。“老实说她很失望。但是她的母亲十分强势。卡斯蒂利亚女王向来言出必行。她下定决心让女儿回去西班牙，或是嫁给哈里王子，不会被其他想法左右。”

“就这样吧。”国王的声音冷得像冰，“我自己做了不切实际的梦，妄图染指不该拥有的人。这件事到此为止。”

他转身离开马场，因为马带来的愉悦已经消失殆尽。

“希望没有什么不痛快。”大使跌跌撞撞地跟在他身后。

“没有。”国王转过身，“不存在。”

“和哈里王子的婚约呢？我能向君主陛下保证一切顺利么？”

“哦，马上。我会立刻着手安排，把它当成头等大事。”

“真的没有什么冒犯之处？”德·普埃布拉担忧国王的回避。

国王转过身，面对西班牙大使，紧握的双拳藏在身后，挺得笔直。“她试图像个傻瓜一样愚弄我。”他刻薄地说，“难道还要我感谢她？她的父母想要牵着我的鼻子走。我想他们会发现他们面对的是暴龙，而不是被戏耍的公牛。我不会忘记这些，你这个西班牙佬也不要忘了。她迟早有一天会后悔曾像逗弄一个害相思病的男孩一样哄骗了我，现在，我已经后悔了。”

“已经说好了。”德·普埃布拉平静地告诉卡塔琳娜。“就像个跑腿的。”他愤愤不平地想，看着她撕下一件礼服的镶片，修改着衣服。

“我要嫁给哈里王子。”她的声音和他一样死气沉沉，“他签了什么没？”

“他同意了。还在等着特许，但是还是同意了。”

她抬起头来：“他是不是暴跳如雷？”

“我想他比表现出来的要光火得多。虽然他在我面前已经够怒气冲天了。”

“他要怎样？”她问。

他仔细打量着卡塔琳娜，尽管脸色苍白却并不显得胆怯，大大的蓝眼睛里和她父亲一样掩藏重重心机。她不像是个处境窘迫的少女，更像是个危险的阴谋家。她没有泪水涟涟，惹人怜爱，他想，如今她令人敬畏，而不是怜惜。

“我也不知道。”他说，“但是我们不能让他从中获利。我们马上交付嫁妆，完成契约上我们该做的，然后才能迫使他点头。”

“那些器皿已经贬值了。”她镇定自若，“用过的都损耗了。我还卖了一些。”

他抽了口气：“卖了？那是属于国王的！”

她耸耸肩：“我总要有东西果腹，德·普埃布拉博士。没有传唤我们可不能随便到宫廷在大桌子上混饭吃。我过得不好，但是总要活下去。除了我的家当我无以为继。”

“您该让它们原封不动的！”

她望着他，蓝眼睛里全是尖利。“我本不该动用这些，但却只能靠典当我自己的器皿为生。不管归咎于谁，总之不是我。”

“您父亲将会交付嫁妆，再给您一笔津贴。”他严肃地说，“我们不该授人口实。如果不结清嫁妆，他是不会让您嫁给亲王殿下的。公主殿下，我得告诫您，他会以您的不舒坦为乐。”

她点点头：“那他也将是我的敌人。”

“真可怕。”

“你也知道，这迟早会发生。”她若无其事。

“什么？”

“我会嫁给哈里，会登上后座。”

“公主殿下，这也是我最真切的愿望。”

“王妃殿下。”她纠正。

1503年6月

白厅

“你将和阿拉贡的卡塔琳娜订婚。”国王告诉儿子，想起了英年早逝的另一个。

金发碧眼的男孩像女孩那样扭捏着涨红了脸：“遵命，陛下。”

他被祖母精心养大，文武双全却不谙世事。

“别指望那会真的发生。”国王告诫他。男孩吃惊地睁大眼睛，沮丧地问：“为什么？”

“不可能。他们总是不放过每个掠夺哄骗的机会。他们对我们就像对酒店老板娘一样只会说说而已，坑蒙拐骗无所不用其极。他们说——”他停下来，孩子瞪大的眼睛提醒他，这不是一场男人和男人之间的谈话，他还是个孩子。不管有多不能忍耐，他也不该在他面前宣泄自己的愤恨。

“他们利用我们的友谊牟利。”他总结，“现在我们要抓住他们的弱点狠狠敲一笔。”

“真的吗？我们不是朋友吗？”

亨利做了个鬼脸，想起费迪南那个恶棍，还有他的女儿，拒绝了自己的那个冰山美人。“噢，是的，”他说，“忠诚的朋友。”

“于是我先订婚，然后等到我十五岁就可以成婚了？”

“据说是十六岁。”

“亚瑟那时就是十五岁。”他忍住回答说那是因为对亚瑟而言更好。算了，不会成真的事情不用去计较。

“好吧。”他再次说，“那就十五岁。”

男孩觉得事情有些不对劲，皱起眉头。“我们是认真的是吗，父亲？我不会辜负这样一位王妃。这是我能做出的最庄严的承诺对吗？”

“噢，是的。”他再次回答。

1503年6月

和哈里王子订婚的前夜，我做了一个让人沉醉的美梦。我梦见自己在阿尔罕布拉的花园，牵着亚瑟在散步，和他一起欢笑，带他领略这些遥远的美丽：环绕着城堡的巨大砂岩城墙，脚下的格拉纳达，极目远眺那白雪皑皑的山脉。

“我成功了。”我对他说，“完成了你的每桩心愿，我们的所有计划。就像你要求的一样，我将会是王妃，会成为你愿望中的王后。我母亲的心愿达成了，我自己的命运，你的要求，主的旨意也圆满了。现在，亲爱的，你快乐吗?”

他对我笑了，目光温暖，面色柔和，这样的笑容只为我展露。“我会看着你，”他在我耳边低语，“一直都会看着。在这里，在天国花园。”

我为他古怪的话语愣神，然后意识到他用了摩尔人的词语：“天国花园”，它不仅意味着天堂，墓地，同时也意味着花园。在摩尔人看来，天堂是花园，也是最后的长眠之所；它们是一个词。

“有一天我会回到你身边。”我轻声说，眼睁睁看着他握着我的手褪去颜色，最后消失不见，却无能为力。“亲爱的，我会去找你。在那里我们会重遇。”

“我知道。”他说，他的面孔像晨曦那样渐渐模糊起来，仿佛一切不过是山那里的海市蜃楼。“我知道我们还会再在一起，卡塔琳娜，我的凯瑟琳，我的爱。”

这是六月里晴朗炎热的一天。卡塔琳娜穿着一件新的蓝色礼服，罩着蓝色头巾，对面穿着金色衣服的十一岁男孩兴高采烈。

他们站在索尔兹伯里主教面前，出席的只有少数宫廷成员，国王，太后，玛丽公主，还有一些其他的见证人。卡塔琳娜冰冷的手搭上王子温暖的手掌，指尖传来他婴儿肥的触感。

卡塔琳娜的目光穿过激动的男孩，望向他面如死灰的父亲。自从妻子死后，短短六个月国王陛下苍老了不少，脸上的皱纹变得更加深刻，眼睛也变得浑浊。宫廷里的人们都认为他病了，一些病症让他的血液变得稀薄，使他日益虚弱。有些人则认为他因为失望而沮丧：继承人和妻子相继离去，国家大计也频频受挫。

卡塔琳娜对着他羞涩地笑了，但是再次成为她公公的男人并没有回以善意；他曾希望将她据为己有。那一瞬间，她的信心动摇了。她曾让自己相信他会尊重她的意志，遵从她母亲的决断，还有主的旨意。现在，看着他冷酷的面容，她产生了后怕。也许这场典礼——即使是庄重神圣的订婚仪式——也只是这个最狡诈的国王诡计的一部分。

她僵硬地移开视线，倾听主教开始宣读结婚誓词，她重复着自己的那部分，尽量不去想起以前自己也曾说出过同样的誓言。那仅仅在一年半以前，她冰冷的手被她曾见过的最俊美的年轻人握着，她的新郎侧着脸给了她一个腼腆的笑容，当她透过面纱凝视着他，仿佛整个世界都离他们而去。

年轻的王子曾被他美丽的嫂子迷惑——现在她是他的新娘了。他的笑容肆无忌惮，一如年轻男孩在美丽年长的女孩面前。她曾是他兄长的新娘，他曾因在婚礼那天陪她走进礼堂而骄傲。婚宴上他一直看着她，那晚也曾祈祷能拥有一个像她这样的西班牙新娘。

在她随着亚瑟离开宫廷以后，他还是时常梦到她，他曾悄悄写下献给她的诗作和情歌。在听闻亚瑟的死讯时，他欣喜若狂，现在她自由了。

现在，才不过两年，她就在面前，她垂在肩上的金棕色秀发展示着她的纯洁，她蓝色的蕾丝头纱遮着脸庞。她的手在他的掌心，蓝色的眼帘里满满都是他，只为他一人欢笑。

哈里男孩的虚荣心膨胀着，差点不能正确完成誓词。亚瑟走了，现在他才是威尔士亲王；亚瑟走了，现在他才是父亲的心头宝，英格兰的玫瑰。亚瑟走了，亚瑟的新娘成了他的妻子。他得意扬扬地站得笔直，用他尖利清亮的声音重复着誓词。亚瑟走了，这里只有一位威尔士亲王，一位王妃：哈里王子和凯瑟琳王妃。

再嫁的王妃

1504年

我以为自己成功了，但是离达到目的始终有一步之遥。我该成功的，但却没有。哈里十二岁了，他们宣告他为威尔士亲王，可是他们并没有宣告我们的婚事，或是加封我为王妃。我传召了大使，早上他没来，甚至那天他都没来，第二天才姗姗来迟，完全不把我的事当做一回事，也没为他的拖延道歉。我询问为什么我没与哈里一起加封为威尔士王妃，他居然不知道。他分析说他们是在等付清嫁妆，没有它，一切免谈。但是他清楚得很，我自己也清楚，亨利国王更清楚，我交不出任何器皿，如果我父亲不予分担，我完全做不了任何事。

母后应该得知了我的凄凉，但是我很少收到她的来信。似乎我不过是她雇佣的探险家，一个没有同伴、没有地图、离世独居的克里斯托弗·哥伦布。她打发我去了陌生的世界，任我翻腾迷失，自生自灭。

她没跟我说过什么。我害怕她会以我为耻，我留在这里，形同乞丐，希望能履行对王子的诺言。十一月的时候，我有强烈不祥的预感，觉得她会生病或是陷入悲伤，于是写信给她，恳请她回信给我，哪怕只有只言片语。那天，事实上，正是她撒手人寰之时，于是她没有收到我的信，我也再不会收到任何回复。她与我死别，正如同当初与我生离：沉默，天各一方。

我曾常常想起她，尽管婚后我再也没见过她。想到阳光依然普照着阿尔罕布拉的庭院，而她还在那里，就在绿茵装饰的水池旁，对我而言，这都是莫大的安慰。但是我没想到的是，她的逝去让我在英格兰处境更加不妙。我的父亲，长时间拒绝交付另一半嫁妆，这是他和英格兰国王的一场博弈，现在发觉他的游戏有了苦涩的现实意义——他付不起了。他终生都把时间和金钱花在了对摩尔人无止境的征伐上，没有财物剩下。卡斯蒂利亚丰厚的收入如今归母亲指定的继承人胡安娜所有，阿拉贡的国库空空如也，父亲根本没法负担我的婚礼。如今父亲和西班牙众多的君主也没什么区别。胡安娜是卡斯蒂利亚的女继承人，而如果传言属实，胡安娜饱受情爱困扰，她丈夫的拈花惹草，让她如同午间的疯狗一样已经神志失常了。现在任何人待我都不再如同对待西班牙的公主，这也不再是基督世界伟大的联姻；在他们眼里我不过是血统卑下的守寡的穷人。没有母亲平稳的双手和明察秋毫的眼睛，我们家族的财富如同卡片拼接的屋子一样轰然无存。除了绝望，什么也没给父亲留下，恐怕对我也一样。

我才十九岁，难道一切就这样完结？

1509年

在那之后，我一直苦苦等待。难以置信，我居然等了足足六年。六年的时间让我从一个十七岁的新娘成长为二十三岁的女人。我知道亨利国王一直对我怀恨在心，而且如此激烈，如此长久。世上没有哪个王妃会经历如此漫长的等待，会被如此苛刻地怠慢，陷入如此深沉的绝望。我并没有夸大其词，如果是吟游诗人，他会编述得更动听——我的爱人啊，如同我曾在那些黑暗夜晚里述说过的一样。不，这不是什么故事，这甚至不像是真实的人生。这更像是一个囚徒的自白，一个没法赎回的人质，孤苦无依，我终于慢慢认识到了自己的失败。

我辜负了母亲的期许，没法带给她她精心养育我所希望带来的和英格兰的联盟。我以此为耻。没有西班牙那边送来的嫁妆，我没法迫使英格兰人履行婚约。因为国王的敌意，我做什么都束手束脚。哈里才只是个十三岁的孩子，我很难见到他，没法向他求助，要他履行誓言。我对一切都无能为力，被忽视，陷入了可耻的贫困。

到哈里十四岁，我们的婚约还是一纸空谈，这段婚事本就不受祝福。我又等了一年，他十五岁了，没人提起我。然后他十六岁，十七岁生日的时候，还是没人通知我。这些年来，我变得成熟了很多。我等着，永不言弃，这是我力所能及的全部。

我取下了礼服上的绣片，为了生计变卖了自己的珠宝，甚至要卖掉自己珍贵的餐盘，每次一个金块。每次传唤金匠我都明白这就是国王的目的。我也明白，每典当一件物品我就把婚期推后了一天。可是我需要食物，我的臣属也需要。我付不出薪水，我甚至都不能让他们为我求助，哪怕他们自己也在挨饿。

我没有朋友。我发现埃尔维拉夫人投靠了胡安娜和她的丈夫，密谋反对我的父亲，出于激愤，我开除了她，撵了出去。我才不在乎她会说些什么诋毁我，就算她说我是个谎话精又能怎样。我甚至不在乎她宣称我和亚瑟是爱人关系。我以叛国罪把她抓了起来：她居然会以为我会和姐姐狼狈为奸反抗阿拉贡的国王？我十分恼怒，不在乎她会有多恨我了。

如我所料，没人因为她的话刁难我。她逃跑并投奔了荷兰的菲利普和胡安娜，从此杳无音信，我也没抱怨过自己的损失。

我失去了我的大使，德·普埃布拉博士。我曾向父亲抱怨他的不忠、无礼，还有对英格兰宫廷的卑躬屈膝。直到他被召回西班牙，我才发现他远比我意识到的有用，他曾为了我的利益利用了自己和国王的友谊，在这个最复杂的宫廷他有自己的自处之道。他比我想的更加友好，没有他我变得更加无助。因为自大，我失去一个朋友，一个盟友，我为他的缺席深感抱歉。他的继任：接我回家的使者，唐·古铁雷·戈麦斯·德·丰萨利达是个彻头彻尾傲慢自大的傻瓜。他居然认为英格兰人会为他的仪表风度倾倒。他们嘲笑他的长相，在背后冷嘲热讽，而我不过是个衣衫褴褛的公主，还有个自视过高装模作样的大使。

我失去了自己的神父，我信任的、母亲任命的导师，我得重新再找一个。我失去了自己小宫廷里的侍女，她们再也无法忍受这贫穷困苦，而我也请不起任何侍从。因为感情深，玛利亚·德·萨利纳斯始终对我不离不弃，我们一起度过了这漫长的岁月；可是其他侍女纷纷离去。最后，我失去了自己的房子——河岸边深得我心的家，在这陌生土地上我唯一的容身之所。

国王答应在宫廷里为我备下房间，我以为他最终还是原谅了我。我以为他是让我重返宫廷，住在王妃规格的房间里，和哈里能时常见面。但是待我和家臣们搬去宫廷才发觉分给我们的是最简陋的房间，我得到了最被怠慢的待遇，甚至只有在最正规的场合才能见到我的未婚夫哈里。某天，整个宫廷没通知我们就开始出行，我们不得不跟在后面追寻他们的去向，在一团乱麻的道路里寻找他们的足迹，仿佛我们不过是无足轻重可有可无的累赘。直到我们赶上他们，也没人发现我们被漏下了，而我只得像仆人一样住到唯一空置的房间里，就在马厩旁边。

国王不再付我津贴，他的母亲对我也漠不关心。我自己身无分文，处处受人鄙视，在宫廷边缘无以为生，身边只有无处可去的西班牙侨民。他们和我一样身不由己，岁月流逝，青春已逝，变得越来越不甘心。我想我是童话里的睡美人公主，可能再也不会醒来。

岁月磨平了我的棱角——我曾有的优越感，自以为聪明过我的公公，那头狡猾的老狐狸，和他的母亲，那个狡诈的母狐狸，但那大错特错。终于我意识到，他让我同哈里订婚，不是因为对我的怜惜原谅了我；而是这是惩罚我最有效最残忍的方法。既然他不能拥有我；那至少他会让其他人也没法得到我。意识到这些让我痛不欲生。

不久，菲利普去世，我的姐姐和我一样成了寡妇，国王盘算着想要娶她——可怜的失去丈夫而彻底丧失了理智的姐姐——并把她置于我之上，让她登上英格兰的后位，这样人人都能看到她疯了，人人都会看到我的家族有多么可怕的遗传，而人人都会明白他立她为后，而把我贬低到了尘埃里。这是一个缺德的计划，无论对我还是胡安娜都是羞辱和不幸。如果可能，他真的做得出，他还逼我为虎作伥，——要我向父亲推荐他。在父亲的授意下，我向他夸大了胡安娜的美貌；在他的逼迫下，我力劝父亲接受他的自荐：这是对良心的背叛，而我时时都活在这种煎熬里。我失去了和他针锋相对的能力，我的公公，我曾经的追求者。我害怕对他说“不”。那会让我的日子更加难过。

我失去了对美貌的虚荣，失去了对自己才智的信心；但是我并没有失去活下去的意愿。不同于母亲，不同于胡安娜，我不会逃避现实，想要结束自己的苦难。我不会因为痛苦而疯狂哀号，也不会消极厌世。咬紧牙关，我是永恒的王妃，决不会因他人而停下脚步。我还在抗争，还在等待，即使对一切都无能为力，我还是要等。所以，我坚持了下去。

这些年我并没被打败：这些年我成熟起来，尽管那是一段痛苦的经历。我从一个深陷情网的十六岁少女长成了二十三岁孑然一身的半老寡妇。这些年来，回想着在阿尔罕布拉快乐的童年，还有对亡夫的爱，我苦苦支撑到了如今，发誓不管前途有几多险阻，我都不在乎，迟早我会登上英格兰的后位。这些年来，尽管母亲已经逝去，她却在我心里得到了重生。在我心里依然有她的坚毅，有她的勇气，还有亚瑟的爱，还有对未来的乐观态度。这些年来，我几乎什么都没有了：没有丈夫，没有母亲，没有朋友，看不到未来，漫无目的；但是我发誓，不管受尽多少白眼，受尽多少贫穷困苦，前途看起来有多无望：我都还是会成为英格兰王后。

对于在王室边缘苦苦挣扎的西班牙人，消息总是来得特别缓慢，哈里的妹妹玛丽公主要嫁人了，这场婚事很隆重，对方是菲利普国王和胡安娜王后的儿子查尔斯王子，马克西米利安皇帝和费迪南国王的孙子。此时此刻最让人惊奇的是，费迪南国王最后终于凑齐了卡塔琳娜的嫁妆，派人送到了伦敦。

“主啊，苦日子终于到头了。两场婚礼可以同时举办。我能嫁给他了。”卡塔琳娜衷心地对西班牙特使唐·古铁雷·戈麦斯·德·丰萨利达说。

他脸色苍白，忧心忡忡，黄色的牙齿咬住嘴唇。“噢公主殿下，我也不知道该怎样和你说。就算是同盟关系，嫁妆也齐备——亲爱的主啊，恐怕这一切都来得太迟了，恐怕根本于事无补。”

“怎么会呢？玛丽公主的婚事难道不是为了巩固和我们家的盟约？”

“如果……”他欲言又止，没法诉说他预见到的危险，“王妃殿下，所有英格兰人都知道嫁妆已经到了，但是没人提起婚事。噢王妃殿下，如果他们策划中的同盟并不包括西班牙呢？如果这盟约只是神圣帝国皇帝和亨利国王达成的呢？甚至这就是一对准备向西班牙开战的盟友呢？”

她转过头。“不可能吧？”

“万一如此呢？”

“攻打那孩子自己的外公？”她难以置信。

“这只是一个祖父，神圣帝国皇帝，对一个外公——您父亲的征讨。”

“他们绝对不会。”她断然地说。

“万事皆有可能。”

“亨利国王不会如此背信弃义。”

“王妃殿下，你自己也清楚那完全有可能。”

她迟疑了。“发生了什么事？”她突然爆发了，怒气冲冲地质问，“发生了其他什么更糟糕的事情是不是？有什么是你没告诉我的？”

他半晌无言，已经打好了谎言的腹稿，可是还是告诉了她实情：“恐怕，他们打算让哈里王子娶查尔斯的姐妹，埃莉诺公主。”

“不可能，他已经和我订婚了。”

“这只是他们计划中的一部分。您的姐姐胡安娜嫁给国王，您的侄子查尔斯娶玛丽公主，侄女埃莉诺嫁给哈里王子。”

“那我怎么办？我的嫁妆不是都送来了吗？”

他无言以对。显而易见的是卡塔琳娜让人痛心地被这协议排斥在外了，没有为她安排任何退路。

“一位真正的王子应当履行自己的诺言。”她激动地说，“在见证者面前，我们由主教主婚，这是一场神圣的誓约。”

他耸耸肩，犹豫着如何告诉她最糟的消息。“殿下，坚强些，王子或许要食言了。”

“他不能！”

他更进一步。“实际上，这怕是已经不算数了。早在几年以前，他可能就毁约了。”

“什么？”她尖声问，“怎么回事？”

“只是传闻，我也不能确定。但是我担心……”他顿住了。

“担心什么？”

“恐怕你们的婚约已经无效。”他被她突然变暗的脸色吓住了，“这不会是出于他自愿。”他迅速补上一句，“他父亲下定决心要和我们过不去。”

“他怎么能这样？这种事怎么会行得通？”

“他可以反悔说那时候他还年幼，是被胁迫的。他可以声明实际上他并不想和你结婚，我想这就是他的对策。”

“他哪里被胁迫了！”她大声呼喝，“他高兴得很，他爱慕了我许多年，我敢肯定即使是现在他也没变心。他确实想娶我！”

“只要在主教面前宣誓说那不是出于他自主的意愿，婚约就能作废了。”

“所以这些年我同他订婚，处处以此为准则，这些年我等了又等，忍受……”她顿了顿，“现在你告诉我这些年我以为已经束缚住了他们，而他实际上并没有和我订婚？他是自由的？”

他点点头，被她气势汹汹的质问吓得不能自主。

“这是……背叛。”她说，“最无耻的背叛。”她气得咳了起来，“最可怕的背叛。”

他又点点头。

长久的痛苦沉默之后，“我失败了。”她简短地说，“现在我终于明白。我已经失败了好几年，不过一直被蒙在鼓里。我孤立无援地奋斗了这么久。实际上——师出无名。你告诉我我在和一个许久以前的事情较真。我在为我的婚约而战，而实际上我都没有婚约在身。长久以来，我一直是孤家寡人，而现在才终于明白过来。”

尽管蓝眼睛里盛满了不可置信，她却并没有哭泣。

“我曾发过一个誓。”她的声音粗粝刺耳，“我做了神圣庄严的承诺，言出必行。”

“婚姻誓词?”

她轻轻摆手。“不是那个。我发誓，做出了承诺。一个临终的嘱托。现在你告诉我那都成了泡影。”

“王妃殿下，你只是遵从您母亲的遗命，守住了自己的位置。”

“我被当成了傻瓜!”这打击让她大声咆哮，“我一直为了履行誓言在苦苦支撑，可是誓言很早以前就被打破了。”

他说不出任何安慰的语句，她的痛苦让她遍体鳞伤，仿佛怜悯都是一种错。

过了好一会儿，她才抬起头。“只有我被蒙在鼓里?”她绝望地问。

他摇摇头。“相信这是最高机密。”

“王太后，”她痛苦地断言，“她肯定知道，这就是她的把戏。还有国王，王子本人，如果他知道，玛丽公主也会知道——他会告诉她的。还有他最亲近的朋友……”她抬起头，“还有王太后的侍女，公主的侍女。他宣誓的主教，一两个见证人。基本上就是半数的宫廷了，我敢说。”她顿了顿，“我曾以为总归还是有人是我的朋友的。”

他耸耸肩：“在宫廷没有朋友，只有利益。”

“父亲会为我出头……太残忍了!”她咆哮着，“他们要为这样对我付出代价！如果传到父亲耳朵里，英格兰和西班牙之间就会撕破脸，他会为我所受的屈辱讨回一个公道!”

他没法告诉她实情，只是转过沉默的脸，让她觉察出最残忍的真相。

“不!”她尖叫着，“他不知道，他也不知道。父亲怎么会知道！他不知道的，他爱我，绝不会伤害我。他也绝不会任我受到任何伤害。”

他还是没法开口，她深吸了口气。

“哦，哦。我明白了。你的沉默告诉我了。是的，他当然知道的，我的父亲。他清楚得很，要把哈里王子和埃莉诺公主凑成一对。他让国王以为自己能娶胡安娜。他让我鼓励国王向胡安娜求婚，这样他就能同意哈里王子的这桩新婚事。因此他也知道王子殿下打破了对我的誓言，可以自由婚配。”

“王妃殿下，他并没有告诉我什么，可我还是觉得他该知道的。但是也许他的计划……”

她摆手制止他继续说下去：“他不再信任我了，我明白我让他差点破产，而他抛弃了我。我现在终于彻底一个人了。”

“那现在我们是不是争取回国?”他平静地问。实际上，他认为这是他一生抱负的终结。如果他能带这个命中注定无望的王妃回国，面对她郁郁寡欢的父亲，还有她日渐疯狂的姐姐、新的卡斯蒂利亚女王，在这糟糕至极的境地里，他无疑就已尽了全力。现在不会再有人想娶西班牙的卡塔琳娜，她的国家四分五裂，人人都看到了她疯狂的姐姐，看到了她血液里的疯狂因子。胡安娜抱着丈夫的棺材不让下葬的事迹早就传遍了西班牙，甚至英格兰的亨利都不会假装觉得她还是个适婚人选。她父亲的狡猾行径早已臭名昭著，现在报应来了，他成了欧洲公敌，以致欧洲最强大的两位君主都要联合起来对他开战。费迪南正在走下坡路。这位不幸的公主殿下最好的出路是凑合嫁给哪个西班牙贵族，归隐田园，希望能躲过一劫。最坏的未来是作为人质继续悲惨地被扣在英格兰，无人过问。一个会很快被抛诸脑后的囚徒，即使是她的狱卒也不会记得。

“我该怎么办?”最后她终于接受了面前的危机，认命了。他明白她终于面对现实，接受了失败。他看着她，一个终于认识到自己有多凄惨的女王。“我得想出对策。我将在敌国成为人质，连个为我说话的人都没有。”

他不会告诉她，刚到英格兰时他就觉得她不过是个人质。

“我们要离开。”他不容置疑，“一旦开战，他们就会扣押您，把您的嫁妆据为己有。愿主饶恕，那些财物最后还是付清了，将会被用来对付西班牙。”

“我不走。”她干脆地拒绝，“如果我走了，就再也回不来了。”

“什么都完了!”他突然激动起来，“现在您自己也看到了。我们失败了。我们被击垮了。您和英格兰之间已经做出了了断。您曾面对羞辱和穷困，像个公主，像个王后，像个圣徒一样去直面了它。您的勇气和您的母亲一样可敬。但是我们正在经历挫折，公主殿下，您失败了。最好的办法就是回国，我们得在他们抓捕我们之前就跑路。”

“抓捕我们?”

“他们会把我们当成密探关押起来，然后等着赎金放人。”他断然下了定论，“他们会扣押您和您的嫁妆，才不管您是什么身份。愿主明鉴，如果他们真那么野心勃勃，甚至会要求一个天文数字，再处死您。”

“他们敢！我是流着王室血脉的王妃!”她勃然大怒，“不管他们想怎样，他们也不能那样对我！其他暂且不论，我是西班牙公主！就算不是英格兰王后；至少我也是西班牙公主!”

“王室血脉的公主之前也有被抓进伦敦塔再也没出来的。”大使阴沉地说，“塔门在英格兰王室血统的王子身后关上，他们再也没见过阳光。他们会给你安上叛国者的罪名。你知道英格兰那些叛国者的下场。我们必须得走。”

卡塔琳娜对着太后行了个深深的屈膝礼，没有得到任何回应，哪怕是点点头。她身子僵硬了。双方随从在去做弥撒的途中相遇，年老妇人的身后是她的孙女玛丽公主和六个侍女。他们对这个已经同哈里王子订婚却被一直忽视的年轻女子都冷若冰霜。

“夫人。”卡塔琳娜站在她路上等着回应。

太后带着公然的厌恶看着眼前的年轻女子。“听说玛丽公主的婚事有些波折。”她说。

卡塔琳娜看向玛丽公主，女孩躲在祖母身后，面色带有敌意，突然蔑视地笑起来。

“恕我不知。”卡塔琳娜回答。

“也许你是不知道，但是你父亲毫无疑问是知道的。”老妇人暴躁地说，“也许在你和他的日常通信里，你透露了些什么，让他有了防范，而你向他描述我们家族自己的计划对你也没有好处。”

“我敢确定他并没有……”卡塔琳娜开口说。

“我敢肯定他一定从中阻挠了，你最好警告他别挡着我们的道。”老妇人毫不客气地打断她，径直走了。

“我自己的婚事……”卡塔琳娜试着开口。

“你的婚事？”太后重复着这话语，仿佛从未听闻，“你的婚事？”突然她笑了，回过头来，笑得乐不可支。在她身后，玛丽公主也笑了，然后所有侍女都笑了，耻笑这贫苦的公主居然痴心妄想，想要嫁给基督世界的天之骄子。

“父亲已经送来了我的嫁妆！”卡塔琳娜大喊着。

“太晚了！实在是太晚了！”太后抓住身边同伴的手臂干号着。

卡塔琳娜面对着眼前嘲笑的脸，陷入了绝望的歇斯底里中，脑中浮现出自己可怜巴巴地变卖盘子和金子的画面。她低下头，穿过她们，匆匆离去。

那晚，西班牙大使和一个富有的意大利商人谨慎地靠在伦敦码头边一个黑黢黢的安静角落里，看着大量西班牙货物静悄悄地装上去布鲁日的货船。

“她没有批准吧？”商人低声问，朦胧的火光照亮了他黑色的脸庞，“我们这是在偷她的嫁妆！万一英格兰人突然说婚事继续，而我们却搬空了她的私库，那可就闯大祸了！万一他们发现嫁妆从西班牙那边出发却没到达她的私库，我们该怎么办？他们会叫我们小偷，我们就成了盗贼了！”

“这婚事再也无望了。”大使宣称，“只要一对西班牙宣战，他们就会扣押这些货物，把她关起来，随时都有可能。我可不敢让费迪南的钱物落到英格兰人手里，他们可不是我们的盟友，现在是我们的敌人了。”

“那她怎么办？我们清空了她的财物，让她一贫如洗。”

大使耸耸肩：“无论如何，她都会一无所有。只要留在这里，一旦开战，她就成了敌国的人质，会被关押起来。如果能和我一起走，她回去也受不到什么善待。她母亲过世了，家族分崩离析，而她也沦落至此。我只奇怪她居然还没有一头跳进泰晤士河淹死。她已经完了，不能想象还有什么样的厄运等着她。如果你愿意为我跑这趟船，我就可以救出她的钱。可是我挽救不了她。”

我知道自己应该离开英格兰了；亚瑟也不会希望我身处险境。我对伦敦塔充满了恐惧，如果真的是叛国者也就罢了，作为一位一直循规蹈矩的公主，我唯一的错就是撒下了一个谎，做了最好的选择。这真是个笑话，我将重蹈沃里克的覆辙，做一个西班牙的叛国者，而他是金雀花王朝的；但我们落到同一个下场。

那可不能成为现实。逮捕令还没下来，我可不是傻瓜，我不会再自大了，甚至不再祈祷了。我不再祈求命运，但是我可以跑，而现在就是最好的时机。

“你做了什么?”卡塔琳娜问自己的大使，拿着清单的手瑟瑟发抖。

“我自作主张把您父亲的财物运出了英格兰。我不能冒险……”

“我的嫁妆。”她提高声音。

“殿下，我们都心知肚明它已经起不到任何作用。他不会娶您，就算他们收下了您的嫁妆，他也不会娶您。”

“这是我们的协议!”她大声呵斥，“我忠于信仰！就算所有人都背信弃义！我不吃不喝，甚至交出自己的房子就是为了不典当那些财物。既然我发了誓，那不管付出什么代价我都要坚持下去!”

“国王陛下会用它来雇佣士兵对付您的父亲。他不能用您父亲自己的金子来和他对战!”大使痛苦地呼喊，“我不会让这样的事发生!”

“所以你就掠夺我的东西!”

他结结巴巴地说：“我运走你的财产是为了它们的安全，希望……”

“滚!”她怒不可遏。

“王妃殿下?”

“你背叛了我，埃尔维拉夫人一样背叛了我，每个人都背叛了我!”她苦涩地说，“你会弃我而去。我也不会再传唤你了。永远。我也决不会再和你说一句话。而且我会将你的所作所为告诉父亲。我马上就给他写信，告诉他你偷了我的嫁妆，你这个小偷！你将永远不会被西班牙宫廷容纳!”

他忍着怒火，颤抖着鞠躬，转身离去，不屑于辩解。

“你这个卖国贼！”当他走到门口，她又哭叫起来，“如果我是名副其实的王后，我一定要把你绞死。”

他强撑着转过身，再次鞠了一躬，冷着声音说：“公主殿下，不要因为侮辱我而有失您的身份。您错得离谱。是您的父亲授意我运回嫁妆，我只是奉命行事。您父亲要剥夺您的每一分财产，是他决意让您成为一介贫民。他收回嫁妆不过是因为已经放弃了联姻的念头。他要保证钱财安全，才私下把它们偷渡出英格兰。”

“但是我应该告诉您，”他再次给予恶意的重击，“他并没有叮嘱我确保您的安全，也没有下令要让您安全离开英格兰。他满心里都是金银财宝，可没有您。他下令确保货物安全，甚至没有提及您的名字。我想他已经对您灰心丧气，决心任您自生自灭了。”

话一出口，他就后悔不迭。她脸上是他从未见过的绝望。“他让你运回那些金子，而把我独自留在英格兰？一无所有？”

“我确定……”

她摸索着转身背对着他，走到窗前，让他捉摸不到她脸上无所适从的恐惧。“滚。”她重复着，“马上滚。”

我是童话里的睡美人，是被遗弃在寒冷的异乡，终日不见阳光的白雪公主。今年冬天异常漫长，即使是在英格兰。现在已经是草长莺飞的四月，可是清晨草丛上依然满是霜冻，每天我醒来望着卧室窗户，凝结的冰的反光白得刺眼，总以为又是一夜大雪。床边杯里的水半夜就被冻住了，现在我们负担不起通宵燃着炉火的费用。当我步出室外，脚下的草丛嘎吱作响，从长筒靴薄薄的鞋底传来冰冷的触感。这个夏天，我预感到将会是温暖美妙的夏天——但我更加渴求西班牙炎热的气候。我想再次忘却烦恼。我觉得这七年来我仿佛一直冷得彻骨，没有什么能给予我温暖，很快，我会因这寒冷而死，就像河边的薄雾在雨中慢慢消融。如果国王真的像传言那样垂死，哈里王子将会登基，并娶埃莉诺为妻，我会请求父亲让我戴上面纱，遁入修道院了此残生。我的处境已经糟糕得不能再糟了，再也不会比现在更穷困，更寒冷，更孤独。显然父亲已经忘记了曾经对我的宠爱，抛弃了我，仿佛我也随着亚瑟一起去了。实际上现在，我承认，每天我都希望当初真的和他一起去了。

我曾发誓永不言弃——我们家族的女人很容易沉迷绝望无法自拔，就像糖浆溶在水里。但是我冰冷的内心早已麻木，仿佛我要成为王后坚如磐石的决心让我自己也变得像石头一样坚不可摧。我并未觉得自己和胡安娜一样对感情低头；我早已忘却了自身的情绪。我是岩石，是冰柱，是永恒的冷若冰霜的王妃。

我还是试着向主祷告，但是仍然没有回音，恐怕他和其他人一样早已忘了我。我已经再也领会不到他的存在，再也不害怕违背他的意愿，甚至再也提不起兴趣向他祷告。对他，我丧失了一切感觉，再也不觉得自己曾是他的宠儿，受到他的庇佑。我也不再安慰自己是独一无二的，受到他特别的青睐。我想他早已不再挂怀。我不知道缘由，可是既然我尘世里的父亲都能置我不顾，忘记我曾是他最宠爱的孩子；那我想我的天父也一样忘了我。

现在这世上我耿耿于怀的只有两件事：我还爱着亚瑟，就像鸟儿坠下冰冻的天空，僵硬寒冷但胸中的心脏仍在跳动。而我依然思念着西班牙，思念着阿尔罕布拉宫，思念着天国：花园，隐秘的极乐之地。

我还苟且偷生不过是因为我没法逃脱这尘世。每年我都盼望着能够时来运转，每年哈里的生日来了又去，婚约却依然没有得到兑现。我明白又空度了一年花般年华。每当仲夏到来，嫁妆的交付又成了泡影，父亲没有给出任何汇票时，我总感到羞愧：就好像胃病一样令人不适。年年月月，七年来每次来潮，我都会想又浪费了一次孕育英格兰王子的机会，看着亚麻布上的血迹我总是伤心不已，仿佛那是个失去的孩子。有八十四次机会我会有个儿子，却就这样白白浪费了。我反复体会着近乎流产的感觉，反复体会着这带来的悲痛。

每天祈祷时我都望着十字架上的基督说："愿您的旨意成真。"七年里的每一天，那是整整两千五百五十六次。这是我叠加的痛苦，我说："愿您的旨意成真。"但是那其实意味着："请惩罚那些缺德的议员，居心不良不可饶恕的英格兰国王，还有他老巫婆一样的母亲。请让我享有自己的权力，让我成为王后。我要成为王后，要生下儿子，否则我会像雪公主一般融化消失。"

"国王驾崩。"丰萨利达特使写了封短信给卡塔琳娜，他明白她再也不会私下接见他，清楚自己祈求不来她的原谅。他偷运走了她的嫁妆，给她安上谋逆的罪名，告诉她她父亲抛弃了她。"我知道您不会再见我，但是我还是要履行自己的职责，我得提醒你，他临终之时告诉自己的儿子，可以随心所欲迎娶任何看中的姑娘。如果您希望我找船送您回西班牙，我乐意效劳。个人来讲，我不觉得留在这里除了羞辱、冒犯还能得到别的什么，甚至可能会陷入危险。"

"死亡。"

"什么?"一个侍女问。

卡塔琳娜把信揉成一团，现在她谁也不信，什么也不相信。"没什么。"她说，"我要出去走走。"

玛利亚·德·萨利纳斯起身给她披上缝补过的斗篷。这些年来她一直披着这件旧斗篷度过寒冬，这还是七年前她和亚瑟离开伦敦前往勒德洛时穿的那一件。

“要我们跟着么?”望着窗外铅灰色的天空，她不甚热衷地询问。

“不用。”

我沿着河边奔跑，沙砾铺就的小道透过薄薄的皮革刺痛着我脚底，仿佛这样就能跑出新的希望。我想会不会有新的机会让我否极泰来，就是现在。想要得到我，最后却因爱生恨的国王已经死了。传闻他一直恶疾缠身，但是天知道，他从未虚弱过。我以为他会千秋万代统治下去。但是现在，他死了。他去了，轮到亲王殿下自己选择了。

我不敢轻燃希望。这些年的自食苦果让我明白，希望太容易蒙蔽我的双眼。但是我仍尝试着乐观一些，只要能稍微改变我此刻苦涩的绝望就好。

我深知这个男孩哈里的脾性。我敢保证。我观察他就像驯鹰人看待自己疲倦的鸟儿。观察他，考察他，一次次根据他的行为调整自己的判断。我像研究圣经一样研究他的喜好。我知道他的长处和弱点，于是我觉得我有微弱，非常微弱的理由再次充满希望。

哈里异常自负，对于年轻男子而言那是常见的，而我并不想苛责他，但他确实自负过头。可是这或许会让他履行诺言娶我为妻，他喜欢做这些让他看起来高尚的事。被他拯救的想法让我不得不停下步子，斗篷下的指甲紧紧掐住掌心。这种耻辱也是我要学会忍受的。哈里只要想救我，我就该谢天谢地了。如果知道我要靠他这个浮夸的弟弟来拯救，亚瑟会十分羞愧；还好亚瑟已经过世，母亲也已经过世；我只需要独自忍受这一切。

但是同样的，他的自负也可能起到反作用。如果他们夸大了埃莉诺公主的财富，哈布斯堡家族的影响力和神圣罗马帝国皇帝联姻的荣耀，他也许会被引诱。他的祖母会发言反对我，她的话就是圣旨。她会让他娶埃莉诺公主，他就会像个年轻的傻瓜那样被某个未知的美人吸引。

但是就算他想娶她，如何安排我仍然是个难题。如果送我回家他就会成为小人。如果我还在宫里，他会不会鲁莽到另娶他人？我知道哈里最怕丢面子。如果能设法待在这里，直到他们开始考虑他的婚事，我的胜算将会大大增加。

我慢慢走着，在寒冷的河上四处张望。路过的船夫为了御寒拢紧了外套。“上帝保佑您，王妃殿下！”一个男人认出了我，大声喊着。我抬手回礼。余下的人也附和起来。从当初在普利茅斯的小码头，人们争相一睹我的真容开始，这个粗犷国家的国民就爱上了我。这对一个新王而言大大加重了我的分量，成为受宠的筹码。

哈里并不在意钱财。他并没有成熟到明白它的价值，而他还是习惯于予取予求。他不会计较嫁妆和既定的遗产，这个我敢肯定。他只想摆出富丽堂皇的姿态。现在我要确定丰萨利达和父亲不会安排船队接我回国给新的新娘让步。丰萨利达一直很消沉。但是现在我不能，我要消除他的惊慌和自己的恐惧。我要留在这里坚守阵地，不能就这样不战而败。

哈里对我一见钟情，这我早就知道。最初是亚瑟告诉我的，据说当初他那个小男孩以领我进入教堂为荣，梦想着他是新郎，而我是他的新娘。我投其所好，每次见面都尽量特别引起他的注目。当他的妹妹嘲笑他蔑视他，我都回以脉脉秋波，请他为我歌唱，看他骄傲地起舞。偶尔我能抓住机会和他单独待在一起，便请他为我朗读，然后一起讨论那些伟大的作家。我敢肯定他觉得我发现了他的博学。他是个聪明孩子，和他交谈简直不费吹灰之力。

我的主要阻力来自那些对他交口称赞溜须拍马的人，我谦恭的热情恐怕在他心里占不了什么分量。既然他的祖母宣称他是基督世界最英俊、最博学、最有前途的王子，我还能说出怎样与之匹敌的赞美呢？要怎样赞美一个被吹捧得过分自负的男孩呢？他都已经相信他是这个世界最伟大的王子了。

这些都是我的筹码。但对我不利的事也很多，他和我订婚已经六年之久，他也许会认为我是他父亲的选择，还是一个无聊的选择。而他曾在主教大人面前发誓说我并非他的意中人，他也不想娶我。也许他会如那个誓言所说的一样，声明他不要我，取消婚约。想到哈里向世界宣告我强迫了他，如今他很高兴得到了解脱，我又停下了。其实这也能忍受。这些年我过得不好，他从未见我开怀大笑，也从没见我轻松快乐过。他老是看见我衣衫褴褛，为排场发愁。他们从未让我在他面前起舞，或是为他歌唱。巡猎的时候我总是骑着劣马，经常落在后面。我总是疲倦焦虑。而他却年轻轻浮，性喜奢华。在他心里我或许不过是个贫穷的女人，家族的累赘，一个惨白的寡妇，宴会上的幽灵。他是个随心所欲的男孩；他可以心安理得地不负责任。他爱慕虚荣，无忧无虑，会毫不犹豫地就打发我回家。

但是我得留下来。只要一走，他就会立即把我抛诸脑后。至少这点，我敢肯定。我得留下来。

丰萨利达受邀参加了国王的葬礼。他高昂着头，试图摆出傲慢的姿态，清楚被传唤不过是为了通知自己带着没人要的公主殿下离开。他西班牙式的高傲深深刺痛了他们，尤其在过去的日子里更是频频冒犯了他们。他带着这高傲穿过门廊，走进秘密会议厅。新王的大臣们绕桌坐成一圈，在中间给他留下了空位。他觉得自己好像一个男孩，等待导师训斥的男孩。

“也许我应该先讲讲威尔士王妃的处境。”他忐忑地讲，“送来的嫁妆已经被妥善保管在国外，可以随时……”

“嫁妆不是问题。”一个大臣说。

“不是问题？”丰萨利达惊讶地陷入沉默，“那王妃殿下的金银器皿？”

“国王陛下对自己的未婚妻很慷慨体贴。”

大使完全被弄迷糊了："未婚妻?"

"现在最重要的是，法兰西国王和他对欧洲的野心带来的威胁。自阿金库尔战役以来就一直如此。国王陛下一直盼望能够重振国威，现在我们有了和亨利一样伟大的新王，准备要让英格兰再次辉煌。英格兰的安全依靠着和西班牙，还有神圣帝国的三方联盟。国王还年轻，坚信和公主殿下的婚姻能让他得到阿拉贡国王最有力的支持。这些理由还算充分吧?"

"当然。"丰萨利达的头脑一片混乱，"但是那些器皿……"

"那不是问题。"那位大臣重复说。

"我想她的财物……"

"那都不是问题。"

"我要去禀告她这个……时来……运转……"

议员们纷纷站起来："拜托了。"

"我见过她之后，再……回复。"丰萨利达想，最好不要告诉他们公主对于自己的背叛，深恶痛绝，甚至不能肯定她是否还会接见自己。上次会面自己还言之凿凿，说她已经没指望了，前途尽毁，还告诉她，其他人都知道好几年了，只有她自己还一厢情愿。

他蹒跚着离开房间，差点迎头撞上年轻的王子。容光焕发的王子年轻英俊，还不到十八岁。"大使阁下!"

丰萨利达退后跪下："陛下！我为您父亲的去世向您……"

"好啦，好啦。"他摆摆手打断他的致哀，笑容满面，甚至没法让自己保持庄重，"请转告公主殿下，我希望能够尽快举行婚礼。"

丰萨利达双唇发干，结结巴巴说不出话来。"遵命，陛下。"

"我会为你向她求情的。"年轻人笑嘻嘻地说，"我知道你失宠啦，她都不愿见你，但是我敢保证看在我的面子上她会见你的。"

"多谢。"大使说。王子抬手让他离开，他起身鞠躬径直走向公主的房间，英格兰新王的慷慨让他震惊。他的慷慨，他的大方，具有压倒性的气势。

卡塔琳娜让他等着，但是没多久就接见了他。他不得不佩服她过人的自制力，居然能将知晓她命运的男人拒之门外。

“特使阁下。”她不动声色。

他深深鞠了一躬。她衣衫褴褛，他看见衣料裂开又仔细缝补过的痕迹。他感受到了巨大的解脱，不管这场突如其来的婚姻会给她带来怎样的结局，至少她不会再穿着这破衣烂衫潦倒度日了。

“殿下，我去了议会。我们终于胜利了，他要娶你。”

丰萨利达以为她会喜极而泣，或是扑进他怀里，或是跪下来感谢主。但是她并未失态，只是慢慢地垂下头，头上黯淡的金叶子闪闪发光。“真是件喜事。”这就是她说的全部。

“那些金银器皿都不是问题。”他喜难自禁。

她也只是点点头。

“嫁妆还是会支付，我会从布鲁日把它们运回来，他们都放得好好的，殿下。我一直为您保管着它们。”

他声音颤抖，不能自持。

她还是只点点头。

他单膝着地：“公主殿下，这可是大喜事！你要成为英格兰王后啦。”

她转过视线望着他，蓝色的眼睛里满是坚毅，就像许久之前就被典当的蓝宝石。“特使阁下，我本就注定是英格兰王后。”

我成功了。感谢主，我成功了。七年的无尽岁月，艰辛耻辱之后，我终于等到了。奔入寝殿，在祭台面前跪下，闭上双眼。但是，我不是向天上的主告解，而是向亚瑟诉说着这一切的不易。

“我完成了对你的承诺。”我告诉他，“哈里要娶我了，我完成了你的嘱托。”

那一瞬间，我看到了他，他在对我微笑，就像从未离开过一样。这些年在不经意间，晚宴上，大厅里，我总能看到他这样的笑容。面前是他明媚的脸庞，黑色的双眼，他侧面清晰的轮廓。更重要的是，他的芳香，我渴望的香气。

即使跪在十字架上的耶稣面前，我仍忍不住发出渴求的叹息。“亲爱的亚瑟，我唯一的爱。就算嫁给你弟弟，我却仍然只是你的爱人。”我记得那个时候初识情爱的甜蜜，清晨他皮肤的香气。我抬起头，仿佛脸颊蹭着他的胸膛，被紧紧搂在怀里。“亚瑟。”我低吟着他的名字。我仍然属于他，也会永远属于他。

现在卡塔琳娜面临着严峻的考验。她穿着匆忙赶制的新礼服，戴着金项圈和珍珠耳环，被引导着在大厅最前面的桌前向未来的丈夫行了屈膝礼，看见他回以灿烂的笑容，然后转向她的太婆婆。现在她不得不面对玛格丽特·博福特夫人蛇一样的注视。

“算你走运。”年老的女士在撤下桌子乐队准备演奏时说。

“我吗?”卡塔琳娜小心翼翼。

“你嫁给了一位伟大的英格兰王子，然后失去了他；现在似乎你又要嫁给另外一个了。”

“这是理所应当的。”卡塔琳娜的法语说得完美无瑕，“我同他订婚六年了。您也应该坚信这一天会来临吧？您也觉得，如此正直的王子不会打破他神圣的誓言?”

年老的女士掩饰住自己的挫败。“我们一直很有诚意。”她回敬，“我们一直守信，反而是你扣押着嫁妆，你父亲也一直食言，不愿交付嫁妆，我倒是怀疑你们的诚意了。真想不到这就是西班牙的节操。”

“而您倒是好心，不置一词，也不阻止国王陛下。”卡塔琳娜语气轻柔，“他一直很信任我，我知道的。我也从未怀疑您盼望我能成为您孙媳。看吧！现在我就要成您的孙媳了，我将是英格兰王后，嫁妆也交付明白，每件事都回到了原轨。”

她让年老的女士无话可说——这里可没几个人能办到。“好吧，无论如何，我们都希望你能好生养。”这就是她最后不怀好意的反击。

“为什么不呢？我母亲可是生了六个孩子。”卡塔琳娜甜蜜地说，“我们，我和我丈夫，可是承继了西班牙的丰饶。我们的国徽可是石榴——一种西班牙水果，象征着多子多福。”

太王太后抛下卡塔琳娜独自离开。卡塔琳娜向她的背影行礼，又高傲地站直了身子。太王太后的话语和想法根本无关紧要，关键是她会耍什么花样。卡塔琳娜可不认为她还能对婚事横加阻挠，那就够了。

1509年6月11日

格林威治宫

我在恐惧，恐惧这场婚礼，恐惧那宣誓的时刻，我怎能对其他人许下当初曾对亚瑟许下的誓言？但是最后一切都和我想象的不同，不同于和亚瑟在圣保罗大教堂盛大的婚礼，我甚至能把亚瑟深深藏在心里，和眼前的哈里一起完成这场迟来的婚礼。这都是为了亚瑟，是他唯一的遗愿，他唯一的坚持——此刻我不能贸然想起他。

教堂里没有熙攘的人群，没有观礼的各国大使，没有供饮用的酒泉。我们在格林威治宫天主教苦修士的教堂里结为夫妇，只有三位证婚人，出席者更是寥寥。

没有奢华的宴席，没有音乐，没有舞会，没有人胡吃海喝，醉醺醺地就地而眠。我害怕在众目睽睽之下被送入寝宫，更要在第二天早上展示床单；但是王子——不，现在得称他为国王陛下了——和我一样羞涩，我们一起安静地用餐，再一起退席。他们举起酒杯祝愿我们健康，就放过了我们。他的祖母在那里，绷着一张脸，目光冰冷，好似戴上了面具。我一直对她谦恭有礼，她怎么想的又有什么关系？她已经无能为力。现在没人让我住在王后寝宫，受她教导。相反，她搬离了自己的房间，给我让出了地方。我嫁给了哈里，现在，我是英格兰王后，她不过是国王的祖母而已。

侍女们悄然为我褪去礼服，这也让她们心满意足，这让她们和我一样脱离了贫苦。没人会愿意记得在牛津，在柏福德，在勒德洛度过的那些夜晚。她们的前途和我一样依赖了那个弥天大谎。没人想要回想起我凄惨的寡妇生涯。

而且，那已经如此遥远。七年了，除了我还有谁会记得如此久远的过去？除了我还会有谁知道那些我曾拥有过的隐秘的快乐？会知道候着自己爱人的甜蜜，床幔上斑斓的火光，烛火下四肢交缠的缠绵？还有清晨的绵绵呓语："给我讲个故事！"

侍女们为我换上华贵的睡袍，便默默地退下了。我在等着哈里，正如同我也曾这样等着亚瑟，唯一的区别在于，我不再满怀春思，只是等着。

人们扶着年轻的国王来到王后门前，敲门，得到进入的许可。她穿着礼服坐在炉火前，肩上围着华美的绣花披肩。房间里温暖诱人。她起身给他行了个屈膝礼。

哈里托着她的手肘扶她起来。她马上看见他窘迫地涨红了脸，而扶着自己的手也在颤抖。

"要来杯合卺的麦芽酒吗？"她问，她发誓绝对没有想起亚瑟给她的那杯酒，这样说只是为了鼓起勇气。

"好的。"他说。他的声音还带着童声，有些尖利。她转身取酒，让他看不见自己脸上的笑容。

他们彼此举杯。"希望你不会觉得今天的婚礼太简朴，不合心意。"他有些赧然，"我想父亲新丧，我们不该大肆铺张。我也不想让他母亲，太王太后过于悲痛。"

她点点头，一言不发。

"希望你没失望。"他继续说，"你上场婚礼是那么隆重。"

她笑了："我都记不清，那都是多久以前的事了。"

她注意到，这回答明显取悦了他。"很隆重，不是吗？那时候我们几乎都还是孩子。”

“是啊。”她说，“太年幼了，甚至还不懂什么是婚姻。”

他转身坐下。她知道那些收受了哈布斯家族贿赂的廷臣肯定说了她不少坏话，还有那些西班牙的敌人。他自己的祖母也反对这场婚事。这坦率的年轻人对自己的决定仍有不安，虽然他试着表现出不在乎的样子。

“也不算太小，你都十五了。”他提醒她，“是年轻的女人了。”

“亚瑟也一样大。”她大胆地直呼他的名字，“但是我可不认为他足够强壮，他不能成为我的丈夫。”

他沉默着，让她担心自己是不是太急于求成。但是当他抬起头来看着她，她清楚看见了他脸上的希冀。

“那确实是真的吗？你们从未圆房？”他问，因着自己的鲁莽窘迫地红了脸，“对不起……我想……他们都说……但是我确实……”

“没有。”她冷静自持，“他试过一两次，但是你也该记得的，他并不强壮。他也许自己夸耀过都做了，但是，可怜的亚瑟，那其实不值一提。”

“这都是为了你。”在脑海里，我对自己的爱人急切地说，“你想要这个谎言，我就一定会完成。既然要做，就要做得彻底。我必须看起来自信，有说服力，让人不能置疑。”

提高声音，卡塔琳娜说：“你还记得吧，我们十一月完婚。十二月几乎整整一个月我们都在去勒德洛的路上，整个旅途我们都是分开过的。圣诞节之后他就染病在床，四月就去了。真让人伤感。”

“他从未和你相爱？”他急切地想要确定。

“怎么能呢？”她妖娆恳切地耸耸肩，让睡袍从凝脂般的肩头略略滑下。不出意外，他的眼睛沉迷在了这裸露的肩头，咽下了一口津唾，“他身体不好。你们母亲还坚持认为成婚头年他要独自回去勒德洛。真希望我当时没有跟去。虽然对我而言没有什么差别，他却可以少操些心。这段婚姻里他对我而言一直都只是个陌生人。我们不过是生活在王家苗圃里的孩子，连伴侣都算不上。”

看起来他似乎放下了什么负担，望向她的脸容光焕发。“你知道的，我总是不由自主地担心。”他说，“祖母说……”

“噢！那些老女人总喜欢在角落里搬弄是非。”她笑着说，装作没看见他对她偶然的无礼瞪大了眼睛，“感谢主，我们还年轻，无须如此。”“所以不过是些闲话啰，”他说，很快就学会了她调侃的语气，“只是老女人在搬弄是非？”

“我们不必什么都听她的。”她大着胆子诱导他，“你是国王，我是王后，我们得有自己的主意，没什么需要她指手画脚的。为什么——就是她让我们在本该在一起的日子里孤身一人。”

之前他从未如此想过。“确实如此。”他面色坚毅，“我们都被耽误了。而她一直坚称你是亚瑟的妻子，完婚了，睡过了，我应该另外再寻一个。”

“和以前刚到英格兰时一样，我到现在都还是处女。”她大胆提议，“你可以问问我以前的嬷嬷，或是哪个侍女。她们都知道。我母亲也知道。我还是个纯洁的处女。”

他叹息着放下了心中大石。“你能对我坦诚相见真是太好了。”他说，“什么都开诚布公，这样我们都能清楚明白，没谁再有猜疑。”

“我们还年轻。”她说，“这些事情我们可以彼此交流，彼此忠诚坦率，这样就不会害怕流言和诋毁。”

“这也是我的初夜。”他有些难为情，“希望你不要介意。”

“怎么会。”她甜腻地说，“你什么时候被允许自由过？你祖母和父亲待你如珠如宝。能和你在一起，在一起度过我们的初夜，是我的荣幸。”

他站起来张开手臂。“现在，我们来一起探索吧。”他说，“我们彼此都要温存些。我可不想伤了你，卡塔琳娜。如果疼痛你可要出声。”

她轻轻投入他的怀抱，感受到他的僵硬。她优雅地退后，欲拒还迎，搭着他的肩膀，诱惑他上前，直到退到床边。她倒下去靠着枕头，对他微笑，看到他的蓝眼睛涌起了欲望。

“我对你一见钟情，那时候就想要你了。”他气喘吁吁地说，有些急色地抚着她的长发和裸露的肩膀，迫不及待想把她据为己有。

她笑了：“我也是。”

“真的?”

她点点头。

“那天我真希望和你举行婚礼的是我。”他喘着气，面红耳赤。

她慢慢松开睡袍的领口，滑下些许，让他能够窥见她优美的脖项，坚挺浑圆的双峰，纤细的腰身，还有双腿间隐秘的阴影。哈里发出欲望的呻吟。“这都未曾被开拓。”她轻声说，“我没有过谁，现在，我们终于结合了。”

“上帝啊，我们一起了。”他热切地说，“我们最终还是成婚了。”

他把头埋在她温暖的颈边，她能感受他急促的呼吸喷洒在自己的秀发上，他压着她，卡塔琳娜感受到自己也起了反应。她还记得亚瑟的碰触，紧咬舌尖提醒自己决不能，决不可以呼喊出他的名字。她让他趴在自己身上，紧紧压住自己，然后他进去了。她发出早有预谋的痛呼，但是马上意识到，在如此疼痛的一刻，这远远不够。她的尖叫不够痛楚，她的身体没有排斥，她的秘径过于湿滑。这都来得太容易。他不是很懂，毕竟还是乳臭未干的小孩子，但是他也意识到有些不对劲。

甚至在欲望中他也停下询问。他知道有些事不合常理。他俯视着她，不确定地说：“你是处女……我希望没弄得你太疼。”

他知道她不是。内心深处已明白她并非处子。即使是个被过度保护的男孩，他也还是意识到了，脑海里某处有个声音在提醒他：她在撒谎。

她抬头望着他。“在这一刻之前，我都是处女之身。”她说，勉力挤出言不由衷的笑容，“是你征服了我。你的强壮让我沉迷。”

他依然面露豫色，但是欲望如箭在弦上不得不发，他继续耸动起来，如登极乐。“你主宰了我。”她诱惑着他，“你是我的丈夫。一切都是你应得的。”她看见他在升腾的欲望中忘却了之前的疑惑，“你做到了亚瑟做不到的事情。”

这是刺激他最强有力的春药。年轻人呻吟着攀上高峰，倒在她身上，精华泄在了她的深处，异常深的深处。

哈里再没质疑过我，他希望能相信我，所以回避了这个问题，不希望得到不合心意的答案。真是个怯懦的人儿。他得到了想要的答案，宁愿被美好的谎言蒙蔽，也不愿直面无奈的现实。

一方面，这是因为他想拥有我，从初次见面那时候开始，那时我还是个穿着婚纱的处女。一方面，是为了堵住认为我引诱了他的悠悠众口。但是最重要的是：他对我的爱人亚瑟充满了嫉妒和愤恨，他想得到我不过是因为我曾是亚瑟的新娘。况且——愿主饶恕，他不过是个被忽视的心生怨怒的次子，他想让我告诉他他能做到亚瑟力所不及的事情，他能拥有亚瑟没法拥有的美好。即使我心爱的丈夫已经躺在伍斯特大教堂的穹隆之下，这个沐猴而冠的孩子还一门心思想要战胜他。最大的谎言不是告诉哈里我还是完璧，而是告诉他他才是更优秀的那一个，远胜他的兄长。但是我做到了。

清晨，他还在沉睡，我拿出小刀在脚底不起眼的位置划下一道小口子，把血挤在昨夜睡过的床单上，这样足够应付太王太后的检查，还有那些时时准备抓我小辫子的敌人。国王和他的新娘睡过的床单不会被展示；但是我知道人人都会打听，最好让我的侍女们能够言之凿凿地说在床单上看到了血迹，而我也曾抱怨过疼痛。

早上，我表现得像个新妇。我说自己很累，休息了整个早上。我双目含春，仿佛发现了什么甜蜜的秘密。我装作行走不便，整个星期都没骑马外出或是打猎。我向大家表明我是个刚刚失去童贞的少妇，我这样做了，而每个人都选择了相信。

脚上的伤口痛了很久很久，每次穿上缀着巨大宝石纽带的新鞋它都会隐隐作痛。它仿佛在提醒我为了对亚瑟的承诺撒下的谎言。这个谎言会伴我度过余生。我不会在意套上右脚的鞋时那尖锐的掐痛，较之我心底真正的伤痛它根本不值一提。我得对着那一无是处的男孩，——现在他是国王了，甜腻地笑着，用我新开发出的让人发腻的声音叫他："夫君。"

1509年夏

半夜亨利从睡梦中醒来，一动不动。卡塔琳娜也醒来了。

“陛下？”

“睡吧。”他说，“天还没亮。”

她滑下床去，点燃壁炉里的余火，再点上一支蜡烛。她让他视线紧跟着她，睡衣半敞，衣襟只掩着半边光滑的肌肤。“想喝点麦芽酒？或是葡萄酒？”

“一杯葡萄酒，你也来杯吧。”

她把蜡烛放在银制的烛台上，端着酒偎到他身旁。没法看清他的脸，她却在压制着内心的不适，无论如何，她被吵醒了，得故作关心地打听是什么事情困扰了他。如果是亚瑟，她马上就能领会他的意图，他在想什么、要什么。但是什么能让哈里这样苦恼呢，一首歌，一个梦，人群里飘散的一张便条。什么都能让他烦恼。他被当做习惯于依赖的男孩养大，他需要倾诉，需要引导。他需要一个忠诚的朋友，一个仰慕者，他需要不断的交流。而这些都得靠卡塔琳娜来完成。

“我在思考战争。”他说。

“喔。”

“路易斯国王以为能避开我们，但是我们可以主动开战。他们说他想要和平，我可不信。我可是英格兰国王，阿金库尔战役的胜利者。他会发现我不是那么容易对付的。”

她点点头，父亲曾表明法兰西国王会鼓动哈里骨子里的好战因子。他曾在信件里用最慈祥的语气把她当做最心爱的女儿，并建议英法之间的战争，不应该发生在北部海岸——英格兰最常侵入的地方——而是在法兰西和西班牙的边界处，他认为英格兰可以再次夺回想要脱离法兰西的阿基坦地区，他们会乐意被解放。西班牙也会提供强有力的支持。那将是一场胜券在握的伟大战役。

“等到早上我就去订购一套新盔甲。”哈里说，“不是用来比武的那种，我要一套重甲，用来战斗。”

她想说恐怕他不能够亲征，国内还有一大堆政务。只要英格兰的军队开拔法兰西，苏格兰人，哪怕王位上坐着英格兰新娘，肯定会趁火打劫，入侵北境。整个税收系统还充斥着贪婪和偏颇，需要重新制定，还有建造公学的计划，重新组建议会的计划，建立堡垒和海军保卫海岸线的计划。这都是亚瑟为英格兰勾画的蓝图，这都需要在哈里穷兵黩武之前完成。

“一旦亲征，太祖母就会摄政。”他说，“她熟悉政务。”

卡塔琳娜犹豫着寻找措辞。“确实如此。”她说，“可是可怜的妇人现在已经这样老迈了，已经呕心沥血了这么多年。这也许对她是个太过沉重的负担?”

他笑了。“才不会！她管理着王家账目和宫廷内务，凡事皆事必躬亲。只要是确保都铎家的权势，我都不认为有什么难得倒她的。”

“是啊。”卡塔琳娜不着痕迹地挑起他的不满，“看看她把你管制成什么样了！她一直把你牢牢控制在掌心。为什么，即使是现在，只要能够阻挠，她也决不会让你出征的。从你还是个孩子开始，她就从不让你搏斗，不让你赌博，不让你交朋友。为了你的安全和幸福她操碎了心。如果你只是个王子，她当然可以这样为所欲为。”她笑了，“我想她认为你不过是个王子，而不是个强壮的男孩。于是现在是不是她该歇歇的时候了？给你一些自主的权利？”

他脸上一闪而过的不满让她胜券在握。

“而且，”她笑着说，“如果你在国内给了她权力，她就肯定会告诉议会你最好回来，战争对你太过危险。”

“她才不能阻挠我，”他怒气冲冲，“我是国王。”

卡塔琳娜扬扬眉毛：“亲爱的，如你所愿。但是如果战况不佳，我想她会停供你的军费。如果她和议会质疑你的决断，他们什么都不需要做，只要坐着不动，不为你的军队征收军费，你就会发觉当你在国外征战的时候，家里人已经背叛了你，用她所谓的爱背叛了你。老年人总会对你管手管脚，一向如此。”

他瞪大眼睛：“她绝不会背叛我。”

“当然不是有心的。”卡塔琳娜表示同意，“她总是以为什么都是为了你好。其实只是……”

“什么？”

“她总是自以为是，以为对你体贴入微。对她而言，你一直都还是个孩子。”

她满意地看到他涨红了脸。

“对她而言，你只是个次子，永远排在亚瑟之后。不是真正的继承人，并不适合这个王位。老年人总是固执已见，看不清事情已经和他们的臆想迥然不同。实际上，既然她能完全掌控你，又怎么会相信你的判断？对她而言，你不过是幼小的王子，一个小婴孩。”

“我决不会被个老女人左右。”他发誓。

“现在是你的时代了。”她附和。

“你知道我该怎么做吗？”他问，“等我出征了就让你摄政！在我在外征战的时候国家大事就由你做主。你在后方调动兵力。我不相信其他人。我们要共同统治国家，而你就是我的后盾。你觉得你行吗?”

她笑了。“我清楚自己能够胜任，不会负你所托。”她说，“我为英格兰而生，你不在的时候我决不会让它受到任何威胁。”

“这才是我需要的王后。”哈里喜不自禁，“你的母亲可是个伟大的统治者。她一直在后方支持自己的丈夫。我一直听闻他统领军队，而她则筹措军费，训练新军?”

“是啊。”她对他的兴趣略感惊奇，“是的，她总是在那里，在后方，为他出谋划策，稳定军心，为他提供兵力，军费，有时候甚至会亲赴前线。她拥有自己的战甲，可以和军队一起出征。”

“和我讲讲她的事迹吧。”他躺回枕头，“讲讲西班牙，讲讲你还是小女孩时待过的那些西班牙宫殿。它是什么样子？为什么被称作阿尔罕布拉宫?”

这场景似曾相识，像阴影一样揪紧了她的心。“啊，我几乎都记不清了。”她笑着面对他热切的面容，“没什么好讲的。”

“来嘛。给我讲讲。”

“不，我能讲什么呢。难道你忘了，一直以来我都是英格兰王妃，这么多年，我早就讲不出来什么了。”

早上，哈里兴致勃勃，想着自己的新盔甲，想要马上找个由头宣战。他把她吻醒，然后迫不及待地压上她的身体。她搂紧他，感受着他冲动自私的愉悦，然后笑了。他一会儿后翻身下床，捶着门咆哮着让自己的侍从前来侍候。

“今天弥撒前我要骑骑马。”他说，“今天可是美好的一天。你要一起来吗?”

“弥撒的时候再见。”她说，“如果你希望的话，我们可以共进早餐。”

“那就在大厅里吧。”他决定，“然后我们去打猎。天气真好，不把猎狗放出来就可惜了。你会去的是吧？”

“嗯。”她答应了，被他的兴高采烈感染，“要野餐吗？”

“你可真是善解人意！”他大声说，“野餐真是太好了。你再安排带上几个乐手，我们就能跳舞了，带上侍女，带上你所有的侍女，我们一起跳。”

临出门前，她抓着他问。“哈里，可以带上玛格丽特·波尔夫人吗？你也喜欢她的不是？我能让她随侍吗？”

他退回房间，拥她入怀，真心地亲吻着。

“你爱谁就是谁，不管是谁。马上传她入宫吧。我知道她是最美好不过的女性。还有伊丽莎白·波琳夫人，分娩以后她就回来了。她又生了个女孩。”

“取名了吗？”卡塔琳娜转移了话题。

“玛丽，或者是安妮，记不清了。反正我们要跳舞……”

她面露喜色。“我会带上整个乐队和舞者。要是我也能向老天借点好天气就更好了。”她为他脸上的幸福微笑，直到听到侍从们来到门口。

“弥撒见。”

为了亚瑟，为了母亲，为了主，为了我们的抱负，也为了自己，我嫁给了他。但是有时候我以为自己爱上了他。怎能不去爱哈里这样一个精力充沛，天性善良初涉政坛的甜心男孩？除了赞美和善意，他对这世界一无所知，一无所求，每天早上他都怀着快乐醒来，心中期望这又是美好幸福的一天。而且，自登基以后，身处廷臣和幸臣的包围之中，他总过得身心愉快。在最初的日子里他的祖母控制一切，慢慢地，我确定他把管理国家的重任交给了我。

议会开始向我确定国王的想法。如果能让我事先准备，报告政绩或是提出建议都要简单得多。廷臣们很快明白过来：任何让他和我不和的事，任何不利于国家和西班牙结盟的事都会让我不快；而让我不快，也会引起哈里反感。那些钻营的，求助的，寻求公正的人们很快发现得到公正处置最行之有效的方法是先向王后陛下请愿，等待我的引荐。

我从来不用假手他人去操控他。人人都知道，只要是新奇的要求，都能上达天听。人人都知道，这个自恋的年轻人开朗活泼、不喜约束。人人都曾受到关于他老祖母的警告，如今她发觉自己已经日益不着痕迹地被撂到一边，因为她公开对他提出意见，因为她总是擅作主张，因为有一次——简直是太蠢了——她居然责骂了他。哈里是个粗枝大叶的国王，他会把他王国的大权交给任何信任的人。我不过是千方百计想让他只信任我而已。

我确定自己绝对不会因为他不如亚瑟而苛责他。在七年的寡居生涯里，我教会自己，带走亚瑟是主的意志，没有必要因为最优秀王子的离世而迁怒活着的人。亚瑟带着我的誓言离去，而我是幸运的，和他弟弟的婚姻并不是什么不可忍耐的责任，相反我很享受这段婚姻。

我喜欢当王后的感觉。我爱好美好的事物和奢华的珠宝，听话的狗，还有让我愉悦的整整一队侍女。我愿意为玛利亚·德·萨利纳斯支付高额的薪酬，为她定制一打礼服。我乐意给玛格丽特·波尔夫人写信，传唤她来我的宫廷，我扑进她的怀抱，为重逢喜极而泣，得到她愿意陪伴我的承诺。我乐于见到她的谨慎；她从不提起亚瑟。但是我很高兴她明白我为这段婚姻付出了什么样的代价，还有我不得已的苦衷。我想让她看到我让亚瑟的英格兰日益昌盛，即使王位上坐着的是哈里。

婚后的头一个月，哈里的生活塞满了宴会、盛典、狩猎、郊游、蜜月之旅、乘船旅行、戏剧等各式消遣，还有比武助兴。哈里就像是个被关在学校里太久的男孩突然得到了暑假。他的世界充满了娱乐，最简单的体验也能给他带去无上的快乐。他喜欢打猎——之前他并不被允许任意驰骋。他特别爱好比武，可他父亲和祖母之前并不让他参加。他喜欢被逢迎，喜欢那些溜须拍马的人物。他喜欢女人们的聚会——感谢主，他对我天真的忠贞一直无二。他喜欢和那些漂亮女士们交谈，和她们玩牌，看她们跳舞，为一些无聊的把戏赐下丰富的奖赏——但是他都会偷瞄我看我是否赞同。通常他坐在我旁边，从他略高的位置含情脉脉地注视着我，让我情不自禁回以同等的爱慕，在那时候，我不禁爱上了他，仅仅因为他是他。

他的身边围绕着年轻的男男女女，这和他父亲安静深沉的宫廷大不相同。他父亲的宫廷里全是共过患难的老臣，他们饱经战乱，每个人的领地都曾失而复得过。哈里的宫廷里却是一群不知疾苦的纨绔。

我不对他和集结在他身旁的粗野年轻的同伴发表任何苛责的评论。他们自称为宠臣，一天到晚——据传闻甚至深夜，都彼此嬉笑，沉迷于疯狂的赌博和玩闹。哈里的孩提时代一直过着严谨自制的生活，我想现在他就是匹脱缰的野马，他喜爱那些自吹自擂、喝酒滋事、打架斗殴的年轻人，还有他们勾搭的那些女孩，甚至是追着他们训诫的神父。他最好的朋友是威廉·康普顿，两人成日里勾肩搭背，好像随时准备跳舞或是大打一架。威廉本身和宫廷其他蠢笨的傻瓜没什么区别，翻不起什么风浪，他是爱着哈里的忠实伙伴，对我有着传为笑谈的被蔑视的爱慕。半数的宠臣都假装陷入了对我的倾慕，我让他们献上情诗，为我歌唱，我总让哈里清楚自己的歌和诗文是最好的。

年长的廷臣对此诸多非议，对国王那些喧闹的伙伴提出了严厉的批评；但我不予置评。那些议员们向我抱怨时，我只是说国王还年轻，总是有些年轻人的习性。那些同伴都无伤大雅，只要不喝得酩酊大醉，都还是些可爱的年轻人。但是只要喝多了，他们就和一般的青年一样，吵闹、喧嚣、惹是生非。我用母亲的眼光看待他们，明白迟早有一天他们会成为我们军队里的军官。如果战争爆发，他们的勇气和热血就是我们需要的战斗力。和平年代最吵闹最不安分的青年恰恰是战时最需要的人。

玛格丽特太王太后，国王陛下的祖母，曾埋葬了一任或是两任丈夫，一位儿媳，一个孙子，最后是她最宝贵的王子，现在对于争权夺势已经力不从心，而卡塔琳娜也小心谨慎尽量不和她的老对头公开冲突。由于卡塔琳娜思虑周详，两个女人之间的对立并没有公然摆上台面——那些希望玛格丽特太王太后像曾侮辱她的儿媳那样辱骂她的孙媳的人都失望了。卡塔琳娜明智地缓解了矛盾。

当她试着要求先于卡塔琳娜几步通过大厅的门廊参加晚宴，血统纯正的王妃、西班牙的公主、英格兰的王后卡塔琳娜马上退后，大方地为她让路，因此人人都在谈论新后得体的举止。卡塔琳娜为这个拒绝承认尊卑有别的老妇让了路，更凸显出在过去的几个月里她是如何老迈昏聩。旁观者看着老妇有失体统地越过孙媳飞快奔到高桌前，也看到了卡塔琳娜明显的退后，于是人人都赞扬这年轻女子的优雅雍容。

太王太后的儿子亨利国王的去世给她带来了沉重的打击。这并不是因为她失去了一个钟爱的孩子，更多是因为她失去了依靠。他的离去让她再难强迫议会在通报国王之前先对她汇报。哈里轻巧地免除了父亲的债权，释放了父亲关押的囚犯，她认为这大大损害他父亲的颜面，冒犯了自己的权威。宫廷里年轻自主朝气蓬勃的突然转变让她觉察到了自己的老迈乖戾。她作为曾经的统治者的权威被冷落了。她的意见不再受到关注。那宫廷里事事都必须依从的规章是她起草的；但是突然间，人们兴办起书中没有的庆典，自顾自地发明了新的消遣和活动，没人问她的意见。

她因此训斥了卡塔琳娜，而卡塔琳娜笑脸相迎，转身就鼓励年轻的国王继续打猎，跳舞，彻夜狂欢。老妇人向自己的侍女嘀咕抱怨王后是个虚荣轻浮的东西，迟早会让国王误入歧途。她甚至失礼地评论说怪不得亚瑟英年早逝，看看这西班牙女孩的为妻之道。

玛格丽特·波尔夫人巧妙地告诫她的老熟人。“夫人，虽然王后陛下让宫廷热闹喧哗起来，但是她并未做出什么有损王室脸面的事。实际上，若没有她，宫廷才会变得不堪入目。是国王陛下本人对层出不穷的玩乐乐此不疲，而王后陛下却把宫廷管理得井井有条，不致有失体统。年轻人都仰慕她，没人在她面前喝醉或是行为不端。”

“这都是她的责任。”老妇人蛮横地说，“埃莉诺公主绝不会做出这些行为。埃莉诺公主会住在我的房间里，一切都会按我的意思行事。”

卡塔琳娜对此装聋作哑，即使有人到她面前学舌，也不曾听闻半句不满。卡塔琳娜对她的祖婆婆及其诸多刁难视而不见——她现在造不成什么威胁。

宫廷的夜间玩乐是老妇人最多抱怨的地方。晚宴的时间日益延后，她不得不等着。她抱怨已经夜深了，仆人们在拂晓之前都没法收拾完毕，晚宴尚未结束她就拂袖而去。

“你玩得太晚了。”她跟哈里讲，“真蠢。你需要睡眠，你都还是个孩子，不该彻夜狂欢。我可玩不了那么晚，真是浪费蜡烛。”

“好的，但是王祖母，您都已经快七十岁了。”他耐着性子说，“当然，您该去休息了。您可以随时退席。卡塔琳娜和我都还年轻，喜好玩乐是我们的天性。”

“她也该休息了。她得孕育继承人。”玛格丽特太后暴躁地说，“和一群蠢人跳舞她可怀不上。每晚都浓妆艳抹，谁听说过这样的事？谁又来负担这些费用？”

“我们成婚还不到一个月！”他恼怒地大声吼道，“这只是我们的结婚庆典。我想我们应该享受娱乐，让宫廷喜气洋洋。我也喜欢跳舞。”

“你表现得好像现在国库非常充盈。”她厉声说，“这场晚宴花费了多少？之前的呢？光是熏香就是一大笔支出。还有乐队呢？现在我们必须积累财富，可经不起一个挥霍成性的国王。英格兰可不兴在王位上坐着一个花花公子，也不兴到处都是伶人。”

哈里涨红了脸，准备不留情面地反驳她。

“陛下并没有挥霍。”卡塔琳娜迅速地响应，“这不过是婚礼庆典的一部分。您的儿子，先王陛下，一直想要宫廷里充满生气。他认为人们都该知道宫廷是富有的、快乐的。哈里国王只是追随他睿智的父王的脚步。”

“他父亲可不是会听命于外国媳妇的年轻傻瓜!”老妇人恶毒地说。

卡塔琳娜微微瞪大眼睛，拉着哈里让他少安毋躁。“我是主给他选定的配偶和伴侣。”她轻柔地说，“我想您也是如此认定的。”

她开始咕哝了：“我听闻你的野心可不止于此。”

两个年轻人等着，卡塔琳娜感到，在她温柔的手底下，哈里开始烦躁了。

“听说你父亲召回了大使。对不对?”她怒视着他俩，“可能他现在不需要什么大使了，英格兰国王本人的妻子正在准备回报西班牙，英格兰国王本人的妻子就是大使了。事情怎么能这样?”

“王祖母!”哈里大声呼喝，但是卡塔琳娜依然十分冷静。

“我是西班牙公主。在我嫁到的这个国家我当然是代表自己出生的祖国。当然，我会告诉父亲，他亲爱的女婿、我的丈夫一切安好，我们的国家也很繁盛。我也会告诉我的丈夫，无论和平战争，我亲爱的父亲都会无条件支持他。”

“如果我们开战……”哈里开口。

“开战?”老妇人暗着脸色，“为什么我们一定要陷入战争？我们和法国又没有争端。现在只是她父亲想要和法国打仗，别人可都不想。别告诉我你傻到让我们为西班牙而战！你现在算什么？他们的差役？他们的奴仆？”

“法兰西国王对我们都是威胁！”哈里勃然大怒，“英格兰的荣耀需要捍卫！”

“太王太后肯定不是有心反对你。”卡塔琳娜体贴地说，“这正是交替的时代。我们不能指望老一辈人能明白世事早已发生了迅猛的变化。”

“我还没老糊涂呢！”老妇人怒气冲冲，“什么才是危险我清楚得很！我还分得清什么才叫忠心！还有谁才是西班牙的探子！”

“您是最睿智的顾问。”卡塔琳娜对她说，“而国王陛下和我都非常需要您的忠告，不是吗，哈里？”

他还在生气。“阿金库尔战役……”

“我累了。”老妇人说，“不管你们怎么想，事情怎么发展。我回房了。”

卡塔琳娜尊敬地对她行了个深屈膝礼，哈里无礼地垂下头。而当卡塔琳娜起身时，老妇人早已离开。

“她怎么敢这样说！”哈里问，“她都这样说了你居然还忍得住？弄得我都想像头被激怒的熊一样咆哮了！她什么都不懂，还侮辱了你！而你就只会站着听训！”

卡塔琳娜笑了，捧着他暴躁的脸庞，轻轻吻着他的双唇。

“噢，哈里，谁会介意没有实权的老妇说什么？现在根本没人在意她的话。”

“我要和法兰西开战，谁管她怎么想。”他发誓。

“当然要，只要时机合适立即宣战。”

我掩藏起对她的胜利带来的喜悦，但是我已经尝到了它的滋味，异常甘美。我私下想，总有一天在我寡居时曾嘲笑过我的公主殿下们，哈里的姐妹们也会知道我的厉害。但是我还需要蛰伏。

她资历深厚，但是在重臣面前却没有什么号召力。他们和她相处太久了，血缘的羁绊，势力的归属，竞争和世仇等等让他们和她的关系复杂难言。她并不受欢迎：作为一个女人，或是国王的母亲。她是这个国家最伟大家族的一员，在博斯沃思之后，爬到了如此高位，但是那之后她高估了自己的地位。在学术和道德上她享有很高的声誉，但是却不受爱戴。她总是强调自己身为国王母亲的无上地位，因此和老一辈廷臣产生了巨大分歧。

他们慢慢抛弃了她，却成为我的朋友：包括玛格丽特·波尔夫人，白金汉公爵和他的姐妹伊丽莎白和安妮，托马斯·霍华德和他的儿子托马斯爵士，还有伊丽莎白·波琳夫人，最亲爱的坎特伯雷大主教威廉·沃勒姆，乔治·塔尔伯特，还有我在威尔士认识的弗农爵士。他们深知，尽管哈里疏于政务，我却没有。

我向他们虚心求教，和他们分享亚瑟及我的构想。和议会一起，我带领这个国家走向了和平昌盛。我们开始着手在全国范围内推广法律，尤其是要普及到深山和丛林里。我们还开始营造海岸防线，为强大海军建造船只，打造陆军名册。我把国家大权牢牢握在手里，发现自己可以轻而易举行使这权力。

对于权势，我们家族有着与生俱来的敏锐。在阿尔罕布拉宫，我坐在母亲王座的脚边，听着父亲在美丽的金色花园里和各国大使高谈阔论，学习帝王之道，就像我曾在同一个地方学习美学、音乐、建筑的艺术。我学会了对华美建筑的鉴赏，学会了享受窗格里洒落的明媚阳光，还学会了治理国家。作为一个摄政王后，我轻车熟路。能够成为英格兰王后，我由衷地觉得幸福，仿佛回到了出生之地。

国王的祖母躺在华丽的床上，华美的床幔紧紧闭着，她安静地躺在阴影里。床脚边，一个任劳任怨的侍女捧着圣体匣，让她能透过钻石一样晶亮的玻璃看到纯白匣体里基督的圣骸。垂死的妇人死盯着它，偶尔抬头看看床边象牙制的耶稣受难像，毫不理会在她身边轻声祷告的人群。

卡塔琳娜跪在床脚，低着头，手里数着珊瑚念珠，沉默地祷告着。玛格丽特太王太后在天国里肯定有来之不易的一席之地，此时她正在离开这尘世。

门外，在她的会客室，哈里正等人告诉他祖母的死讯。他和过去的幼年时光最后的联系也将随着她的逝去而不复存在。他身为次子的年月——努力想引人注目，试图笑得更灿烂些，表现得更聪明伶俐——也随此而逝。从此刻起，见到他的人都只会奉他为家族最尊贵的成员，最伟大的血脉。再也不会有唠叨挑剔的都铎老妇守护这个轻信的王子，用平静的语气驳倒他每一次的突发奇想。她去了，而他，用他自己的说辞是，终于长大成人。不会再有人把他当做一个男孩。尽管他等着，表面上对她的离世表现出虔诚的孝心，实际上他迫切想确定她真的死了，他终于真正地独立了，终于成为一个真正的男人，一个真正的国王了。而他完全没有想过自己还需要她的助力。

“他不能开战。”祖母在床上嘶哑地说。

侍女被她突如其来的清晰讲话吓得喘气。卡塔琳娜站起来：“太后，您说什么？”

“他不能开战。”她重复着，“我们的策略是要脱离欧洲大陆无止境的战争，借着大海的屏障，维护和平，远离那些幼稚王子的拌嘴。我们要维护国家的稳定祥和。”

“不。”卡塔琳娜平静地说，“我们要加入十字军，深入基督世界的核心，或是更远。我们的目标是让英格兰成为教会的核心，成为从欧洲大陆，从圣地巴勒斯坦，到非洲，到土耳其，到撒拉逊，直到世界尽头的霸主。”

“苏格兰人……”

“我会处理苏格兰人。”卡塔琳娜坚定地说，“我很清楚他们的威胁。”

“我不该让他娶你，你只会让我们陷入战争。”黑眼睛里闪耀着逐渐消退的愤恨。

“你从来就没想让他娶我，从一开始你就一直反对。”卡塔琳娜直言不讳，“但是我嫁给了他，因此他能够加入伟大的十字军。”王后全然不顾小声啜泣的侍女——她认为人之将死其言也善，不该受到质疑。

“你发誓，发誓你不会让他开战。”老妇人有气无力地说，“我临死的愿望，临终的嘱托。我在此时托付给你这个神圣的责任。”

“不。”卡塔琳娜摇摇头，“我不会，不会再接受这种托付。我曾对人许下了临终时的承诺，并为此付出了惨痛的代价。我不会再做出另外一个，至少不会对你。你活了一辈子，按照你的意志争得了一切，现在轮到我了。我会看着我的儿子成为英格兰国王，也许还会成为西班牙国王。我会看到我的丈夫领导着浩浩荡荡的十字军，对抗摩尔人和土耳其人。我会看到自己的国家英格兰在世界上占有一席之地，赢得本该属于它的荣耀。我要看到英格兰成为欧洲的中心，欧洲的霸主。而我自己则会是它的守护者，守护它不受侵犯。我会成为你永远成不了的英格兰王后。”

“不……”老妇人喘着气。

“一定会。”卡塔琳娜毫不妥协，“现在我是英格兰的王后，到死都是。”

老妇人撑起身子，挣扎着呼吸。“你得为我祷告。”她命令年轻的妇人，仿佛在诅咒一般，“我为英格兰，为都铎一脉鞠躬尽瘁。你得保证我的名字受到后世敬仰。”

卡塔琳娜犹豫了，如果这个女人没有奉献自己，她的儿子，她的国家，都铎家族不会登上王位。“我会为你祈祷。”她承认，“只要英格兰境内礼拜堂尚存，只要神圣的罗马天主教堂还在，你就会被铭记。”

“永远。”老妇人说，总算有东西是永世不变的，她感到心满意足。

“永远。”卡塔琳娜同意了。

之后不到一个小时了，她死了；即使尚未加冕，我也成了真正的王后，名副其实的王后，拥有至高无上的权力，不容他人置喙。所有人都束手无策，没人能够有条不紊地统领丧礼。哈里没有安排王家丧仪，他怎么会知道该从哪处着手，又该给他祖母怎样得体庄重的封号？要有多少扶灵者？丧期要有多长？把她葬在哪里？整个仪式要怎么安排？

我召见了在英格兰我最初的朋友白金汉公爵，多年前我初到英格兰他就曾拜见过我，现在他已经是王家总管大臣了，我也请来了玛格丽特·波尔夫人。侍女给我拿来了仪式全书，《王室章程》，这是已故的国王祖母亲自撰写的，现在我得处理在英格兰遇到的第一件大事。

我很幸运——在书的首页找到了三页手写的标注。那个自负的年迈女士列出了她希望在自己葬礼上送葬的队伍。玛格丽特夫人和我喘着气，难以置信她要求了如此多送葬的主教、送葬者、哭灵者、扶灵者、街道上的装饰，还有漫长的丧期。我拿给白金汉公爵裁断，作为她曾经的盟友，他不置可否，只是微笑着摇头。收起不为人知的胜利喜悦后，我拿起鹅毛笔，蘸上黑墨水，把所有要求都减到一半，然后开始下达命令。

这是一场庄严肃静有条不紊的仪式，而人人都知道这一切都出自西班牙新娘之手。即使是以前毫不知情的人，也明白这个等了七年才登上英格兰后座的女孩并没有虚度光阴。她清楚英格兰人的性格，清楚怎样才能投其所好。她掌握了宫廷的规则：他们奉什么为尊，又弃什么如敝屣。生而为王妃，她很清楚怎么统治国家。在她加冕礼之前，卡塔琳娜已经建立起身为王后的威信。那些在她潦倒岁月里对她不屑一顾冷嘲热讽的人们现在也对她表现出由衷的赞赏和尊敬。

她接受了这些赞美和恭维，就像她之前接受了那些冷眼。她知道主持太王太后的葬礼确立了她在宫廷女性里无上的地位，现在人们都朝她涌来，更甚于哈里，要她管理宫廷生活。在这场完美的表演里，她让自己登上了英格兰权力的高峰，成为不可或缺的掌权者。她很确定，在这场胜利之后，她的地位无可取代。

我们决定不取消加冕礼，尽管之前才举办了太王太后的葬礼。所有安排都已就绪，我们不能让那些远道而来想要亲眼看到还是孩子的哈里戴上他父亲的王冠的人们扫兴。据说有些人来自普利茅斯，多年前曾亲眼看到我登上这个国家的土地——当时我还是个气息奄奄晕船的女孩。我们不能告诉他们，哈里的登基礼，我的加冕礼，因为和一个寿终正寝的年迈老妇的葬礼冲突取消了。我们一致认为民众期待着一场盛大的典礼，而我们不应辜负这期望。

事实上，是哈里不能忍受这失落。他是如此期许伟大的荣耀时刻，没法承受失去它的痛苦。那个老迈、专制，对他诸多限制的老妇人的逝去绝不能影响他的加冕礼。

我也同意。太王太后紧紧抓住手中大权，随心所欲那么多年，现在我们的时代来临了。能看着哈里和我携手登上王位，我认为这是民众的期望。实际上，他们之中有很多人一直都关注我，为我能最终戴上王冠感到巨大的快乐。我决定——现在除了我没人能够做出决策——我们将会举办典礼，于是一切就顺理成章了。

我清楚得很，他对祖母的哀思不过是做做样子，悲痛都是装出来的。当我踏进她的会客厅，一眼就看到了他，而他知道我离开她床边就意味着她的死亡。我看见他的肩膀舒展开来，仿佛终于从她无微不至的关怀中解脱出来，她瘦骨嶙峋、充满慈爱、布满了老年斑的双手仿佛是他致命的负担。我看见他闪过一丝笑容——为自己仍然活着，且年轻强壮而高兴；而她却去了。然后我看他脸上浮现出深思熟虑后的悲伤，我快步上前，也面容肃穆，语调低沉，悲痛地告诉他她已经仙逝，他也同样压着嗓子回应了我。

他能如此虚伪让我很高兴。阿尔罕布拉宫里的房间有许多扇门，父亲告诉我身为一个国王应该要自由进出，让人觉得君心难测。我明白想要手握实权就得培植自己的势力。哈里现在还是孩子，但是迟早有一天他会成长为真正的男人，会有自己的思量和判断。我要记得他也会口不对心。

我对他还有些其他的认识。从我看到他没有为自己的祖母掉下一滴真正的眼泪那一刻起，我就明白，这个国王，我们气派非凡的哈里，有一颗猜疑冷酷的心。她一向对他像母亲一样疼爱有加，控制了他的整个孩提时代。她照顾他，守护他，亲自教导他。他每次睁眼都要受到她的监护，为他隔离开那些不怀好意的目光，她不让家庭教师接近他，只许他在自己的视线范围内活动。她为他跪着日日祈祷，坚信他受到了纯正的教会教育。但是当她挡住了他的道路，妨碍了他寻欢作乐，他就视她为敌；而他狂妄得不会原谅任何阻碍他的人。这让我明白，这个孩子，这个英俊的男孩，会成长为一个自私自利损人不利己的男人。迟早有一天，我们会希望他的祖母能更好地教导过他。

他们用迎接王妃的仪仗把卡塔琳娜接到了威斯敏斯特。她坐着由四匹雪白的高头大马拉着的装饰金箔的轿子，人人都可一睹她的风采：她白色缎面的礼服，珍珠装饰的王冠，长发垂肩。哈里首先加冕，然后卡塔琳娜低下头，在头上和胸口点上象征王权的圣油，伸手接过令牌和象牙棒。她知道从这一刻起，终于成为了王后，母亲那样的王后：命中注定她不同凡响，被天使环绕，被主庇护，委派来管理他的国家。她知道自己最终被命运眷顾，登上了应得的高位，履行了自己的誓言。

她的王座仅次于亨利国王陛下，拥挤的人潮欢呼着目送年轻英俊的国王登上了王座，同时也为她欢呼，坚贞不屈的西班牙公主，终于加冕为英格兰的凯瑟琳王后。

这一天已经让我等待了太久，一切都仿佛是在做梦，仿佛是那些我最渴望的梦想。我环视全场：我有在人群中的位置，有自己的王座，手中握着有冷冷光辉的象牙棒，另一只手紧紧抓着沉重的令牌，前额和胸口浓重的圣油气息，这些都像是因思念亚瑟而做出的美梦。

但这次，美梦成真。

当我们步出大教堂，我听见人群在欢呼，为他，也为我，我转头看着身边的丈夫。那一刻我的梦境碎了，无比震惊，他不是亚瑟。他不是我的爱人。我曾期望站在亚瑟身边加冕，一起登基。但是眼前不是我丈夫俊美睿智的脸庞，取而代之的是哈里雀跃不已涨红的圆脸。不同于我丈夫羞涩却不失活泼的优雅，身旁的哈里兴高采烈地昂首阔步。那一刻我终于认识到亚瑟已经死了，真真切切地离开了我。我履行了约定里我的职责，嫁给了英格兰国王，即使那是哈里。感谢主，亚瑟也完成了他的：在天国关注着我，在那里等着我。到我功德圆满那天，我会奔向他，永远和他在一起。

"高兴吗？"男孩大声呼喊着让我能在洪亮的钟声和人群的欢呼里听见他的声音，"卡塔琳娜你高兴吗？你庆幸我娶了你吗？你荣幸吗？是我给了你英格兰王后的王冠。"

"我很高兴。"我发誓，"现在你该叫我凯瑟琳了。"

"凯瑟琳？"他迷惑不解，"不再是卡塔琳娜了？"

"我现在是英格兰王后。"我说，想着当初亚瑟的说辞，"英格兰的凯瑟琳王后。"

"哦，我明白了！"他大声说，很高兴我给自己改了名字，这样他可以给自己也改个，"很好。我们将是亨利国王和凯瑟琳王后。他们也可以叫我亨利。”

这是国王陛下，可这并不是亚瑟，这是想要像个男人一样被称为亨利的哈里。我是王后，不再是卡塔琳娜。从此以后，我是英格兰人凯瑟琳，不再是那个和威尔士亲王深陷情网的女孩。

凯瑟琳　英格兰王后

1509年夏

整个夏天，宫廷里的年轻人都在自由地寻欢作乐。行宫里马不停蹄的狂欢持续了整整两个月，亨利和凯瑟琳打猎，野餐，彻夜跳舞，花钱如流水。王室内务笨重的马车在英格兰的小道上川流不息，确保下一处行宫里金碧辉煌，赏心悦目，让二人每日共享的御床上铺着最舒适的亚麻布和最丰美的皮毛。

亨利并不理会任何有价值的商谈。他只曾写信告诉岳父大人自己有多快乐，而作为一个国王他剩下的工作就是从某个美丽的花园城堡或是大宅赶往下一个，其余政务都由凯瑟琳王后处理，她让书记官写下自己的命令送给议会，权力甚至凌驾于国王之上。

直到九月中旬宫廷才回到了里士满，亨利马上宣布庆典还会继续。他们怎么可能让快乐就这样溜走？天气晴朗的时候，他们狩猎划船，比赛射箭和网球，各式各样的派对和化装舞会。贵族和绅士们成群结队涌向里士满参加这无止境的狂欢：那些历史比都铎更悠远的家族，还有那些与都铎王朝同气连枝的新贵，他们的财富和名声随着都铎王朝的兴起而水涨船高。那些来自博斯沃思的胜利者曾冒着巨大的风险把自己的身家全部压在都铎家的胆量上，如今却发现面对那些精于娱乐、以此谋利的新人，自己也不得不靠边站了。

对于那些能讨欢心的人，亨利向来来者不拒。诙谐机智也好，博览群书也好，迷人的逢迎者或冒险家统统能在宫廷里谋得一席之地。凯瑟琳对他们笑脸相迎，从不间断，从不拒绝任何邀请，而她也担起让那年少的丈夫成日玩乐的重担。慢慢地，但确实地，她掌控了娱乐大权，然后是家务，然后是国王的政务，最后整个国家都被她握在了手心。

凯瑟琳王后在核对王室的开销，一边站着书记员，审计员捧着他的账簿站在另一边，财政总管则站在她身后。她在审核宫廷几处大宗的账簿：厨房，酒窖，衣物，侍者，室内维护，马场，乐队。宫廷里的每个部门都必须整理出每月的收支，并呈报给王后的财政部——就像当初呈报给玛格丽特太王太后一样，让她审查他们的业绩，如果大幅超支，他们就会被私人财政拜访，单独询问如何解释花销的剧增。

欧洲的每个王室都在尽力控制维持庞大的封建宫廷的花销，并炫耀新近积累的财富。所有国王都希望像中世纪君主一样显赫、前呼后拥；同时也爱好文化、财富、建筑和奢华的摆设。英格兰靠着都铎王朝的国库，在欧洲独领风骚。凯瑟琳王后曾历经磨难，如今非常精于家务：她曾在没有任何收入的情况下，试着维护达勒姆大宅身为王室行宫的体面。她知道一便士能买到一加仑面包，她知道咸鱼和鲜鱼在价格上的差异，她知道从西班牙进口的葡萄酒较便宜，而从法兰西进口则要昂贵得多。她甚至比太王太后对家务支出更加严格，以至于厨师和供货商在厨房门口讨价还价，为挥霍无度的宫廷拿到最优惠的价格。

凯瑟琳王后每周都会调查不同部门的支出，而每天清晨，当亨利国王外出狩猎，她就会阅读寄给他的信件，并为他起草回复。

让宫廷成为国家井然有序的中心，并牢牢控制国王的政务是项长期稳定，需要耐心的工作。凯瑟琳王后下定决心要了解她的新家，并不吝惜时间去阅读新建议，听取议会报告，接受异议，关注舆论。她曾见过自己母亲如何通过实力控制一个国家。西班牙的伊莎贝拉建立起了一个高效、清廉的中央行政体系，一个全国范围内的司法制度，终结了腐败和动荡，筑起万无一失的边防，让这个国家从此信奉君权神授，树立了君主的威信。她的女儿马上意识到这一切可以照搬到英格兰。

但是她也循着都铎家公公的脚步，她读他的文件和信件越多，就越钦佩他的果敢坚毅。另外，她希望自己能更加了解他作为一个统治者的作为，希望能从他的报告里受益，治理国家她还是新手，对于形势复杂的英格兰，前人的经验尤为重要。从他的记录里，她了解到他是如何稳定英格兰领主们要求独立的欲望：领主们有自己的领地，但受到王权约束，他便狡猾地给予北方领主更多的自主权，更多的财富和更高的地位，让他们心甘情愿为自己抵挡苏格兰人。议会的议事厅里别着北境的地图，她可以看到和苏格兰交界的地方几乎就没有不棘手的争议地区。这样的边境怎么可能和险恶的邻国和平共处？她认为苏格兰人就是英格兰的摩尔敌人：可不能和他们共享土地。他们必须被完全的打败。

作为英格兰宫廷实际的掌权者，她对公公的忧虑感同身受，她明白他对他们财富与国力的忌惮。而每当亨利在兴头上要慷慨地赐予某人大笔的退休金时，凯瑟琳就会指出此人已经十分富裕，没必要再为其锦上添花。哈里希望成为一个慷慨的国王，因时不时的赏赐而受到爱戴，但凯瑟琳明白权力基于财富，且对于一个新王，积聚财富和积聚实力同样重要，可是亨利不懂，他从没接受过正统的王储教育。

“难道你父亲从没提醒你要当心霍华德家族?”他们正在并肩观赏一场箭术比赛，凯瑟琳询问。亨利撩起衬衫的袖子，手里拿着弓，已经得到了第二高的分数，正等着再次上场。

“没有。”他回答说，“有必要吗?”

“喔，没。”她轻快地说，“我不是说他们对你虚与委蛇，他们是友爱忠诚的象征，爱德华·霍华德是你们家族最亲密的朋友，为你们守护北境，而托马斯是我的骑士，他们的家族联系非常紧密。我只是想知道你父亲是怎么看他们的。”

“不知道。”亨利不以为然，“我也没问过。无论如何，他没跟我讲过。”

“甚至在他知道你会继位以后？”

他摇摇头。“他认为数年之内我不会继位。”他说，“他都还没让我学完那些课程，甚至都没让我和外界多多接触。”

她也摇摇头。“等我们有了儿子，我们要确保他从幼年开始就学习政务。”

马上，他的手偷偷环上她的腰部。“你觉得快有了？”

“希望如此。”她甜蜜地说，抑制住她隐秘的希望，“你知道吗，我都给他想好了名字。”

“是吗，甜心？你会给他取名为费迪南向你父亲致敬吗？”

“如果你同意，我觉得我们可以叫他亚瑟。”她小心翼翼地提出。

“向我哥哥致敬？”他的脸马上黑了。

“不，英格兰的亚瑟。”她马上说，“有时候我看着你，觉得你就是圆桌旁的亚瑟王，这里就是卡米洛特。我们可以建立起和传说中美丽迷人的卡米洛特一样的宫廷。”

“你这样想吗，我的小梦想家？”

“我觉得你会成为自卡米洛特的亚瑟以来最伟大的英格兰国王。”

“那就亚瑟吧。”他如往常一样因赞美而放松下来，“亚瑟·亨利。”

“好的。”

人群朝他欢呼，轮到他了，而他再次得到了高分，他朝她飞吻。凯瑟琳确保每次他飞吻的时候自己都盯着他，而当他的目光追逐到她的身影，他总能看见她全神贯注注视着自己。每当射出一箭，他的肌肉都在抖动，他的体态仿若雕塑般美妙自若，动作优雅从容，他松开弓弦，离弦之箭正中靶心。

“中了！”

“正中靶心！”

“国王陛下胜了！”

奖品是一支金色的箭，亨利志得意满地跪到他妻子脚边，让她能弯腰亲吻他的脸颊，最后甜蜜地吻上他的双唇。

“我为你而赢！”他说，“只是你。你是我的幸运之光，我知道你一直在为我鼓劲，请让我把这支箭献给你。”

“这是丘比特之箭。”她回答，“我会让它成为定情之物，成为我心上人的象征。”

“她爱我。”他起身对着欢呼鼓掌的人群耀武扬威地大喊，“她爱我！”

“谁能不爱您呢？”侍女伊丽莎白·波琳在众目睽睽之下大声说。亨利瞅了她一眼，然后低头望着自己高大身躯旁边娇小的妻子。

“谁又能不爱她呢？”他笑着问。

那晚我跪在祭坛前，双手交叉护着腹部。月事也有两个月没来，我几乎可以肯定自己怀孕了。

“亚瑟。”我闭上眼轻声说，似乎看见了勒德洛的卧室里赤裸温柔的他。“亚瑟，我的爱。他说我可以为这个孩子取名亚瑟·亨利。这样我就献给你一个叫亚瑟的儿子。虽然我知道你不喜爱你的弟弟，我也会给他应得的尊重；他是个好孩子，希望也能长成优秀出众的男人。这个孩子是为了你们俩而生。”

我丝毫不为自己对亨利的日益增长的关注而感到愧疚，他绝不会取代他兄长亚瑟的地位。敬爱自己的丈夫是我的本分，而亨利是个讨人喜欢的男孩。长久以来我一直把他当做潜在的敌人一样默默关注他，研究他，现在我很清楚他是怎样的孩子。他是个自私的孩子，但是也像孩子一样慷慨大方，心肠软。他很自负，野心勃勃，老实说，他更像舞台上不可一世的伶人，喜怒无常，时而悲天悯人，时而冷酷无情。如果引导得当，让他能控制自己的欲望，忠于国家和主，他一定能成为一代明君。但是他已经被宠坏了，还好为时不晚。让他免于过于自负是我的职责。和其他年轻人一样，他也总是过于专横。如果有一个严厉的母亲，应该能让他变得循规蹈矩，也许一个可爱的妻子也能让他有所收敛。如果我们能两情相悦，我就能让他成为一位伟大的国王，英格兰也需要这样一位英明的国王陛下。

也许这是我能为英格兰尽到的心力：温柔体贴地教导他，远离那被宠坏的孩提时代，步入自己尽职可靠的青年时代。他父亲和祖母一直把他当做孩子，而我的责任则是让他成为一个真正的男人。

“亚瑟，我最亲爱的亚瑟。”我起身上床的时候一直默念着他的名字，这次，我同时在呼唤着他们俩：我初恋的丈夫，还有我身体里平静地成长着的孩子。

1509年秋

十一月，凯瑟琳已经连续三个星期坚持不在半夜跳舞了，相反一直和侍女们看着亨利跳舞。某天夜里她终于告诉他自己怀孕了，并要他守口如瓶。

“我要告诉每个人！”亨利大声说。他穿着睡衣和她待在卧室，坐在炉火边，正准备睡觉。

“下个月你可以写信告诉我父亲。”她规定，“但我还不想公之于世。他们很快就要风言风语了。”

“你要好好休息。”他马上说，“你该吃点什么？或者有什么想吃的东西？我马上派人去办，把厨子叫起来。告诉我，亲爱的，你想要什么？”

“什么都不要！都不要！”她笑着说，“看吧，我们有饼干和葡萄酒。这么晚了我还能吃下什么？”

“那是平常，现在可不同往日。”

“明天一早我就会召见医生。”她说，“但是我现在什么都不要了。真的，亲爱的。”

“我想给你点什么。”他说，“我想好好照顾你。”

“你已经对我够好啦。”她让他放心，“我胃口很好，感觉也不错。”

“不恶心？犯恶心说明你怀的是男孩。”

“早上会有点。”她说，他顿时眉开眼笑，“我也觉得是个男孩，就是我们的亚瑟·亨利。”

“哦！箭术比赛的时候你就想着他了。”

“嗯。但是那时候还不确定，不想过早告诉你。”

“什么时候出生?”

“大概是初夏吧。”

“怎么这么久!”他大感惊奇。

“亲爱的，我想真的要那么久。”

“到了早上我就写信给你父亲。”他说，“我就告诉他夏天会有好消息。可能我们需要和法兰西好好打一仗。我要把胜利献给你，而你会为我生下儿子。”

亨利召唤了伦敦最有经验的医生，他的私人御医来看我。我坐在椅子上，而他站在房间的另一边。他没法为我检查，当然了——王后的身体除了国王陛下怎么会让其他人触碰。他也没法询问我月事是否规律：那也是禁忌。被传来为我诊治让他异常窘迫，他僵硬地盯着地板，清晰低沉地问了几个简短的问题。他说的英语，我只能尽力弄懂。

他问我胃口可好，是不是觉得恶心。我回答说我吃了很多，闻到或是看见肉类会觉得恶心。我想念新鲜蔬菜和水果，在西班牙那是我日常饮食的一部分，我渴望蜂蜜或是蔬菜稻米酱烤制的土耳其烤肉。他说没关系，蔬菜和水果对人体并没有什么益处，他也不建议我在孕期食用任何生的食物。

他问我是否知道自己怀孕，我说我并不是十分确定，但是我还记得上次月事的日子。他似乎觉得那对确定预产期没什么用。我曾见过摩尔医生通过一种特别的算法推算孩子出生的时日。他说自己从没听说过这种事，那些野蛮人的行径也不可取，不能用来对待基督的孩子。

他建议我安心静养，让我觉得不舒服就随时传唤他，他会带水蛭来。他认为女人多放血可以防止内脏过热。最后他鞠了一躬，告退了。

我茫然地看着角落里的玛利亚·德·萨利纳斯，对这次蹩脚的诊治完全不得要领。“这就是英格兰最好的医生？”我问，“这就是最好的？”

“我想我们可以从西班牙传一个。”她轻声说。

我摇摇头。“我的父母已经清除了西班牙所有博学的人。”那一刻，我为他们羞惭，“他们的学识变成了异端学说，裁判所几乎把他们全逮捕了。剩下的也都逃了。”

“他们逃去了哪儿？”

我耸耸肩。“天涯海角。犹太人去了葡萄牙，然后是意大利，土耳其，估计遍及欧洲。摩尔人大概是去了非洲和东方。”

“我们不能从土耳其请吗？”她提议，“当然，不是异教徒，但是学过摩尔医学的？应该会有比这位懂得多的基督医生吧？”

“让我先考虑考虑。”我推脱说，我也知道自己需要一个好点的医生，至少不是这个害羞的笨蛋，但我也不想挑战母亲和神圣教廷的权威。如果他们认为这样的学问是罪孽，那么，当然，我也得接受这无知和愚昧。我并非学者，最好能接受教廷的引导。但是主真的希望我们摒弃学识吗？如果这愚昧要以英格兰的儿子和继承人为代价呢？

凯瑟琳并没有减轻自己的工作，她派书记官去见国王，听取需要王室裁决的案件，和议会探讨国家的新状况。但是她写信给父亲，希望他能派遣西班牙大使来代表西班牙的利益，战争迫在眉睫，亨利已经决定在来年春天和西班牙一起对法兰西开战，两国会需要更多的商榷。

“他已经下定决心响应您的号召。”卡塔琳娜写信告诉自己的父亲，小心把每个词都写成他们常用的复杂密码，“他很懊恼自己没参加过战争，迫切希望英西联军首战大捷。实际上我很担心他会遇到危险。他还没有继承人甚至就算有，治理这个国家对于未成年的王子也太过困难。如果和您一起出征，我会放心把他交给您保护。他会确实感觉到自己在经受战争的历练，他会向您学习如何作战。相信您不会让他遇到真正的危险。请不要误解——”她断然写下，“要让他去前线，他要学习如何取胜，什么才是真正的战争，但决不能让他面临真正的危险，也不能让他知道我们保护了他。”

费迪南国王如今作为摄政王再次完全拥有了卡斯蒂利亚和阿拉贡。胡安娜已经完全陷入了悲伤和疯狂。他亲切地写信告诉自己的幼女，让她不必担心自己丈夫在战场上的安全，保证亨利只会面对自己的兴奋，不会遇到什么实质性的危险。“不要让你的妇人之仁耽误了他的前程。”他提醒她，“你的母亲在和我一起的岁月里从来没有惧怕过危险。你不要辜负她的期望。这是为了我们共同的安全和利益而战，年轻的国王需要在年长的国王和皇帝身边取得自己的地位。这是两匹老马和一匹小雄马的同盟，他会争取自己的一席之地的。”在信尾，他留下空白，然后加上批注，“当然，我们都会为他安排好，只是他自己不知道。”

费迪南是对的。亨利强烈要求加入反法联盟，希望赢得应有的地位。议会——他父亲当政时那些老谋深算的顾问对此感到大为惊骇。年轻的王子一意孤行，认为王权就意味着战争，希望借此证明自己继承了王位，是名副其实的国王。被他召入宫廷的那些热情自负的年轻人也迫切希望能有机会展示自己的胆量，都鼓动亨利开战。虽与法兰西虽积怨已久，但是英法不可思议地维持了前所未有的和平，并持续了下来。和法兰西和平共处似乎有违常理——只要有胜机，战火将会重燃，而胜利，无论对这年轻的新王还是这年轻的新宫廷来说，都似乎唾手可得。

凯瑟琳无法浇灭对战争的狂热，而亨利对法国大使如此不假辞色，以致震惊的大使写信告诉自己的君主这年轻的新王因为愤怒都失去了理智，甚至拒绝承认议会背着他发给法兰西国王的求和信。还好第二次会谈还算顺利，凯瑟琳一直在场。

“去欢迎他。”看到大使过来，凯瑟琳立刻告诉亨利。

“都要开战了，我可做不来这些虚情假意。”

“你得学着狡猾些。”她轻声说，“得学会心口不一。”

“才不要这些伪装，我要捍卫自己正直的荣誉。”

“不，准确说不是要你虚伪，只是要让他愚蠢地看不透你。要赢得战争这是最好不过的方法了，胜利才是一切，而不是虚张声势。如果他认为你是他的朋友，我们就能出奇制胜。为什么我们要让他们心生警醒，有所防备？”

他有些困扰，皱起眉头看着她：“我可不是骗子。”

“当然不，上次你已经告诉他们会阻止他们国王的野心了。绝不能允许他们侵占威尼斯，我们和威尼斯一直是古老的同盟……”

“是吗？”

“噢，当然是。”凯瑟琳不容置疑，“英格兰和威尼斯自古就是同盟，况且它是基督世界抵抗土耳其人的第一道防线。占领威尼斯以后，法国人会让异教徒进入意大利，他们该为此感到羞耻。但是上次会谈，你警告了法国大使，真是太英明了。现在你该微笑着迎接他，没必要把战争挂在嘴边。我们可不能和他分享这些。”

“我告诉过他一次，就不会再说第二次。多说无益。”亨利因这想法情绪高涨。

“我们不夸大自己的实力。”她说，“我们清楚什么是能做到的，什么是该做的。机会到来之后，他们会明白的。”

“确实。”亨利愉快地走下王座迎接法国大使，满意地看到对方慌乱地鞠躬行礼，结结巴巴地问候自己。

“我可把他刁难够了。”他高兴地告诉凯瑟琳。

“干得好。”凯瑟琳附和他。

如果他是个笨蛋，我就不得不耐着性子，比以往更加按捺住自己的脾气。可是他又不笨，他率真聪明，甚至比亚瑟更加思维敏捷。但是亚瑟从一出生开始就被当做国王的继承人接受了严格的训练和教育，而作为次子他一直不受重视，笼罩在兄长的光环之下。他们觉得他讨人喜欢，但也只要求他讨人喜欢。他头脑敏捷，理解力过人，只要话题感兴趣，可以滔滔不绝地辩论思考，而热情去得也快。他们教导他学习，但只是让他显得聪明。他很懒，非常的懒，细枝末节需要专人帮他处理，对于而言国王这是个大缺点：这让他易受书记官的影响。不勤奋的国王总是被顾问大臣掌控，那些神气活现的议员就是这么来的。

当我们开始探讨英西间的契约条款时，他让我帮他都写下来，他自己完全不想动笔，只爱发号施令，让书记员记下。他也从来不去研究那些密码，这意味着他和皇帝之间的每封信，和我父亲之间的每封信，都由我手书，或是翻译。我处在这场一触即发的战争的核心，这并不以我的意志为转移。我不得不成为同盟核心的决策者，而亨利则自己退居次位。

当然我并非不情不愿。作为母亲的亲生儿女，我们不会退缩，尤其是面对西班牙的敌人。我们从小就知道君权神授并非不劳而获。身为君主意味着统治国家，统治国家本身就是一件费心费力的工作。身为父亲的儿女，我们不会惧怕身处权力阴谋的漩涡中心，为一场战争用尽心力。在英格兰宫廷，没人比我更适合在战争中领导我们的国家。

我可不是傻瓜。我估计父亲是想借我们英格兰的兵力对付法国人，如果我们同意他提出的时间地点，我敢打赌他会侵入纳瓦拉王国。我曾听他不止一次告诉母亲，如果有了纳瓦拉，阿拉贡的北部边境就会连成一片。纳瓦拉物产富饶，尤其盛产葡萄和燕麦，自登上阿拉贡的王位以来，父亲就无时无刻不想拥有它。我知道在纳瓦拉只要一有机会，他就能一击而中，如果是借英格兰的力的话就更好了。

但是我并不是为了尽孝而参与这场战争，尽管我想让他这样以为。

他不会把我当做傀儡，我却要利用他。这场战争是为了英格兰，为了主。教皇陛下本人认为法国人不该侵占威尼斯，派出了自己神圣的军队进驻威尼斯抵抗法国人。身为教会儿女还有什么比这更神圣更不可抗拒？天父需要支持。

而对我而言，还有其他原因，甚至比这更有力。我决不会忘记母亲的警告：摩尔人会卷土重来。我决不会忘记她告诉我，和她在西班牙一样，我要在英格兰做好万全的准备。如果法国人打败了教皇的军队，占领了威尼斯，有谁不会想到摩尔人将以此为契机，跟在法国人身后把威尼斯据为己有？而一旦摩尔人再次进驻基督世界的核心位置，我母亲奋斗终生得来不易的胜利成果就会化为乌有，战争会再次拉开帷幕。那些人会从东方，会从威尼斯双面夹击，基督的欧洲只会在他们的铁蹄下颤抖哀号，苟且偷生。父亲都亲口告诉过我威尼斯繁华的贸易、兵工厂、造船所都绝不能为摩尔人所有；我们绝对不能让摩尔人占领这样一座能随时建造起军舰、武装起军队、组织起战士的城市。如果摩尔人拥有了威尼斯的造船所和工人，我们就会失去制海权。我知道这是我被赋予的使命，是母亲也是主赋予的：让英格兰人效忠于教皇，保护威尼斯不受侵略。让亨利赞同这想法也很容易。

但是我也不会忘记苏格兰。我不会忘记亚瑟对苏格兰的担忧。

议会的密探遍布边境，而托马斯·霍华德，年老的萨里伯爵，我想先王是经过深思熟虑才非常慎重地让他驻守北境。我的公公亨利国王赐予了托马斯·霍华德大片北方的土地，以便让他带着他的人手确保边境安宁。先王可不是傻子。他知人善用，也会物尽其用，让他人和自己的利益绑在一起。苏格兰要侵入英格兰就会经过霍华德的领地，而托马斯·霍华德和我一样警醒，绝不会让这样的事情发生。他曾向我保证除了一贯的掠夺骚扰，今年夏天苏格兰人绝不会南下。目前经由苏格兰境内的英格兰商人收集及游历者观察所得的情报来看，伯爵的观点得到了证实。我可以趁机派遣英格兰军队攻打法国人，亨利也可以安全出征，学着成为一名真正的战士。

圣诞庆典上，凯瑟琳观赏着舞蹈，她的丈夫搂着别的女士满屋旋转，她也乐在其中。伶人的表演，让她愉快地在宫廷庞大的账单上签字，葡萄酒、麦芽酒、牛肉，一切都极尽奢华。她送给亨利一副镶嵌着宝石的漂亮马鞍做圣诞礼物，还有一些她亲手缝制的衬衣，西班牙黑缎上还有她亲自绣上的刺绣。

“我希望所有的衬衣都能够是你亲手做的。”他用这上等的亚麻布磨蹭着脸颊，“我可不想穿那些其他女人碰过的衣服。”

凯瑟琳笑着搂低他的肩膀，在他的前额献上一吻。他已经是个成年男子了。“一言为定。”她保证，“我会一直为你缝制衬衣。”

“这是我给你的礼物。”他说，递过来一个巨大的皮盒子。凯瑟琳打开来看，那是一整套华丽的珠宝：王冠，项链，两只手镯，还有配套的指环。

“噢，亨利！”

“喜欢吗？”

“简直爱不释手！”

“今晚就戴上好吗？”

“今晚就戴，主显节的时候也戴。”她保证。

年轻的王后沉浸在幸福里，这是她当政的第一个圣诞节，礼服的裙子已经掩盖不住她腹部的曲线。每到一处，国王都命人给她带着椅子，她不能站着，也不能劳累。他特别为她谱写了些曲子交由乐队演奏，还有特别的舞蹈和假面舞会，这都凸显了她无上的地位。整个宫廷都因她的怀孕而喜气洋洋，年轻国王的健康强壮，还有人们本身高涨的情绪，让庆典持续到了深夜。王座上的凯瑟琳张开脚适应腹部的形状，自顾自地笑了。

1510年1月

威斯敏斯特宫

晚上我被阵痛惊醒，心有余悸。我梦见泰晤士河正在涨潮，一队挂着黑帆的船只逆流而上。我想那是摩尔人来攻打我了，后来我又觉得那是西班牙无敌舰队，但是很奇怪，很烦人的是，那是我的敌人，英格兰的敌人。我痛苦地在床上翻身，然后恐惧中醒了。随即我发觉比任何梦都要糟糕的是床单浸透了鲜血，腹部传来真实的疼痛。

我恐惧地大叫起来，惊醒了陪寝的玛利亚·德·萨利纳斯。

“怎么了?”她问。然后她看清了我的脸色，马上尖声叫醒床尾的女仆，让她飞奔去传我的侍女和接生婆，但是在我内心深处我已知道一切都已经无可挽回。穿着血污的睡衣，我吃力地爬上椅子，感觉腹部传来钻心的疼痛。

在有人睡眼惺忪挣扎着从床上爬起来赶到之前，我像条重病的狗一样跪在地上，祈祷疼痛快点过去，留下完整的我。我知道已经没必要为我腹中的胎儿祈祷了。我知道我失去了自己的孩子。我甚至能感觉到他流着泪在缓缓地离去。不，我的孩子。

那是漫长的、严寒刺骨的一天。亨利在门外徘徊，我故作轻松地叫他放心离开，却紧紧把手握成拳头保证自己不会大哭出声，孩子生下来了，夭折了。接生婆把她抱给我看，一个小女孩，苍白的死气沉沉的小东西:可怜的孩子，我可怜的孩子。唯一安慰的是，这不是男孩，不是我曾发誓会为亚瑟生下的孩子。这是个女孩，胎死腹中，我伤心地撇开脸，想起他想先要女儿，并为她取名玛丽。我悲痛难言，不能面对亨利，亲口告诉他这噩耗，也不能忍受谁把这件事传达给宫廷，更不能让自己写信告诉父亲我对不起英格兰，对不起亨利，对不起西班牙，而最糟糕的是——我不能告诉任何人——我对不起亚瑟。

我留在房间里，关上门，隔绝了那些担忧的面庞，接生婆让我喝下草莓叶熬制的药汤，侍女们想要告诉我她们也流过产，她们母亲也流过产，但一切都好起来了。我呼喝着让她们离开，跪在了床尾，把脸压在床罩上。我低声啜泣着，喃喃低语，确保只有他能听见。“对不起，亲爱的，对不起。我没能保住你的孩子。我不知道为什么，为什么仁慈的主要让我如此不幸。亲爱的，对不起。如果能够从头来过，我一定会保住他，我一定会尽力保住我们的儿子，让他健康地出生成长。我会的，我发誓，我会。愿主明鉴，这次我是真的尽力了，我会竭尽所能为你生下儿子，为他取名亚瑟，亲爱的。”我慢慢平静下来，发觉语速过快，我已经失去了控制，哭得上气不接下气。

“等着我，”我冷静多了，“一定要等着我。在红白玫瑰花雨缤纷的天国里，宁静的水边等着我。等着我，让我生下你的儿子亚瑟，女儿玛丽，完成我在这里的职责，我就去找你。在天国里等我，我不会辜负你。我会去找你，亲爱的。吾爱。”

国王的御医走出王后的寝宫，直接走向国王。“陛下，我有个好消息。”

亨利转过脸，脸上的神情别扭得如同失去心爱玩具的小孩。“好消息？”

“不幸中的万幸。”

“王后好些了？不那么痛了？会康复？”

“比那更振奋人心。”御医说，“虽然她失去了一个孩子，可是另外一个总算保住了。她怀的是双胞胎，陛下。虽然失去了一个，可她的腹部还是很大，另外一个还活着。”

年轻的国王一时无法领会：“还有一个?”

御医笑了：“是的，陛下。”

这可是一剂缓冲的良药，亨利重新燃起了希望：“怎么可能?”

御医有十足的把握：“表征很多。她的腹部还鼓着，出血已经止住了。我确定她还有一个孩子。”

亨利画了个十字。“上帝保佑。”他长吁了口气，“这就是他的眷顾。”他顿了下，“我可以去看看她吗?”

“可以，她会和您分享这喜悦。”

亨利跳着冲进凯瑟琳的房间。她的会客厅没什么人，只有几个消息不灵通的游客，整个宫廷，半数市民都知道她卧病在床，不见客。亨利穿过轻声为他和王后祈祷的人群，穿过会客厅里正在刺绣的侍女们，最后敲响了她的房门。

玛利亚·德·萨利纳斯打开房门，退后几步恭迎国王。王后没在床上，她坐在窗前，迎光捧着自己的祈祷书。

“亲爱的!”他呼唤着，“菲尔丁医生告诉我个天大的喜讯!”

她看起来并不憔悴，相反，显得容光焕发：“我让他悄悄告诉你的。”

“是啊。其他人都不知道。亲爱的，我太高兴了!”

她流着泪：“这也算是补偿。我总算卸下了肩上的重担。”

“孩子一生下来，我就去沃尔辛厄姆感谢圣母保佑。”他信誓旦旦，“我会供奉圣灵，如果是男孩的话。”

“愿主保佑。”

“为什么不?”亨利问，“这是我们的需求，英格兰的权利，我们身为圣子的请愿?”

“阿门。”她迅速说，“只要主同意。”

他拍拍手。“当然会同意。”他说，“现在你得当心，好好调养。”

她笑了。“你也看到了。”

“你要非常小心才是。想要什么尽管说。”

“我会自己告诉厨子的。”

“接生婆要日夜照看你。”

“嗯。”她也同意，“如果老天保佑，我们就会有个儿子。”

玛利亚·德·萨利纳斯曾和我一起离开西班牙来到这异国他乡，并和我一起同甘共苦这么多年，如今也是她为我找到了摩尔人。他看起来是个富有的商人，在热拉亚和巴黎之间做生意，到伦敦是为了一笔黄金交易，玛利亚从别人那儿听说了他，那位求子心切的女士曾捐了一百镑给沃尔辛厄姆的圣母。

“据说他可以让不孕的妇女生孩子。”四顾无人，她悄悄对我说。

我画了个十字，想抵御这诱惑。“他应该用了什么邪术。”

“公主殿下，他是位医术高超的大夫，接受过托莱多大学的培训。”

“我不会见他。”

“就因为你认为他用了什么黑魔法?”

“因为他是我……是我母亲的敌人。她知道摩尔人学识来得不正当，来自于魔王，而不是主所揭示的真相。母亲把他们和他们的魔法都赶出了西班牙。”

“陛下，他可能是英格兰唯一精通妇科的医生。”

“不见。”

玛利亚遵从了我的意愿，几个星期过后，我腹痛难忍在梦中醒来，感到血慢慢涌出。她迅速惊醒，传唤了捧着毛巾和端着清水的女仆。当我躺回床上，我们都意识到，这不过是我的月事又回来了，她沉默地站在床头，而玛格丽特·波尔夫人则安静地站在门口。

“陛下，见见那位大夫吧。”

“他可是摩尔人。”

“是，但是我认为他可能是这个国家里唯一能弄明白病症的人了。如果你还怀着孩子，怎么会再次来潮呢？也许这第二个孩子也保不住了。你要看看这个靠谱的大夫。”

“玛利亚，他是我的敌人，是我母亲的敌人。她一辈子都在把他的同胞赶离西班牙。”

“同时我们也失去了他们的智慧。”玛利亚很平静，“你有将近十年没回过西班牙了，陛下。你不知道现在那里成了什么样子。哥哥写信告诉我人们生病了却无处医治，修女和僧侣都尽力了，但是他们根本无从下手。如果你有结石，兽医就会给你切开取出来；如果你的胳膊和腿受了伤，铁匠就会给你锯掉。理发师成了外科医生，牙医在市集上工作，打断人的下巴。接生婆埋掉了伤重而死的人就去接生，生一个死一个。摩尔人的医术，关于人体的知识，能镇痛的草药，外科手术工具，还有隔离清洗的主张和坚持——这些都失传了。”

“如果这为主不容，就该失传。”我顽固地说。

“主为什么要和愚昧无知、肮脏疾病联系在一起？”她反唇相讥，“请恕罪陛下，但我真的没法理解。你也忘了你母亲的愿望。她总是说要保留大学，传播基督的知识。但是那以后她就杀死或是驱逐了大量博学的教师。”

“王后不需要接受这些异端学说。”玛格丽特夫人坚决反对，“没有哪个英格兰贵妇会求助于一个摩尔人。”

玛利亚只是看着我：“求你了，陛下。”

我痛得很，难以忍受这场争端。“现在你俩都退下。”我说，“让我休息一会儿。”

玛格丽特夫人告退了，但是玛利亚却停下来关上百叶窗，让我能够安眠。“让他来，”我说，“但不是现在，下周再召见他。”

她带他穿过里士满宫，从地窖经过仆人通道最后到达王后寝宫。我疲倦地还穿着用餐的礼服，斗篷的带子都没解开。想到母亲会对我让一个男人进入我的房间有什么反应，我就觉得异常痛苦。但是我知道的，在内心深处，我必须得见他——为了给英格兰生下儿子。我也知道，如果不出意外，他们还会说我怀着的那个孩子一定有什么问题。

一看见他，我就知道他并不信奉主。他的肤色和乌木一样黑，眼睛深得像炭，嘴唇又厚又宽，同时脸上充满了慈悲和怜悯。手背也和脸一样是黑的，手指很长，指甲是玫瑰一样的粉色，掌心是棕色，整个人和他的颜色一样让人印象深刻。如果会看相，我就能观察他掌心的生命线，那就像是红土地马车留下的轨迹。我马上就明白过来，他没有信仰：一个摩尔人，一个努比亚人；我想要把他从我的房间赶出去。但是同时我知道，他也许是这个国家唯一能解决我难题的人。

这人的同胞是异教徒，罪人，用他们黑色的面孔反抗主，有我们没有的医术。因为某些原因，主和他的天使们并未向我们揭示医学的秘密，而他们自行探索，终于有所发现。他们阅读希腊典籍汲取希腊医生的知识，然后自己总结提高，用那些被禁止的器皿研究人类的身体，好像那和动物没什么区别，并不尊重或是惧怕死者。他们异想天开胆大妄为，并付诸实践，从不盲目迷信。他们无所忌讳，不停地思考、探索。这些人受过教育，而我们都是傻瓜，我也是。我可以看不起他，因为他来自蛮荒之地；我可以看不起他，因为他是会下地狱的异教徒。但是我需要他的知识。

如果他肯告诉我的话。

“我是西班牙的卡塔琳娜公主，也是英格兰的凯瑟琳王后。”我开门见山，这样他就会明白他面对的是一位王后，而她的母亲曾逼得他的同胞无处容身。

他像贵族一样点点头：“我是尤素福，伊斯梅尔之子。”他说。

“你是奴隶？”

“出生的时候是，不过现在我自由了。”

“我母亲并不承认奴隶制度。”我告诉他，“我们的宗教，基督教并不允许奴隶制度。”

“尽管如此，她还是把我的同胞当成了奴隶。”他强调，“也许她最后发现崇高的原则和美好的愿望在边境之地并不适用。”

“既然你的同胞拒绝了主的拯救，那么无论你们尘世的躯体发生什么都无所谓了。”

他饶有兴致地笑出声来。“我想这对于我们来说很重要。”他说，“我的国家允许奴隶制度，但是我们并不否认。最重要的是，我们的奴隶制度不是继承制的。在你出生的那一刻，无论你的母亲是谁，你都是自由的。这是法律，这非常好。”

“好吧，你的想法不重要。”我蛮横地说，“反正你都是错的。”

他再次大笑起来，带着真正的欢乐，好像我说了什么特别有趣的话。“能一直确信自己是正确的真是件好事。”他说，“也许你总是觉得自己代表了真理。可是我要告诉你，西班牙的卡塔琳娜，英格兰的凯瑟琳，有时候只知道问题远比知道答案来得重要。”

我顿了顿。“但是我只需要答案。”我说，“你通晓药理吗？如果一个女人怀孕了，怎样才能确保是男孩？”

“有时候这是可以预见的。”他说，“有时候这由真主掌控，赞美安拉之名，我们现在还不能完全肯定。”

在听到安拉之名时，我画了个十字，像个老妇一样唾弃这名字。他满带趣味地看着我的动作，并不生气。“你想知道什么？”他充满善意地问，“你究竟想知道什么，居然让一个异教徒来给你解惑？可怜的王后，你该有多孤独才会求助于你的敌人。”

他话语里的同情让我的眼里立刻充满了泪水，不得不用手抹了抹脸。

“我失去了一个孩子。”我简洁地说，“一个女儿。我的御医说她只是双生子里的一个，我还怀着另外一个，会生下来。”

“那为什么召见我？”

“我需要确诊。”我说，“如果真有另外一个孩子，我就需要静养，全世界都看着我呢。我想知道孩子是否还活着，是不是男孩，能否顺利出生。”

“为什么你会质疑御医？”

我避开了他真诚关切的目光，推脱地说：“不知道。”

“公主殿下，我想你自己清楚的。”

“我为什么会清楚？”

“身为女人的直觉。”

“我可没有。”

我的倔强又让他笑了。“好吧，那，没有直觉的女士，既然你拒绝承认身体的感觉，那么就用你聪明的脑子想一想吧。”

“我怎么知道该想些什么？”我问，“我母亲已经逝世。我在英格兰最好的朋友……”亚瑟的名字到了嘴边，生生被忍了回去，“没人可以信赖。接生婆各有说法。御医已经确诊……但是他只是想确诊。国王只想听到喜讯。我又怎么会知道实情？”

“我想你是知道的，虽然自己不想承认。”他礼貌地坚持，“你的身体会告诉你。我想你的月事还没恢复吧。”

“不，我出血了。”我不情愿地说，“上周的时候。”

“痛吗?”

“痛。”

“你的胸部变软了吗?”

“嗯。”

“比平常丰满?”

“没有。”

“你能感觉到孩子吗？他在你肚子里动?”

“上次流产以后我就什么感觉都没了。”

“现在还痛不痛?”

“不痛了。我感觉……”

“嗯?”

“没有。我什么都感觉不到。”

他什么也没说，只是静静地坐着，呼吸轻微，仿佛那里坐着的是一只安睡的黑猫。他看看玛利亚。“我能碰她吗?”

“不行。”她说，“她可是王后陛下，谁都不能碰。”

他耸耸肩。“但她也是一个女人，和其他女人一样想要个孩子。为什么不能和其他女人一样让我摸摸肚子?”

“她是王后。”她重复，“不能随便触碰，她可是万金之躯。”

他又笑了，好像所谓神圣的真相不过是个笑话。“好吧，我想总有人能碰她，不然哪里来的孩子。”

“她的丈夫，尊贵的国王陛下。”玛利亚简单说明，“小心点说话。这可关乎名誉。”

“如果不能检查，我只能说说我看到的情况。如果她不能忍受检查，那她就只能忍受我的猜想了。”他转过来看着我，“如果你只是个普通的妇人，而不是王后，现在我会握着你的手。”

“为什么?”

“因为我的话会很残酷。”

慢慢地，我伸出手，手指上戴着无价的指环。他温柔地握住我的手，黑色的手掌和婴孩一样温暖，黑色的眼睛忧虑地望着我，面色温柔怜悯。“如果你曾出血，很可能你的子宫已经空了。”他语气温和，“那里没有孩子。如果你的胸部不丰满，就很不适合哺乳，你的身体没有再为养育这个孩子做准备。如果到第六个月你还没有感觉到胎动，要不是死胎，要不就没有孩子。你什么都没感觉，那么最可能的是那里什么都没有。”

“我的腹部还是鼓起的。”我掀开披风，让他看看衣物下腹部的曲线，“它是硬的，我也不胖，看起来就和失去第一个孩子之前一样。”

“那也许是感染。”他思索着，“噢——真主啊不会的——那也许是肿胀，是瘤或者是你还没排出来的死胎。”

我缩回手。“你在故意打击我!”

“绝对不是。”他说，“对我而言，此时此刻，你不是卡塔琳娜，西班牙的公主，只是一个单纯向我求助的女人。很抱歉。”

“帮帮忙!”玛利亚·德·萨利纳斯激动地插言，“你一定有办法的!”

“无论如何，我不相信。”我说，“你有你的观点，菲尔丁医生也有他的观点。我为什么要相信你，而不相信一个虔诚的基督徒呢?”

他面带悲悯地看了我很久。“我也想告诉你让你满意的结果。”他说，“但是我想这里已经有太多人告诉你附会的谎言。我相信自己所说的就是事实。我会为你祈祷。”

“我不需要你们的祈祷。”我粗暴地说，“你可以走了，带着你见鬼的真相，还有你的异端邪说走吧。”

“愿主与你同在，公主殿下。”他不失风度地说，并没有因为我的冒犯恼羞成怒，鞠了一躬，“既然你不让我以我主之名为你祈祷，我只能希望在你遇到麻烦时，你的医生是对的，而你的主与你同在。”

他像一只黑猫消失在秘密楼梯，而我一言不发。听着他一步步走下石梯。他的拖鞋发出的细响就像家乡仆人们寂静的脚步声。我听见他长袍的摩擦声，这也不同于死板僵硬的英格兰衣料。空气中他带来的香料气味也慢慢散去，那是家乡温暖辛辣的气息。

他走了，确实走了，门也被关上了，我听见玛利亚·德·萨利纳斯锁门的声音，现在我想哭泣——并不只是因为他告诉了我这样悲哀的消息——也因为这世上本就为数不多会和我讲真话的人都已经去了。

1510年春

凯瑟琳并没告诉自己年轻的丈夫摩尔医生来过，没告诉他医生给她的忠告，她也没有和其他人提及，甚至是玛格丽特·波尔夫人。她仍然认为自己受到命运的眷顾，她的骄傲，她的虔诚都让她觉得自己受到主特别的宠爱，她怀孕了，这毋庸置疑。

她完全有理由。英格兰医生菲尔丁大夫仍然坚持她怀孕了，接生婆也没有反驳，宫廷里都在为她三月或是四月的临盆做准备，春天里，她穿过生机勃勃的花园，穿过茂盛的树枝，淡然地笑着，双手温柔地抱紧浑圆的腹部。

亨利对于孩子即将出生非常兴奋，策划只要孩子一出生，就在格林威治举办一场盛大的比武。小女孩的夭折并未让他有所警觉，他在宫廷里四处吹嘘一个健康的孩子即将出世。他只是谨慎地没有宣告那是个男孩。他告诉每个人自己并不介意头胎是王子还是公主——他爱这个孩子只是因为这是他的第一个孩子，这是他和王后夫妻相爱的第一个结晶。

凯瑟琳被自己的怀疑折磨着，甚至没有告诉玛利亚·德·萨利纳斯她感觉不到胎动，每天她都心惊胆战，觉得越来越冷，越来越与世隔绝。她越来越久地跪在自己的小教堂，但是主并未降下神谕，甚至她母亲的声音都没有出现。她发现自己在思念亚瑟——并不是出于年轻寡妇热烈的渴求——而是因为他是她在英格兰最亲密的朋友，她唯一可以倾诉的对象。

二月里，她出席了星期二忏悔节，在宫廷里神采奕奕，纵声大笑。他们都看见了她高高鼓起的腹部，看见了她的自信，他们用盛大的庆典迎接四旬斋的到来，并搬到了格林威治，确信复活节之后孩子就会出生。

我们搬到了格林威治待产，根据太王太后的王家手册，房间都准备好了——挂着让人赏心悦目的床帏，地毯上撒着小把的新鲜药草。我在门口打量，背后朋友们举着酒杯。这是我要为英格兰创下最伟大功业的地方，这是决定我命运的地方。那是我生来的意义。我深吸了口气，昂首步入房间。门关上了。直到孩子出生我都不会再看见我的朋友们：白金汉公爵，亲爱的爱德华·霍华德，我的神父，西班牙大使。

侍女们和我一起进去。伊丽莎白·波琳在我的床边桌上放上了好闻的头油，白金汉公爵的姐妹伊丽莎白和安妮女士一人一边把挂毯捋平，略有倾斜便咯咯大笑。玛利亚·德·萨利纳斯笑着站在大床边，那里新挂上了深色的床帘。玛格丽特·波尔夫人在床边安放婴儿的摇篮。当我走进房间，她抬起头对我微笑，我记起她自己也是母亲，当然知道该怎么安排。

“我想让你掌管王室的育婴室。”我脱口而出，我对她十分喜爱和依赖，也迫切需要一位稳重年长的女士的抚慰。

这在我的侍女里引起了震动。她们都知道我一直恪守礼仪，这样的任命应该经由随扈多人商讨后再发出来。

玛格丽特夫人对我笑了。“我就知道你会的。”她亲密地说，“我一直在期望。”

“没有王室邀请函？”伊丽莎白·波琳取笑说，“玛格丽特夫人你该感到羞愧！居然这样不择手段！”

这让我们都笑了，一想到一向庄严高贵的玛格丽特夫人野心勃勃的样子就挺有趣的。

“我知道你会将他视如己出。”我轻声对她说。

她牵着我的手走到床边，我笨重又笨拙，试图掩饰腹部的疼痛。

“上帝的旨意。”她很平静。

亨利赶来和我道别。他的面庞上洋溢着喜悦，说个不停，看起来更像是个孩子而不是国王。我抓住他的手，轻轻吻着他的嘴唇。“亲爱的，”我说，“请为我祷告，确保一切顺利。”

“我会在沃尔辛厄姆的圣母面前祈愿。”他再次保证，“我写信告诉那里的女子修道院，如果她们能在圣母面前为你祈祷，我就会给她们大量的捐赠。现在她们正在为你祈福，亲爱的。她们向我保证会一直祷告。”

“主是仁慈的。”我说。摩尔医生的话在我脑海里一闪而过，他说我没有怀着孩子，我把他异教徒的邪说驱逐出了脑海，“这是我的命运，是母亲的期望，也是主的意愿。”

“真希望你母亲能在这里。”亨利笨嘴笨舌地说。我没有让他看见我的退缩。

“当然。”我语调平静，“我确信她在天国花——”我调整了说法，“在伊甸园保佑着我。”我轻柔地说，“在天堂。”

他站起来，非常威严地环视着她们。“好好照顾你们的陛下。”他坚定地说。对玛格丽特夫人，他特别交代——“如果有消息，请立刻通知我，不管什么时候，白天还是晚上。”然后给了我一个温柔的告别吻。等到他离开，她们便关上了房门，于是我就和侍女们开始了孤单的待产日子。

能够与世隔绝并不是什么坏事。隐蔽平静的卧室成了我的天堂。身处熟悉的侍女中间，我终于能够放松下来，不用再扮演大腹便便自信威严的王后；而是做回自己。我把疑虑都抛诸脑后，不再日夜担忧，耐心等待孩子的出世，我一定会顺利把他带到这世上。他是双生子里的幸存儿，会是一个强壮的婴孩。而我，承受住了第一个孩子的夭折，也会是个勇敢的母亲。我们共同战胜了悲痛和失去：孩子和我一起。

我静候着。整个三月我都在等着，我让她们拉开窗帷，这样我就能闻到空气里春天的气息，听见涨潮时海鸥的鸣叫。

不管是我还是孩子，都没有动静。接生婆问我痛不痛，我没有感觉到阵痛，只有已经持续了很长时间下腹的隐痛。她们询问胎儿是不是动得更加频繁，有没有感觉他在踢我，可是，老实说，我一点儿也没有她们说的感觉。她们面面相觑，大声断言，这都是好兆头，安静的婴孩才强壮：他准是在休息。

这第二次妊娠以来，我一直深感忧虑，但如今也都抛开了。我不再想起那个摩尔医生，不再想起他脸上的怜悯。我决心不再自寻烦恼，不再向灾祸低头。但是，四月来临，我能听见窗户上淅沥沥的雨声，感受到炽热的阳光，可孩子还是悄无声息。

冬季以来一直紧紧箍住肚子的长袍在四月里开始变得松垮，越来越松。我屏退了所有侍女，单单留下了玛利亚，而我解开带子露出腹部，问她有没有觉得变小了。

"看不出来。"她说。但是她目瞪口呆的样子告诉我，真的变小了，很明显，那里没有待产的孩子。

一个星期以后，每个人都明显看到我的肚子在变小。我在慢慢恢复苗条纤细的身形。接生婆告诉我因为婴孩入盆，有些孕妇临产前肚子会缩水，诸如此类难懂的知识。我冷冷地看着她们，希望能找到个正派可靠的医生告诉我实情。

"我的肚子变小了，而今天，月事来了。"我干脆告诉她们，"我在流血。你们知道的，自从流产以后，每个月我都在流血，怎么可能会还有孩子？"

她们不安地绞紧双手，张口结舌，什么都不敢说。不关她们的事。她们说这都是我丈夫那可敬的御医的责任，是他首先说我还保住了一个孩子的，而不是她们。她们从未说我怀孕了，只是被叫来接生助产的。

“但是他说我怀着双生子时，你们怎么想的呢?”我追问，“当他说我失去了一个，却保住了另外一个时，你们有反对吗?”

她们摇摇头，一问三不知。

“你们肯定有自己的见解。”我不耐烦地问，“你们看着我流产的，但是肚子却还是那么大。如果不是还有一个孩子，那是怎么回事?”

“都是上帝的旨意。”某人徒劳地解释。

“阿门。”我用尽全身的力气才吐出这个词。

“我要再见见那个医生。”凯瑟琳平静地告诉玛利亚·德·萨利纳斯。

“陛下，有可能他都不在伦敦了。他在许多法国家族里往来，也许已经离开了。”

“去打探他的消息，看他是不是还留在伦敦，或者什么时候回来。”王后说，“别走漏风声。”

玛利亚·德·萨利纳斯同情地看着自己的女主人，低声问：“你需要他的生子秘方?”

“英格兰没有专门的医学院。”凯瑟琳苦涩地说，“没有大学教语言，也没有天文、数学、几何、地理、宇宙，甚至没人研究动植物。英格兰的大学更像是满是只会照本宣科的教士的修道院。”

玛利亚·德·萨利纳斯被凯瑟琳的直言震惊了。“教会说……”

“教会又不需要像样的医生，他们又不需要知道儿子是怎样生出来的!”凯瑟琳厉声说，“教会的传承在于圣灵的显示。除了经文他们什么都不需要。教会的人们又不会受妇科疾病痛苦的困扰。但是我们不同，在朝圣的旅途上，在这世上，特别是我们女人：我们需求更多。”

“但是你曾说过你不需要异教徒的知识。你自己对医生说的。你说你母亲做得对，就该关闭异教徒的大学。”

“我的母亲有六个孩子。”凯瑟琳生气地说，“但是我告诉你，如果能找到医生救我哥哥，就算他来自地狱，她也会接受他。阻断摩尔人的研究是她的错，她确实做错了。我从不认为她是完美的，但是现在我更觉得她错得离谱。把那些博学的学者和异教徒一起驱逐是她最大的错误。”

“教会都说他们的学问是异端邪说。”玛利亚讲，“两者本来就不可分割。”

“我敢保证你对此一无所知。”伊莎贝拉的女儿走到墙角，“这不是适合你讨论的话题，我已经告诉你我想要你怎么做了。”

那个摩尔人不在伦敦，但是他寄居的地方说他并没退房，这个星期就回来。我要耐心点，要继续等在房间里。我一定要忍耐。

玛利亚的仆人告诉她，那里的人都认识这个摩尔人。他的行踪在他们街都算是大事。英格兰的非洲人少得可怜，而他英俊慷慨，举手之劳也能得到他的酬谢。他们还告诉玛利亚的仆人，他坚持每天多次用清水清理房间，一个星期还会洗浴三到四次，要用肥皂和毛巾，水泼得到处都是，让女仆很难打理，这对他的健康也十分不利。

想到这个讲究的高个子摩尔人把自己蜷在浴桶里，我就忍不住笑了。弥漫的蒸汽，微温的浸泡，按摩，冷水浴，然后是长长的惬意的休息，抽着水烟袋，小口品着浓浓的香甜的薄荷茶。这让我想起初到英格兰时我的恐惧，我发现这里的人们很少沐浴，用餐之前仅仅洗一下自己的指尖。我想他比我做得好，还保留着对家乡的热爱，无论身在何处，他都把那里变成了自己的家乡。

而我，从决定成为英格兰的凯瑟琳的那一刻起，就放弃了自己西班牙的卡塔琳娜的身份。

趁着夜色，摩尔人被带到凯瑟琳面前，就在她的待产室里。在那之前她就屏退侍女，要求一个人待着。她独自坐在挂着窗幔的窗前。当他进来看见起身迎接的她，首先注意到的就是窗前的黑暗的烛光里她修长的轮廓。她看见他同情地皱起了眉头。

“没有孩子。”

“没有。”她简洁地回答，“明天我就会结束待产。”

“还痛吗?”

“不了。”

“是吗，那可太好了。来潮呢?”

“上个星期才有过，很正常。”

他点点头。“那么你应该度过了一场疾病，已经康复了。”他说，“现在或许又适合生养了，没必要绝望。”

“我没有绝望。”她冷漠地回答，“我从不恐惧任何事。这才是我召见你的原因。”

“你想要尽快怀孕。”他揣度。

“是的。”

他思考良久：“这样的，公主殿下，既然你曾怀孕，那么我们就知道你和你丈夫都能生育。这是个好消息。”

“是的。”她对此感到惊奇。流产让她过于伤痛，她居然忽略了这个问题，事实证明自己是能生育的，“但是为什么你提到我丈夫的生育问题?”

摩尔人笑了：“生育是男女双方的事情。”

“但是在英格兰，他们认为这只是女人的问题。”

“是的。可是这件事上，和其他许多事一样，他们是错的。每个婴孩都有两个部分：男人生命的气息和女人天赐的肉体。”

“据说如果流产，那都是女人的责任，也许是她犯下了不可饶恕的罪孽。”

他皱起眉头。“有可能。”他承认，“但不准确。否则女囚怎么会产子？纯洁的动物也会流产？我想我们迟早会研究出来。心情和感染都会导致流产。我不会责怪妇女，这对我来说很荒唐。”

“据说女人不孕和婚姻不受主的祝福有关。”

“那是你的主。”他条理清晰，“难道他会迫害一个不幸的妇女来警示世人？”

凯瑟琳没有回答。“如果我没有生下孩子，就一定会受到指责。”她平静地说。

“我知道。”他说，“但是事实是：你怀孕了，然后流产了，也就是说你还能再怀一个。如果说你就从此不孕，那就是无稽之谈了。”

“无论如何，我要成功生下一个孩子。”

“如果能为你检查，我也许会得到更确切的结果。”

她摇摇头。“那不可能。”

他愉快地扫了她一眼。“噢，真是不开化。”他柔声说。

她喘着气，恼羞成怒。“别忘了自己的身份！”

“那就赶我出去吧。”

这话成功止住了她的怒气。“你可以留下来。”她说，“不过还是不能检查我。”

“现在让我们想想什么能帮助你成功受孕，怀上孩子。”他说，“首先，你得有个强壮的身体。你骑马吗？”

“嗯。”

“在受孕之前，每天要一直跨着骑马，然后散会儿步，最好能游泳。月事之后两个星期最适合怀孕。那时候你需要休息，一定要和你丈夫同房。餐饮要适度，尽量别喝他们那该死的麦芽酒。”

凯瑟琳想起自己的成见，笑了：“你了解西班牙吗？”

“我在那里出生，你母亲举行宗教裁判，让我的父母认识到自己会被折磨至死，于是从马拉加逃了出来。”

“很抱歉。”凯瑟琳尴尬地说。

“我们会回去，先知是这样写的。”他带着漫不经心的自信。

“我得警告你们不要妄想。”

“我们一定会回去。我看过预言书了。”

他们再次陷入了沉默。

“我可以给你一些建议吗？还是现在就离开？”他装作毫不在意地问。

“说吧。”她说，“我会给你酬劳，然后你就可以离开了。我们生来就是敌人。我不该召见你的。”

“我们都是西班牙人，都爱自己的国家，都信仰自己的神祇。也许我们生来应该是朋友。”

她克制住自己向他伸出手去的冲动。“也许吧。”她把头撇向一边，粗暴地说，“但是我受的教育告诉我要憎恨你的同胞，憎恨你们的信仰。”

“我一直被教导不要仇恨任何人。”他温和地说，“也许那才是我首先应该教给你的。”

“只要告诉我怎么才能怀上儿子就好。”她重复。

“好吧。要喝煮开了的水，尽可能多吃蔬菜水果。这里有做色拉的蔬菜吗？”

那一刻我似乎回到了勒德洛的花园，他那双明亮的眼睛就这样注视着我。

“什么？”

“对的，色拉。”

“那到底是什么？”

“你在想什么？”

“我的第一任丈夫。他曾告诉我可以让园丁种些做色拉的蔬菜。”

“我有种子。”他令人意外地说，“可以给你一些，这样你就可以种点需要的蔬菜。”

“你有种子？”

“有。”

“你要给我……是要卖给我？”

“不，我会送给你。”

她被他的慷慨感动了。“你真好。”她说。

他笑了：“我们都是西班牙人，都背井离乡。我是黑人，你是白人又有什么关系呢？我朝拜时面向麦加，你朝拜时面向西方又有什么关系呢？”

“我信仰正统的宗教，而你是个异教徒。”她说，已经不能像以前那样理直气壮。

他笑了。“我们都是有信仰的人。”他并未动容，“那些没有信仰，无神论，不信他人，甚至不信自己的人才是我们的敌人。十字军应该讨伐的是那些毫无缘由，仗着强大给世界带来残忍行径的人。有太多罪孽和邪恶需要消灭，而那些信仰慈悲的神祇，只是希望能够过得舒心的人们不该受到暴力对待。”

凯瑟琳发觉自己无言以对。心中的天平上一边是母亲的教导，一边是来自这个男人单纯的善良。“我不知道。”最后她说，仿佛这样就能让自己得到解脱，“我不知道。也许这个问题只有主能解答。我会去祈求指引，不会不懂装懂。”

“看，这就是智慧的萌芽。”他还是那么温和，“至少我这样想。学习需要虚心求解，而不是自大的夸夸其谈。求知之路就是这么开启。现在，更重要的是我要在回去之前给你一张清单，告诉你哪些不能吃，还会给你一些药强壮你的体格。不要让他们给你放血，不要让他们给你用水蛭，不要听凭他们给你喝任何毒药或是补药。你和你丈夫都还年轻，不必急于一时，孩子迟早会有的。”

这听起来仿若天籁。“你确定?”

“我确定。”他回答，“会很快。”

1510年5月

格林威治宫

我让人去请来了亨利，这个消息该由我亲口告诉他。他不情愿地来了，对涉及生产的那些事感到不快，他不想进入这间待产室。他心里还有些别的事，我能看出他心不在焉，目光闪躲。只是这个时候，我没有立场去质问他的冷漠。玛格丽特夫人识趣地告退了，很好，现在没人能偷听了——哪怕明天，明天这件事就会在宫廷里人尽皆知。

“我的丈夫，对不起，我有个坏消息。”我说。

他愠怒地转过脸来：“就知道没好事。”

“我没有怀孕。”我努力克制心中闪过的怒意，“御医搞错了。我们只有一个孩子，一个保不住的孩子。我不需要再禁足了，明天就回去。”

“这种事他怎么能弄错？”

因为他是一个自大的傻瓜，你的臣属，你的近侍，都是报喜不报忧的傻瓜——但是我只能无奈地耸耸肩，尽量不失偏颇地说：“也许他只是弄错了。”

“我看起来像个傻子！”他咆哮起来，“你已经离开了将近三个月，还一点孩子的迹象都没有！”

虽然从未奢望过与我结成终身伴侣的这个男人会有与相貌匹配的智慧，也从未奢望过这个男人会处处顾虑到我，这一刻，我仍然无言以对。

“没人会多想。”我坚定地说，“就算会，他们也只会认为阿拉贡的凯瑟琳、英格兰的王后是个傻女人，连自己是否怀孕都没弄清楚的傻女人。但是至少，我们有过一个孩子，那我们就会有第二个。”

“真的吗？”他立刻又充满了希望，“那我们为什么会失去她？是我们冒犯了上帝？还是犯下了不可饶恕的罪孽，终于得到了上帝的惩罚？”

上帝会忍心伤害一个无辜的孩子来惩戒她虔诚的父母犯下的微小过失吗？微小到他们自己都摸不着头脑？我咬着嘴唇，心中充满了摩尔人对主的质疑。

“我问心无愧。”从没什么能让我如此勇敢无畏。

“我也是。”亨利迅速响应，只是，有点太迅速了。

但我真的问心无愧吗？那晚，我跪在十字架上的主面前诚心祷告，不是为了亚瑟，不是因为母亲的教导，只是闭上眼，祷告。

“主啊，那是他在临终前让我许下的承诺，”我艰涩地在心中默默告解。“为了英格兰，为了确保英格兰和新国王对教宗的忠诚，为了守护英格兰不会误入歧途犯下罪孽，别无选择。哪怕这会让我失去财富，失去王位，甚至名誉尽毁，但我并不是为了得到什么才这样做。如果这是罪，主啊，请告诉我吧。如果我真的不该成为他的妻子，也请告诉我吧。我相信我做过的每一件事，正在做的每一件事，都没有违背您的旨意，今后也不会。我也相信，您不会因此带走我的儿子来惩罚我，因为您是仁慈的公正的无所不能的主。我更相信，为了亚瑟，为了亨利，为了英格兰，也为了我自己，我都做出了正确的抉择。”

我跪坐着等了很久，一个小时，或是更久，等待着，我信仰的主，母亲信仰的主，会降下神旨。

但是他没有。

所以，我要继续面对这一切，无所畏惧地走下去，既然还没有被我信仰的主指正。亚瑟是对的，是他让我立下了忠贞的誓言；我是对的，尽管我说出了违心的谎言；母亲是对的，她说无论如何，我都会成为英格兰的王后——那是上帝的旨意，没有什么能改变。

那晚，玛格丽特·波尔夫人来伴驾，陪我度过重返宫廷前的最后一夜。我们把凳子移近炉火，凑得很近，隔墙有耳，难免不被偷听。

“我有事禀告。”她说。

什么事情严重到她如此郑重其事？

“说吧。”

厌恶地撇撇嘴，她说：“对不起，本不该告诉你宫廷里的流言蜚语。”

“好啦，说吧。”

“是白金汉公爵的妹妹。”

“伊丽莎白？”我想起那位年轻俊俏的女士，当她得知我会成为王后时，可是立刻向我请求成为王后的侍女的。

“不，是安妮。”

喔，是伊丽莎白的妹妹，我暗忖，那是个眼波流动的黑眼睛姑娘，许多男士钟情的对象，很受宫廷里年轻男士的追捧。但是——至少在我面前——她侍候王后并没有失礼，举止都是名门淑女的风范。

“她怎么了？”

“和威廉·康普顿悄悄幽会了。白金汉公爵很是烦心，告诉了她丈夫。爵士怒不可遏，自己的妻子居然敢用自己的名誉和丈夫的声望去冒险，挑逗国王的近臣。”

威廉·康普顿，亨利情同手足的朋友，和他一起玩乐的伙伴。

“威廉只会让自己快乐罢了。他可是个只会让女人哭泣的花花公子。”

“据说有一次安妮从假面舞会上偷跑出来，还有一次是从宴会上，甚至有一次打猎途中他们偷偷溜出去了一整天。”

这还真是非同小可。“他们真是情人了？”

她耸耸肩：“她哥哥，爱德华·斯塔福德觉得这事毫无疑问。他弹劾了康普顿，在御前起了争执。”

紧紧咬住嘴唇，只有这样我才能抑制住心中的愤怒和差点脱口而出的指责。白金汉公爵家族是都铎王室最古老的盟友之一，拥有大量的土地和仆从。许多年前，白金汉公爵得到了伟大国王的宠信，和亨利王子一起前往西班牙迎接我，从那时起，我们就成了亲密的朋友。甚至在最悲惨无助的那几年，他都对我不离不弃，每年夏天也不忘送我些游戏的小玩意儿打发时间，我们常常有好几个星期都靠那些东西过活。亨利怎么能和他像贩夫走卒一样争吵？他们是国王和他最得力的臣子。没有白金汉的支持，先王亨利七世甚至不能登上王位。他们如果产生了隔阂，那就不是简单的私人问题，是国家和臣民的无妄之灾。亨利只要还有一丝理智尚存，就不应该让自己牵涉到这些侍臣无谓的纷争里去。玛格丽特夫人点点头，无须多言，我俩心照不宣，这可不是什么好事。

“她们不能让我省省心，不要翻出卧室的窗户去追逐那些年轻的男人？”

“看起来没你不行，”玛格丽特夫人倾前拍拍我的手，“这个宫廷还太幼稚，需要你来把持。国王对公爵说了很多重话，大大冒犯了他。威廉·康普顿说对于和安妮的事他不予置评，这让大家不禁都往坏处想。安妮好像被丈夫乔治关起来了，今天我们没人看见她。恐怕等您从待产室出来时他也不会让她迎接您，这就涉及到您的面子问题了。”她停了下，“我觉得最好现在就知会您一声，免得明早您觉得奇怪。虽然您知道也就是迟早的事。”

“真荒谬。”我说，“明天我一出房门就去处理。但是老实说，他们到底怎么想的？这里真像是学校的运动场！威廉应该为自己的所作所为感到羞愧，我惊讶的是安妮居然能如此忘我地追逐他。而且她丈夫又觉得自己是谁？卡米洛特的骑士吗？可以把她关在塔里？”

凯瑟琳王后没有发出通告就结束了待产，搬回了格林威治宫的日常起居室。既然没有分娩，就不会举行什么安产感谢礼庆祝她恢复了日常生活。既然没有婴孩，也不会举行什么洗礼仪式。她搬出了那间阴暗的屋子，也没有多做解释，好像她得了什么丢脸的疾病，人人都假装她不过是离开了几个小时，而不是三个月。

这些日子以来，王后的侍女们在她的待产期都变得懒散而无所事事，现在又在她的会客室里忙碌起来，仆人们都忙着换上新鲜的药草和蜡烛。

凯瑟琳感受到侍女们鬼鬼祟祟的打量，以为她们对她离开期间的寻欢作乐心怀愧疚，但是很快她就意识到她们在窃窃私语，只要她一抬头，她们就若无其事地停止交谈。显然，发生了比安妮丢脸的私情更严重的事情；而同样的是，显然，没人打算告诉她。

她示意侍女玛奇女士近前回话。

“伊丽莎白女士今天不来伴驾了吗？”她询问斯塔福德姐妹的去向。

女孩涨红了脸，连耳朵都红了。“我不知道。”她结结巴巴地说，“我想不会来了吧。”

“她去哪儿了？”凯瑟琳问。

女孩绝望地四下张望，希望能得到帮助，但是房间里的其他侍女纷纷突然专注于手上的缝纫，刺绣，或是书籍。伊丽莎白·波琳抓了一手的牌，专心致志研究着，仿佛那能给她带来巨大的财富。

“不知道她去哪儿了。”女孩承认。

“在自己的房间？”凯瑟琳循循善诱，“还是去了白金汉公爵那里？”

“我想她走了。”女孩坦率地说。其他人都倒吸了一口冷气，然后陷入了沉默。

“走了?”凯瑟琳环顾四周,“谁来告诉我到底发生了什么事?”她的语气异常严厉,“伊丽莎白女士去了哪里?怎么可以没有我的允许就私自离开?”

女孩不知所措地退后,这时,玛格丽特·波尔夫人走了进来。

“玛格丽特夫人。”凯瑟琳愉快地问候她。“玛奇告诉我伊丽莎白·斯塔福德女士未经允许,也没有和我告别就离开了宫廷。到底怎么回事?”

玛格丽特微微一震,凯瑟琳感觉自己愉悦的笑容一下子就僵在了脸上,玛奇如释重负,退回了自己的位子。“怎么了?”凯瑟琳不动声色。

没人有动作,可是所有侍女都伸长了耳朵,想要听听玛格丽特夫人怎么解释这最新的进展。

“相信国王陛下和白金汉公爵大人话说得过火了。”玛格丽特夫人平和地说,“公爵大人带着自己的两姐妹已经离开了。”

“可是她们是我的侍女,在侍奉我,可不能没有许可就私自离开。”

“那确实是她们有欠考虑。”玛格丽特说。她坚定冷静地把手放在膝盖上,示意凯瑟琳不要再盘问了。

“我不在的时候,你们都在做什么?”凯瑟琳询问其他侍女,想要缓和下气氛。

她们立即都羞怯起来。“有没有学会什么新歌?有假面舞会可以跳舞吗?”

“我学会了一首新歌。”一个女孩自告奋勇,“可以献丑吗?”

凯瑟琳点点头,另外一个女士马上拿出鲁特琴。人人都想转移她的注意力。凯瑟琳微笑着把手放在扶手上打着拍子。作为一个生长在尔虞我诈的宫廷的女子,她知道事态其实相当严重。

门口传来大声的喧哗,卫兵为国王和他的随从推开了门。侍女们都站了起来，伸手理着裙子，咬着双唇让它们变得鲜嫩粉红。亨利跨着大步走了进来，还穿着骑马服，身边围绕着他的朋友，威廉·康普顿挽着他的胳膊。

凯瑟琳再次注意到自己丈夫细微的反常。他没有进来就拥抱她，亲吻她的双颊，也没有走到中央向她鞠躬。他和他最好的朋友连体婴一样走进来，两人互相遮遮挡挡，好像是恶作剧被抓住的孩子：半是羞愧，半是吹嘘。凯瑟琳锐利的眼神让康普顿缩回了自己的手。亨利无精打采地问候了自己的妻子，垂着双眼握住她的双手，亲吻了她的脸颊，而不是双唇。

"你好些了吗？"他问。

"很好。"她矜持地说，"已经康复了。你呢，陛下？"

"噢。"他漫不经心地说，"我很好。早上的打猎很带劲。真希望你能和我们一起。我敢说，都快跑到苏塞克斯了。"

"明天我就能出门了。"凯瑟琳保证。

"你的身体受得住吗？"

"我都康复了。"

看起来他很宽慰。"我以为你还会病上一段时间。"他脱口而出。

她笑着，摇摇头，思考是谁这样说的。

"让我们先用早餐吧，我都饿了。"

他牵起她的手，领她去了大厅。其他人不拘礼节地跟在他们后面。凯瑟琳听见窸窸窣窣的私语不绝于耳，她侧过身在亨利耳边轻声问："听说宫廷里有些争执。"

"喔！你都听说了我们的小纠纷是不？"他说，声音洪亮，语调轻快。好像在努力扮演一个问心无愧满不在乎的角色。他转头大笑，希望找人分享这装出来的乐趣。有些男女也在笑，激动地分享他的愉快。"是有些小事，但其实也没什么。我和你伟大的朋友，白金汉公爵争吵了几句。他就怒气冲冲地走了！”他甚至更放肆地笑了，斜眼看她是不是也笑了，心中忐忑，思量着她是不是什么都知道了。

“事实呢？”凯瑟琳冷静地说。

“是他出言不逊。”亨利尝试强硬地说，“让他一边待着去，不道歉就别回来。你也知道，他一向目中无人，做出一副无所不知的样子。还有他那个别扭的妹妹伊丽莎白也得走。”

“她是个称职的侍女，是我体贴的同伴。”凯瑟琳观察着他的神色，“希望今天她能来迎接我。我和她，还有她的姐妹又没起过争执。你也没有吧？”

“那倒没有。但是她们的哥哥太让人生气了。”亨利说，“让他们都滚。”

凯瑟琳停下来，正容说：“她们姐妹是属于我的侍臣。我有权挑选或是遣散我自己的侍女。”

她看见他孩子气地迅速涨红了脸：“你应该感激我帮你把他们撵走！什么你的权利！我不希望我们之间要谈什么权利！”

身后的侍从们马上安静下来，都想听听国王夫妇第一次争吵。

凯瑟琳松开他的手，绕过圆桌就座。这给了她缓冲的时间，让她能冷静下来。在亨利就座以后，她深吸口气，笑着对他说：“如你所愿。这件事上我又没有偏袒谁。只是我怎么跟管理有序的宫廷解释我为什么遣散了这样一个出身显赫，并无过错的年轻女士呢？”

“你又不在，你又不知道她到底做了些什么！”亨利试图寻找另外可抱怨的事，并找到了一件。他摇手示意大家入座，然后瘫在自己的椅子里。“你离开了好几个月。没有你我能怎么办？你就这样走掉，丢下一堆政务，我又该怎么处理？”

凯瑟琳点点头，尽量保持冷静。她意识到整个宫廷的目光都集中在自己身上，就像凸面镜聚焦在纸面上一般。“我从不因为自己的娱乐而疏于政务。”

“这些对我都太棘手了。”他说，对她的话只理解了表面的意思，“太棘手了。你就做得得心应手，一晚上就能处理好几个星期的事情，如果没有王后，宫廷怎么会不乱套呢？你的侍女们没人管教，谁也不知道该怎么办，我也没法见你，我还得一个人睡……”他停了下来。

凯瑟琳后知后觉地意识到，在他的虚张声势后面隐藏着受伤害的感觉。在他自我为中心的想法里，看不到她这段时间来忍受的疼痛和恐惧，只有自己的困难。在他眼里，她这次失败的妊娠是在刻意疏远他，让他独自管理一个失衡的宫廷，她让他失望了。

“我认为你至少这次得听我的。”他借题发挥，“这几个月可把我愁坏了。我得到的评价非常非常不好，被弄得看起来跟个傻子一样，而你完全无动于衷。”

“很好。”凯瑟琳息事宁人，“既然你都这样对我说了，我自然会遣走伊丽莎白，还有她的妹妹安妮。”

他不自觉地笑了，雨过天晴。“好啊。现在你也回来了，终于可以走上正轨了。”

没有问候，没有安慰，也没有宽容理解。我有可能在分娩中遇到生命危险，失掉了他的孩子，我要面对悔恨、伤痛，萦绕心头对罪孽的恐惧。可他从来没有顾及我的感受。

我试着挤出微笑来响应。从嫁给他的那刻起，我就知道他是个自私自利的男孩，我也知道他会成长为自私自利的男人。我把教导他成为更好、最好的男人当成自己的任务。很多时候我都认为他没有成为理想中的样子。每当这时候，比如现在，我都觉得这是我教导失败，应该原谅他。

没有我的宽恕，没有我比预料中更无限增长的耐心，我们的婚姻会更加乏善可陈。他对试图照料他的女人都非常愤恨——这是他祖母造成的。而我，愿主宽恕，立即就想起了失去了的那个丈夫，而不是眼前争取到的这个。他不是亚瑟那样的男人，永远不会成为亚瑟本该成为的那种国王。但是他仍然是我的丈夫，我的王，我应该尊重他。

事实上，不管值不值得，我都会尊重他。

整个早餐时间宫廷都很静默，很少有人能把目光从高桌上移开。金色的华盖下，端坐在王位上的国王与王后正在交谈，看起来似乎很和谐。

"但是她知道不?"一个侍臣轻声问凯瑟琳的某位侍女。

"谁会告诉她?"她不以为然，"如果玛利亚·德·萨利纳斯和玛格丽特夫人还没告诉她，她就不会知道。我敢用耳环打赌。"

"赌就赌。"他说，"五镑赌她会自己发现。"

"时间限制?"

"明天之前。"他说。

当我查对闭门不出这几个星期宫廷的账目时，发现了另外的谜团。初期还没有什么离奇的费用。但是很快娱乐活动的账单开始增多：歌手和伶人为未出世的孩子排练庆典的账单，风琴手的账单，唱诗班的账单，定做锦旗和旗杆的布商的账单，还有雕刻金色洗礼盆的额外的支出，制作林肯绿呢戏服的花销，在安妮女士窗下表演的歌手的花销，誊录国王新诗歌的书记员的花销，五月节假面舞会排练的花销，还有和安妮女士一起表演《冰山美人》的三位女士的戏装花销。

我从摊着账簿的桌边站起来，走到床边，俯瞰着花园。他们在那里建了个摔跤场，年轻人们都挽起袖子。亨利和查尔斯·布兰登像市场上的铁匠一样扭成一团。我看见亨利绊倒了自己的朋友，把他摁到了地上，然后用尽全力把他压制住。玛丽公主鼓掌叫好，整个宫廷都在欢呼。

我离开窗口，开始想弄明白安妮女士的流言是不是确有其事。我想要明白五月节那天清晨当我在悲伤中醒来，在别的地方歌唱欢笑的他们究竟有多愉快？那天一片寂然，根本没人在我窗下歌唱。还有，为什么康普顿请歌手讨好自己的新情妇要由宫廷来付账？

下午国王召唤王后去了他的房间。教皇那边传来了些新消息，他需要她的意见。凯瑟琳坐在他身边，专心听着消息回报，伸长脖子在她丈夫耳边低语。

他点点头。“王后陛下提醒了我，众所周知，我们和威尼斯一直都是盟友。”他傲慢地说，“她其实没必要提醒我。我决不会忘记。你们可以放心，我们一定会保护威尼斯，事实上整个意大利都在抵御法王的野心。”

使节恭敬地点点头。“我会给你回函。”亨利庄重地说。他们鞠躬后告退。

“你会写给他们吧?”他问凯瑟琳。

她点点头。“当然了。”她说，“我觉得你应对得很好。”

这让他喜笑颜开。“你在这里真是太好了。”他说，“你不在的时候一切都乱七八糟。”

“好啦，我都回来了。”她把手搭在他肩上，能感受到手底肌肉的力量。亨利现在已经是个拥有男性力量的男人了。“最亲爱的，我还是对你和白金汉公爵的争执感到遗憾。”

她感到手底的肩膀向前移动，他耸肩挣脱她的触摸。“那没什么。”他说，“他该乞求我的原谅，然后这件事就算了结了。”

“但是也许只要他回来就好，”她说，“如果你不想看到他的姐妹，她们可以不回来……”

他发出意义不明的大笑。“噢，你用尽一切手段也要把他们都弄回来。”他说，“如果这才是你真实的愿望，如果这能给你带来快乐。你就不该去待产，根本没有孩子，人人都能看到其实没有孩子。”

她简直是被迎头痛击，几乎不能言语。“这事和我怀孕有关?”

“如果你不去待产，这本来可以避免的。反正每个人都知道没有孩子，那只是在浪费时间。”

“你的御医……”

“他知道什么？他只知道你是怎么说的。”

“是他说……”

“医生什么都不知道!”他突然咆哮起来，“谁不知道他们总是受到女人的引导？一个女人可以信口胡说。有孩子，没孩子？她是处女，不是处女？只有她自己才清楚，其他人都是傻瓜。”

凯瑟琳大惊失色，试着寻找蛛丝马迹看看是什么触怒了他，还有该如何应对。“我相信你的医生。”她说，“他很确定。是他让我相信自己还有孩子，所以我才闭门不出安心待产。下一次我就会更明白了。真的很抱歉，亲爱的。这也让我痛不欲生。”

“这只是让我看起来像个傻瓜!”他哀怨地说，“难怪我……”

“你怎么？什么?”

“没事。”国王闷闷不乐地回答。

“真是美好的下午，我们出去走走吧。”我愉快地对侍女们说，“玛格丽特夫人和我一起去。”

我们出门去。我披着斗篷，戴着手套。到河边的小道十分湿滑，玛格丽特夫人挽着我的手臂，一起慢慢走下石梯。阳光明媚，黄水仙像金子一样闪闪发亮。河道上飞翔着白色的海鸥，可是当驳船和舢板经过，它们就魔术般地四散而去。我深深呼吸着，能够从狭小的屋子里出来，感受阳光再次照在我脸上真是异常美妙，我几乎不想提起安妮·斯塔福德的话题。

“你应该知道发生了什么事?”我简洁地问。

“我听说了一些流言。”她不动声色，“但是不能确定。”

“是什么让国王如此盛怒?”我问，“他是怎么了？被我特产的事弄得心烦意乱，对我大发雷霆。应该不止是斯塔福德家的女孩和康普顿的私情吧?”

玛格丽特夫人面色严肃。“国王陛下太过维护威廉·康普顿。”她说，“不容许他受到侮辱。”

“听起来似乎不是那么回事。”我说，“如果她偷偷溜出房间和他在一起，而他并不打算求婚，我还认为陛下应该对威廉感到恼怒。安妮女士可不是会在墙后胡来的女孩，需要考虑到她和她的夫族。国王陛下得告诉康普顿让他守点规矩吧?”

玛格丽特夫人耸耸肩。“我不知道。”她说，“那些女孩甚至都不和我说话。她们难得一致保持沉默。”

“但是为什么？如果真的只是一件愚蠢的风流韵事，春天年轻人之间常见的八卦，她们何必如此?”

她摇摇头。“说真的，我也不明白，和你一样。但是如果只是调情，为何公爵大人觉得受到了莫大的侮辱？甚至不惜和陛下争吵？为什么女孩不嘲笑她居然被抓住了?”

“另外……”我说。

她等着下文。“为什么国王陛下要为康普顿的求爱付账？歌手的费用都算在宫廷的开销里。”

她皱起眉头。“他还鼓励这件事？陛下应该明白这会大大冒犯公爵大人。”

“康普顿还是圣宠不衰？”

“他们几乎形影不离。”

我说出已经长久盘踞心间的冰冷猜测。“你是不是也认为康普顿只是个挡箭牌，这件风流韵事实际上是发生在国王陛下，我的丈夫，和安妮·斯塔福德之间？”

玛格丽特夫人严肃的面容告诉我我的猜测正是她所担心的。“我真不知道。”她一如既往地诚恳，“就像我说的，那些女孩对我一直守口如瓶，我也没问过。”

“因为你觉得会得到不喜欢的答案？”

她点点头。慢慢地，我转过身，我们沉默地沿着河边走了回去。

凯瑟琳和亨利领着众人在宏伟的大厅里就座，同往常一样，他们在金色的华盖下挨在一起。有一队来自法国宫廷的特殊歌手，他们都是清唱，真正分成了十二个声部的重唱。这复杂美妙的歌声让亨利听得入了迷。当他们停下来，他鼓掌叫好，要求他们再来一遍。歌手们被他的热情感染，再唱了一次。他又要求了一次，然后自己唱起了男高音部分：非常完美。

现在轮到他们向他欢呼了，还邀请他一同演唱他学会了的那部分。凯瑟琳端坐在王位上，微倾着身子，笑容满面，听着自己年轻英俊的丈夫用他清亮的声音唱着，宫廷里的女士们纷纷赞不绝口。

乐师奏起了音乐，舞会开始了。凯瑟琳走下高台，和亨利一起翩翩起舞，她的脸上洋溢着幸福，笑容里充满了温暖。亨利受到她的感染，像个意大利人一样跳起来，他的舞步迅速花哨，高高跃起，凯瑟琳快乐地拍着手，高喊着让他再来一个，仿佛她的生活从来都如此无忧无虑。那个和侍臣打赌她会不会发觉的侍女转身对侍臣说：“我想我能保住自己的耳环了。他像玩弄傻子一样糊弄了她，现在他能和我们任意一个正大光明地调情了。

她根本管不住他。”

我一直等到我们单独待在一起，一直等到他兴致勃勃地躺在我身边，然后我起身给他端来一小杯麦芽酒。

“跟我说实话，亨利。”我开门见山，“你到底为什么和白金汉公爵争执，你们对他妹妹做了什么？”

他迅速避开的目光不言而喻，他心虚了。他准备对我撒谎，我听见他说：那是一个假面舞会，所有人都戴上了面具和侍女们跳舞，康普顿和安妮是一起跳的，我知道他在撒谎。

这带给我的伤痛远比我想象中来得强烈。我们成婚几近一年，下个月就满一年，通常他凝视我的目光都清澈坚定，从不闪避。我从未在他的声音里发现隐瞒和欺骗，只有真诚。自吹自擂也有，那是一个年轻自负的男人的天性，但他从未像这般颤抖着声音吞吞吐吐过。他在对我撒谎，而我从未见过比这更厚颜无耻的不忠行为，男孩一样蔚蓝甜蜜的蓝眼睛下面却是谎话一箩筐的嘴。

我阻止他继续说下去，真的无法忍受。“够了。”我说，“我还是知道那些都不是事实。她是你的情人不是吗？而康普顿是你的朋友和挡箭牌？”

他被吓呆了。“凯瑟琳……”

“告诉我实话。”

他颤抖着双唇，不敢承认他做过些什么。“我不是故意……”

“我知道不是。”我悲伤地说，“我相信你是受到了引诱。”

“你离开了那么久……”

“我知道。”

一阵难堪的沉默。我曾想过他会向我撒谎，我会找他对质。追查出真相，他的谎言，他的出轨，都会让我满怀愤慨。但实际上我只有深深的悲哀和被打败的感觉。如果亨利在我怀孕的非常时期不能保持忠贞，他又怎能一直到死都那么忠诚呢？他是如此见异思迁，又怎能遵从誓言舍弃其他人呢？我能怎么办，身为女人该怎么办？自己的丈夫对其他女人的欲望远胜于曾许下永恒誓言的那一个。

“亲爱的丈夫，你错得离谱。”我还是很伤心。

“那是因为我有太多疑虑，那时候我对我们的婚姻很怀疑。”他承认。

“你忘了我们已经成婚了?”我难以置信地问。

“不。”他抬起头，满眼都是泪水，满脸都是悔恨，“我认为既然我们的婚姻无效，我就不必受到约束。”

我被弄糊涂了。“我们的婚姻？为什么无效?”

他摇着头，异常羞愧。我逼问他：“为什么?”

他跪在床边，把脸埋进床单。“我喜欢她，想要她，她说了些事情让我觉得……”

“觉得怎样?”

“让我认为……”

“认为什么?”

“就是我娶你的时候你根本不是处女。”

我马上警觉了，就像戏剧里面的反角，就像尸体血淋淋地摆在他面前，而我，就是那个凶手。“你什么意思?”

“她还是处女。”

“安妮?”

“嗯。众所周知，乔治爵士有隐疾。”

“他们没有?”

“是的，她还是处女，她不……”他从床单里抬起头来，“她和你不一样。她……”他磕磕绊绊地说，“她痛得厉害，叫得很大声。她流血了，看见那么多的血都把我吓坏了，真的很多……”他又停下来，“第一次的时候，她甚至没有办法继续。我不得不停下来抱着她，她一直在哭。她是个处女，那才是处女破瓜时候的样子。我是她的第一个爱人，第一个，初恋。”

漫长的，冰冷的沉默在蔓延。

“她骗了你。”我残酷地说，并不顾及她的名声和他对她的情意，只想到最好把她塑造成个荡妇，而他是个傻瓜。

他震惊地抬起头：“她骗我？”

“她伤得没有那么严重，装的而已。”对这造孽的年轻女子我只能摇摇头，“这是老把戏了。她应该是手里拿着一个装了血的袋子，弄破了给你造成出血的假象。再大声尖叫，我猜她在你身边轻声哭泣，说自己不能忍受初次的疼痛。”

他迷惑了。“确实。”

“她想让你对她心怀愧疚而已。”

“但是我的确很愧疚！”

“当然。她想让你觉得你夺去了她的贞操，她的初夜，于是你就有义务护佑她。”

“她就是这样说的。”

“她在算计你。”我说，“她不是处女，只是在假扮。新婚之夜，当我和你躺在一起时，那是我的初夜，我是纯洁的，而那一夜简单又甜蜜。你还记得吗？”

“记得。”他说。

“没有演戏一样夸张的哭泣哀号，很平静，但是充满了爱意。你该以这个为标准。”我说，“我才是真正的处子之身。你和我才是彼此的初夜，亨利。你被个赝品欺骗了。”

“她说……”他开始辩说。

“她说什么?”我可不怕中伤，我敢保证安妮·斯塔福德可没法面对主和我母亲结成的同盟。

“她说你曾是亚瑟的爱人。”他被我苍白得可怕的脸色吓得吞吞吐吐，“她说你和他睡过，而且……”

“无稽之谈。”

“我不知道。”

“那是造谣。”

“喔，好吧。”

“我和亚瑟没有圆房。和你成婚时我是处女。你是我的初恋。谁敢反驳我?”

“不。”他迅速回答，“没，没人有异议。”

“你也不能。”

“我没异议。”

“有谁敢当面对我说，我不是你的初恋，不是未经人事的处女，不是你事实上的妻子，不是英格兰的王后?”

“没有。”他只得重复。

“就算是你也不行。”

“我不会。”

“这是对我恶意的中伤!”我狂暴地说，“流言无孔不入。他们会说你无权登上王位，因为你母亲在新婚之夜不是处女。”

他大吃一惊。“我母亲?她怎么了?”

“据他们流传，她和她叔叔，篡位者理查德睡过。”我平静地说，“想想吧!说你母亲和你父亲在成婚之前，甚至订婚之前就有苟且之事。他们说她早在婚前很久就失身于人。他们中伤她，说她为了王位人尽可夫。我们怎么能允许人们这样侮辱一位王后？你会任这样的谣言剥夺你的继承权吗？我呢？我们的儿子呢？”

他惊得直喘粗气。他深爱自己的母亲，在此之前从未把她当做一个有性别的人看待。“她从不……她是最……怎么可能……”

“你看到了吧？这就是我们任由人们传播高位者谣言的后果。”我搬出法律来保护自己，“如果你允许某人羞辱我，丑闻就不会平息。这侮辱了我，同时也牵涉了你。谁知道丑闻一旦发生什么时候才会停息？反对王后的流言会动摇王位。长点心吧，亨利。”

“是她说的！”他解释说，“她说我和她在一起不是罪孽，因为我根本不算真正已婚。”

“她在撒谎。”我说，“她假装自己是处女，还诋毁我。”

他愤怒地涨红了脸。愤怒也让他好受一些。“这个荡妇！”他粗鲁地怒吼，“这个荡妇居然让我以为……真是拙劣的把戏！”

“那些年轻女子可不值得相信。”我心平气和地告诉他，“现在你是英格兰国王，行事要有自己的准则，亲爱的。她们会围在你身边，她们会迷惑你，引诱你，但是你对我必须保持忠贞。我是你的处子新娘，你的初恋。我是你的妻子。不要舍弃我。”

他拥我入怀。“宽恕我吧。”他的声音破碎低沉。

“我们永远不要再提起这个话题。”我严肃地说，“我不会，也决不允许任何人诽谤我和你的母亲。”

“不会了。”他急切地响应，“上帝为证，我们不会再说起这个，也不会允许其他人嚼舌根。”

第二天早上，亨利和凯瑟琳一同起身，然后去国王的小教堂做弥撒。凯瑟琳会见了自己的忏悔神父，跪着忏悔了自己的罪孽。亨利注意到她并没有待太久，她没有什么不得了的罪孽需要忏悔。看着她去找自己的神父，做了如此短暂的忏悔而面色愈发平静祥和，亨利更加难过。

他知道她是一个真正纯洁神圣的女人，就和他母亲一样。他悔恨地把脸埋进手掌，意识到凯瑟琳是个言而有信的人，也许在她人生里甚至没有过撒谎的经历。

我穿着红色天鹅绒的猎装出席了宫廷的狩猎活动，决心告诉众人我身体良好，正式归来，一切都要走回正轨。我们沿着园林长长的颠簸的环形小路骑马追逐一头成年牡鹿，猎狗撵着它去了河里，亨利自己下水捕获了它，欢笑着割开了它的喉咙。溪水在他身边泛起了红色，也染红了他的衣服还有双手。我和宫廷众人都放声大笑，但是面前血腥的景象让我一阵恶心。

我们慢慢骑行回家，我试图微笑着掩饰自己的疲倦，还有大腿，腹部和背部的疼痛。玛格丽特夫人和我并辔而行，她瞅瞅我的脸色："下午你最好是好好休息。"

"不行。"我断然拒绝。

她没必要多问。她也曾身为公主，明白作为王后不管本身怎么想，有时候也不得不需要做戏。"我有个故事，如果你不嫌麻烦的话，可以听听。"

"你真是贴心的朋友。"我说，"长话短说。我想我已经知道了最坏的情况。"

"自从我们隐居静养以后，国王陛下和那些年轻人开始晚上偷偷摸摸溜去城里[1]冶游。"

"卫兵呢？"

---

① 特指伦敦中心区域。

“没有。他们乔装打扮自己去的。”

我忍住叹气。“没有人阻止他们？”

“只有萨里伯爵，上帝保佑。但是那确实轻松愉快，你也知道陛下从不拒绝任何娱乐。”

我点点头。

“有天晚上，他们假扮是伦敦商人来到宫廷。女士们和他们尽情跳舞，这太好玩了。那晚我和你在待产室，但是第二天有人告诉我情况。我没有在意。不过显然有位商人挑选了安妮女士，整晚都和她在跳舞。”

“那是亨利。”我说，能觉察出自己话语里的苦涩。

“是的，但是大家都误以为那是威廉·康普顿。他们高度差不多，都戴着假胡须和帽子。你知道他们做了些什么了。”

“是啊。”我说，“我都知道了。”

“显然，他们在偷偷幽会。当公爵大人以为自己的妹妹晚上和你待在一起时，她却溜出去和国王约会。如果她整晚不在，这对她姐姐而言就非同寻常了。伊丽莎白告诉了自己的哥哥，警告他关于安妮的所作所为。他们告诉了她的丈夫，一起审问了安妮，逼她说出和她有私情的是谁，她说是康普顿。但是她再次不见踪影，他们以为她幽会去了，结果却遇见了康普顿。于是他们才明白过来，不是康普顿——她的情夫是国王陛下。”

我摇摇头。

“很抱歉，亲爱的。”玛格丽特夫人温和地说，“他还年轻。我想那不过是轻率的虚荣心作祟。”

我点点头，一言不发，手中的缰绳因为不听话的马匹变得愈发沉重，心中想的却是安妮初夜的哭喊。

“她丈夫乔治爵士真的有隐疾？”我问，“在那之前她一直是处女？”

“据说是这样。”玛格丽特夫人干巴巴地回答，“谁会知道卧室里的隐秘。”

“我以为我们都知道国王的卧室里发生了什么事。”我不快地说，“那几乎不是秘密。”

“这就是世界的法则。”她语气平和，“你待产的时候，天性会让他寻找情妇。”

我再次点点头。这确实是事实，但是让我惊奇的是我居然会觉得如此被伤害。

“公爵大人应该非常委屈。”我想到了那个品行高尚的男人，当初是他首先把都铎家族送上了王位。

“是啊。”她吞吞吐吐地回答。她语气里的犹豫不决提醒我她不确定是否要对我全盘托出。

“怎么了，玛格丽特？”我问，“我知道你一定有事瞒着我。”

“是伊丽莎白离开之前对某个女孩子说的话。”

“哦？”

“伊丽莎白说她妹妹可不认为这是你待产时国王的逢场作戏，她不认为自己会被国王陛下抛诸脑后。”

“还能怎么样？”

“她觉得自己的妹妹有野心。”

“哪方面？”

“她认为自己能讨陛下的欢心，能左右他。”

“不过是露水情缘。”我蔑视地说。

“不，更长久。”她说，“他曾说那是爱情。他是个浪漫的年轻人，说自己到死都是她的爱人。”她瞅瞅我的神色，停下来，“请原谅，我不该说这个。”

我想着她因为疼痛而哭喊，告诉他自己还是处女，真正的处女，疼痛难忍。他是她的初恋，她唯一的爱。我知道他有多吃这一套。

我再次调整了缰绳，马儿烦躁地想要摆脱辔头。“你说她有野心是什么意思?”

“我想她认为这会提高他们家族的地位，和国王陛下两情相悦也能让她统治宫廷。”

我眨眨眼。“那我呢?”

“我认为，她以为国王迟早会从你身边离开。我想她想取而代之。”

我点点头。“如果我难产而死，她会宣布国王空有其名的婚姻无效，并嫁给他?”

“这就是她野心所在。”玛格丽特夫人说，“这种怪事也有先例，伊丽莎白·伍德维尔王后就受过这种待遇。”

“安妮·斯塔福德是我的侍女。”我说，“我从众人里选中了她是她的荣耀。她对我的责任呢？和我的友谊呢？她就从来没有顾及过我？如果她曾在西班牙侍奉过我，她甚至会和我日夜相伴……”我停下来，和一个生活在男人追逐的目光下的女人解说后宫里的安定祥和简直是徒劳无益。

玛格丽特夫人摇摇头。“女人之间总是相互攀比。”她简短地说，“但是以前，大家都认为陛下始终钟情于你。现在可不同了。现在这片土地上没有哪个女孩不觉得王冠唾手可得。”

“那始终是我的王冠。”

“但是女孩们都想要它。”她说，“这是天性使然，青春少女哪个不虚荣，没做过白日梦。”

“除非我死了。”我阴沉着脸，“那可是得等相当久，才不会管你是不是有野心呢。”

玛格丽特夫人点点头。我朝身后点点头，她也望了过去。猎人和侍臣簇拥着零星的侍女骑马过来，都在欢笑着打情骂俏。亨利左右是玛丽公主和她的一个侍女。她新到宫廷，倒是年轻貌美，毫无疑问还是处女，另一个美丽的处女。

“谁又是下一个?”我悲凉地说，“在下次我又怀孕待产，不能像严厉的老鹰看着她们的时候?珀西家的女孩?西摩尔家的?霍华德家的?还是内维尔家的?哪个女孩会一步步接近国王，靠着自身的魅力引诱国王，最后爬到我的位置?”

“有些侍女是真的敬爱你。”

“但是有些只是把我身边的位置当做近水楼台，想要接近国王。”我说，“现在有人成功了，她们就要开始寻找时机了。谁都知道假装是我的朋友，到我身边侍候是接近国王的快捷方式。首先，她要对我示好，显示自己的忠诚，之后就可以随时寻找机会了。我知道有人会这么干，只是不知道会是谁。”

玛格丽特夫人屈身抚摸着坐骑的脖子，面色沉重，但只是说：“是啊。”

“她们中的一个，不计其数中的一个，会聪明到改变国王的想法。”我阴沉地说，“他太过年轻自负，容易误入歧途。迟早有人会鼓动他厌弃我，抢夺我的王位。”

玛格丽特夫人挺直身子，直直地盯着我，灰眼睛和以往一样真诚。“也许那都会发生，但是我想你也无能为力。”

“我明白。”这才是可怕之处。

“我有个好消息。”凯瑟琳告诉亨利。夜晚凉爽的空气拂过窗户，十分怡人。这是五月底炎热的一晚，亨利一反常态居然早早就寝。

“说吧。”他说，“今天我的马瘸了，明天不能骑它，还真需要点好消息。”

“我想我怀孕了。”

他在床上挺起身子。“真的?”

“我想是。”她笑着说。

“上帝保佑！确定吗?”

“确定。”

“赞美上帝！你一生下孩子我就去沃尔辛厄姆。我要跪着去！一路跪着去！还要穿着纯白色的礼服！我要给圣母献上珍珠!”

“圣母一直在保佑我们。”

“现在谁还敢看轻我！五月初才离开产房，月末之前就又怀孕了。这会告诉他们，证明我是个真正的大丈夫。”

“没错。”她平淡地说。

“现在还是初期吧，你能确定吗?”

“月事没到，早上我觉得恶心想吐。据说这是确凿的症状。”

“你肯定?”他毫不掩饰自己的忧虑，“这次你确定？确定万无一失?”

“当然确定，该有的征兆都有。”

“感谢上帝。我就知道，就知道上天注定的婚姻会受到额外的眷顾。”

凯瑟琳点点头，笑了。

“我们慢慢来，你可不能去打猎了。我们去划划船什么的。”

“我想我们不该出行，如果你允许，”她说，“今年夏天我想好好待在一处静养，甚至不想坐马车。”

“好吧，我会和宫廷一起出巡，然后再回来看你。”他说，“孩子出生的时候要准备哪种庆典呢？那是什么时候?”

“圣诞节之后。”凯瑟琳说，“新年的时候。”

1511年冬

我一定是个预言家，我的预测准确无误，甚至不需要摩尔人神神叨叨的星盘。我们在里士满举办了圣诞庆典，宫廷也因我的幸福而喜气洋洋。腹中的婴儿很重，胎动也很剧烈，亨利把手贴上去，都能感觉到他踢着脚后跟。毫无疑问，他健康强壮，他的活力感染了整个宫廷。当我出席议会时，有时候会因为他在我腹中淘气而缩起身子，他的身体压着我的，那些曾见过自己的妻子同样处境的年长议员偷偷笑了，英格兰和西班牙终于有了继承人的感觉让他们发自内心地眉开眼笑。

我祈求那是个男孩，但是并不期待。英格兰的孩子，亚瑟的孩子，这样就已经足够。如果如他所愿是个女儿，我会按他的要求为她取名玛丽。

想要儿子的欲望与对我的爱让亨利开始变得体贴起来。他对我前所未有地上心。我想他终于成熟起来，这个自私自利的男孩终于成长为好男人，曾让我心烦意乱的和斯塔福德家女孩的风流韵事也慢慢销声匿迹。也许他会和众多国王一样有自己的情人，但是绝不会再和她们坠入爱河，许下普通男人可以许下、一个国王却不能许下的虚妄誓言。也许他会学会许多男人都会的：万花丛中过，片叶不沾身。当然，如果能继续这样下去，他会是个好父亲。我畅想着他教我们的儿子骑马，狩猎，搏斗。只有亨利的儿子才会拥有如此多才多艺的父亲，甚至亚瑟的儿子都不能。孩子的教育，为君之道、坚定的信仰、宫廷中求生的技能，这些我都能教给他。他会学会我母亲的勇气，父亲的圆滑，还有我的——我会教他坚韧不拔，隐忍果断。这都是我的天赋。

我坚信，我和亨利，我们会养育出欧洲的霸主，保护英格兰，打败摩尔人，打败法国人，打败苏格兰人，打败所有的敌人。

我得进入产房待产，但是我尽可能推后。亨利保证这期间绝不出轨，他是我的，全都属于我。直到圣诞节晚上，我和廷臣们喝过加香料的酒，祝福他们圣诞快乐，然后我再次步入了肃静的卧室。

说实话，我并不在意错过了舞会和纵酒狂欢。我很累，胎儿很重。我和冬天的暖阳一样作息，很少在早上九点之前醒来，下午五点就开始昏昏欲睡。每天我都在祈祷生产顺利，胎儿健康，每天我都能感觉到他对我回报以强烈的胎动。

大多数日子亨利都会私下来看我。王室准则上说王后分娩以前必须完全隔离，但那是亨利的祖母写的，我建议我们只要自己高兴就好，我就不信她还能从坟墓里爬出来指手画脚，就算她睿智过人又怎样。另外，我得坦率地说：我不放心亨利一个人待在宫廷。除夕之夜，在去大厅参加庆典之前他陪我用餐，送我一套红宝石做礼物，那宝石和克里斯托弗·哥伦布收获的一样大。我把它戴在脖子上，它在我丰满雪白的胸脯上熠熠生辉，我发现他的眼睛立刻充满了欲望。

“没多久了。”我笑着说，对他了如指掌。

“孩子一生下来我就去沃尔辛厄姆，等我回来你就可以参加礼拜了。”

“那时候，我想你会想再生个孩子。”我困乏地调笑。

“当然要。”他的脸上露出明朗的笑容。

他给了我一个晚安吻，祝我新年快乐，然后从我会客室的暗门回到自己的房间，从那里出发参加庆典。我让她们奉上开水——一直以来我都在遵从摩尔人的建议，随后坐在炉火前开始给孩子缝制小小的外袍，玛利亚·德·萨利纳斯在一旁给我用西班牙语朗诵。

突然，我觉得自己像是从高处跌落，整个腹部都翻了过来。前所未有的疼痛让我丢开绣品，抓紧椅子的扶手，喘着气，说不出话来。我马上明白过来，孩子要出生了。我曾担心这疼痛如同我经历过的那样，就像那让我失去可怜女儿的痛苦。但是现在我知道了，这就像是河流深处的强大压力，像是有什么强大绝妙的东西要泛滥。我满心欢喜，圣洁地恐惧着。我知道孩子正在出生，他很强壮，我还年轻，一切都会很顺利。

我刚一出声，会客室里就骚乱起来。太王太后曾规定这一切都要井然有序，不能慌乱，摇篮已经准备好了，还有给产妇的两张床，一张用来分娩，一张用来休息；但是实际上，她们惊恐得如同庭院里的母鸡，咯咯咯叫个不停。接生婆从大厅里赶来，她们离开找乐子去了，心存侥幸，以为这晚上不会发生什么情况。有个还喝醉了，玛利亚·德·萨利纳斯在她跌倒和打碎东西之前就把她撵了出去。医生则根本不见踪影，骑士们在宫廷里到处搜索他的踪迹。

从容不迫，没有手忙脚乱的只有玛格丽特·波尔夫人、玛利亚·德·萨利纳斯和我。玛利亚，是因为她天生就很稳重淡定，玛格丽特夫人是确信一定会顺产，而我，我觉得这孩子出来的势头很迅猛，猛不可挡，我一手紧紧抓住绳子，一手握紧童贞玛利亚的圣物，双眼紧紧盯着角落里的小祭台，向安提沃克的圣玛格丽特祷告，给我来个顺利不遭罪的分娩，还有健康的孩子。

难以置信，只用了不到六个小时——虽然每一个小时都像整整一天那么漫长——一阵剧烈的排出感，接生婆咕哝着："上帝保佑！"接着是一声响亮暴躁的啼哭，几乎是在大声喊叫了。我轻松下来，房间里有新的声音，婴孩的声音，在我的满心期盼里，他终于来到这世上。

"男孩，感谢上帝，是个男孩。"接生婆说，玛利亚看着我，看见我喜洋洋的样子。

“真的?”我问,“让我看看?”

她们剪掉脐带,把他抱给我,依然赤裸着,依然血淋淋的,他张大着小嘴哭喊,双眼愤怒地紧闭着,亨利的儿子。

“我的儿子。”我低声说。

“英格兰之子。”接生婆说,“赞美主。”

我把脸靠在他的小脑袋上,黏黏的,就像母猫闻小猫一样在他身上嗅着。“我们的孩子。”我对亚瑟低语,他仿佛离我如此之近,近在身边,在我肩上看着这小小的奇迹,而孩子依偎在我胸前,张大了小嘴。“噢,亚瑟,亲爱的,这是我们的孩子,我发誓会为你,为英格兰生的男孩。这是我们献给英格兰的儿子,他会承继王位。”

1512年1月1日

新年那天小王子诞生的消息让整个英格兰为之疯狂。马上人们就为他命名为亨利王子，这最适宜不过了。大街上，人们烤着公牛，喝到不省人事，又或冲进教堂，撞响大钟，举杯欢庆都铎王朝继承人的诞生，这个孩子会给英格兰带来和平兴盛，会让英格兰和西班牙紧密联系到一起，会保护英格兰不受外敌侵犯，尤其是苏格兰。

亨利不顾产期的禁令悄悄来看他的儿子，他轻手轻脚地走着，仿佛脚步声就会惊扰了这屋子。他屏住呼吸，凝视着摇篮里的婴孩。

“可真小啊。”他问，“怎么这样小?”

“接生婆说他个头大，强壮着呢。”凯瑟琳马上为自己的孩子辩护。

“我知道。只是他的手这么……看看，他居然有指甲！真的耶!”

“他还有脚指甲呢。”她说。两人并肩站着，惊叹于这自己创造出来的完美。“简直难以想象，他有那么肥肥的小小脚丫，上面还有那么袖珍的脚趾甲。”

“让我看看。”他说。

轻轻地撩开孩子脚上丝绸的小鞋子，她的声音里满是温柔：“看看这里。现在我得给他穿上了，不然会受凉。”

亨利弯下腰，柔和地看着自己大手里的小脚。“我的儿子。”他的声音里满是惊喜，“上帝保佑，我有儿子了。”

遵从老太后的王室章程里的条例，我一直躺在床上，接受了许多的祝贺。每当想起母亲在参战时，就在一个帐篷里，像一个营妓一样就那么生下了我，我就忍不住偷笑。可这里是英格兰，我是英格兰王后，这个孩子将成为英格兰国王。

我从未领略过如此简单的快乐。我总是满怀着喜悦从睡梦中醒来，甚至我自己也不知为何会拥有如此的快乐。然后我想起来了，我为英格兰，为亚瑟，也为亨利，生下了儿子；我笑着转过头，照看孩子的保姆总是不等我开口就回禀："嗯，殿下一切安好，陛下。"

亨利对于照料孩子这事非常热心。每天他来来往往不下二十次，问这问那，或是提出自己的安排。他指定了不下四十位侍从服侍这个小宝贝，并在威斯敏斯特宫里为他选好了成人以后的会客厅。我笑着不置可否。亨利也在着手安排英格兰前所未有的盛大的洗礼仪式，为了这个亨利，未来的亨利九世，这一切都值得。有时候我坐在床上，想要写点什么，总是不自觉地会写下，亨利九世，我的儿子，英格兰的国王。

他洗礼的主宾也严格挑选过了：神圣帝国皇帝的女儿，奥地利的玛格丽特，还有法兰西国王路易十二。看看，现在他已经在操纵这一切了，这个小都铎，让法兰西看不清我们为他故布疑阵，让我们和哈布斯堡王朝的联系更加紧密。每每抱着他，我都爱把手指放在他的掌心，看他蜷缩着手指试图抓住，仿佛他能握紧我的双手，仿佛他能回应我的爱。我静静地躺着，看着他入睡，我的手指还被他握在手心，而另一只手则环绕他纤弱的脑袋，感受那稳定的搏动。

他的教父是沃勒姆大主教，我亲爱的真正的朋友托马斯·霍华德，萨里伯爵，及德文郡伯爵夫妇。我最心爱的玛格丽特将仍在里士满操持他的育婴室。这是伦敦附近最新最洁净的宫殿，不管我们在哪里，无论是在怀特霍尔、格林威治，或是威斯敏斯特，都能随时去探望他。

我几乎不能忍受让他离开我身边，他还那么小，可是让他待在乡间远比待在城里要更有益。每个星期我都会去看他，亨利答应过我的。

亨利履行诺言去了沃尔辛厄姆的修道院，凯瑟琳托他转达修女们她会在下次怀孕之后在此避居。如果王后的肚子里又有了孩子，首先她要感谢神赐的第一胎，然后祈祷第二胎也能有一个顺当的分娩。她让国王转告修女只要一有了孩子她就会去修道院，而她希望会有很多次这样的机会。

她递给他一袋沉重的金子："你会帮我转交给她们吧？让她们为我祷告。"

他接过钱袋："这是她们的职责，她们理应为英格兰王后祈祷。"

"我可得提醒她们。"

为了英格兰有史以来最盛大的比武大会，亨利回到了宫廷，凯瑟琳也离开了自己的卧榻为他筹划这次大会。离开之前他已经定好了新的盔甲，凯瑟琳命令自己的宠臣，爱德华·霍华德，霍华德家能干的小儿子务必要确定盔甲的尺寸适合国王精瘦的身材，工艺一定要完美。她定制了旗帜和悬挂的帷幔，准备了主题盛大的假面舞会，到处都金光闪闪：金色的旗帜和帘幕，金色的裹布，金色的杯盘，金色的鱼叉尖，金色浮雕花纹的盾牌，甚至国王的马具也是金色的。

"这会是英格兰有史以来最盛大的比武。"托马斯对她说，"英格兰的骑士气度和西班牙的优雅风情。真是美好。"

"这是最盛大的庆典。"她笑了，"为了最值得庆贺的理由。"

我早已为亨利安排得万无一失，可是在他冲进赛场的那一刻却仍然忍不住屏住呼吸。最近骑士间流行比武之前选择一句箴言，有时候在上马之前会朗诵一首诗，或是重现戏剧里的某个场景。亨利的箴言是个秘密，也不愿意让我知晓。他定做了自己的旗帜，刺绣女工们都瞒着我，笑着不让我知晓她们在都铎家绿色的丝缎上绣上了他的什么话语。我确实对他在王室包厢前对我鞠躬时会说什么毫无头绪，旗帜被展开，他的传令官大声吼出他的箴言："忠贞的心！"

我站起来捂住自己颤抖的双唇，忍不住热泪盈眶。他说自己有一颗"忠贞的心"——他向世界宣告他献身于我，他，他的爱，都是我的。侍女们退后让我能看见他下令挂在包厢外的华盖，上面有着H和K交缠的金色纹章[①]。触目所及，在竞技场的每个角落，每面旗帜，每根柱子上，H和K都缠绕在一起。他利用这个机会，利用这场英格兰最盛大最奢华的比武大会，告诉全世界他爱我，他属于我，他的心，忠贞不贰的那颗心，彻彻底底，完全属于我。

我环顾着自己的侍女，掩饰不住脸上的得色。如果能够畅所欲言，我会告诉她们："看吧！这就是你们的警钟！他并不是你们想象中的那种人。他不是会背叛自己妻子的那种人，不是你们能够勾引的人，收起你们那些自作聪明的把戏，收起你们那些诋毁我的甜言蜜语。他把心献给了我，那颗心是忠贞的。"我的目光扫过这些女孩，她们面容姣好，出身名门，个个都野心勃勃，希望能取我而代之。只要时机一到，只要引诱了国王，只要我有什么不测，她，就是下一任王后。

但是他的旗帜明白地告诉她们"痴心妄想"。他的旗帜，金色的绣纹，传令官的呼喊都明确无误地告诉她们他完全属于我，直到天荒地老。母亲的遗愿，对亚瑟的承诺，主赋予英格兰的命运最后成全了我：我的儿子，摇篮里英格兰的继承人，英格兰国王公开的爱慕，我和他的首字母缠结在一起，随处可见。

---

①代表亨利（Henry）与凯瑟琳（Katherine）。

我的手拂过嘴唇，对他献上飞吻。他掀开面罩，蓝眼睛里满是对我的绵绵情意，这情意如同幼年时的阳光一样温暖。是啊，我是被主庇佑的女人，是他的宠儿。我度过了寡居生涯，挺过了失去亚瑟的绝望。老国王的追求并未让我迷失。亨利的爱让我快乐，可并不足以补偿我曾失去的幸福。主的恩宠让我得到了救赎。我自己走过了贫穷哀怨，终于沐浴在名为荣耀的阳光之下。我自己在绝望的彼岸孤军奋斗，让自己成为能够直面死亡，直面生活，忍常人所不能忍的女人。

我想起在我还是小女孩时，母亲总在战前祷告，然后起身吻着小小的象牙十字架，再把它放回底座，示意侍女奉上她的胸甲，为她穿戴整齐。

我奔跑过去，求她不要去，质问既然主会给我们佑护，为何她还必须四处征讨？既然主会保佑我们，为何我们还要为之战斗？他为什么不亲自驱逐那些摩尔人？

“我会被保佑是因为我被选中完成他的事业。”她跪下来抱住我，“你也许会说，为什么不让主亲自动手，让他降下雷霆之怒？”

我点点头。

“我就是他的暴风雨。”她笑了，“我就是他赶走摩尔人的怒火。现在，他没有选择其他人，他选择了我。我必须完成自己的职责，就好像乌云必将降下闪电。”

我对着亨利笑了，看着他放下面罩，策马离开包厢。现在我明白了我母亲所谓的“主的暴风雨”。现在主让我成为英格兰的阳光。这是主赋予我的职责，让我给英格兰带来繁荣兴盛，万事无忧。为此，我要引导国王做出正确的抉择，确保胜利，确保边境的安宁。我是主选中的英格兰王后，我对着骑着高头大马跑向竞技场那头的亨利笑了，我对着伦敦市民笑了。他们欢呼着“上帝保佑凯瑟琳王后！”我也对自己笑了，我遵循了母亲的教导，主的法令，而亚瑟正在天国花园守候着我。

十天后，在她还处在幸福的顶端时，他们给凯瑟琳王后带来了她人生中最重大的打击。

这甚至比失去亚瑟更让人难以承受。那时我想不出还有什么事比这更让人痛彻心扉；现在，有了。这比我多年的寡居和等待更让人绝望。这比听闻母亲就在我给她写信当天逝去更让人感叹命运的无常，比曾经历过的一切苦难更苦不堪言。

我的孩子死了。不仅如此，我变成了行尸走肉。有时候，我觉得亨利在这里，有时候是玛利亚·德·萨利纳斯。我想玛格丽特·波尔夫人也在，有时候越过亨利的肩膀我能看见托马斯·霍华德消沉的脸，还有威廉·康普顿紧扣着亨利的肩膀。这一切在我的眼前上演，我却没法抓住任何景象。

回到自己的房间，我命他们放下百叶窗，锁上房门。这又有什么用？他们已经带来了最悲惨的消息，关上房门也不能把它拒之门外。我不能忍受这光亮，不能忍受日常行动发出的声响。我听见花园里一个见习骑士在我窗下朗声大笑，我不能明白，我的孩子去了，这世上还有什么事情值得开心和快乐。

现在我曾拥有过的所有勇气，都好像雨后的蛛网，烟消云散。我曾有过的“遵循主的指引，他便会保佑我”的信心，也不过是一场错觉，一个孩子的童话。在房间阴暗的角落里，我陷入了深深的自怨自艾，母亲当初也曾陷入这痛失爱子的阴郁，胡安娜逃不出失去丈夫的痛苦，这是祖母的诅咒，像黑魔法一样操纵着家族女子的命运。最终，我也不能幸免，我也无法承受爱和失去。迄今为止的假象只是因为我还没失去我爱逾生命的某人。亚瑟弃我而去时，我碎了一颗心。但是现在，我的孩子死了，我悲痛得只想随他而去。

我不明白为什么我还活着，那个清白无辜的婴孩却掩入尘土。我不明白要怎样的主才舍得把他带离我身边。我不明白为什么这个世界要如此残酷。在那个时刻，他们告诉我——陛下，请节哀，王子殿下那边传来噩耗——我顿时失去了信仰，失去了活着的欲望，甚至失去了统治英格兰万世安好的抱负。现在，我还能剩下什么？

他有一双蓝眼睛，有完美纤小的双手，有和小贝壳一样的指甲。他的小脚丫……小脚丫……

孩子去世时负责看护他的玛格丽特夫人未经通传也未敲门，径直闯进了房间，跪倒在凯瑟琳王后面前。凯瑟琳坐在炉火面前，侍女环绕，却对一切都无知无觉。

“虽然我并没有什么过失，我还是要祈求你的原谅。”她平静地说。

凯瑟琳抬起头：“什么？”

“你的孩子在我的监护下没了。我来是请求你的宽恕。我并没有玩忽职守，我发誓。但是他死了。王妃殿下，我很抱歉。”

“你在这里。”凯瑟琳克制住自己的厌恶，“在我最灰暗的时候，你总在我身边。”

年长的女士退缩了：“确实，但这并非我所愿。”

“还有，不要叫我王妃殿下。”

“是我疏忽了。”

这些日子以来第一次，凯瑟琳第一次转过身来，看着另一个人的脸。看着她的眼睛，看着她嘴角新添的皱纹，王后意识到失去这个孩子不只是她一个人的伤痛。“噢，主啊，玛格丽特。”她向前倾倒。

玛格丽特·波尔接住她，拥她入怀抱。“噢，凯瑟琳。”她在她发间低语。

“我们怎能失去他？”

“上帝的意旨。是上帝的意旨。我们必须要相信，我们不得不低头。”

“但是为什么？”

“王后殿下，没人明白为什么有人会逝去，有人会存活。你还记得吗？”

她感受到怀中的颤抖，王后想起了她失去的丈夫，还有儿子。

“我没有忘记，时时都记得。可是为什么？”

“这是上帝的安排。”玛格丽特夫人重复。

“这让我没法承受。”凯瑟琳轻声低语，没有其他侍女能听见。她抬起满是泪痕的脸庞，“失去亚瑟是一种折磨，失去我的宝贝却让我生不如死。玛格丽特，我撑不住了。”

年长女士的微笑里满是耐心：“哦，凯瑟琳。你得学着忍受。面对这些除了接受，别无他法。你可以大发雷霆，可以悲伤哭泣，但是最后，你必须要接受。”

慢慢地，凯瑟琳坐回自己的椅子。玛格丽特不失仪态地跪在她脚下，扶着她。

“你得再一次开导我了。”凯瑟琳轻声说。

年长的女士摇摇头。“你只用听一遍就够了。”她说，“你记得吗，就在勒德洛我说过：你不是会被悲伤打倒的女人。你还会爱。你还会怀上另一个孩子，那个孩子会活下来，你也会再次振作起来。”

“不会了。”凯瑟琳凄凉地说。

“会的。”

凯瑟琳梦寐以求的战争终于爆发了。那时她还沉浸在丧子的悲痛里，没有什么能挽回她的哀伤。

“好消息，无与伦比的好消息。”她的父亲在信中说。凯瑟琳心不在焉地破译着密码，再把西班牙文翻译成英文。“我将领导十字军在非洲征讨摩尔人，他们的存在是对基督世界的威胁，他们的偷袭危及了从希腊到大西洋的船只。给我提供你们最好的骑士——你声称要建立新的卡米洛特的。还有你们最强大最勇敢的将领，我要带他们去非洲，作为神圣的基督国家君主，我们要摧毁异教徒的王国。”

凯瑟琳消沉地把翻译后的信带给亨利。他刚从网球场回来，脖子上缠着毛巾，满脸通红。看到她，他面露喜色，然后像个被抓住现行的孩子一样扮了个鬼脸。这短暂的情绪外露出卖了他，她知道他并没把孩子的死放在心上。他和朋友们去打网球了，他赢了，他看见了依然深爱的妻子，他很开心，如此而已。他们家族的男人能轻易得到快乐，正如她家族的女人能轻易陷入悲伤。憎恨涌上心头，强烈得让她舌尖上都品尝到了它的味道。他忘了，忘了他们的孩子刚刚死去了。她想自己绝不会忘记，绝不。

“父亲来信了。”她试图让刺耳的声音变得活泼些。

“喔？”他非常关心，走过来挽住她的胳膊。她咬紧牙关才不至于惊叫出声：“别碰我！”

“他告诉你要勇敢些么？他安慰你了？”

这年轻男人的笨拙真让人无法忍受。她绽放出最忍耐的微笑。“不，不是私人信件。你也知道他几乎不会给我私人信函。是关于十字军的。他邀请我们的贵族和领主们加入军团，和他一起征讨摩尔人。”

“真的？他说了？这可是个好机会！”

“不。你不能去。”她要抓住一切机会打消他亲征的想法，现在他们还没有儿子，不能让他以身犯险，“这只是一支先锋。但是父亲欢迎英格兰勇士的加入，我觉得他们应该去。”

“我也觉得。”亨利转过身对他的朋友们喊话，他们跟在后面像一群被捉到私自玩闹的男学生。自从凯瑟琳变得苍白沉默以来，他们一直不敢面对她。他们爱戴她在竞技场上身为王后的风姿，爱戴亨利忠贞不贰的誓言。这些日子她像幽灵一样出现在晚宴上，什么也不吃，早早便退席，这样的她让他们不安。

“嘿！谁想去打败那些摩尔人？”

那些七嘴八舌兴奋过头的叫喊回应了他的号召。凯瑟琳觉得他们真是一窝兴奋的狗崽，托马斯·达西和托马斯·霍华德正是领头的。

“我要去！”

“我也去！”

“让他们尝尝英格兰勇士的厉害！”亨利鼓励他们，“我会自掏腰包给你们军饷。”

“我要写信告诉父亲你愿意效劳。”凯瑟琳平静地说，“现在就去。”她迅速转身向自己房间的楼道走去，不能忍受和他们再多待一刻。这些人本该教她的儿子骑射，本该成为他的股肱之臣，他的心腹，他的支柱。他们本该参加他的初次圣餐仪式，本该成为他订婚时的证婚人，成为他的儿子的教父。而现在，他们欢闹着，吵着要参加战争，互相比拼得到亨利的准许，好像她的儿子从未存在过，也从未逝去。世界仿佛并未因他有什么不同：但在凯瑟琳眼里，它已经完全改变。

他有一双蓝眼睛，还有最袖珍完美的小脚丫。

事实上，这场辉煌的东征并未成行。英格兰骑士团抵达了西班牙加迪斯，但是十字军并未起航驶向圣地，也没有遇到手持弯刀的黑心异教徒。凯瑟琳在亨利和父亲之间翻译着信件，父亲解释说他还没有组好军队，没有做好十足的准备，然后，六月的一天，凯瑟琳带着一封信去见亨利，脸上满是非同寻常的不可思议。

“父亲来信告诉我一个可怕的消息。”

“怎么了？”亨利困惑地问，“来，看这个。我刚刚收到一个在意大利的英国商人的回报，简直不敢相信。他说法国人和教皇打起来了！”亨利把信递给她，“怎么可能？真让人摸不着头脑。”

“是的。这是父亲的信。他说教皇下令法国军队立刻撤出意大利。”凯瑟琳解释，“圣父已经派出了教皇的军队进驻法国人的地盘，路易国王则宣称教皇已退位。”

“他怎么敢？”亨利已经完全被震惊了。

“父亲认为我们要马上停止东征，立刻支持教皇。他会设法让我们和神圣罗马帝国结成同盟，共同抵御法兰西，不能让路易国王占领罗马，他一步也别想侵入意大利。”

“他是疯了才会觉得我会同意！”亨利喊叫着，“我会让法国人占领罗马？会让一个法国佬控制教皇？他是忘了英格兰军队的厉害了吧？他想重蹈阿金库尔的覆辙？”

“我要写信告诉父亲我们同意结成同盟对付法兰西？”凯瑟琳问，“我马上就写。”

亨利拉起她的手，深深吻着。破天荒的，她没有甩开，他拉近她的身体，环住她的腰。“让我和你一起写，然后我们都可以署名。”他说，“你父亲应该知道他的西班牙女儿和英格兰女婿在支持他的立场上是完全一致的。”

“感谢上帝，我们的军队已经驻扎在加迪斯了。”亨利庆幸着自己的好运。

凯瑟琳犹豫着，脑海里有个想法在慢慢成形。“确实……好运。”

“太好了。”亨利意气风发，“上帝保佑。”

“在这件事上，父亲会为西班牙谋得一些利益。”凯瑟琳谨慎地提出自己的疑虑，“他从不打无把握之仗。”

“当然，你也要和往常一样尽量为我们自己争取利益。”他自信地说，“我相信你，亲爱的。我也信他。他现在难道不是我唯一的父亲了吗?”

天气逐渐暖和起来，烈日逐渐变得像西班牙的烈日，我也变得开朗起来，变得更像曾经的那个西班牙小女孩。我并不能排解丧子之痛，我明白自己不能从这打击里恢复过来，但是失去他并不意味着我能怨天尤人。没有人玩忽职守或疏于照料，可他还是像窝里的一只小鸟，就这样失去了生命，我想我永远不会明白缘由。

为此自责的我更像是个傻瓜。我是忠贞的，没有罪行也没有罪孽恶劣到要让仁慈的主、我幼年的信仰用如此残酷的悲痛来惩罚我。主召回如此甜蜜的孩子能有什么裨益?他是如此完美，拥有如此蔚蓝的双眼，是他的天工造物。在内心深处，我明白这不是主的意愿。即便如此，最初的悲痛里，我责怪了自己，指责了主；现在，我终于明白这并非是对罪孽的惩戒。我独自履行了诺言，完成了亚瑟的嘱托，这就是最好的佐证：主依然眷顾我。

与我孩子的夭折相比，英格兰的严冬似乎也没有那么寒冷。一天早上，弄臣前来请安，给我讲了些无伤大雅的小玩笑，我大声欢笑，仿佛长久关闭的大门终于开启了。我意识到自己已经可以欢笑，快乐也指日可待，笑声和希望将会回到我身边，也许我会再次怀孕，再次感受那莫大的温柔。

我觉得自己又活过来了，又是那个充满希冀，前途无量的女人，又是那个来自西班牙的女孩了。我活过来了：在过去与未来之间站住了身子。

我好像跌下马的人一样轻拍着自己的手脚和身体，试图寻找有没有留下永久的创伤。我对主的信仰并没有动摇，和往常一样坚定。只有一个巨大的变化：对于父母的信任已经完全轰塌。生命里第一次，我觉得他们也许真的错了。

我想起了那个友善的摩尔医生，开始纠正自己对他同胞的偏见。当他看见他的仇敌，当他看到我，并没有敌意，反而带着深深的怜悯，他怎么能被称为未开化的野蛮人？他是一个异教徒——这也许不算是过失——但是他也应该被允许有自己的逻辑，自己的思考。而就我对他的了解，我敢肯定他一定有正当的理由。

我会乐意派出一位称职的神父去拯救他的灵魂，但是我觉得像母亲所言那样，他的灵魂已经死了，肉体唯一的结果也是死亡。他握着我的手，告诉我那些沉重的讯息，我感受到他眼睛里的温柔。我不能再把摩尔人当做异教徒和敌人那样驱逐。我得明白过来，他们也是人，男人和女人，和我们一样容易误入歧途，和我们一样有被救赎的希望，对信仰也和我们一样忠诚。

这逐渐让我怀疑起母亲的判断。我曾迷信她无所不知，她的法令应该被彻底执行。但是如今，我已经成长到开始更加理性地看待她。因为在婚约上的疏忽，我被她遗弃在贫困的寡居生涯里。我被抛弃，孤立无援地待在陌生的国家，虽然她也急切地召唤过我，但那也只是做戏，她决不会让我返回西班牙。她对我如此狠心，只在乎自己的计划，而让我，她的亲生女儿，独自受苦。

最后，我不得不秘密找医生，偷偷摸摸向他请教。因为她已运用自己的势力在基督世界里驱逐了最好的大夫，最博学的科学家，还有这世上最聪明的头脑，她称他们的智能是罪孽，欧洲其他的子民也追随了她。她赶走了西班牙的犹太人，也赶走了他们的技术和勇气；她赶走了西班牙的摩尔人，也赶走了他们的学识和天赋。她，一个尊重知识的女人，驱逐了那些最博学的子民。为正义而战的她早就失去了公义。

永恒的王妃

8.90

我不能想象这种疏远对我而言意味着什么。母亲已经仙逝，除了空想，我不能妄加评论，也不能和她争辩了。但是这几个月来我已经产生了深远的变化。我对世界的理解已经不同于她的。我不再支持十字军征讨摩尔人，征讨任何人。我不再赞成迫害，不再赞成因为肤色和信仰迫害任何人。我明白过来母亲并非完美，不再相信她和主保持着一致。虽然我还爱着她，但我不再崇拜她。我想，最后，我还是成长了。

王后慢慢从悲伤里抬头，开始逐步恢复对宫廷政务的管理。伦敦市民人心惶惶，都在议论苏格兰海盗袭击了一艘英格兰商船。人人都知道那个海盗的名字：安德鲁·巴顿，他带着詹姆斯国王的特令在海上横行无忌。巴顿对英格兰船只异常心狠手辣，伦敦码头上普遍认为巴顿是蓄意放任手下抢劫英国船只，好像两国已经开战一样。

“得阻止他。”凯瑟琳对亨利说。

“他居然敢向我挑战！”亨利咆哮着，“詹姆斯只敢在边境小打小闹，因为他不敢当面和我对战。詹姆斯是个背信弃义的懦夫。”

“对的。”凯瑟琳同意，“但是当务之急是解决那个叫巴顿的海盗，他不只威胁到了通商，还是一个危险的讯号。我们是一个岛国，海洋也应该和陆地一样重要，否则我们将不得安宁。”

“船舰都准备好了，中午就出发。我要活捉他。”海军总帅爱德华·霍华德在道别时向凯瑟琳保证。她想，他看起来真年轻，和亨利一样孩子气，但是天资和勇气不容置疑。他继承了他父亲的军事头脑，并把它运用到新建的海军里。“如果不能活捉他，我就会击沉他的战舰，置他于死地。”

“真为你羞耻！基督的敌人！”她笑着说，伸出手让他亲吻。

他抬起头，第一次如此严肃：“我向您保证，陛下，苏格兰对这个国家和平繁荣的威胁远胜于以往的摩尔人。”

他看见她沉思的笑容。“你不是第一个给我这忠告的人。”她说，“这些年我自己也认识到了。”

“这是事实。”他说，“在西班牙，您的父母毫不停歇地把摩尔人赶出了山脉。在英格兰，我们最邻近的敌人是苏格兰，就是他们盘踞在我们的山脉，为了和平，必须打击镇压他们。父亲花了一辈子在北部边境和苏格兰人战斗，现在我在海上和同样的敌人斗争。”

“注意安全。”

“我必须冒险。”他满不在乎，“我可不是待在家里的孩子。”

“没人质疑你的勇敢无畏，但我的舰队需要将领。”她叮嘱说，“我希望在以后的许多年里，海军都不会换人。下次比武时我需要我的骑士。我也需要我的舞伴。你必须平安回来，爱德华·霍华德！”

国王对自己的朋友爱德华·霍华德出征讨伐苏格兰人坐立不安，即使面对的只是苏格兰海盗。他曾希望自己父亲和苏格兰的结盟——以英格兰公主的婚姻为代价——能够确保和平。

“他真是个伪君子，一方面许诺和平共处，还娶了玛格丽特，一方面又允许他们在边境骚扰！我要写信给玛格丽特，让她警告她丈夫我可不会忍气吞声，任他们袭击我们的航运。他们也给我小心边境。”

“也许他不会听她的。”她一针见血。

“那也不是她的错。”他迅速响应，“玛格丽特就不该嫁给他。她还太年幼，他又太顽固，还爱四处惹是生非。如果可以，她也想带来和平，她知道那是父亲的愿望，她知道我们只有在和平里才能生存发展。现在我们是亲戚，也是邻居。”

但是边境的领主们，珀西家和内维尔家回禀说苏格兰人最近在北境更加肆无忌惮，抢掠烧杀。毫无疑问，詹姆斯想挑起战争，显然他想把诺森伯兰郡据为己有。他可能随时南下，攻占贝里克希尔，向纽卡斯尔进发。

“他居然敢！”亨利勃然大怒，“他居然敢就这样入侵，抢掠财物，骚扰我们的子民？他知不知道明天我就可以召集一支军队和他开战？”

“这会是一场艰苦的战斗。”凯瑟琳指出，想着边境的蛮荒之地，还有长久的行军。苏格兰人有足够的理由宣战，南方广袤富饶的土地就在他们面前，而英格兰士兵一旦远离家园就失去了斗志。

“这很简单。”亨利反驳她，“人人都知道苏格兰人根本没有正规军队，不过是一群乌合之众。如果我带领一支强大的英格兰军队，兵强马壮的，补给及时，指挥得当，一天就可以结果他们。”

“你当然可以。”凯瑟琳笑了，“但是别忘了，我们的军队要留着对付法国人。你的骑士气概要通过在战场上打败法国人而青史留名，不是用在解决那些肮脏的边境纠纷上。”

议会商讨结束以后，凯瑟琳叫住了正要离开房间的托马斯·霍华德——萨里伯爵，爱德华·霍华德的父亲。

“托马斯大人，你有爱德华的消息吗？他有军情回报没有？”

老人满面笑容。“今天有一份急报，让国王陛下亲自告诉您吧。他知道您一定会很高兴，您的宠儿刚刚打了一场胜仗。”

“真的？”

“他俘获了安德鲁·巴顿，还有两艘船。”他掩不住谦逊里的扬扬自得，“他只是履行了自己的职责。”他说，“这是每个霍华德家的男孩都该做的。”

“他真是个英雄！”凯瑟琳兴高采烈地说，“英格兰不只需要勇敢的战士，还需要无畏的水手。基督世界的未来将由制海权决定。我们要统治海洋，就像撒拉逊人统治沙漠。我们要撵走海上的强盗，让英格兰舰队时时巡航。然后呢？他回来了吗？”

“他会带着舰队回伦敦，同时把那个海盗押解回来。我们要审判他，把他挂在码头。詹姆斯国王这下要震怒啦。”

“你觉得苏格兰国王是想打仗吗？”凯瑟琳直截了当地询问，“我们就为这样的原因宣战？会不会太冒险了？”

“这是我有生之年经历过的最严峻考验，国家的安全受到了严重威胁。”老人毫不隐瞒，“我们征服了威尔士，给西部边境带去了和平，现在我们要平定苏格兰了。之后还要解决爱尔兰人。”

“他们是独立的国家，有自己的国王和法律。”凯瑟琳提出异议。

“臣服之前的威尔士也是。”他指点她，“咱们这点土地可容不下三个国家。苏格兰会被我们征服的。”

“也许我们该派出一位王子。”凯瑟琳大胆思考，“就像对威尔士那样。次子是苏格兰亲王，长子是威尔士亲王，这样整个国家都控制在英格兰国王手里。”

他被她的设想打动了。“对的，”他说，“这也是个办法。狠狠打击他们，再给他们带去和平的荣耀。否则他们永远都会在我们背后捣乱。”

“国王认为他们的军队弱小，不堪一击。”凯瑟琳说。

霍华德忍俊不禁。“陛下从未去过苏格兰，”他说，“也没经历过战争。苏格兰人是非常强大的敌人，不管是阵地战还是游击战都很难应付，比他想象中的法兰西骑兵强多了。他们可不遵从什么骑士制度，为了胜利不择手段，誓不罢休。我们需要派出一支强大的队伍，还需要一个经验丰富的统帅。”

“你能行吗？”凯瑟琳问。

“试试吧。”他老实回答，“此刻我是您手中最锋利的武器，陛下。”

“国王行吗？”她平静地问。

他笑着回答：“他还年轻，只要见过他在竞技场上的英姿，就没人会质疑他的勇敢。骑射也很娴熟。但是战场可不是竞技场，这点他并不明白。他需要披挂上阵，领导一支勇猛的军队，在经历真正的大战前练练手——在那些倾国之力的战争前。你可不能让一头小马第一次外出就加入骑兵队。他需要学习。即使是国王，要学的也还多着呢。”

“他从没受过军事教育。”她说，“也没分析过其他战役。不会因势制宜，也不懂排兵布阵。他不明白如何补给，如何鼓舞士气。他父亲什么也没教他。”

“他父亲也什么都不懂。”伯爵在她耳边低语，“他第一次上战场就是在博斯沃思，他能赢半是靠运气半是靠他母亲为他找到的盟友。他很有胆魄，但不是个将才。”

“但是为什么他不让亨利接受战术教育?”费迪南的女儿问，她在营地里长大，在学习女红之前就已经亲历过战争。

“谁会觉得他有必要通晓呢?”老伯爵反问，“我们都以为将领会是亚瑟。”

她确信自己并未因这突如其来的冲击失色，就这样提到他的名字让人措手不及。“当然。”她说，“当然了。我忘了。本就如此。”

“本来他会成为一个伟大的统帅。亚瑟对军事一直很感兴趣。他勤学不辍，不耻下问，和父亲时时探讨。他注意到了苏格兰的威胁，是个天生的指挥家。他曾问过我边境的情况，那些堡垒的所在，土地的陷落，让他领军对抗苏格兰人才有必胜的希望。年轻的亨利通过学习，有一天也会成为一代明君，但是亚瑟不用，他是天生的王者。”

她强压自己通过谈论他来寻求安慰的想法。“也许吧。”她只是说，“但是现在，我们怎么才能打击苏格兰海盗?要不要增强边境领主的实力?”

“要，但是边境线很长，要守护很难。詹姆斯国王并不惧怕国王亲征，也不惧怕那些边境领主。”

“为什么不怕?”

他耸耸肩，一个侍臣很难说出什么不好听的话。“这么说吧，詹姆斯是个战场老手，一心想要和年轻人来场大战。”

“他会怕谁呢？谁能让他待在苏格兰为我们赢取巩固边防的时间？什么事才能让他耽搁下?”

“没有。”他摇着头说，“如果他已经打定主意，谁也不能挽回。也许教皇下令的话有可能，但是谁能劝服教皇陛下干涉两位基督君主在海盗和边境问题上的纠纷？教皇陛下因为法国人的步步相逼也举步维艰。况且，这不过是我们的一面之词，苏格兰人也会有自己的说法。教皇陛下怎么会偏袒我们?”

“不知道。”凯瑟琳说，“我也不知道怎么让教皇站在我们这边。要是他知道我们所需，能保护我们就好了!”

理查德·班布里奇，约克郡的红衣大主教，正好在罗马。他与我私交甚笃，那晚我给他写信，是一封关于关心远方友人的信件，告诉他伦敦的消息，天气、收成的前景、羊毛的价格。我告诉主教，苏格兰国王的敌意，他的狂妄自大，以及甚至允许海盗袭击我们的船只。最糟糕的是，他在北境不停地抢掠。我告诉主教我们的国王陛下被迫要守护自己的北部边境，恐怕不能在圣父和法兰西国王的争端中助他一臂之力。这真是太悲惨了，我写道，如果教皇只能孤军作战，如果我们不能施以援手，这都是因为苏格兰人的恶毒。我们计划加入我父亲的联盟，共同保卫教皇陛下，但如果国内不稳，就没法召集军队。如果可以，我也不想让我丈夫在父亲、皇帝陛下、教皇陛下结成的联盟里缺席，但是我这个可怜的女人能怎么办？我不过是个任由自己的边境被不断骚扰的无助女人。

让我的教兄理查德带着我的信觐见教皇陛下，告诉他苏格兰的詹姆斯国王对和平的威胁让我有多困扰，这个恶劣邻居甚至影响到了整个联盟对永恒之城的救援，这是不是再自然不过了？

教皇陛下阅读了我交给理查德的信，领会了我的深意，马上写信喝责了詹姆斯国王，威胁如果他不遵守和平条约，不尊重和另一位基督国王达成协议的边境划分，坚持一意孤行，就要开除他的教籍。教皇很震惊，詹姆斯国王居然敢惊扰基督世界的和平。他声色俱厉，声称这会造成严重后果。詹姆斯国王被逼向教皇低头，被逼为自己的侵扰道歉，但是他写了一封言辞激烈的信给亨利，说亨利无权单方面接近教皇，这是他们双方的争端，没必要在他背后向圣父求助。

“天知道他在说什么。”亨利向凯瑟琳抱怨。凯瑟琳正在花园里和侍女们玩接球游戏。他一反常态，居然没有冲进游戏，接住飞过的球，大力扔给最近的女孩，愉快地大声欢呼。他心事重重，不屑于和她们玩耍。“他在说什么？我从未向教皇抱怨，也没告发他，我可不是搬弄是非的人。”

“你是没有，你可以这样回话。”凯瑟琳挽着他的胳膊，离开了玩闹的人群。

“我会告诉他，我什么也没跟教皇说，我可以证明。”

“我跟大主教提过两句，也许是他上报了。”凯瑟琳漫不经心地说，“但是你的妻子向自己的灵魂导师倾诉自己的焦虑并不应该让你受到指责。”

“那是。”亨利说，“我就这样跟他讲。你也不必再担心了。”

“嗯。最重要的是，教皇陛下下了命令，詹姆斯知道自己再也不能袭击我们了。”

亨利犹豫了。“你不是说班布里奇告诉了教皇吧？”

她慢慢绽放出笑容。“当然。”她说，“但并不是你在教皇面前弹劾了詹姆斯。”

亨利紧搂住她的腰。“你真是可怕的敌人。”他说，“希望我们永不反目，那我注定会一败涂地。”

“我们不会。”她甜蜜地说，“我永远都会是你忠诚贞烈的妻子和王后，永远都是。”

“我马上就能组建起军队，你也知道的。”亨利提醒她，“你完全不必惧怕詹姆斯，甚至不用假装忌惮他。我要给苏格兰人迎头痛击，你知道，别人能做到的我都能做到。”

“是啊，你可以。但是，感谢主，现在你不必这样做了。”

爱德华·霍华德把苏格兰海盗押解回了伦敦，受到了民族英雄一样的礼遇。他的名望让亨利——对民意向来很警觉的亨利——非常嫉妒。他越来越频繁地提及对苏格兰的战争，而议会虽然担心军费开支，且私下质疑亨利的军事能力，但也不能否认苏格兰一直以来都是英格兰和平繁荣的巨大威胁。

最后是王后转移了亨利对爱德华·霍华德的嫉妒，一再提醒他他的首次战役应该献给广袤的欧洲大陆，而不是边境上的崇山峻岭。英格兰的亨利要出马，就应该携手基督世界其他两位最伟大的君主，对付法兰西国王。亨利从小就向往克雷西和阿金库尔战役，很容易就陷入了对抗法兰西的想象里。

他很难过，自己不能参加五月起航的舰队，去加入费迪南国王对抗法兰西的战争。这是辉煌的开始：船只上飘扬着英格兰名门的旗帜，装备优良，集英格兰举国之力。凯瑟琳忙得不可开交，监察船只的储备，武器库存，管理士兵。她记起父亲外出征战时，母亲也陷在这样无止境的忙碌中，这是她童年伟大的一课——战争只会把机会留给有准备的人。

她派出了英格兰有史以来最好的远航舰队，她也确信在父亲的指挥下他们能保卫教皇，打败法国人，占领法兰西的土地，再次确立英格兰在法兰西的霸主地位。议会里的求和派一如既往的忧心忡忡，担心英格兰会再次陷入无止境的战争；但是亨利和凯瑟琳都深信费迪南自信的预言：胜利唾手可得，英格兰将获益匪浅。

整个童年时代我曾目睹父亲指挥了一场又一场战役，从未落败。开战，仿佛就是童年的重现，色彩，喧闹，兴奋，一个国家的战时状态带给我莫大的愉悦。这次和父亲结盟，我们是平等的盟友，我能够带给他英格兰军队的力量，这仿佛是我的成年礼。这是他向我索取的，这是我作为女儿的职责。这是我忍气吞声，登上英格兰王座的回报。这是我的命运，最后，我成了统治者，一如父亲，一如母亲。我是好战的王后，毫无疑问，这个晴空万里的早上，看着舰队起航，我也坚信自己会取得胜利。

按计划，英格兰军队和西班牙军队会合以后，将进入法国西南地区的吉耶纳①和阿基坦公国。在凯瑟琳看来，无疑她的父亲会分享胜利的成果，但是她希望他会按照约定和英格兰一起进入阿基坦，并把它分给英格兰。她觉得他的秘密计划是分割法兰西，让它由一个国家变为数个小国和公爵领地的集合。事实上凯瑟琳清楚，父亲认为削弱法兰西才是基督世界的安宁之本。

在晴朗的天空下，看着船只驶出闸门，留下呼呼风声，不失为一个惬意的宫廷消遣。亨利和凯瑟琳骑马回到温莎堡，志得意满，深信自己的军队是基督世界最强大的力量，必将百战百胜。

凯瑟琳趁着亨利对船只满怀热情，询问他觉得他们能否造出划艇，战舰，装备平桨。若是亚瑟会马上明白她所谓的战舰，会画出图纸，告诉她该怎么部署。亨利从未见过海上的战役，甚至没见过无风而动，可以随时

①位于今法国西南部。

停泊，甚至逆风而行的大船。凯瑟琳试图向他解释，但是亨利受到满帆而行的舰队鼓舞，发誓说只需要帆船就够了，巨大的帆船就是荣耀。

整个宫廷都赞同他的看法，凯瑟琳明白自己没法和这个老是慢半拍的宫廷对抗。由于舰队起航的场景过于壮观，以致所有年轻人都想成为爱德华·霍华德那样的海军将领，而去年夏天他们还想着要成为十字军战士。没人讨论近战时帆船的弱点——他们只想满帆前进，都想拥有自己的船只。亨利走访了造船者和工程师，爱德华·霍华德则极力主张建立更加强大更大规模的海军。

凯瑟琳赞同舰队很强大，英格兰水手也无敌，但是也指出她要写信给威尼斯的兵工厂询问建造划艇的价钱，询问他们是否接受造船委托，或者能否把零件和图纸出让给英格兰，这样英格兰工程师就能在自己的造船所装配了。

“我们不需要什么划艇。”亨利很是鄙视，“那是海盗的装备。我们可不是什么海盗。我们只需要大船来运载士兵，需要大船在海上截住法兰西的船只。船只只是你发起攻击的平台。平台越大，能装载的士兵就越多。海战只需要足够大的船只。”

“你说得对。”她说，“但是我们不能对其他的敌人掉以轻心。海洋无边无际，我们要控制住它就得靠船，无论大小。这样我们其他的边境才能安宁。”

“你是说苏格兰人？他们都被教皇警告了，可不敢再来滋事。”

她笑了，她决不会公开与他争执。“你当然是对的。”她说，“大主教为我们赢得了喘息的余地。但是明年，或者后年，我们和苏格兰必有一战。”

现在凯瑟琳无计可施，只有等待战报。似乎每个人都在等。英格兰军队到了丰拉特维亚，等着和西班牙军队会合杀向法国南部。酷暑让他们脱掉长筒袜，食欲不振，疯了一样饮酒。只有凯瑟琳知道西班牙仲夏的炎热能摧毁一支无事可做只能待命的军队。在亨利面前，在议会上，她都藏起自己的担忧，只是私下写信询问父亲战事安排如何，召见西班牙大使追问父亲置英格兰军队于何地，准备何时会合？

她的父亲和自己的军队忙着骑行，没有回复；大使也并不知晓内情。

夏天慢慢过去，凯瑟琳不再写信。这是让人痛苦的认识，她甚至不愿意对自己承认，她明白在欧洲的棋盘上她并不是父亲的同盟——她意识到自己不过是他计划里的棋子。没必要再去询问他的计划，在他让英格兰军队待命却不闻不问的时候，她就猜到了。

英格兰开始变冷了，西班牙却依然酷暑难当。最后费迪南终于要驱使自己的同盟了，但是当他的旨意抵达，命令队伍在冬日里战斗时，英格兰军拒不从命。他们向自己的将领抗议，要求回家。

这都在凯瑟琳的意料之中，也没给议会造成什么震荡。十二月里，英格兰军队衣衫褴褛，意志消沉地回国了。多希特大人没有收到费迪南国王的任何命令和援助，军心溃散，饥饿，疲倦，两千人因病而死，当日风光出征，今日羞惭归来。

“到底出了什么错？”亨利冲进凯瑟琳的房间，屏退了侍女。被打败的耻辱让他几乎愤怒地掉下泪来。他不能相信自己的军队斗志昂扬地出发，却如此丢脸地回来。他收到岳父的来信，抱怨英格兰军队的态度让他在西班牙大失脸面，甚至在敌人法兰西面前也颜面无光。他在凯瑟琳身边寻求安慰，这是世上唯一能分享他的打击和气馁的人。悲痛让他语无伦次，这是他当政以来第一次出现挫折，而他认为——像个孩子——没有什么应该违背他的意愿。

我握着他的双手。这一刻我已经等了很久，从夏天我得知作战计划里并不包含英格兰军队的那一刻起我就在等。从他们抵达营地，却只能待命的那一刻起，我就知道我们被利用了。更糟的是，我知道我们是被我父亲利用了。

我不是傻子，深知父亲作为一个统帅的那一面，也看透他身为男人的那一面。当他在英格兰军队抵达却不让他们参与战争的时候，我就知道他另有计划，只是对我们秘而不宣。父亲从不让士兵在营地里说长道短，饮酒作乐，让他们虚弱生病。整个童年我几乎都和他在一起作战。我从没见过他让手下虚度时光。他总是让他们四处行进，总是让他们劳作，远离祸端。父亲的马场里并没有哪匹马身上有多余的哪怕一磅脂肪；他的士兵也是。

如果英格兰军队被留在营地，只能是因为他需要他们待在那里——待在营地。他才不介意他们是否变得懒惰，是否变得不堪一击。我抬起头来看着地图，看清了他的谋划。他只是在借助他们平衡各方势力，转移他们的注意力。我阅读了将领们的行军日志。他们抱怨毫无意义地在浪费时间，他们在边境训练，和法国军队互相窥视，但是接不到交战的命令。我知道我是对的：父亲让英格兰军队在那里无所事事，这样法兰西便腹背受敌，不得不分出兵力来防御。因为忌惮英格兰军队，他们没法攻击父亲，而他则如入无人之境，领着自己的亲兵直达纳瓦拉，不费吹灰之力占领了一直以来他梦寐以求的地方。

“亲爱的，你的士兵没有经历战事，欠缺经验。”我对自己哀伤的年轻丈夫说，“英国人的胆量毋庸置疑。你也不会受到质疑。”

“他说……”他晃着信纸。

“他说什么并不重要。”我耐心开解，“你得看看他都干了些什么。”

他的脸上满是不可置信，我不忍心告诉他我父亲是如何利用了他，和他的军队，是如何玩弄他于股掌之间，甚至连我都被蒙在鼓里，而他自己却占领了纳瓦拉。

“父亲在成事之前就捞够本啦。”我毫不顾忌礼仪，“现在我们要做的就是让他兑现承诺。”

“你的意思是?”他还一头雾水。

“愿主饶恕，但是我不得不说我父亲是出了名的口是心非、两面派。如果谁要和他做交易，就得和他一样精明。他和我们达成协议，说会成为我们对付法兰西的同盟，但是我们只是让军队出去溜达了一圈，就帮他取得了纳瓦拉。”

“他们被羞辱了。我也是。”

他没法理解我的言下之意。“你的军队已经完成了我父亲的意图。在这个意义上，这是一场功德圆满的胜仗。”

“他们什么都没做！他和我抱怨说他们一无是处!”

“他们无所作为，可是却牵制住了法军。想想吧！法国人的纳瓦拉没了。”

“我要的是军事上的胜利!”

“是的，真正开战，我们也可以获胜。但是重要的是我们的兵力没有损耗，只损失了两千个士兵，还赢得了父亲这个盟友。今年他亏欠了我们。明年你就可以杀向法兰西，而这一次，他将为我们而战，而不是我们为了他。”

“他说他要帮我征服吉耶纳，说得我好像就不能自己征服一样！他看我就像看一个没用的软蛋!”

“好啦。”我出乎他意料地说，“就让他帮我们打下吉耶纳吧。”

“他会索要报酬。”

“那就给。既然在英法战争里他站在我们这边，一点报酬又算什么？如果他能为我们打下吉耶纳，自然是最好不过，如果没有，我们也没什么损失，只是让法国人在我们进攻北部加莱时无暇他顾，那也是我们得益。”

他盯着我，脑袋里转得飞快，很快明白了我的意思。“就像这次一样，他帮我们牵制住法国人，而我们就可以一路高进?”

“就是这样。”

“我们利用他，我们互相利用?”

“是的。”

他大为吃惊。“这是你父亲教你的——就像玩象棋一样步步前瞻，首尾相接?”

我摇摇头。“不是有意为之。只是在他身边长大，对于权谋手腕多少有些耳濡目染。你知道吗? 马基雅佛利亲口称他为完美王子，你没像我一样待在他的宫廷，和他一起征战，没见过他是如何费心竭力追寻利益。每天他都在教导我，我无法不通过观察学习。我知道他打什么主意，知道他大概的思路。”

“但是你为什么觉得要从加莱入手?”

“哦亲爱的，不然呢? 父亲在南边，我们等着看他能不能打下吉耶纳。你得知道，只要他想，那根本不是问题。无论如何，只要他在南边，法国人就没法在诺曼底建起防御。”

他重拾信心。“我要亲征。”他声明，“我要亲自指挥战斗。如果我亲自指挥，你父亲就没法说三道四了。”

那一瞬间，我犹豫了。战争是场危险的游戏，我们还没有继承人，亨利的存在弥足珍贵。没有他，英格兰的安定岌岌可危。但是如果我像他祖母一样拘着他，就会失去对他的掌控。亨利必须要经过战争的洗礼，我确信在父亲的羽翼下他会安然无恙，父亲和我一样希望我王位稳固。这也比面对残忍的苏格兰人安全。而且，我还有个秘密计划，要等他离国之后才能放手实施。

“去吧，本就该去。”我说，“我会给你准备最坚固的盔甲，最强壮的马。最英俊的侍卫，不会有哪个国王在战场上比你更威风了。”

“珀西家认为我们对法战争要延后，应该先解决苏格兰人。”

我摇摇头。“应当先和三王联盟一起打败法兰西。”我向他保证，“这是一场大战，将会载入史册。苏格兰人根本微不足道，可以等，至多不过有群边境上的海盗。如果他们胆敢在你出征时来犯，你在法兰西征战的同时，我都可以指挥军队了结他们。”

“你?”他怀疑。

“不行吗？难道我们不是靠着自己力量稳固王位的国王和王后？有谁能阻碍我们?”

“谁都不能！我可不会被牵着鼻子走。”亨利宣称，“我要出战法兰西，你就领导军队对抗苏格兰人。”

“遵命。”我许下承诺，这才是我想要的。

1513年春

整个冬天，亨利都在兴致勃勃地谈论战争，而到了春天，凯瑟琳召集起庞大的军队，为入侵法国南部备下了足够的物资。费迪南在协议中同意，等到英格兰大军在诺曼底登陆，他就出兵吉耶纳。神圣罗马帝国皇帝马克西米利安会和英格兰军队并肩作战。只要三方协同作战，只要大家彼此忠诚，这个计划绝对万无一失。

父亲和法兰西正在进行和平谈判的事也在我意料之中。这些日子以来，我让托马斯·沃尔西写信询问英格兰各处城镇能为国王出战法兰西提供多少兵力。我也清楚父亲只会为西班牙打算：一切以西班牙为先。我不会因此指责他。现在身为王后，我更能理解对国家的热爱，为了它的安危可以让一个人出卖任何事——甚至是亲生子女，正如他的所作所为。我的父亲，在吃力不讨好的战争与和平之间选择和平，选择和法兰西成为朋友。在绝对机密的情况下，他背叛了同盟，愚弄了所有人，包括我。

当他背信弃义的消息传出，他首先归咎于自己的大使和往来信件的差错。真是蹩脚的借口。但是我没有抱怨。只要胜利在即，他会立即加入。目前首要的事情是亨利要出征法兰西，而我则要独自解决苏格兰人。

“他要学会怎么统领军队。”托马斯·爱德华对我说，“这可不是男孩去泡妓院。——失礼了，陛下。”

“没事。”我回答，“他要赢得自己的功勋，但是这也很冒险。”

这个老兵拍拍我的手。“很少有国王会战死。”他说，“别以为人人都是身先士卒的理查德国王。他知道自己被背叛了。最重要的是，国王可以换赎金。召集军队渡过海峡攻打法兰西的风险，还不及留下来面对苏格兰的一半。”

我沉默了一阵。我没有把握他是否知晓了我的作为。“谁知道了我的计划?”

“只有我。”

“没告诉其他人吧?”

“没有。”他淡定地说，“英格兰才是我首要的职责，我觉得你做得对。对于苏格兰，我们要做到一劳永逸，国王安全待在海峡对岸无疑是最佳的时机。”

“我觉得你似乎并不看重我的安危?”我一本正经地说。

他耸耸肩，笑了。“你是王后。”他说，“也许深受爱戴。但是王后可以另有，都铎家的国王只有这一个了。”

“我知道。这是明摆着的事实。我可以被取代，可是亨利却不行。直到我再生下都铎家的子孙，他都无可替代。”

托马斯·爱德华猜出了我的计划。我很确定自己真正的职责是什么。就像亚瑟所说——英格兰最大的威胁来自北方，来自苏格兰，所以我行军的目标就是北境。亨利会欢欣鼓舞地穿上最英俊的盔甲，带着他最言听计从的朋友，踏上征途。但是北境的战争是残酷的，血腥的。一场胜仗能让我们安稳好几代人。为了我，为了我未出生的儿子，为了我的子孙，这场仗势在必行。

就算我不会有儿子，就算我不会有机会去沃尔辛厄姆感谢圣母赐予我儿子，只要打败了苏格兰，我也将完成最伟大的功绩。为我所爱的英格兰，就算付出生命也在所不惜。

我一直在鼓励亨利，不能让他失去信心和斗志。我和议会斗智斗勇，他们觉得我父亲的不可靠证明我们不宜开战。某种程度上，我也赞同他们。我想我们并没有开战的适当理由，也不会争取到巨大的利益。但是我很明白，亨利渴求战争，认为法兰西是他的敌人，路易国王是他的对手。我希望亨利夏天就出发，那正是我决意踏平苏格兰的时机。我明白只有一场大战才能转移他的视线。我也希望开战：不是因为对法兰西的愤怒，或者是在父亲面前炫耀自己的强大，只是因为法兰西在南，苏格兰在北，只有两头兼顾才能确保英格兰的安全。

跪在王家礼拜堂，我陷入了长时间的冥想，几个小时里我都在同亚瑟神交。“亲爱的，我敢肯定我没错。”我对着交叉的双手低语，“是你提醒了我苏格兰的威胁。我们得解决苏格兰，否则我们的国家将寝食难安。如果计划实现，这将是决定英格兰命运的一年。按照计划，我要亨利去法兰西，我会自己对付苏格兰，这样才能稳定大局。我知道苏格兰的威胁远胜法兰西。人人都想着法兰西——你弟弟满脑子都是法兰西——但那都是些没有战略眼光的家伙。远涉重洋的敌人，不管你有多厌恶，也比不上一夜之间就可以侵入边境的敌人。”

闭上眼睛，我几乎能看见他的身影。“是的，”我笑着倾诉，“你会认为一个女人没法统领一支军队。你会认为一个女人穿不起盔甲。但是对于战争，我远比这安享尊荣的宫廷里的大部分人了解得深刻。这个宫廷热爱比武竞技，所有年轻人都视战争为儿戏。只有我知道战争的真面目，因为我曾亲历过。今年你会看见我和母亲一样策马出巡，上阵杀敌——真正棘手的敌人。现在这是我的国家，是你让它成为了我的国家。我会为了你，为了我，为了我们的子孙守护它。”

英格兰的战备工作在凯瑟琳和托马斯·沃尔西的督管下有条不紊地进

行着。国王的重臣夜以继日地查看各地的军事名册，筹备军粮，锻造盔甲，操练新兵，听从指挥，按命令进军撤退。沃尔西发觉王后有两套名册，似乎准备了两支军队。“您觉得我们要同时对法苏两国作战?”他向王后求证。

“确实有此打算。”

“我们一出兵，苏格兰人就会南下。”他说，“确实该巩固边防。”

“我的计划不止于此。”她只是说。

“出兵以后，国王陛下不能分身。”他指出。

她并未如他所愿吐露全盘计划。“我知道。”她只是说，“我们不能让他分心，要让他专心攻打加莱。”

“我们要留些人手抵抗苏格兰人，他们会趁火打劫。”他警告说。

“边境上有驻军。”她不以为然。

年轻英俊的爱德华·霍华德来向凯瑟琳辞行。他穿着深海蓝的新披风，显得格外英姿勃发。舰队已经接到命令，就要起航去封锁法兰西的港口，必要时会和他们交火。

“愿主保佑你。”王后说，她的声音有轻微的颤抖，“主会保佑你，爱德华·霍华德，好运与你同在。”

他深深鞠下躬去。“能够为您，伟大国家的伟大王后宠信是我的荣幸。”他说，“能为国，为国王……”他的声音低沉下去，满是亲密，“为您，我的王后效忠，也是我的荣耀。”

凯瑟琳笑了。亨利的朋友们都有臆想罗曼史的爱好。在他们想来，卡米洛特并不遥远。自加冕以来，凯瑟琳就被当成传说里威严谦和的夫人。在那群年轻人里，她对爱德华·霍华德特别宠爱。他自然流露的快乐，他的真性情，他毫不做作的天性，还有他对指挥海军和船舰的热爱，都让他受到凯瑟琳的另眼相看。在凯瑟琳看来，只有拥有制海权，英格兰才能永保安宁。

“你是我的骑士，相信你能光耀门楣，让我心有荣焉。”她对他说。一席话让他掩饰不住眼里闪耀的快乐，低头吻住她的指尖。

“我会为您带回法兰西船只。”他发誓，“我已经带回了苏格兰海盗，很快您就会拥有法兰西的舰艇了。”

“确实有这个必要。”她郑重其事地说。

“如果我在战争中捐躯，你就……”

她举起手指，“不，不要提起死亡。”她鼓励他，“我还需要你。”她伸出另一只手。“我会每天为你祷告。”她保证。

他起身离去，只留下披风旋转的曲线。

消息传来时正是圣乔治庆典那天，我们一直在等着英格兰舰队的战报，信使脸色庄重。亨利就在我身边，那个年轻人回报战况——爱德华曾如此势在必得的战争，我们期待威慑法兰西的战争。他的父亲也在我身边，但我们最终得知了他的死亡，我的骑士爱德华，曾信誓旦旦要给伦敦港带回法兰西舰只的爱德华，再也回不来了。

他牵制住了布雷斯特的法军舰队，让对方不敢出战。可是他急于建功，没有耐心等待他们下一步的行动，他还太年轻没法长久作战。他是个傻瓜，可心的傻瓜，就像宫廷里半数的年轻傻瓜，认为自己能够所向无敌。他对死亡哪里有什么认识，甚至不顾自己的安危，就这样无所畏惧地投入了战斗。和我童年时代的西班牙显贵一样，他认为恐惧是懦弱和耻辱。他认为自己是主最宠爱的子民，没有什么会伤到自己。

战事没有进展，法兰西舰队龟缩不出，他领着少量划艇驶入港口刺探军情。这是浪费，对他和他的士兵而言都是可耻的浪费——而这仅仅因为他的冒进，他的少不更事。我很悔恨派他领军，悔恨他的战死，最亲爱的爱德华，最亲爱的小傻瓜。然后我想起来，我的丈夫和他年纪相仿，也没有什么经验可言，对于战争更加欠缺必要的认识，甚至是我，一个二十七岁的女人，嫁给了刚刚成年的男孩，也会犯下想当然的错误，认为自己可以所向无敌。

爱德华亲自领军登上了法兰西旗舰——真是非同寻常的冒险——在战斗白热化的时候，他的手下舍弃了他，愿主宽恕他们。枪林弹雨里，士兵们跳下法兰西船只回到自己的划艇，有一些甚至由于迫切想要离开跳进了大海。他们弃他而去，任他疯了一样独自战斗，他背靠桅杆，挥舞着长剑，最终寡不敌众。他冲到船边，如果有船接应，也许还能逃出生天。但是其他人逃了。他扯下脖子上指挥官的金哨，远远扔进了海里，让法国人没法得到，然后转身继续战斗。他最终战死，就算身上插满了长剑他也没有放弃战斗，就算跌倒，只能以手支地，他也没有放弃战斗，直到无力为继。敌人本该退后，向他的勇气致敬，可是他们没有。他们继续攻击，像史密斯菲尔德市场上饥饿的狗一样打倒了他，他死了，带着身上不计其数的伤口。

他的尸体被扔进了海里，这些法国士兵，这些所谓的基督徒对他毫不敬重。他们都是野蛮人，他们的残忍和传说的摩尔人一般。他们没有想到一个信徒死时最重要的涂油礼，没有想到应该给他一个基督徒的葬礼，甚至还有神父目睹了他的死亡。他们就这样把他扔进海里，任他像鱼饵一样被海鱼啃食干净。

后来他们意识到他是爱德华·霍华德，我英格兰的海军统帅，英格兰重臣之子，于是又后悔把他像死狗一样丢进了大海。不是因为尊重——他们才不会——只是因为本可以向他的家族索要赎金，主都知道我们会不惜代价赎回亲爱的爱德华。他们派出渔船打捞他的尸体，他可怜的残破的尸体像海难者一样被打捞起来。他们像剖鲤鱼般取出了他的内脏，摘下他的心脏，像腌鳕鱼一样腌起来，剥下他的衣物，送去法兰西宫廷邀功，剩下的残破躯体才被送返回国，送到他父亲，送到我面前。

这个残忍的故事让我想起了赫南多·佩雷斯·德·普尔加尔，他曾不顾一切鲁莽地闯进了阿尔罕布拉。如果被抓，他们也会杀了他。但是我想甚至是摩尔人也不会摘下心脏取乐。他们会承认他是一个伟大的值得尊敬的敌人。他们会用战士的盛大礼仪送还他的尸体。天知道，也许不到一个星期，他们就会写出赞美他的歌谣，不到两个星期，我们就会在西班牙境内传颂他的事迹，不到一个月，就会建成纪念他的喷泉。他们是摩尔人，但是却拥有这些基督徒没有的优雅和风度。当我想到这些法国人，不禁羞愧曾称摩尔人为“蛮族”。

这个故事和我们的战败事实让亨利深受打击，爱德华的父亲一时之间老了十岁。爱德华就在楼下的马车里，他的衣物被献给了法兰西贱人，他的心脏成为法兰西统帅的纪念品。我没法出言安慰他俩，我自己的伤痛都难以自抑。我去了自己的礼拜堂，在圣母面前倾诉我的悔恨，只有她能明白目睹深爱着的年轻男子奔赴死亡的感受。跪在那里，我发誓要让法兰西血债血偿，让他们永远后悔杀害了我的勇士。这场肮脏的行为必要付出代价。他们绝不会得到宽恕。

1513年夏

爱德华·霍华德的死让凯瑟琳更加积极地筹措军备，准备出兵加莱。亨利也许只是把战争当儿戏，但是他一样要用到真枪实弹，凯瑟琳希望武器都要制作精良，把钱花在刀刃上，在她的一生里，对于真实的战争一直有着切身的体会。但是直到爱德华·霍华德的死，亨利才第一次意识到那并不是小说，也不同于比武竞技，像爱德华那样才华横溢深受喜爱的年轻人竟会意气风发地出征，被宰成碎片回来。值得欣慰的是，当他看到托马斯·霍华德顶替了他兄弟的位置，爱德华的父亲也召集自己的佃户，收回来大量的租子充作军费准备为儿子复仇时，亨利终于收起了自己的愚勇。

五月的时候第一支先头部队开始向加莱进发，亨利准备和六月的第二纵队一起出征。对于战争，他有了新的认识，比之前稳重多了。

凯瑟琳随亨利一起骑马从格林威治穿过英格兰到多佛，为他送行。一路上，他们受到了热烈的欢迎，召集了更多的士兵。亨利和凯瑟琳都骑着雪白的高头大马，凯瑟琳甚至跨骑在马上，她长长的蓝色裙摆在风中飞扬，亨利就在她身边，器宇轩昂，比队伍里任何男人都高大威武，金发下的笑容灿烂夺目。

清晨他们都穿着盔甲离开城镇：是成套配对的镀金银甲。凯瑟琳仅仅穿着胸甲和头盔，薄薄的精致的金属片上面装饰着金色的图案。亨利则不管多热每天都从头到脚全副武装。他掀起面甲，蓝眼睛熠熠生辉，盔甲上笼罩着金色的光芒。仪仗里一边是凯瑟琳的旗帜，一边是他的，当看到王后的石榴标志和国王的玫瑰标志，民众都大声呼喊“上帝与国王陛下同在!”或是“上帝保佑王后陛下!”当弓箭手开道，他们率军离开一座城镇，民众纷纷夹道欢送，延绵好几英里，他们看着军队经过，在马前抛撒着玫瑰花瓣和花蕾，所有士兵都在衣领或是帽檐上装饰着玫瑰花，人们在歌唱古老的英格兰俚俗歌曲，有时候也唱着亨利的作品。

军队花了将近两个星期才到了多佛，这时间并没有白费，他们沿途征集了大量的新兵和补给。人人都想参军出征法兰西，每个姑娘都想自豪地宣称自己的心上人参军去了。整个国家都团结起来准备狠狠打击法国人。整个国家都确信，在年轻国王的率领下，这并不是空想。

我很高兴，自从小王子夭折以来这是我第一次这么高兴，甚至比我以为的更加高兴。我们欢庆、跳舞、行军，直到抵达海边。亨利每天都和我同床共枕，他的一切，思想，言行，统统都属于我。他在我的安排下要统领一场战争，同时远离一场真正危险的战争，他不会对这场战争有什么想法或建议，可是却和我一起分享它。我祈祷在这些一起奔赴南方的夜晚里，在战争的压力下，我们会有另外一个孩子，另外一个儿子，和亚瑟一样的另一朵英格兰玫瑰。

筹备工作尽善尽美，这都得归功于凯瑟琳和托马斯，他们改变了英格兰军队事到临头还拖拖拉拉，丢三落四的陋习。亨利的舰只——共有四百艘——漆得鲜亮华美，旗帜飞扬，都已经起锚，现在只等一声令下就可以直扑法兰西。亨利自己的旗舰上装饰着金叶子镶成的红龙，飞龙在天，尾翼直伸到码头。训练有素的王家护卫队身着绿白相间、闪闪发亮的制服，正在码头接受检阅。亨利镶嵌着金饰的盔甲已经运上了船，他特别准备的白色骏马也已经安排妥当。整个战备工作堪比最繁琐的假面舞会，而凯瑟琳深知，对这群年轻人而言，战争不过是一项宫廷娱乐。

万事俱备，在多佛的海滨举办了个简单的仪式，万众瞩目之下，他把国玺授予了凯瑟琳，让她代为摄政，成为国家实际上的统治者和本土防务的最高统帅。

当他赐予我摄政之位，我面容庄严神圣地吻了他的手，然后亲吻他的双唇，祝他早日凯旋。但是当驳船拖着他的旗舰驶出港口，展开风帆，顺风向法兰西驶去，我简直要乐得放声高歌起来。远征的丈夫并未让我因着离别流泪，他走了，却给了我曾盼望的一切——不再是威尔士王妃，不再是英格兰王后，现在我是摄政王后，三军统帅，这个国家为我所有，我成了独裁者。

我利用手中权力能做的，也是必须做的，是打败苏格兰人。

凯瑟琳一回到里士满，立即下令让爱德华的弟弟托马斯·霍华德从伦敦塔的军械库领出战备，带领英格兰舰队北赴纽卡斯尔加强边境防卫。他并未和哥哥一样授衔海军统帅，但是他是个稳重的年轻人，她觉得自己可以放心让他运送对北境安危生死攸关的装备。

每天凯瑟琳都能从沿途设置的驿站那里得到法兰西的最新战报。沃尔西都直接向王后陛下汇报战争的进展，她希望能得到他精准的分析。她清楚亨利只会带回来捷报。而事实上，战况并非一帆风顺。英格兰军队到了加莱，受到了热烈欢迎，举办了各式盛会和庆典。阅兵和演习必不可少，亨利华美的盔甲和整齐的军队受到了高度赞扬。但是马克西米安皇帝陛下并未能组织军队支持英格兰。相反，他借口军费不足，但为表诚意，送给了年轻的亲王自己的佩剑，并愿意提供一支雇佣军。

对亨利而言，这是让人沉醉的时刻，他还未曾听见过战场上愤怒的开火，而神圣罗马帝国皇帝的提议让年轻的国王昏了头。

凯瑟琳皱起了眉头，根据沃尔西的计算，亨利要付给皇帝一笔惊人的佣金，相当于本身盟友出于义务的派兵变成了要付钱的雇佣军。她立刻认识到这场合作从一开始就具有了两面派的特征。但是至少表面上亨利的初次作战会有皇帝做支持，凯瑟琳也意识到这个年长老练的男人值得她托付亨利的安全，不让他任意妄为。

根据马克西米安的建议，英格兰军队首先围困了神圣罗马帝国皇帝一直以来梦寐以求的泰鲁阿讷；但是在战术上，这对英格兰并无价值，亨利则远离了这座小镇的交火区，半夜他独自在营地里漫步，慰问守夜的哨兵，获准射出了自己的第一枪。

苏格兰人妄想在国王出征的时候英格兰会疏于防务，可以趁机宣战，向南进军。沃尔西写信警告凯瑟琳，询问是否需要撤回一些兵力以防万一，凯瑟琳则回复说自己可以应付边境上的小打小闹，随后根据早就拟好的名册在国内各个城镇开始新一轮征兵。

她命令在伦敦的民兵集合，自己则全副武装骑着白马亲自在他们北上之前阅兵。

我看着镜子里的自己，侍女们在为我系上胸甲，女仆则捧着我的头盔。我看到她们脸上都没什么喜色，那个蠢到家的女仆捧着头盔仿佛重不堪言，仿佛这一切都不该发生，仿佛我生来不是为了这一刻……这一刻，现在，我命中注定的这一刻。

我深深吸了口气。穿上铠甲我看起来就如母亲在镜子里的倒影，站姿沉默高傲，秀发拢在脑后，她的眼睛如同胸甲上闪亮的金属片一样熠熠生辉。战争的前景让人生机勃勃，而必胜的信念更让人志得意满。

“怕吗?”玛利亚·德·萨利纳斯沉静地问我。

“不。”我老实说，“我穷极一生都在等待这个时机。我是王后，是为国奋战的女王的女儿。在我自己的国家，在它需要我的时刻，我必须如此。

在这个时代，身为王后，不能仅仅坐在王座上，为比武大会赏下大批赏赐，在这个时代，王后应该像男人一样果敢。我就是这种王后，所以我要率兵出征。”

这激起了一片惊愕的询问。“骑马出征？”“不是去北方吧？”“不是去阅兵嘛？怎么变成出征了？”“这也太危险了！”

拿过头盔，我说：“我会带领军队北上迎战苏格兰人。只要他们胆敢入侵，我就会打得他们落花流水。既然参战，我就一定会坚持到打败他们为止。”

“那我们怎么办？”

我笑了。“会有三个和我一起出征，其余的都留在这里。”我坚定地说，“留在后方的要继续制作旗帜和绷带给我。你们可都听好了，和我一起去的得像战士一样作战。我可不想听到什么抱怨。”

我不想看到她们大惊失色的样子，径直朝门外走去。“玛利亚，玛格丽特，我们走吧。”

宫外，大部队已经整装待发。我骑马越过，一个个扫视过去。我曾见过父亲还有母亲阅兵。父亲曾教导我，每个士兵都应该清楚自己的价值，都应该明白自己是独特的个体。自觉是军队不可或缺的一部分。我想让他们明白，我看见了他们，他们每一个；我把他们都记在了心里。我也想他们记得我。当我看过全部五百人之后，我脱下头盔让他们看清我的脸。现在我不再是西班牙公主，不用束起头发，遮住脸面。我是昂首挺胸大大方方的英格兰王后。我大声宣讲，让每个人都能听清我的声音。

“英格兰的子民们！”我说，“你们将和我，英格兰的王后，一起去抵抗苏格兰人，我们不会退缩，也不会失败。除非他们撤兵，我们决不会临阵脱逃。我们要让对手们血流成河。我们要一起打败他们，为了我们梦想中安定祥和的家园。这不是我们引起的纠纷，这是苏格兰的詹姆斯蓄意的入侵；他背信弃义，甚至侮辱了自己的英格兰妻子。这种失信的行为是对主的亵渎，甚至受到了教皇本人的谴责。多年以来他一直处心积虑，像懦夫一样等待找到我们的弱点。但是他错了，现在我们已经无比强大。我们会打败他，这个异教徒。我们会胜利，我敢保证，因为这是上帝的旨意。而你们也可放心，上帝永远垂青于为自己家园而战的人！”

底下爆发出大声的响应，我向两边欢笑致意，让众人都见到我为他们的勇气自豪，让众人都见到我的勇敢无畏。

“好了，现在，前进。”我对指挥官说，大军掉头离开了练兵场。

凯瑟琳的防卫军在萨里伯爵的指挥下一直向北进发，沿途都在征收新兵，信使匆匆南下伦敦带来她期望的消息：詹姆斯的大军已经越过了苏格兰边界，正穿过延绵的山脉，沿途强制征兵，强抢食物。

“边境上的骚扰？”凯瑟琳明知故问。

信使摇摇头。“我的主人让我告诉你，法兰西曾向苏格兰国王许愿，如果这次他们胜了就会承认他的地位。”

“承认？承认什么？”

“作为英格兰国王。”

他以为她会因为愤怒或是畏惧哭喊，但是她不过点点头，不屑一顾。

“有多少人？”凯瑟琳询问。

他摇摇头：“我不敢肯定。”

“大概呢？”

他看向王后，看见她眼里满是跃跃欲试，不禁犹豫了。

“说实话。”

“大概有六万。陛下，也许更多。”

“也许？多多少？”

他顿住了。她起身走到窗前，“来吧，说说看。”她命令，“遮遮掩掩根本无益，你这样只会误导我，我率军出征，却发现敌人远比我想象的强大。”

“我觉得有十万。”他尽量公正。

他以为她会因为惊恐喘息，可实际上她只是笑笑。“哦，那没什么好担心的。”

“十万苏格兰人没什么好担心的？”他问。

“我经历过更糟的。”

一切如我所料。苏格兰人全军出击，轻而易举就占领了北部的堡垒，英格兰之花和最精锐的部队都在海外和法兰西作战。法国国王以为可以趁我们的兵士在法兰西驰骋时，利用苏格兰在本土重创我们，现在，我的机会来了。我和剩下的士兵完全能胜任。我定制了王室规格的仪仗和旗帜，头顶飘扬的旗帜昭示英格兰国王亲征，而那实际上是我。

“您不该使用王室仪仗。”我的侍女质疑。

“谁才能用？”

“只有国王能用。”

“国王在打法国人，我要面对苏格兰人。”

“陛下，王后不能使用国王的仪仗，也不该领兵。”

我对她笑了，我并不掩饰自己的野心。我切实相信这是我穷其一生等待的良机。我曾答应亚瑟会成为征战的王后，现在我做到了。“王后当然可以摆出国王的仪仗出征，只要她能赢。”

集结起剩下的兵力，我让他们辛勤操练，这就是我胜利的保障。

“您不该骑在他们前头。”

“那你觉得我该在哪里？”

“陛下，也许您就不该出现在这里。”

“我可是主帅。”我不愿多费唇舌，“你不该把我想象成只能待在后方，暗地里谋划，只会带孩子的王后。身为王后，我能像母亲一样治理国家，无论何时，只要国家有难，就相当于我自己受到威胁。而只要国家繁荣——总有那么一天，就是我的荣耀了。”

“但是如果……”侍女被我严厉的眼神吓住了。

“我可不是傻子，一直在为战争筹划。”我只是说，“一个优秀的指挥官时时用胜利来鼓舞人心，并为胜利制定详细的计划。我很清楚该何时撤退，该何时重新部署兵力，该何时再次进攻，如果暂时受阻，我也很清楚该从哪里击破。这王位我得来不易，可不能眼睁睁看着苏格兰国王和那个愚蠢的玛格丽特就这样轻易抢了去。”

凯瑟琳的兵力总共有四万人，紧跟在王家护卫队后面负重而行，在秋日的阳光里沿路收割粮食。凯瑟琳骑着白马疾驰在队伍的前端，人人都能看见她，看见她全副的王室仪仗，人人都这样在行军途中认识了她，很快他们也将在战场上见识到她的果敢。每天两次她都穿过长长的队伍鼓励那些受伤的，鼓励那些被前方辎重的灰尘呛住的士兵。她和僧侣一样作息，清晨起床做弥撒，午间领圣餐，落日而息，午夜醒来为王国的安危，国王的平安，还有自己的荣辱祷告。

各路信差在凯瑟琳和地方势力萨里伯爵托马斯·爱德华之间络绎不绝地奔走。他们的计划是首先让萨里和苏格兰人交战，拖住快速南下的步伐，打击对手的士气。如果萨里败了，苏格兰人就会长驱直入，这时就由凯瑟琳率军应战，把他们赶到英格兰南部乡间的防御里。如果苏格兰人穿过了双重防线，凯瑟琳和萨里伯爵对于伦敦还有最终防御计划。他们会重新部署，组织民兵在城区中心周边建起土木工程，这样如果一败涂地，还可以撤退到伦敦塔等待亨利回援。

萨里伯爵担忧我命令他先头作战，想等我和他会合，但我坚持按我预定计划展开反击。会合作战虽然会安全些，但是我们打的是防卫战，我得确保万一初战失利，能有残余兵力阻挡苏格兰人扫荡南方。这是一场为了后代子孙摧毁苏格兰人威胁的战争，最好能一劳永逸。

内心深处我希望能命令他原地待命，对于战斗我早已迫不及待——我勇敢无畏，这是一种野性的快乐，仿佛我是一只被囚禁了许久的苍鹰，等待的就是恢复自由这一刻。但是我不能让自己宝贵的兵力投入一旦失利就会让伦敦失陷的战斗。萨里伯爵认为只要集合兵力我们必胜，但是我知道战争里没有必然，充满了未知。一个优秀的指挥官要从最坏的情况考虑，我也不能冒险指望能把苏格兰人一举击退，万一我们战败他们就能沿北境大道南下进攻都城，在法兰西的支持下加冕英格兰国王。对萨里伯爵，对我自己，退路的选择，之后一系列的反击我各有安排。他们也许会赢得一场战斗，甚至更多，但是他们没法夺去我的王位。

我们现在在离伦敦六十英里远的白金汉。行军速度迅捷，人们说这对一支英格兰军队而言简直不可思议，他们因懒散拖延而臭名昭著。我很累，但并未筋疲力尽。每日里的兴奋——老实讲还有恐惧——让我像被拴住的猎犬一样激动，随时准备出击。

而现在我又有了秘密。每天下午，当我翻身下马我第一件要做的事就是找间房子或是帐篷，或是无论什么能单独待着的地方，掀开裙子检查亚麻内衣。我在等着自己的月事，这已经是第二月没能来潮了。我的希望，强大甜蜜的希望，在亨利远去法兰西前，已经和我孕育了孩子。

这消息秘而不宣，甚至不会告诉我的侍女。可以预见，这会让她们公开反对我每日骑马，准备作战，哪怕只是有怀孕的可能性。我不敢告诉她们，无论如何，我不敢做出任何影响士气的事。当然，没有什么比英格兰之子更重要——除了一样：为这继承人保住英格兰。我只能咬紧牙关甘冒风险，不管怎样，我都得挺过去。

现在士兵都知道我身先士卒，而我向他们许诺了胜利。他们不再懒散，不再怠战，因为他们已经向我投放了信仰。在萨福克更加贴近敌人的士兵们，现在知道后方有我的军队做最可靠的支持。他们知道我独自带领着他们的援军。这在国内引起了广泛的讨论，他们为自己能拥有如此干练的王后骄傲。如果我掉头回到伦敦，让他们独自前进，告诉他们我有女人自己的事要做，他们也会马上打起退堂鼓——就这样简单。他们会认为我失去了信心，这样我就失去了他们的拥戴，可以预见这场战争我们就不战而败。关于苏格兰大军，已经有闲言碎语在神化对方，说他们势不可挡，是十万愤怒的高地大军——我不想增加队伍的恐惧。

况且，如果不能为我的孩子保住英格兰，那怀孕就没什么意义。我必须要打败苏格兰，我要成为伟大的将领。其次，我才是一个女人。

那晚我收到萨里伯爵的消息，说苏格兰人疲于作战，驻扎在了弗洛登一个险峻的山脉。他给了我一份军事地图，显示苏格兰人驻扎在高处，可以俯瞰南面。尽管只是匆匆一瞥，我也发现英格兰军队不可能上山攻击重装的苏格兰人。苏格兰弓箭手可以向下放箭，而苏格兰高地的蛮族可以冲下来砍杀我们的士兵。没有哪支军队会蠢到发起一场这样的战斗。

“告诉你的主子，派出探子找条小路从背面上山，背后攻击苏格兰人。”我紧盯着地图，吩咐信使，“告诉他，我建议他虚张声势，假装北上，留下足够的兵力牵制住苏格兰人，实际上另寻进攻路线。如果运气好，他们会冲下来，在平原上较量。运气不好，他就要从北边进攻。那里地势如何？草图上只有个梗概。”

“那里大部分是沼泽。”信差证实，“没法行军。”

我咬住嘴唇。“这是唯一的出路。”我说，“告诉他我的建议，但这并不是命令。战场上他才是指挥，该有自己的决断。但是要注意我说过要把苏格兰人引诱下山，我绝对确定冲击高地行不通。只能寻探从后方奇袭，或是吸引他们下山。”

信差告退了。愿主保佑他能正确领会我的意思。如果选择上山强攻，他就完了。一个侍女待他离开就上前侍奉，疲累和恐惧让她瑟瑟发抖。“我们该怎么办?”

“北上阻击敌人。”

“但他们随时都会开战!”

“是啊，他们赢了我们就能回家了。但是输了，我们就必须拦在苏格兰人和伦敦之间。”

“做什么?”她低声问。

“打败他们。”我说。

“陛下!”小听差急匆匆冲进凯瑟琳的营帐，忙不迭鞠了个躬，“最新战报！萨里伯爵的信差!”

凯瑟琳猛地回头，锁子甲都还没有系好：“宣他进来!”

风尘仆仆的信差已经到了，身上还沾满了战场上的污泥，但是他喜不自禁的样子证明他带来了好消息，天大的好消息。

“怎样?”凯瑟琳紧张期待得喘不过气来。

“陛下！我们赢了!”他长话短说，“苏格兰国王战死，二十位苏格兰领主也战死了，还有主教，伯爵和修道院教士。这可把他们给打趴下了。一天之内，他们死了一半以上的大人物!”

他看见她大惊失色，然后突然恢复了红润。“我们赢了?”

“赢了。”他说，“伯爵让我禀报您：您亲自挑选操练武装的将士，完成了您的嘱托。这是您的胜利，您拯救了英格兰。”

她的手马上捂住了胸甲下的腹部。“我们安全了。”她喃喃自语。

他点点头：“大人还让我捎来这个……”

他呈上一件破破烂烂满是血污的外套。

“这是?”

“苏格兰国王的战袍。我们从死尸上扒下来当做物证。已经处理过了。他死了，苏格兰人被打败了。您完成了英格兰前所未有的壮举。您让英格兰在苏格兰的威胁下转危为安。”

“写份奏折给我。”她果断地说，“跟书记官口述去，要写下你知道的，我的萨里伯爵说过的每一句话。我要写信报告国王。”

“萨里大人问……”

“什么?”

“他问要不要乘胜追击，彻底摧毁苏格兰人的武装？他说剩下的敌人已经不足为惧。这可是天赐良机，我们可以打得他们毫无还手之力，全凭您做主。”

“当然。”她马上接口，又沉默了。这是欧洲每个君主都会给出的答复。一个让人不得安宁的邻居，几世宿敌被打败了。基督世界的每位国王都会趁机报仇，一雪前耻。

“不。不。等等。”

她转身走到营帐门口。外面，士兵们正在扎营，准备在远离家乡的地方再次露宿。营地里还有些许炉火，燃烧的火把，空气里充满了食物，粪便和汗水的味道。这就是凯瑟琳幼年时的情景，她人生最初的七年就是在这样的战场上度过，他们的敌人被打得毫无还手之力，一再溃败，最终被囚为奴隶，被驱逐，被处死。

想想吧，我对自己毫不留情。不要有什么妇人之仁，用你冷酷的头脑，站在战士的立场。不要想着你孕妇的身份，不要想到今夜苏格兰会有多少妇人新寡，你是王后。我的敌人被打败了，他们的国门在我面前敞开，他们的国王战死，他们的王后是我的小姑子，一个少不更事的傻瓜。我要把这个国家分片治理。无论什么将领现在都能轻易摧毁他们，为了子子孙孙我应该放手任他们追击。我的父亲不会手软，而母亲现在应当已经下令了。

不，父亲母亲他们做得并不对。最终，我揭开了不应宣之于口且难以置信的事实：父亲母亲他们错了。他们也许是天生的战士，毫无疑问；他们还被称为基督的国王——但他们还是错了。这辈子我终于认识到这点。

持续不断的战争是把双刃剑，伤害了胜负双方。如果我们继续追击苏格兰人，会让他们元气大伤世代不能反攻，但是这也会损耗自己的国力。这就如同治理鼠疫。他们迟早会恢复过来，再次侵扰我们。他们的孩子会回击我们的孩子，野蛮的斗争不会停止。以牙还牙，血债血偿。父母把摩尔人驱逐到了海外，但是人人都知道战争的一时胜利并不能解决信仰之争，除非基督徒和穆斯林能和谐一致地生活在一起。伊莎贝拉和费迪南仇恨摩尔人，但是他们的孩子，孩子的孩子将要面对伊斯兰圣战的逆袭。以暴制暴，并不能停息纷争。和平才是解决之道。

“叫信使。”她转过头吩咐，等着信使进来。“去传我的旨意，先向萨里伯爵致敬，感谢他取得了如此伟大的胜利。”她说，“告诉他，让他尽量劝降苏格兰士兵，和他们和平相处。我会亲自写信给苏格兰王后，如果她愿意做我们的好姐妹好邻友的话，我们将会签订和平协议。我们是胜利之师，要展现出自己的气度。我们要把胜利演变为长久的和平，而不只是一场短暂的战斗，要宽恕那些野蛮人。”

信使领命而去。凯瑟琳转身安抚那士兵。“下去好好休息，随意吃喝。”她说，“你可以大事宣扬我们赢得了一场伟大的战役，告诉他们和平近在眼前，我们很快就能回家了。”

她在桌前坐下，拿过文具。墨水装在玻璃小瓶里，鹅毛笔仔细削过，写起来会很顺畅。信纸和火漆就在手边。凯瑟琳摆上一页纸，稍停了下。向国王写下问候，告诉他，她给他送去了死去的苏格兰国王的战袍。

“陛下，我完成了您的托付，给您送去了战利品，一件国王的战袍。我本想把他本人送到您驾前，可是大家的心脏可经受不住。”

我停下来，这场胜仗让我能回伦敦，好好休息待产，我确定自己怀孕了。我想告诉亨利这件喜讯；但是我只想让他知晓。这封信——我们之间的往来信件——是半公开的。他从不打开自己的私人信件，都是让书记官打开读给他听，也鲜少亲笔回信。然后我想起来，我曾告诉他如果圣母再赐予我个孩子，我会马上去沃尔辛厄姆在她的神龛面前还愿。如果他还记得，这可以作为我们的密码。不管谁读信，都只有他能领会我的意思，我要告诉他这个秘密，告诉他我们快有孩子了，也许是个儿子。我笑了，开始写信，他会明白我所指，我也清楚这会给他带去怎样的快乐。

在结尾我写到：“愿主保佑您早日回到我身边，没有您就没有快乐，为此，我将去沃尔辛厄姆向许久未见的圣母祈愿。

您忠诚的妻子，忠实的仆人

凯瑟琳”

1513年秋

沃尔辛厄姆

凯瑟琳跪在沃尔辛厄姆的圣母面前，紧盯着基督之母微笑的雕像，眼前却空无一物。

亲爱的，亲爱的，我做到了。我把苏格兰国王的战袍送给了亨利，一再强调那是他的胜利，而不是我的。但实际上，这是你的胜利。当我来到这个国家，来到你身边，那时我的脑海里满满都是对摩尔人的恐惧，是你教导我这个国家的威胁来自于苏格兰人。之后生活给我上了更加残酷的一课，告诉我宽恕敌人远胜于置他于死地。在这个国家，如果能有摩尔医生，天文学家，数学家，对国家的发展将大有裨益。同样我们也需要苏格兰人的勇气和技能，也许我和平的愿望能让他们忘却弗洛登战役的残酷。

如今我已拥有了我曾梦想过的一切——除了你。我为这个国家赢得了确保世代和平的战争。我怀孕了，我相信这个孩子一定能存活下来。如果是男孩，为了你，我还要给他取名亚瑟。如果是女孩，我会叫她玛丽。我是英格兰的王后，受到子民的爱戴，而亨利也会成长为一个好丈夫，好男人。

“我唯一缺少的东西就是你，亲爱的。一直都是你。”

“陛下，您还好吗?”修女的声音打断我的思绪，我睁开了眼。跪得太久我的腿都麻木了，“我们本不想惊扰您，可是这都好几个钟头了。”

“嗯，好的。”我试着对她微笑，“我一会儿就到。先退下吧。”

我从关于亚瑟的梦中醒来，他已经离开。“在天国乐园里等我。”我低语，“我会去找你，很快，就在那里。”

1529年6月

黑衣修士大厅

教廷使节作为法庭聆听国王陛下的申诉

话语有着自己的力量，一旦说出口就无法挽回，就像一石激起千层浪：你永远不知道那波纹会冲洗哪处岸堤。

在夜晚，对着那个少年，我曾说过——我爱你，天荒地老。我也曾说过——我发誓。那个誓言已经是二十七年前的事了，是为了安抚临终的男孩，为了履行主的旨意，为了让母亲满意，老实说也是为了我自己的抱负。现在这句话反噬了我，就像波纹冲刷了大理石的堤岸，最终荡回了湖心。

我知道有一天我要在主面前忏悔这谎言。但我从未想过我要在世界面前为自己辩护。我从未想过，这世界会因为我为爱做出的誓言审问我，为了这三人间的私语：亚瑟，我，还有主。因此，为了我的骄傲，我不会辩护，我只会坚持这谎言。

而且，我相信，无论哪个女人处在我的位置都会做出这样的选择。

亨利的新宠，伊丽莎白·波琳的女儿，我的侍女，结果成了我知道自己会惧怕的那种人：她的追求甚至比我还要远大。事实上，她比国王本人还要贪婪。她的野心比我见过的所有男女都要强烈。她渴望得到亨利，不是因为男女之情——这些年我看着他的情人来来往往，早已看透了她们。这个女人渴望我的王位。她曾努力找出上位的方法，而且始终坚定不懈。我想我知道一旦她掌握了他耳边的话语权，知晓了他的秘密，得到了他的信任，那么迟早，她会找到上位的关键——就像黄鼠狼追寻着兔穴的血迹——我的谎言。一旦找到，那就会为她所用。

引座员高呼：“阿拉贡的凯瑟琳，英格兰王后陛下，就位。”这时有预想中的寂静，他们不希望我站出来答辩。法庭上不会有律师等着帮我，我也不准备辩护。我早已表示不会承认这场审判。他们也不想让我出席。事实上，引座员已经准备传唤下一位证人……

但是我应了。

侍从为我推开熟悉的大门，我昂首进入，和这辈子的任何时刻一样英勇无惧。大厅的那头，王室的华盖下是我的丈夫，我虚伪的，说着谎言的，不忠不义的，戴着本不属于他的王冠的丈夫。

他的下手坐着两位红衣主教，依然是金色的华盖，金色的座椅，金色的垫子。

那个叛徒沃尔西，他的脸和他的深红色法衣一样通红，甚至不敢看我的眼睛；还有不可靠的坎贝乔主教。这三张脸，国王和他的两个皮条客，反映出了极度的惊愕。

他们以为已经让我悲伤混乱，已经让我和朋友们断了往来，已经毁灭了我，我不会出席。他们以为已经让我和母亲一样陷入绝望，或者和姐姐一样陷入疯狂。他们在赌，他们恐吓我，威胁我，把我的孩子带走，用尽手段想要让我伤心难过。他们做梦也没想到我能昂首阔步地出现在他们面前，秉承着正义面对所有人。

他们忘了我是谁。波琳家的女孩从未见过我披甲上阵的样子，对我的父母一无所知。可他们就被她蛊惑了，任她牵着鼻子走。她只知道我是凯瑟琳，英格兰本来的王后，虔诚，肥胖，行事呆滞。她对我的内心，那个叫卡塔琳娜的西班牙年幼公主全无头绪。我生来为王后，接受了严格的训练。我是曾为了手中物奋战的女人，而我会战斗下去，会控制一切，最终我会赢。

他们不能预见我会怎样保护自己，保住我女儿的继承权。她是玛丽，我的玛丽，被亚瑟命名的我亲爱的女儿玛丽。我怎么可能让她给波琳家生下的私生子让道？

这是他们首要的错误。

我无视了红衣主教，无视了他们面前的书记员，无视了那些拿着羊皮纸卷筒准备做出官方歪曲的抄写员。我无视了宫廷，无视了市民，甚至无视了那些低声传诵我名字的人们。反而，我只看着亨利，别无他人。

我了解亨利，我比这世上任何人都了解他。我比他曾经的宠儿，如今的新欢都了解他，我看着他成长，从男孩到男人。从他还是个孩子开始，我一直在研究他，那时他才十岁，他来见我，试图劝说我送他一匹巴巴里公马，然后我知道他是用甜言蜜语和礼物就可以收服的男孩。从他哥哥的立场我了解到他是一个被迁就宠坏了的孩子，以后会成为任意妄为的男人，成为我们的隐患。我了解他，在他还是个毛头小子的时候，我曾利用他的虚荣勾引了他，最终赢得了王位。我是他渴望的最有分量的战利品，我让他赢得了我。我了解他，他和孔雀一样贪慕虚荣，我把自己曾赢得的英格兰最伟大的胜利献给了他。

按照亚瑟的要求，我说出了一个女人能说出的最大的谎言，这个谎言甚至会伴我躺进坟墓。我是西班牙公主，我不能言而无信。亚瑟，我的爱人，临终之时逼我许下誓约，而我应承了。他要我宣称我们并非爱人，要我嫁给他弟弟，成为王后。我完成了自己的誓言，无愧于心。这些年来没有什么能动摇我的信念，是主要让我成为英格兰王后，而我将在这个王位上终老。除了我，没人能在苏格兰人手里拯救这个国家——亨利太年轻，经验尚浅，根本不懂行军打仗。他只会比武，只会寻求孤注一掷的希望，在弗洛登他只会战败，甚至是战死，那么他的妹妹玛格丽特就会取代我登上后座。

那并没有发生，因为我不允许它发生。成为英格兰王后是母亲的希望，主的旨意，到死我都会是英格兰王后。

我并未因这谎言悔恨。我相信了它，我让曾心存疑虑的其他人都相信了它。亨利拥有过的情人越多，对我越了解，自然会发现新婚之夜那就是个谎言，我并非处子。但是在我们二十年的婚姻生涯里，除了结婚没多久的那一次，他再也没能鼓起勇气质疑我。我走进了法庭，赌他直到今天也不会有这个勇气。

走进法庭，我把赌注全部押在他的软弱上，我相信，当我站在他面前，当他被迫面对我的双眼，他绝不敢说成婚之时我并非处女，在那之前我已经是亚瑟的妻子，亚瑟的爱人。他的虚荣绝不会让他承认我真心爱着亚瑟，而他爱我。虽说那是事实，生为亚瑟的妻子，死为亚瑟的爱人，亨利和我的婚姻本可以正当解除。

我可不认为他有能与我抗衡的勇气。我明白只要我笔直地站着重复那谎言，他绝对不敢站起来讲出真相。

“阿拉贡的凯瑟琳，英格兰王后陛下，就位。”引座员重复着，真蠢，那声音在受震惊的法庭里回响，所有人都明白我准备出庭，准备像个真正的战士一样出现在王座前。

他们呼喊的是我的称号。这是我丈夫临死的嘱托，母亲的愿望，主的旨意，我是英格兰王后；在这个国家，为了他们，我会到死都是。

“阿拉贡的凯瑟琳，英格兰王后陛下，就位！”

这就是我。这是属于我的时刻。这是我战斗的呼喊。

我举步前行。

·全书完·

作者手记

这是最迷人最动人的小说之一，它描写了年轻时代的凯瑟琳，向人们揭示了那个几乎贯穿了她一生的谎言的由来。

在我看来，这几乎就是那个谎言的真相，她嫁给亚瑟以后确实是圆过房；当然，最初当时的人们也都认为如此。让这个问题变得扑朔迷离的是她寡居以后埃尔维拉夫人的声明，还有和亨利分居期间她个人的主张。之后，历史学家出于对凯瑟琳的赞赏，接受了这种对亨利不利的说法，并把它写入史书流传至今。

这便是写作这本小说的初衷，但是后来对于西班牙的卡塔琳娜的研究却有了意外的收获。到格拉纳达采风是一段愉悦的旅程，对于西班牙的伊莎贝拉和费迪南也有了进一步的认识，他们的事迹固然让人钦佩，他们发誓要摒弃的文化却更加令人神往：西班牙丰饶美丽的穆斯林土地，阿尔安达卢斯。在这本小说里，我试图为那些被遗忘的欧洲原住民正名，试图告诉今天仍在困扰的人们一个理念——就像书中所言，在这片土地上，犹太人、穆斯林、基督徒可以互相尊重，安静祥和地生活在一起。

“哎呀！阿尔哈马！”“骑兵冲过埃尔维拉门……”“格拉纳达在哭泣……”都是传统民谣，曾被弗朗西斯卡·克莱蒙在《阿拉贡的凯瑟琳》一书中引用（详见参考书目）。

“卢萨法里的棕榈树”作者阿卜德·阿尔·拉赫曼，译者D. F. 拉格尔斯，玛利亚·罗莎·梅诺卡曾在《世界的装饰》一书中引用（详见参考书目）。

参考书目

斯坦尼·托马斯·宾多福，《鹈鹕的英国历史：都铎王朝统治下的英格兰》，企鹅出版社，1993

玛利亚·露易丝·布鲁斯，《安妮·波淋》，柯林斯出版社，1972

安瓦尔·G. 金吉纳，《伊斯兰与西方世界：摩里斯科，文化与社会的历史》，纽约州立大学出版社，1983

弗朗西斯卡·克莱蒙，《阿拉贡的凯瑟琳》，罗伯特·黑尔出版社，1939

戴维·克雷西，《新生、婚姻与死亡：都铎与斯图亚特王朝的仪式、信仰与生活》，牛津大学出版社，1977

亨利·C. 达比，《新编：公元1600年前的英国历史地理学》，牛津大学出版社，1976

威廉·赫普沃斯·狄克逊，《双后传奇第二部：安妮·波琳》，赫斯特与布莱克特出版社，1874

G. R. 埃尔顿，《都铎王朝统治下的英格兰》，梅修因出版社，1955

费利佩·费尔南德兹-欧内斯托，《费迪南与伊莎贝拉》，威登菲尔德与尼克尔森出版社，1975

安东尼·弗莱彻，《都铎家的反叛》，郎曼斯出版社，1968

詹森·古德温，《地平线的主宰：土耳其帝国史》，古籍出版社，1989

约翰·盖伊，《都铎王朝统治下的英格兰》，牛津大学出版社，1988

艾伦·海恩斯，《伊丽莎白时代的床帏秘史》，萨顿出版社，1997

戴维·洛兹，《都铎宫廷》，巴茨福德出版社，1986

戴维·洛兹，《六任王后：亨利八世和他的妻子们》，萨顿出版社，2000

戴维·劳埃德，《威尔士亲王亚瑟》，圣劳伦斯出版社，2002

约翰·邓肯·麦凯，《英格兰牛津史：都铎王朝早期（1485—1558）》，牛津大学出版社，1952

加勒特·马丁利，《阿拉贡的凯瑟琳》，乔纳森·凯普出版社，1942

玛利亚·罗莎·梅诺卡，《世界的装饰》，利特尔·布朗出版社，2002

弗朗克·亚瑟·曼柏，《青年亨利八世》，皇家出版社，1913

J. 奥古斯汀·努涅斯（编汇），《穆斯林与基督徒的格拉纳达》，2004

约翰·E. 保罗，《阿拉贡的凯瑟琳和她的朋友们》，伯恩斯与奥茨出版社，1966

艾莉森·普洛登，《都铎时期的住宅》，威登菲尔德与尼克尔森出版社，1976

艾莉森·普洛登，《都铎时期的妇女：王后与平民》，萨顿出版社，1998

吉斯·兰德尔，《亨利八世与英格兰的改革》，霍德与斯托顿出版社，1993

约翰·马丁·罗宾逊，《诺福克历代公爵》，牛津大学出版社，1982

J. J. 斯凯里斯布里克，《耶鲁英格兰帝王史之亨利八世》，耶鲁大学出版社，1997

塞缪尔·帕森斯·斯科特，《欧洲摩尔帝王史第一卷》，AMS 出版社，1974

戴维·斯塔基，《亨利八世：英格兰的欧洲宫廷》，柯林斯与布朗出版

社，1991

戴维·斯塔基，《亨利八世的统治：人格魅力与政治斗争》，G. 菲利普出版社，1986

戴维·斯塔基，《亨利八世的六任王后》，古籍出版社，1943

尤斯塔斯·曼德维尔·怀登霍尔·蒂利亚德，《伊丽莎白时期的世间百态》，比利高出版社，1943

罗伯特·特纳，《伊丽莎白时期的魔法》，埃利门特出版社，1989

威廉·托马斯·威尔士，《西班牙的伊莎贝拉》，希德与沃德出版社，1931

瑞嘉·W. 沃里克，《安妮·波琳的盛衰荣辱》，剑桥大学出版社，1989

艾莉森·韦尔，《亨利八世：国王与宫廷》，比利高出版社，2002

艾莉森·韦尔，《亨利八世的六位妻子》，比利高出版社，1997

乔伊斯·尤因斯，《十六世纪的英格兰》，企鹅出版社，1991